U0062592

教育部人文社会科学重点研究基地
北京大学东方文学研究中心 主办

东方文学研究

季羡林题

JOURNAL OF EASTERN LITERATURE STUDIES

集刊

第10集

林丰民 / 主编
史　阳 / 执行主编

目　录

作家作品研究

民族文学和民间文学

泰戈尔诞辰160年纪念专栏

作家作品研究

泰国小说史视野下的《东北孩子》

熊　燃

内容提要　本文从泰国小说发展史的角度解读著名作家康朋·本塔维的经典小说代表作《东北孩子》。从小说史、文本和批评史三个维度，结合20世纪70年代中后期泰国文学和思想文化界所处的特殊历史语境，探讨该部小说的问世对于当今泰国文坛的意义和影响，从文本角度分析小说所运用的独特叙述视角及其蕴含的文化价值，并浅析其受到泰国主流文艺批评家认可的价值所在，以及对于同时代作品的超越性。

关键词　《东北孩子》　康朋·本塔维　泰国小说　东盟文学奖

《东北孩子》（*Luk Isan*）是泰国著名作家康朋·本塔维（Khamphun Bunthawi）的长篇小说代表作，也是第一部荣获泰国文坛最高奖——“东盟文学奖”（S.E.A Write Award）的作品，先后于1988年和1991年被翻译成了英文和法文，是泰国小说里为数不多的被译介到西方世界的作品之一。在泰国当代小说批评史上，不少学者已经对这部作品进行过讨论。从泰国小说史发展的角度来看，《东北孩子》不仅是20世纪70年代问世的小说中最为成功的代表，也同样是近半个世纪里被关注得最久和讨论得最多的小说之一。它的问世和成功，在很大程度上昭示了泰国小说即将开启一个不同于以往时代的新局面。

一 《东北孩子》的问世和获奖

1975—1976 年，来自泰国东北部的中年作家康朋·本塔维在曼谷著名的文艺期刊《泰国天空》（*Fa Mueang Thai*）上连载了长篇小说《东北孩子》。该小说以一个偏远的东北山村为背景，描写那里的居民在干旱少雨的艰难环境下坚守故土，靠着世世代代传承下来的经验和智慧努力谋生和乐观互助的一系列故事。作品一经发表，就因其浓郁而纯正的地方特色在广大都市读者中间引发了热烈反响。1976 年连载完结后，于当年年末便结集出版，次年就获得了泰国图书发展委员会颁发的年度最佳小说奖。1979 年，由曼谷东方饭店发起，泰国语言与书籍协会（泰国中心笔会，P.E.N. International Thailand-Centre Under the Royal Patronage of H.M. The King）和泰国作家协会（The Writers Association of Thailand）共同创设了"东盟文学奖"，并将第一届桂冠授予《东北孩子》。作为获奖者，康朋·本塔维得以前往新加坡同其他东盟国家的获奖者齐聚一堂，这也使他的名字得以走出国门。1982 年，泰国著名导演维吉·库纳武（Vichit Khunavut）将此部作品改编成了电影上映。泰国教育部将《东北孩子》列为中学生必读书目。1999 年，《东北孩子》入选"泰国人必读的一百部优秀图书"目录。

1976—2000 年，康朋·本塔维共出版了 30 多部作品，包括长篇小说《百所监狱的囚徒》（*Manut 100 Khuk*，1975）、《狠毒的牛贩头子》（*Nai Hoi Thamin*，1977），中短篇小说集《重亦死，轻亦死》（*Yai Ko Tai Mai Yai Ko Tai*，1977）、《阿瑟生来富贵》（*Sueak Koet Ma Ruai*，1977）等。2001 年，他获得了泰国艺术厅颁发的"国家艺术家"称号，这是泰国官方授予艺术家的最高荣誉和终身成就奖。2003 年 4 月 4 日，康朋·本塔维因心脏骤停逝世，享年 74 岁。同年 7 月 30 日，泰国公主诗琳通殿下亲自驾临了他的遗体火化仪式。

泰国的现代小说文类 navaniyai[①] 诞生于 19 世纪与 20 世纪之交。

---

① 泰语 navaniyai 直译应该是"新小说"，从来源上看，navaniyai 可对应英文 novel 一词的翻译，目前的中文文献里通常把 navaniyai 一词译作"长篇小说"。事实上，泰语里通常只区分 navaniyai（相当于英文的 novel）和 ruaeng san（"短篇小说"）两种虚构文类，后者对应英文里的 short story。因此，本文如无特殊说明，一概用"小说"代指 navaniyai，用"短篇小说"代指 ruaeng san。

“navaniyai”一词，由源自梵巴语的“nava”和源自高棉语的“niyai”两个词构成，前者含义为“新的、年轻的”，后者含义为“说，说话”。它的出现意味着一种区别于传统叙事文类的新型文体的诞生。尽管从泰国散文体叙事文学自古至今的演化历程看，本生、佛传等佛教叙事文学和后来移植进入的中国古小说[①]，都先后对现代小说文类的生成产生过重要影响，不过，由“navaniyai”这种文类自身所携带的现实主义现代性内核来看，随着西方现代文明浪潮一同涌入的新式文体“novel”应该是泰国现代小说文类最直接的源头。[②]现代小说的到来，不仅为以诗歌为正统的传统文学带来一种全新的样式，更重要的是将文学带离了神话、传奇与历史故事的王国，将其引向现实的世界与真实的人生。

《东北孩子》问世于泰国知识界最为之振奋的1973—1976年。那是全国性学潮风起云涌的三年，城市知识分子与工农无产者结为联盟，呼唤自由与民主。文学界也在西巫拉帕开创的“进步文学”道路上，以已故文艺理论家集·普密萨的著作《文艺为人生，文艺为人民》为旗号，掀起了社会现实主义文学运动的高潮。这一时期涌现出一大批出自校园、具有政治热情的青年作家。与此同时，老一辈作家或畅销小说家们也积极响应，一致强调文学应该从内容上反映农民、工人生活的艰苦。在这种背景下诞生的《东北孩子》，可以说是应时代的召唤而生，顺时代的风声而进。

小说的题目“东北孩子”中的“东北”一词，在当时已是一个令都市读者既熟悉又陌生的语词。泰语中的“isan”，是一个来源于梵巴语的借词，意思是“东北方”。在地理方位上，它大致涵盖了呵叻高原所在的一片广大区域，西部被碧差汶山脉和湄南河平原阻断，东部和北部延伸至湄公河西岸，同老挝相隔，南部有扁担山脉与柬埔寨相隔，面积约17万平方千米，2007年人口约2138万。[③]不论是面积还是人口总数，均占了全国的1/3。由于这片地区为沙土所覆盖，土层薄，水分蒸发和

① 裴晓睿：《汉文学的介入与泰国古小说的生成》，《解放军外国语学院学报》2007年第4期。

② 关于泰国现代小说的诞生可参见泰国学者维帕·恭佳囡的著作《泰国小说的兴起》（朵雅出版社，1997）。

③ 田禾、周方冶编著《列国志：泰国》（新版），社会科学文献出版社，2012，第13页。

渗透快，保水性差，气候恶劣，经常遭受洪水和旱灾，因此在经济和社会发展速度上明显落后于其他地区。“东北”，在以往的泰国现代作家笔下一直是贫困落后的代名词，那里“天上没有雨 / 地上尽黄沙 / 泪水流下来 / 立刻被吸干”[①]。那里的居民靠天吃饭，常常徘徊在饥饿的边缘。

康朋·本塔维并没有打破以往文学中所塑造的关于“东北”的固有印象，但是却为它赋予了更丰厚的内涵。《东北孩子》里没有紧张的矛盾冲突，也没有扣人心弦的复杂情节，只是用主人公——小男孩昆的眼睛记录下父母、亲友和村寨居民们日常生活的各种细节。其中，进林子寻找食材，然后带回家制成各种菜肴，构成了他们每日生活的主要内容。在作者康朋·本塔维笔下，“东北”不光有干旱和黄沙，更有古老的文明、悠久的传统、多样的动植物、凝聚着人类智慧的各种手工制品，以及承载着历史和传说的寺庙、佛塔和民间歌谣。那里居住着善于利用大自然馈赠的一切并努力生存的有智慧的泰国东北人民。即便是在干旱无雨、食物短缺的恶劣条件下，东北人民依然能够制造并借助一切工具，找来食物养活自己和子孙，永远保持着友爱互助、乐善好施的品性。即使一无所有，也不埋怨上天，永远乐观顽强地活着。这是不为以往读者所熟知的“东北”，也是更为真实的“东北”。正如小说主人公“昆”的名字的寓意那样，“昆树……比其他树更耐旱，更能扛得住日晒雨打”。

如果回顾始自20世纪30年代初的泰国“为人生”文学道路，乘着1973—1976年这场“为人生、为人民”文学浪潮而问世的《东北孩子》，并不是一部十分典型的“为人生”文学作品。它里面没有阶级对立，没有贫富差距，更不像70年代那些往往流于情绪化或口号化的批判现实主义作品那样，把文学用作宣扬政治诉求的工具。它仅仅是讲述一段经历、一些人和一些事，不把作者凌驾在这些人物之上，也不刻意用这些人和事感化或打动读者。这样一种写作的姿态，正是当时大多数身在“为人生”文学潮流中的作家还未意识到，在浪潮退去后的主流文艺批评家眼里却难能可贵的写作态度，即对创作本身和文学本体的回归。

---

① 栾文华:《泰国文学史》，社会科学文献出版社，1998，第371页。

二 用文化内部视角讲述的泰国“东北”

《东北孩子》将一个更为深刻、更为鲜活的“东北”形象带到了都市文化精英的面前。它并不是泰国第一部关于“东北”的文学作品，却开辟了一种书写地域风光、展现地域文化特色的新写作模式，即用本地文化所有者的内部视角来展现当地生活。这和以往成长于城市的作家所惯常运用的知识分子视角相比，显得更自然真实和令人信服。

作者康朋·本塔维是一个土生土长的泰国东北人，1928 年 6 月 26 日出生于泰国耶索通府（当时还隶属于乌汶府）的塞门（Sai Mun）县，他出生时的名字就是昆（Khun）——小说主人公的名字。他的父亲是当地居民，母亲则是从老挝沙湾纳吉省（Savannakhet）迁居过来的。在他的村落里，人们的日常语言是和老挝语非常接近的东北方言。在村里小学上完四年级后，康朋进入县城里的一所中学读书，六年级毕业后便只身前往曼谷谋生。他先后做过三轮车夫、赛马场饲养员、奶牛厂挤奶工、码头搬运工等工作。后来曾短暂地返回家乡，加入了一个四处巡演的东北民间歌舞团。歌舞团解散后，他又到泰南的沙敦府投靠一个朋友，并成为一名乡村教师。四年后，他和一名当地女子结婚。在多次申请调往家乡教书的尝试失败后，他辞去教职，两年后成为一所监狱的看守。正是在做监狱看守期间，他开始阅读并尝试写作。

创作《东北孩子》时康朋·本塔维已年近 50 岁，在经历了大半辈子背井离乡、异地漂泊的生活后，和父母亲族生活在一起的儿时记忆，或许已成为连接着作者和家乡的精神纽带，温暖而珍贵。这些点点滴滴的记忆，是《东北孩子》的灵感来源和精神养料，也经由写作行为本身，化作一个个鲜活的人物和一幅幅生动的画面，将原本只属于作者本人的“东北”带到了千千万万读者心中。在这部多多少少带有自传性质的作品中，没有过多的粉饰和不必要的“刻奇”，有的只是一个泰国东北人对半个世纪前自己家乡历史的追忆：

> 那还是四十七年前……
>
> 在一棵高大的椰子树下，有一间用木头搭成的高脚棚屋，站在

炎炎烈日下。……

这间高脚屋坐落在泰国东北一个小村寨里，那里家家户户都一个样：棚屋近旁搭有谷仓，屋下方圈养着黄牛和水牛。村子周围是田和水沼，经常干涸。水沼再过去是一片疏林，当地人管它叫“鹞子坵地”。太阳毒辣的日子里，路上是没有小娃奔跑的，因为遍地都是沙。那里的人不论去哪里，都光着脚走路，也不管沙土有多烫。村里有马可以骑的只有三个人。如果想要到远些的地方撒网打鱼，就得用上好几架车让黄牛拉着走，回来时就是二十多天以后了。①

小说以一个小男孩作为观察者和讲述者。孩童天真无邪和对身边一切充满了好奇和探知欲望的天性，使得他总能捕捉到不易为常人所察觉的生活细节，也可以偶尔顽皮地去偷窥大人们的隐私。父母间的日常言谈、妹妹们的情绪波动、亲族和邻里间发生的大事小事，全都是他观察的对象。又因为孩童们往往不会带着功利的目的去看待事物，不会为世俗所羁绊，所以他们眼中的世界似乎更能呈现出事物最本初的样貌。在小男孩昆的眼中，父母和周围的长辈每天都在为食物而操劳着，跟随他们四处去搜寻食材的过程总是充满无穷的乐趣和惊喜，他自己也在这个过程中熟悉当地的各种物产、了解动植物的习性和利用它们的办法——这是世代生长在这片土地上的人们长期积累下来的独门知识和生存智慧。

捕鹌鹑的网是昆曾见阿妈织过的，有好几张。阿妈会先一根一根地拉开干苎麻丝，看它们有没有足够的弹性，再拿出两根捻成长长的一股，等到纺线轮上已经结成了一大卷苎麻绳，阿妈就拿起绳子的一头，穿进一个刺棍里，然后继续编，就像编渔网一样。等编到差不多两拃长了，就让阿爸再用一根苎麻绳把网穿起来，套在一根用铅笔大小的竹篾做成的网架上，网架插在地上时会呈一个半月

① 康朋·本塔维：《东北孩子》，博贤出版社，2007，第1页。

形，而且正好让网面张开。网口大约有一拃多宽。[①]

从织网打鱼到捕鸟猎兽，从织布染衣到炊饮烹调，昆的父母“样样都能做”。没有现代化机械提供便利，那里的人们依旧用祖传的技艺制造各种工具和生活用品，用茅草和藤条编织屋顶遮风挡雨，用木头、竹子制作炊具和农具，用各种树根、兽角和兽骨治病，出远门要乘牛车。亲族都住在相距不远的地方，碰上婚丧嫁娶或重要节庆活动，人们便会齐聚一堂。佛教寺院是全村文化活动的中心，也是知识传播的中心，寺院内的佛堂就是村小学所在地。寺院住持是村子里最受尊敬的人，“谁要剃度、造新屋、讨老婆、给娃起名，甚至得了红眼病”，全都跑去找他。掌握专门知识的药师、铁匠也受到尊敬，歌人拥有较高的经济收入。除了本地人，村子里也有来开店做生意的越南人、不太受欢迎的华人和偶尔借住在寺庙里的古拉人。[②]

食物是《东北孩子》中描写得最多的内容。吃饭，是村民们每天要解决的头等大事；食物，是人们在结束了一天的辛苦劳作后得到的最美妙的犒赏。食物，不仅连接着人类与自然，也是人与人之间最牢靠的精神与物质纽带。小说中有一段烹饪蟋蟀的生动描写：

> 阿妈说完，就抬起之前熬鱼酱用过的那口锅，架到灶台上，再往里加了约半水瓢的水，然后从碗里拿起一条腌鱼放进去，把火扇大，好让水快点烧开。接着，就吩咐昆把蟋蟀的腿和翅膀剔掉，挤出里面的屎，阿妈则拿来研钵“咚咚咚”地捣起了烤辣椒和蒜头。捣碎后，又把蟋蟀放进去一起捣，直到碎成糊状，再拿起贝壳做的勺子，熟练地刮着边舀出来，装进一个大碗里，最后抬起熬腌鱼汤汁的锅，把鱼汁淋了进去，用勺子翻搅。[③]

---

① 康朋·本塔维：《东北孩子》，博贤出版社，2007，第100页。

② Khon Kula，“古拉”为缅甸语，原义为“外地人”，后来用来指称迁徙到缅甸境内的一个傣族分支，与泰国的主体民族泰族、我国西南部的傣族、老挝的主体民族老族，实际上是同源不同支的民族。

③ 康朋·本塔维：《东北孩子》，博贤出版社，2007，第115页。

所谓“民以食为天”，食物是人类社会最基本的关注点。饮食与文化的密切关系早已被人类学家注意到。[①] 小说中大量细致而生动的食物烹饪情节描写，在今天已是难得一见的展现泰国东北当地饮食习惯的“笔记”。从阅读食物开始，读者便开启了一段通向当地人生活和精神世界的旅程。

三　文艺批评家眼中的《东北孩子》

20世纪70年代著名文学期刊《书文世界》（*Lok Nangsue*）的编委会对《东北孩子》有以下评价：

> 康朋·本塔维这本书，给我们带来了一幅在当代小说中不易遇见的景观。当代小说大致可分为为数不多的几种类型，一种是“爱情小说”，或被部分人美其名曰“人生小说”，剩下的便是“冒险小说”和“色情小说”。但是我们却无法把康朋·本塔维的《东北孩子》归入上述任何一类。
>
> 事实上，读泰国小说以来，如果要专门关注与农村有关的作品，大多是像麦·蒙登[②] 笔下的那种“乡村民谣风格”（Baeb Luk Thung），使读者随着男女主人公的爱恨悲欢而心潮起伏；或者就是像玛纳·詹荣（Manat Chanyong）的短篇小说；又或者是那种讲述城里人到农村的故事，往往没有多少提及村民们的内容，即使有，也是从城里人的角度来讲述。很少有像康朋·本塔维的《东北孩子》这样读过之后能够体味到真实村民们的思想感情的作品。[③]

---

① 叶舒宪:《饮食人类学：求解人与文化之谜的新途径》,《广西民族学院学报》（哲学社会科学版）2001年第2期。

② “麦·蒙登”（Mai Mueangdoem）是作家甘·彭汶·纳阿瑜陀耶（Kan Phuengbun Na Ayutthaya，1905—1943）的笔名。

③《书文世界》编委会:《评东北孩子》，转引自任乐苔·萨佳潘编《东盟文学奖25年：论文辑录》，泰国语言与书籍协会，2004，第144~151页。

1976年10月6日学生运动的失败，预示着理想神话的彻底终结。在那之后，泰国文坛也经历了几年短暂的沉寂。在这个时代拐点上问世的《东北孩子》，由于内容上没有政治性倾向而得以顺利出版。而同时，它也为学潮之后疲软的文学市场带来了一丝新风。1976—1979年，由于一大批青年学生和知识分子逃往山林，市场上只有寥寥几部新创作出来的长篇小说作品，《东北孩子》恰好为这个时期渴望从文学中汲取养分的读者送去了一口精神食粮。直到1979年以后，在"66/23"号政府法令的施行下，大批逃往林间的知识精英才开始陆续回归主体社会。他们的归来，加快了文学界复苏的步伐，而他们自身也经历了反思和在新政治环境下的调适。知识阶层与政府之间长期以来的紧张对峙关系终于趋向缓和，政治话语逐渐从文艺创作中隐退。在新的历史条件下，文学为什么而写？文学的价值坐标应该置于何处？这些再次成为文艺界思考的问题。[①] 而《东北孩子》不仅为70年代后期萎靡不振的文学市场带来了一丝清风，更为当时努力思索泰国文学未来道路的文艺批评家们带来了一丝曙光。

1979年，东盟文学奖的评委会主席诺尼迪·谢布（Nonniti Sethabut）这样评价《东北孩子》：

> 《东北孩子》是一部很特别的作品……它有一种浑然一体的特质。用英文来说就是有"creative writing"（创意的写作），它（虽似散文，但又）不是散文，而是有趣味的故事，带有戏剧性……令读者读来手不释卷。它刻画了东北人特有的禀性，又将作家们很少触及的基本（生活）问题展现得如此引人入胜……[②]

类似的观点也可以在诺彭·巴查坤的《〈东北孩子〉里有什么？》一文中读到：

> 它没有隐含引人深思的哲理，没有展现让人惊艳的语言文字艺

① 熊燃：《东盟文学奖与泰国当代文学的创新》，载裴晓睿主编《泰学研究在中国：论文辑录》，世界图书出版广东有限公司，2015，第145~157页。

② 诺尼迪·谢布：《东盟文学奖10年》，朵雅出版公司，1988，第40页。

术，甚至都没有展现任何的社会问题以唤起人们的思考。然而，这部作品却用直白的、看似透明的方法，讲述了简简单单的农村生活，如果按照新时期西方评论家们的说法，则完全可以说“这部作品几乎接近了文学写作的零度”。

与《东北孩子》这种看似透明的特质相伴随的，是在虚构故事（其含义为具有情节的讲故事文体）和人类学记录（记录地方文化诸种细节的文本）这两种体裁之间来回穿梭又兼而有之的鲜明特点。甚至可以说，相较于虚构故事，它的纪实性这一特点显得更突出，更加吸引读者的注意。……不论是烹饪食物的方法、猎捕动物、手工艺技能，还是仪式习俗、地方信仰等这些主题，无一不包含着许许多多繁复的细节……也正是这些细节，成为读者喜爱这部小说的最主要原因，特别是它们满足了城市中产阶级读者所热衷的“读有所获”的求知欲望。①

同样是书写偏远山村的乡村生活，在康朋·本塔维笔下却丝毫见不到以往作家惯常带有的“同情”口吻。在其他作家笔下由“贫穷落后的乡下”和“深陷困苦的农民”所组成的景象，在《东北孩子》中却是安守脚下土地、积极生活、在贫困中作乐并对幸福满怀期盼的温暖图景。或许正是因为摆脱了以往文学中对农村描写的模式化和标签化，摆脱了隐藏在“同情”目光背后的居高临下视角，《东北孩子》才为陷入社会现实主义困境的文坛送来一缕清风、一种新的写作方式和文学的另一种可能。

在《东北孩子》中，“东北”所包含的意义在于：学会在艰难困苦中安住，毫不畏惧地同它斗争并以此为荣。简而言之，“东北”仅凭自身便可存在，“东北”不需要他人来同情和怜悯，因为同情和怜悯往往伴随着埋藏在深处的鄙薄。②

---

① 任乐苔·萨佳潘编《东盟文学奖 25 年：论文辑录》，泰国语言与书籍协会，2004，第 138~143 页。

② 任乐苔·萨佳潘编《东盟文学奖 25 年：论文辑录》，泰国语言与书籍协会，2004，第 138~143 页。

正是因为脱离了居高临下的知识分子视角，脱离了用苦难来呼唤抗争或控诉社会不公的政治意图，《东北孩子》才在同时代的泰国小说中显得如此与众不同，并在泰国现代小说的发展道路上留下不容抹去的一笔。而在思想史的意义上，它也同样具有启示性：

> 像康朋·本塔维的《东北孩子》这样的地域主义小说的大受欢迎，表明“曼谷即泰国”观念的旁落，地方问题成为被关注的焦点，城市中的泰国居民更加深刻地关注到生活在全国各地的同胞。[①]

正如上文中希素冉·蒲温莎（Srisurang Poolthupya）所言，“地域”（region）与“身份”（identity），是解读小说《东北孩子》的两个关键词。文学和文化范畴内的“地域主义”，在全球化背景下已被广泛论及。“东北”作为泰国现代地理版图中一个重要的地域概念，二战以后越来越频繁地出现在泰国政治、经济和社会话语体系中。它的频繁出现，一方面，说明它已在上述各个领域中被人们强烈地感知到；另一方面，则意味着它的意涵已超越了作为方位的指代，而成为一种身份的再现符号，指代一个“复杂的集合体”[②]。在《东北孩子》之后，越来越多带有不同地域文化色彩的小说进入泰国城市读者的视野。与此同时，象征着现代都市文明的曼谷，反而渐渐从当代作家的笔下隐退。

四 结论

站在今天的小说史坐标上审视《东北孩子》，它至少从三个意义上昭示了泰国小说创作范型的转变。首先，它意味着由西巫拉帕开创、以“为人生、为人民”为旗号的社会现实主义主流审美范式的退场。文学不再是反映社会或揭露现实的工具，而是有其自身的存在逻辑，也可以

---

① Srisurang Poolthupya, “Social Change as Seen in Modern Thai Literature,” in Tham Seong Chee ed., *Essays on Literature and Society in Southeast Asia: Political and Sociological Perspectives* (Singapore University Press,1981), p. 213.

② “复杂的集合体”一语借用自于连·沃尔夫莱《批评关键词：文学与文化理论》一书中的“我 / 身份”词条。详见于连·沃尔夫莱《批评关键词：文学与文化理论》，陈永国译，北京大学出版社，2015，第 122~123 页。

有更多元的审美旨趣。其次，它代表着作为一种文学类型的“地域书写”从边缘走向了中心。在《东北孩子》之前，没有任何一位出身于东北或其他外府的地方作家，能够凭借一部描写地方生活的作品在曼谷中产阶级读者中获得好评并跻身文坛，并且获得主流文艺批评家们的认可。1979 年，东盟文学奖的创设者和评委会以奖项效应赋予了《东北孩子》更大声誉和更高地位，进一步确认了这种地域书写模式在艺术上的可借鉴性。最后，从小说创作模式的角度看，《东北孩子》在一定程度上预告了泰国小说即将发生的一场“创新之变”。《东北孩子》没有刻意用紧张的情节或戏剧性冲突来吸引读者，而是以一种看似“写实”的叙述风格运用于以“虚构”（fiction）为天然美学诉求的小说体裁中，并且将两者结合得“浑然天成”、毫不突兀。它的成功势必启发更多的小说家去尝试新的叙事方法或形式，去不断突破小说的可能性边界。20 世纪 70 年代末以降，泰国小说走过了比以往任何时期都开放和富有生机的四十多年，而《东北孩子》正像是这一新局面的前奏。

作者系北京大学东方文学研究中心、
北京大学外国语学院东南亚系助理教授

阿曼小说《月亮女人》中的空间构建

张洁颖

内容提要 《月亮女人》以碎片化的故事打破线性时序，将空间并置以产生共时性，描摹出上百年来阿曼翻天覆地的社会变化，关注历史洪流中的个体如何接纳和应对这些变化。小说通过拼图式空间和叙事支点等叙事结构来重构空间秩序，烘托出革新和现代化背景下人的错位感与孤独，同时也利用互文来回溯和挖掘传统，塑造丰富立体的阿曼乡村空间。小说中用以展现时间和突破时间限制的空间不只是对现实物理空间的描摹，而是有着更丰富的叙事功能。

关键词 《月亮女人》 阿曼文学 空间叙事 空间形式

《月亮女人》(*Celestial Bodies*)[①] 是阿曼女作家朱哈·哈尔希（Jokha Alharthi，1978— ）2010年出版的小说，2018年，该书的英译本发行，并于2019年获布克国际文学奖（International Booker Prize）。这是阿拉伯语作品首次荣获该奖项，哈尔希也成为获得此奖的第一位阿拉伯作家。国际文坛对阿拉伯文学的有限了解通常集中于埃及、叙利亚、巴勒斯坦等传统文学大国，《月亮女人》此次获奖意义非凡，可谓是一

① 该小说目前没有中文译本，书名的阿拉伯语原文为“月亮女人”，英文译本结合小说内容将其意译为“天体”（Celestial Bodies）。

个充满象征性的开始，将阿曼文学甚至整个阿拉伯海湾地区的文学置于聚光灯下，也推动各国读者将拥有悠久辉煌历史的阿拉伯文学纳入视野。

《月亮女人》的故事围绕阿曼一个名为阿瓦费的村庄展开，小说中没有明显的主要和次要角色，而是分化出交错并行的数条故事线，涉及不同阶层、不同身份、不同时代的多个人物。小说重现了阿曼从19世纪末到当下的这段光景，以其中具有转折意义的变革性历史事件为背景，关注阿曼人民如何应对和接纳这些变革。通过对历史的叙述与构建，《月亮女人》以碎片化情节和非线性叙事方式勾勒出阿曼这个“默默无闻”小国的社会变迁和发展历程。

油气资源在整个海湾地区的现代化进程中都扮演了重要角色，但若因此认为开发油气资源之前的海湾国家是沙漠中资源匮乏的落后封闭地带，则陷入了过度简单化的误区。“当代阿曼现代性中的许多基本特征可追溯至国家历史的更早时期，特别是其在全球贸易网络中的长期参与。”① 早在16世纪葡萄牙扩张至阿拉伯半岛之前，阿曼就以其地理位置优势成为地区贸易中枢，还曾将势力范围扩张至非洲东海岸，也由此引发了小说中提到的黑人奴隶贸易。此后，阿曼被卷入欧洲列强在海湾地区角逐的历史，19世纪爆发一系列武装反抗英国殖民统治的斗争后，阿曼实现了民族独立，在城市化、现代化和全球化浪潮中感受着传统与现代的撕裂。《月亮女人》在这些宏大、笼统、概括性的时代变换中聚焦一个个渺小但独一无二的个体，利用独特的写作技巧，通过文本形式上的空间变化和重构来反映历史洪流中不断变化的个体生活空间和集体社会空间，关注百年的国家变化发展是如何浓缩凝聚在这些个体的生活与思想中的。

一　拼图式的叙事空间形式

历史意味着对过去已发生事件的记录和诠释，但“人的时间蕴含着

① Jeremy Jonesand Nicholas Ridout, *A History of Modern Oman* (New York: Cambridge UP, 2015), p. 2.

多种可能生活的维度，内含在无数方向上展开的可能性，所以历史是一个多维时间的概念"[①]。在把握阿曼这段漫长历史时，《月亮女人》以意识流手法和弱化了情节的故事碎片打破历史线性进程，这些故事碎片如同一块块散落的拼图，将不同时空的场景融合在一起形成"拼图式"叙事空间形式，还原历史的厚度和多重维度。从本质上讲，叙事的空间形式并非实体空间场景，而是一种隐喻，其阐述的终极主题还是时间。通过空间并置形成的共时性，打破由过去到未来的因果关系和时间限制。巴赫金认为，数学科学中的"时空"一词"借用到文学范畴中来，几乎是作为一种比喻"，"时间在这里浓缩、凝聚，变成艺术上可见的东西；空间则趋向紧张，被卷入时间、情节、历史的运动之中"。[②] 而意识流叙事能够打乱时空，将历时性的"时间线"消解成一个个"时间点"，这些瞬时的点将不同时期的阿曼囊括进许多共时故事碎片中，制造出一种陌生的空间感，当海上奴隶贸易、封建时代农村家庭生活、国际化现代都市等场景交错出现时，社会的快速变化带来的错位感便在情节的非连贯性中显露无遗，故事的破碎化隐喻着旧秩序和价值不断被冲击甚至打碎。阅读这样的文本需要读者极高的能动性和参与度，因为碎片化的场景不依照时间线性顺序出现，而是随着空间转换和人的意识流动走向而变换，承载着历史洪流中的个人情感和集体记忆，读者"只有像玩拼图游戏似的把相关内容拼接起来，以组合成某种空间'图式'，才能发现小说的妙处"[③]。

《月亮女人》拼图式的叙事空间形式里，叙事顺序不再与事件发生的时序性保持一致，而是将不同时代各个人物的故事碎片并置，从个体命运中反思宏大历史命题。因此我们看到，小说中的众多角色在面对废除奴隶制、设立现代医院、妇女教育普及等社会变化时，表露出不同立场和态度，在社会车轮向前滚动的道路上，动力和阻力并存。

现代社会对奴隶制早已做出价值判断，但由于阿曼在该问题上的复杂历史背景，在文学作品中直接探讨奴隶话题仍需要勇气和技巧。小说

① 赵汀阳：《历史之道：意义链和问题链》，《哲学研究》2019 年第 1 期。

② 《巴赫金全集》（第三卷），白春仁、晓河译，河北教育出版社，1998，第 275 页。

③ 龙迪勇：《空间叙事学》，博士学位论文，上海师范大学，2008，第 96 页。

没有落入控诉旧制度的窠臼，而是敏锐捕捉到人性的复杂。在新旧思想交替和混杂的时期，每个人都要面对社会变革带来的命运抉择和精神裂变。18—19世纪，阿曼曾将领土沿阿拉伯海和印度洋扩张至非洲东部，如今位于坦桑尼亚的桑给巴尔曾是阿曼赛义德王朝时期的第二首都，也是当时的非洲奴隶贸易中心，这样的历史背景造就了人们对奴隶制根深蒂固的思想意识。小说中女奴扎莉珐的曾祖父从家乡肯尼亚被强行掳走，就是偷运到桑给巴尔中转，最后被卖到阿曼阿瓦费村的一位地主家中。奴隶身份从曾祖父传至扎莉珐的儿子，延续了几乎五代人的时间，奴隶主的身份也代代相传，两个家庭的命运交织通过复杂精妙的文本结构缓缓浮现。语言叙述的纵向时间流被取消，实现了“知觉上的同时性”①，给读者同时带来“瞬间的永恒凝固”和“光阴飞速流转”的感觉。

历史上一系列禁止奴隶贸易的公约并没能真正终结阿曼的奴隶制，但自由和独立的观念已随着新时代的到来悄然进入人们心中。扎莉珐的丈夫和儿子口中总是叨念着“自由人”的概念，他们还记着自己黑皮肤的祖先和遥远的故土，在新时代自由思想的感召下相继逃离奴隶主家庭。同样流淌着非洲血液的扎莉珐却将阿瓦费视为家乡，提醒想要离开的儿子应对奴隶主家庭的养育之恩心怀感激，儿子激烈反驳道：“商人苏莱曼养我，供我上学，安排我的婚事，这都是为了他自己，为了能让我伺候他，让我的老婆和孩子都伺候他……你睁眼看看吧，世道都变了，你还张口闭口就是‘老爷’‘主子’……我们是自由人，每个人都是自己的主子……”② 和扎莉珐共享旧日信念的还有奴隶主苏莱曼，他年老病重时躺在医院里，早已神志不清，嘴里却仍叫喊着要把家里试图逃跑的奴隶给绑起来。对于他们来说，往昔生活意味着稳定和可控，新事物的出现则导致了传统生活方式的全面崩塌，因此他们固执地站在历史发展进程的对立面，死守旧秩序，企图阻止发展。

小说以家庭和社会生活中的切实问题为轴心，通过拼图式叙事对比和观察历代人对这些迅猛变化的态度。年轻人当然没有沿袭老一辈的迂腐道路，但当他们站在新时代的岔路口时，遇到的挑战并不比上一代人

① 约瑟夫·弗兰克等：《现代小说中的空间形式》，秦林芳编译，北京大学出版社，1991，第2页。

② الحارثي، جوخة، سيدات القمر. بيروت: دار الآداب، 2019، ص ٩٣-٩٤.

少。阿曼的现代化起步较晚却来势汹汹，突如其来的变革力量显然让身处其中的人感到抵触和不适，异质、多元的社会对部落式乡村生活造成了严重冲击，叙事结构上空间碎片的交错是时间之力的外化表现，映射出人的思想断层和精神迷茫，当陈腐的旧制度被废除时，思想上的桎梏却难以消除。

二　空间叙事与人物特质

时间与空间无疑是一对互相依存、不可分割的概念，《月亮女人》由于其时序错乱的叙事方式，成为一本“不好读”的小说，意识流的叙事方式产生了“时间的颠倒与空间的重叠或空间的分解以及重新组合”[①]，叙述者的思绪飘忽不定，好像意识被触发后朝多方向汹涌流动，过去、现在和未来随机出现，此时连接不同时间碎片的节点就是一个个空间性的叙事支点，[②] 就像普鲁斯特的小玛德莱娜蛋糕，或者弗吉尼亚·伍尔夫看到的墙上的斑点。这些空间维度的“支点”支撑起整个叙事框架，而对“支点”的选择也体现出不同人物的性格特质。情节的淡化使故事缺少跌宕起伏，很难通过事件、对话和行为来深入了解人物，这也为许多书评诟病该书人物形象塑造过于单薄提供了理由，然而通过人物的“叙事支点”可把人物和特定空间联系起来，塑造空间是为了更好地塑造人物形象，人物依附于这一空间，并将其自身特质反映在空间的构建上。

小说中有两种叙述声音交替出现：第一种是以意识流手法由阿卜杜拉使用第一人称叙事，讲述他本人和同他有联系的其他阿瓦费村民的故事，他的意识流动之处即是文本呈现给读者的场景；第二种是通过全知全能的第三人称叙事视角展现出一个个故事碎片。在由阿卜杜拉作为叙述声音的章节里，他总是坐在去国外出差的飞机上，这一飘浮在空中、没有依靠、没有安全感的空间，触发了他意识中无助和脆弱的部分。以下引文选自小说不同章节的开头，从中能看出“飞机”这一空间如何刺激阿卜杜拉的意识流动：

---

① 柳鸣九：《关于意识流问题的思考》，《外国文学评论》1987 年第 4 期。

② 龙迪勇：《空间叙事学》，博士学位论文，上海师范大学，2008，第 5 页。

我经常乘飞机出行，但最爱的仍是坐在窗边的位置，看城市逐渐变小，直至消失。女儿说："你出行得太频繁了，爸爸。"我没有告诉她，在异乡，在爱里，我们才更了解自己。①

温柔的空姐啊，你总是维持着善解人意的形象，但是一生都悬浮在天地之间究竟是怎样的感觉呢？当我第一次看见她（妻子玛娅）时，我也像你一样，处于天地之间。②

我的头浸在水里。每次乘飞机时，这种头痛都会突然向我袭来，我感到混乱，面前的一切都沉入水中。我感觉自己被粗糙的纤绳捆着倒吊在井里，头撞在黑暗的井壁上。绳子会断裂的念头令我惊恐不已，我怕自己坠入井底。③

阿卜杜拉在新旧时代的交会处成长，他幼年时，阿瓦费村甚至还没完全通电，短短二三十年间，生活发生了翻天覆地的改变，年轻人热衷于迁往首都马斯喀特，喜欢在谈话中夹杂英文单词。阿卜杜拉出身富裕的商贾之家，他的人生好像圆满无波澜，然而他却总是处于孤独和压抑的状态。在阿卜杜拉断断续续的讲述中，他逐渐吐露出自己的心结。阿卜杜拉坐在去国外出差的飞机上，并不期待异国的旅程，而是被包裹在这一狭小又缥缈的空间里，这种悬浮在天地间、不踏实的感觉就好像他那无法掌控的人生。飞机这一空间是现代性的标志，体现了从村庄到城市的社会生活变迁，暗示着发展和速度，但它给阿卜杜拉带来的却是压抑、头痛、不稳定、安全感缺失等状态。他的回忆和讲述被飞机这一"叙事支点"触发，同时引出其他多个人物的故事线，这些故事有的独自成篇，有的互相交错，展现了阿曼各年代各阶层的人物生活。富庶的物质生活不一定伴随精神满足和稳定，阿卜杜拉这一代人与阿曼共同成长，见证并参与了历史，但被时代潮流裹挟着向前飞奔的同时，他们也要努力对抗童年梦魇和旧思想的荼毒。

① الحارثي، جوخة، سيدات القمر. بيروت: دار الآداب، 2019، ص ٢٧.

② الحارثي، جوخة، سيدات القمر. بيروت: دار الآداب، 2019، ص ٤٣.

③ الحارثي، جوخة، سيدات القمر. بيروت: دار الآداب، 2019، ص ١٣٣.

在不是由阿卜杜拉叙述的章节里，所有人物的故事依然以拼图碎片的方式出现，“叙述者的声音与人物的声音交织在一起，忽强忽弱、若隐若现，很适宜于造成隐蔽的叙事效果”[①]，这时的非线性叙事仿佛是这个隐蔽的叙述者的意识流动，让许多人物的出场总是伴随着特定地理空间，这些空间不仅是事件发生的维度，也是人心理状态的外在体现。如小说的第一句话和空间起点：“玛娅沉浸在她的蝴蝶牌黑色缝纫机前，陷入了爱河。”[②] 阿卜杜拉的妻子玛娅成长于一个父母之命不可违抗的年代，隐忍和消极顺从是她唯一能选择的反抗姿态，因此她将缝纫机从发展个人爱好的工具变为自我封锁的牢笼，打造了一个与世隔绝的私人空间。相对于玛娅的自我禁锢，女奴扎莉珐则是被困却不自知，废奴制的落实撼动了她的整个生活，面对无法理解的外部世界，厨房、聚会和宴席才是令扎莉珐感到熟悉和安心的空间，是她仅有的能证明自己价值的地方。

这样颠覆线性叙事的手法在现代小说中并不少见，其背后的情感表达需求是比单纯的叙事技巧更为重要的因素，故事情节的连贯性被一个个叙事支点打破，正如历史进程中旧思想和制度被变革的力量打破，人从狭小的叙事支点被带往更为宽广的社会空间，这也是他们通向广阔性的过程。“广阔性可以说是梦想的一个哲学范畴……在广阔性的梦想这个方面，真正的产品是不断扩大的意识……”[③] 当书中人物被放置在一个更辽阔开放的世界时，他们也重新构建了对环境和自我的认知，既要与过往的羁绊对抗，也需接纳剧烈的社会变革。小说结局是开放式的，每个人的故事都处于未完成状态，就像小说结构本身一样无始无终，分化的数条故事线并没有在结尾合并，而是各自延展，正如布克奖评委所说，《月亮女人》“从一个房间开始，以一个世界结束”。

三 回溯传统空间

与其说《月亮女人》讲述了多个人物的故事，不如说讲述的是阿瓦

---

① 罗钢:《叙事学导论》，云南人民出版社，1994，第223页。

② الحارثي، جوخة، سيدات القمر. بيروت: دار الآداب،2019، ص ٧.

③ 加斯东·巴什拉:《空间的诗学》，张逸婧译，上海译文出版社，2009，第199~200页。

费村的故事。跨越时空的篇章交织展示了阿瓦费村世代生活图景，看似无逻辑的跳跃式叙述片段被囊括在一个更大的空间之中，使所有人物的命运都关联到阿瓦费村这一意义单位，让空间超越人物成为小说的真正主角。阿瓦费村是作者虚构的地点，“它能与阿曼的任何一个村庄契合，经历着相似的状况和变化”[①]。历史发展的必然性带来时间的推进和空间的转移，在阿瓦费村向现代社会空间开放的同时，作者也试图在无始无终的碎片化故事中维系其与历史的纽带，通过回溯传统来构建一个丰富立体的村庄空间。从制度上看，农村生活固然存在封建主义的压迫，但从文化遗产的角度来看，阿曼村庄的民俗生活承载着极具民族特色的精神内涵，当小说中的各个人物在疾速的社会变化中感受错位和孤独时，阿瓦费村的历史积淀给他们提供了精神依靠。因此，作者笔下的阿瓦费村呈现出多维、多元的空间结构，在包含田地与河流、房屋与村落、沙漠与绿洲的地理空间之外，继承了当地文化遗产精魂的非物质元素也是构建多维空间的重要支柱。

作者在小说叙事语言中引用了许多古典诗文和民间谚语，还穿插着占卜辞、祈祷词、打油诗、顺口溜等，运用这些文化遗产来完成对该时期阿曼乡村生活的多层次空间写照，因为对空间的描写“不是单纯的对一个自然空间对象的描述，而是包含了心灵、自然、与社会对象的复杂话语”[②]。阿瓦费村向前迈进的过程中，丢弃了许多时代糟粕，但现代性不一定意味着与传统决裂，小说中多次引用的或雅或俗的传统话语可以说是作者对失落精神空间的回归与重塑，她尝试从中找到传统与现代的链接点。在女性不能自由入学的年代，阿斯玛如饥似渴地阅读家中书架上的古籍，吸收古人关于哲理、爱情、健康等话题的智慧。听闻女性长辈关于坐月子的女性“不洁”的荒谬言论时，她找出伊斯兰教经典《圣训》中的相关记载，背诵下来准备反驳老一辈的迷信思想。受时间侵蚀而腐坏的书皮下，古老的手抄文字在现代语境中产生新的价值，它们不但没有僵化，反而在任何时代都能焕发生机，成为承载人类共同情感的

---

① جوخة الحارثي: كتبتُ «سيدات القمر» لأتدفأ من اغترابي في المكان واللغة، 2019/11/22، ملف من إعداد وحوار: هدى حمد، مجلة نزوى. accessed June 10, 2021, https://www.nizwa.com/جوخة-الحارثي-كتبتُ-سيدات-القمر-لأتد/.

② 陈德志:《隐喻与悖论：空间、空间形式与空间叙事学》,《江西社会科学》2009年第9期。

艺术形式。桀骜不羁的贝都因女子纳吉娅像风一般不受约束，面对这样多情的女性，她的情人阿赞吟诵出阿拉伯极负盛名的古代诗人穆太奈比的诗歌：“大漠女子娇俏如羚羊，伶牙俐齿秀颜不扫蛾眉。贝都因美人丰韵嫣然，城中佳丽不可与之媲美。”望着如沙漠羚羊般娇俏的情人脸庞，源自沙漠的诗歌自然成为诠释爱情的最佳方式，古代情诗与阿赞和纳吉娅的恋情故事形成互文性叙事，狂野沙漠与狂热爱恋形成的实体空间与诗歌承载的抽象精神空间相结合，展现出丰富的地域特色。

小说正是通过对这些民族文化的挖掘和继承将阿瓦费村塑造成开放式的多层次空间结构。与诗歌的“雅”相对的是谚语的“俗”，文本中频繁出现的谚语、俗语在日常话语中“代替解释和详细说明，……有着描述和表达立场的强大功能”①，这些话语既是人物内心世界的体现，也与阿曼乡村民俗的灵魂联系在一起，在地域空间塑造之外融入了社会和文化等因素，形成了更加动态和丰富的乡村空间。“引用也是将文本向外敞开，把文本与一个打乱其整体的‘他性’进行对照，使文本处于多元和分散的境地。”② 小说通过不同人物的语言引用各类文本，引用文本与小说文本形成互文关系，而这些文本自身就具备丰富的叙事功能，再加上其展现出的地域特色，能够对小说的结构和内容起到增补作用。各类文本的引入打破了阿瓦费村的空间封闭性，也打通了其与阿拉伯半岛传统文化的联系，使小说本身成为跨越时空与传统经典沟通的一种尝试。

四 结语

现实中的时间和空间具有不可分割性，而“叙事文本中的时空关系缺乏其在真实时空中所具有的清晰性和对称性”③。在《月亮女人》中，多线叙事结构组成了拼图式的块状叙事空间，故事时序被颠覆，情节被削弱，百年来几代人的生活图景被压缩在一个个故事片段里。大的时间跨度中来自不同阶级的人物都身处同样的空间之中，展现了阿曼这个小

① م. د. أماني حارث الغانمي، التجليات الشعرية وتداخل الأجناس في رواية سيدات القمر لجوخة الحارثي، المجلة الدولية للعلوم الإنسانية والاجتماعية، العدد ٥١، سبتمبر2020، ص124.

② 蒂费纳·萨莫瓦约：《互文性研究》，邵炜译，天津人民出版社，2003，第58页。

③ 卓拉·加百利：《朝向空间的叙事理论》，李森译，《江西社会科学》2009年第5期。

国在现代化道路上主动或被动产生的变化。物质空间的位移承载着人面对变化的反应和情感，揭示了人与历史变革的互动。小说中的阿瓦费村是整个阿曼农村社会的缩影，大量民俗和古典文学元素的融入为空间构建增添了地域特色和文化内涵，也与社会环境和人与人之间的社会关系紧密相连。

作者在采访中曾提到，她曾在苏格兰求学，面对着地域和语言的双重陌生感，这种身处异乡的陌生感、疏离感和对家乡的回忆促使她写下此书，她孤独的个人情感也反映在小说叙事中。社会变迁令人产生一种陌生感，身处其中的人物在历时上经历了年岁变迁，在共时上面对着传统和现代交错、过去和未来同在，用以展现时间的空间不只是对现实物理空间的描摹，更是有着丰富的叙事功能。小说通过空间的解构与再建构，观照的是阿曼快速现代化进程背景下，各年代不同身份的人的困境和出路，正如作者所说："我书写女性和家庭，但我最终书写的还是人的状况。"①

作者系北京大学外国语学院阿拉伯语系博士研究生

① Louisa Ermelino, Jokha Alharthi Brings Omani Literature to the U.S., Publishers Weekly 6 September 2019, accessed June 10, 2021, https://www.publishersweekly.com/pw/by-topic/columns-and-blogs/openbook/article/81117-jokha-alharthi-brings-omani-literature-to-the-u-s.html.

解读埃及小说《处处堕落》中的悲剧指向

张馨元

内容提要 埃及作家萨布里·穆萨的经典之作《处处堕落》，以独特的叙事视角，创新的空间选取，隐喻的语言运用，冲突的关系设定，抽象的神话暗示，被评述为阿拉伯当代文学的一座里程碑。而所有技巧的运用与情节的安排皆在悲剧色韵之下铺展开来，作品的悲剧意味浓厚强烈，带有命定色彩的个人悲剧和人与自然冲突对峙的人类悲剧轮番上演。作者的意图不只是简单地将种种悲剧的哀伤，抑或是映照人性中丑恶面的那块明镜放置在读者面前，更是意在实现悲剧的“净化”作用，引起人们怜悯与恐惧的情感。在幕幕悲剧背后，隐含的是作者内心的人文呼唤，对人与自然和谐相处本质的思考。在分析种种悲剧的构建时，不难体认作者的超验主义自然关怀。

关键词 《处处堕落》 埃及小说 萨布里·穆萨 悲剧

埃及作家萨布里·穆萨的代表作品《处处堕落》出版后在阿拉伯文坛引起了热烈反响，在世纪之交入选20世纪105部最佳阿拉伯小说排行榜。除此之外，该小说还获得了多个文学奖项，引领当代阿拉伯小说创作走向创新与转折。阿拉伯评论家奥斯曼如此评价这部小说："沙漠小说《处处堕落》为易卜拉欣·库尼以及其他作家打开了有关沙漠小说写作的视野。"①

作者将小说的空间设定在不同于城市与农村的沙漠与大山之中，通过叙述在此独特空间中发生的一系列事件，勾勒出主要人物尼古拉及其女儿伊丽娅、贝都因人伊萨、凯尔亚布人阿卜杜拉白·凯尔亚布的悲剧人生，意在揭露国王一行外来人员贪婪污秽的丑恶人性，以及造成他人悲剧命运的罪恶行径，映射充满黑暗与堕落的现实世界。

可以这样分析，《处处堕落》之中，借用古希腊神话的暗示，影射出命定的悲剧，亦体现了尼采悲剧学说中的酒神精神，包含卡尔·雅斯贝尔斯在悲剧分析中对自我保全的提出与乌纳穆诺对贪婪罪源的指认，更在偶然中符合卡斯特尔维特洛对悲剧骇人事件与悲剧行动的分析，最终实现亚里士多德提出的悲剧所具有的"净化"与引起怜悯、恐惧的作用。正如卡尔·雅斯贝尔斯指出的："悲剧能够惊人地透视所有实际存在和发生的人情物事；在它沉默的顶点，悲剧暗示出并实现了人类的最高可能性。"② 小说《处处堕落》即是如此，根据小说中悲剧的类型，可以将其分为命定之悲剧、人性之悲剧以及人与自然对峙之悲剧。

一 命定之悲剧

难以否认，小说《处处堕落》或多或少含有悲剧情节中的命定因素。在国王一行人突然造访大山、打破平静的那一刻，部分人物的悲剧命运似乎便已注定，因为国王一行人的目的是在隐蔽的大山中发泄自己的情欲，举办低俗的狂欢，让大山成为他们丑恶行径的"保护伞"。强权与荒淫并行，让他人的命运成为悲剧。

1. 冥冥之中的毁灭

主人公尼古拉的女儿伊丽娅成为悲剧命运的牺牲品，她的出场似乎

① صبري موسيي يفضح "فساد الأمكنة" ويفتح أبواب الحداثة لأجيال من الكاتب، توقيت النشر: ١. مارس ٢٠١٨، توقيت الزيارة: ٧. فبراير ٢٠١٩. https://www.alfaisalmag.com/?p=9229

② 卡尔·雅斯贝尔斯：《悲剧的超越》，亦春译，工人出版社，1988，第6页。

便预示着难以逃脱的悲剧结尾。她继承了母亲大伊丽娅的美貌，天真无邪，纯洁无羁，坚强孤傲，似一棵鲜嫩的小树，她对沙漠的情怀促使她在母亲的陪伴下找寻到自己的父亲尼古拉之后，倔强地留在沙漠之中。伊丽娅亮丽耀眼，摄人心魄，这与沙漠的荒芜构成一种隐含的冲突与对立。她的美丽吸引了异性的目光，甚至他的父亲尼古拉也不例外，悲剧的种子悄然发芽。

在伊丽娅的悲剧命运中，安托尼贝克、国王及其侍从皆难辞其咎。国王是伊丽娅悲剧结局的挖掘者，尼古拉的合伙人安托尼贝克与国王的侍从是幕后推动者，而尼古拉则是伊丽娅命运的终结者。

国王的侍从在发现伊丽娅之时，便计划使其成为自己对国王的献礼。安托尼贝克臆想被国王蹂躏的伊丽娅，会心甘情愿地选择他作为拯救者与归宿，让自己早已深重的情根开花结果。国王的垂涎欲滴、老谋深算，让单纯天真的伊丽娅落入荒淫的圈套。她不知危险，还自以为荣地陪同在国王身边打猎，享受着王后般的居高临下与国王带有目的性的柔情蜜意。当伊丽娅被抱入国王的帐篷时，她才恍然懂得自己已经进入了禁忌之地，但为时已晚。

最终，昏迷的伊丽娅被送回到尼古拉身边，但那时他因为饮酒过度而高烧昏迷、神志不清。尼古拉在恍恍惚惚的梦中，与自己的女儿发生了性关系。当他醒来发现伊丽娅就躺在自己身边时，已然分不清刚刚发生的一切是真实的还是虚幻的，但事件的冲击性与内心无法抑制的罪恶感使尼古拉认定这是真实发生的，而这也注定成为另一场悲剧的开始，因为“所有悲剧的核心是伦理上的冲突”[①]。尼古拉内心深处对女儿暗自萌生的欲念即是与伦理相冲突的极大罪恶，所以，尼古拉无法面对自己的内心，更无法面对伊丽娅。由此，尼古拉变得精神涣散，甚至跳入大海，游向禁区，他想以此方式作为对自己的惩罚，但却被众人所救。尼古拉在海中被鲨鱼咬伤后背，康复后便自我封闭，疯狂地投入到工作当中，但他始终无法摆脱内心的罪恶感。

所以，当尼古拉得知伊丽娅怀有孩子时，便认定那是自己的骨肉，

---

① Edited by Toni Erskine and Richard Ned Lebow, *Tragedy and International Relations* (Palgrave macmillan, 2012) , p.27.

劝其堕胎无果后大发雷霆。在孩子诞生后不久，尼古拉偷偷地将孩子抱离家中，因为这个孩子的存在时刻提醒着他自身的罪恶。但是，尼古拉在抱着襁褓中的孩子奔逃的途中，或许是因为精神恍惚，又或许是因为精神过度紧张，他紧抱包袱的手掌过于用力，不知何时将孩子扼杀。文艺复兴时期意大利人文主义戏剧理论家和文学批评家卡斯特尔维特洛根据悲剧行动的性质，将其分为五类："邪恶的行动，邪恶而又骇人的行动，痛苦的行动，可以宽恕的行动，骇人的但不是邪恶的行动。"[①] 尼古拉对外孙的误杀属于五类悲剧行动中的"痛苦的行动"，因为这不是他刻意为之的结果，但是外孙意外死亡的悲剧后果作为既定事实，使尼古拉极为痛苦。

内心的罪孽无法救赎，尼古拉自我毁灭般地躲藏在大山之中，想用这样的方式终结自己的生命。此处的悲剧意味更加浓厚，因为"如果一个事件牵涉悲剧主人公因自身的罪恶而自我毁灭时，这个事件便是悲剧的"[②]。在尼古拉消失的那段时间，伊丽娅一直苦苦寻找，当她终于在大山通道里看见尼古拉时，尼古拉却出于内心强烈的罪恶感而仓皇逃离，以至于碰倒支撑碎岩石的木桩，使岩石塌落，堵住了洞口。伊丽娅因此被困在通道内，她大声呼救，呼喊声中充斥着绝望，这种濒临死亡的悲叹之语使悲剧意味达到极致，因为"悲剧语言与悲叹之语是相关联的"[③]。与此同时，她那无比痛苦的呼救声使尼古拉感到惊恐无助、心痛崩溃，因为仅凭他一人之力无法将岩石移走，救出自己的女儿。最终，在救援者赶到之前，伊丽娅已经死去，岩石上留下了她挣扎时的抓痕。此处体现出一种"悲剧受难"的内涵，正如卡斯特尔维特洛曾指出的："'悲剧受难'内涵包括死亡（即人身肉体的毁灭）在内的痛苦和焦急的经历。这里的痛苦包括人生的困苦和甚至濒临死亡的那种极度的危难和极度的痛苦。"[④] 伊丽娅濒临死亡时的极度痛苦是小说结尾处的情节，将

---

① 转引自程孟辉《西方悲剧学说史》，商务印书馆国际有限公司，2009，第97页。

② Edited by Stephen D. Dowden and Thomas P. Quinn, *Tragedy and the Tragic in German Literature, Art, and Thought*（New York: Camden House Rochester, 2014）, p.206.

③ Edited by Stephen D. Dowden and Thomas P. Quinn, *Tragedy and the Tragic in German Literature, Art, and Thought*（New York: Camden House Rochester, 2014）, p.13.

④ 转引自程孟辉《西方悲剧学说史》，商务印书馆国际有限公司，2009，第100页。

悲情推向高潮。另外，在卡斯特尔维特洛对悲剧骇人事件的分类中，第一类是骇人事件体现在不具备感知能力的事物身上。大山中的岩石作为不具备感知能力的事物，却意外塌落，死死地堵住洞口，成为将伊丽娅的生命推至终结的“凶手”，这便是悲剧中的骇人事件。

伊丽娅的悲剧命运在以上多重因素推动下落下了帷幕。纯洁天真的灵魂被荒淫的阴谋玷污，堕入无法自救的境地，成为悲哀的牺牲品。伊丽娅一度认为是由于自己落入国王的圈套，失去贞洁甚至生下孩子的事实让尼古拉无法接受，使他变得疯狂暴躁、喜怒无常、行为怪诞，她因此对自己的父亲充满了愧疚，在得知儿子的死与父亲有关之后，依然不顾艰难地去找寻失踪的尼古拉。然而事实却是，尼古拉误以为自己在梦中与女儿发生了不伦关系，而那个孩子就是自己的骨肉，他无法接受这种违背伦理的行径而变得疯狂怪诞。此种情节的设定无不体现了命运的捉弄与讽刺。作者曾将伊丽娅比作小树，然而，一棵稚嫩的小树如何能够征服广阔的荒芜呢？在这种鲜明的对立中，伊丽娅的悲剧命运似乎带有一丝命定之感。

2. 自我保全的救赎

尼古拉作为小说的主人公，自从他心怀宏图，想成为一座山的王，他的命运似乎也注定了以悲剧收尾，因为人类的渺小使其在尝试征服自然的过程中必定将遭受各种磨难。尼古拉在罪愆的“牢笼”中日复一日虔诚地忏悔赎罪，正如叔本华指出的：“悲剧的真正意义是一种深刻的认识，认识到悲剧主角所赎的不是他个人特有的罪，而是原罪。”① 有悖伦理的生理欲望是尼古拉的原罪，之后命运的捉弄与误会，导致了自己女儿与外孙的死亡，这样的罪恶是尼古拉永远无法洗去的烙印。除此之外，尼古拉偏离了将大山视为自己国土的初衷，他“原本憧憬着融入到大山之中，使其成为自己的‘祖国’与归宿，但他参与到对大山侵略的合谋之中，耗尽了大山的资源”②。的确，尼古拉与安托尼贝克等人合作对大山进行开采，严重破坏了自然的内在统一。

---

① 陈静编《叔本华文集：作为意志和表征的世界卷》，石冲白译，青海人民出版社，1996，第 241 页。

② سمير اليوسف،"فساد الأمكنة" رواية مصرية تنفرد في أجوائها الغريبة، توقيت النشر: ٢٦. ديسمبر ٢٠٠٢، توقيت الزيارة: ١٢. فبراير ٢٠١٩.

archive.aawsat.com/details.asp?article=143389&issueno=8794#.XIO9m_ZuI2w

然而，在人的本能之中，有一种本能是对自我的保全，在人的内心深处，会有一种本能的隐藏。正如卡尔·雅斯贝尔斯的论述："只要全部的意义和全部的必然都烟消云散，就会有某种东西在人的内心深处出现：基本身份的自我保全本能。这个身份通过忍耐——'我必须在沉默中接受我的命运'，通过生活的勇气，以及在可能性的限制下高贵庄严地死去的勇气而保全下来。"① 在尼古拉的本能中，有一种对自我的保全，他选择继续生存，接受命运，在自我保全中接受苦难的洗礼，为自己赎罪。他的这种自我保全与救赎，或许包含对女儿的守护，或许存有对大山的愧疚，因为曾经那个不知哪里是归属的尼古拉发誓要成为大山的主人，又或许更多的是，他只有通过选择继续生存，才能对自己进行反复的、残酷的惩罚，以减轻自己的罪恶感，让心灵接受洗涤。这"在一定程度上显现出受到希腊悲剧俄狄浦斯影响的迹象，只不过这不是一个男人与其母亲的悲剧，而是与自己女儿的悲剧，被构想出的这一悲剧，细节中充溢着痛苦"②。

回顾自己所犯下的"罪行"，尼古拉决定对自己进行惩罚。他自愿开启受难仪式，德尔西布山以一种庞大的姿态，欣然接受了尼古拉的悔过。他全身赤裸，将自己暴露于八月的骄阳之下，粗砂砺石的环境之中，在山巅的一块尖细石头之上，支撑自己摇晃的身体，承受炙烤的"洗礼"。这种行为与其说是自惩与受难，不如称之为心灵的救赎。他张开双臂，似乎是将自己捆绑在一个不可见的绞刑架之上，在骄阳下炙烤自己，日复一日，孑然一身，偿还自己的罪孽。正如卡尔·雅斯贝尔斯指出的，"被抛掷到这个世界及其一切不幸之中，对灾难的威胁无法逃避，人于是伸出双臂呼求解脱，呼求今生的援助或来世的救赎，吁求摆脱眼前的痛楚或从一切忧伤苦楚中获得解脱"③，尼古拉或许能够在惩戒仪式中得到些许解脱。

炙烤之后，便是酒精的倾灌与麻醉。酒在尼采的悲剧学说中是悲剧

① 卡尔·雅斯贝尔斯：《悲剧的超越》，亦春译，工人出版社，1988，第 77 页。

② محمود حسني، "فساد الأمكنة"، تصدعات الحكمة، واستفحال المأساة، توقيت النشر: مارس ٢٠١٨، توقيت الزيارة: ٧. فبراير ٢٠١٩./ فساد-الأمكنة-تصدعات-الحكمة،-واستفحا/www.laghoo.com/2018/03

③ 卡尔·雅斯贝尔斯：《悲剧的超越》，亦春译，工人出版社，1988，第 71 页。

性的代表。尼采在对悲剧的分析中，将悲剧划归为酒神艺术。尼采指出："悲剧快感实质上是酒神冲动的满足。"[①] 并且，"酒神直接与世界的本质相联系，日神与现象相联系，在两者之中，酒神当然就是本原的因素。梦是日神状态，醉是酒神状态"[②]。酒神精神代表了悲剧精神，为受难仪式所需。所以，尼古拉拒绝吃东西，毫不理会家中桌上的鱼罐头，多次拿起空空如也的酒瓶，终于喝到酒，一饮而下的快感与痛感一同迸发，而后便是麻醉的热浪，这样浓烈的酒精，燃烧着他的五脏六腑，也炙烤着内心的罪恶感，赠予他片刻宁静。

受难仪式的末尾，是尼古拉同自己对弈，这种方式已然不同于消遣与娱乐。在棋盘之上，尼古拉既代表红方，亦代表黑方，这可以理解为他内心深处两种力量的冲突与矛盾。红代表他的良知，黑代表他已经犯下的种种罪过，红与黑的较量，让他再次沉浸于自己生命的回放。也许在对弈的世界中，尼古拉才能拥有再次选择的权力，才能成为命运的掌控者，而不是被命运奴役的悲哀者，因为在现实世界中，尼古拉已是一个被悲剧命运奴役的败者。小说中引用古希腊神话，将尼古拉比作西西弗斯，更加让他的命运带有古希腊神话中命定之悲的色彩，让他在自己的悲剧命运中受苦受难。然而，尼古拉生性本不邪恶，由于自己的过失，一系列悲剧接连酿成。正如雷蒙·威廉斯所说："一个并非特别高尚和正义的人，他的不幸不是因为邪恶或者堕落，而是因为某种过失。"[③]

尼古拉有意识地开启受难仪式，自愿地经受折磨，作为对自己所犯罪行的惩罚。正如卡尔·雅斯贝尔斯的论述："悲剧知识在悲剧主人公身上臻于圆满。他不仅饱受痛苦、崩溃和毁灭的折磨，而且是完全有意识地经受着折磨。他不仅意识到自己在受苦，而且他的灵魂也在这一过程中被撕扯揉搓着。"[④] 而尼古拉是否会在这种撕扯中得到解脱，答案似乎

---

① 弗里德里希·尼采:《悲剧的诞生》(修订本)，周国平译，译林出版社，2011，第15页。

② 弗里德里希·尼采:《悲剧的诞生》(修订本)，周国平译，译林出版社，2011，第10页。

③ 转引自雷蒙·威廉斯《现代悲剧》，丁尔苏译，译林出版社，2017，第17页。

④ 卡尔·雅斯贝尔斯:《悲剧的超越》，亦春译，工人出版社，1988，第75页。

已经明了。

尼古拉与伊丽娅的悲剧命运似乎皆带有命定色彩，尼古拉曾幻想自己可以成为大山的王，伊丽娅曾坚信自己可以与荒芜和谐共生，这种征服倾向与自然的磅礴本是冲突的。为此，他们都付出了巨大代价，皆以悲剧收尾。

二 人性之悲剧

人性，既有与生俱来的部分，也有后天形成的部分，但终究会有善恶之分。那些在欲望中丢失本性的人，一旦拥有一定权力，便可能成为罪恶之源，甚而导致他人的悲剧命运。在小说中，海利勒帕夏与国王一行人即是邪恶群体的代表，他们人性中的污秽与无法满足的欲望导致了伊丽娅与阿卜杜拉白的悲剧终局。

1. 污秽之罪愆

沙漠环境的隐蔽，为人性中的污秽提供了一个安稳的隐匿之所，为罪恶之源设置了一种无形的屏障，在漫漫细沙中，似乎一切罪行与荒淫都被藏在其中，肆无忌惮。与尼古拉的朋友马里奥工程师同去沙漠的海利勒帕夏，作为开垦大山工程的投资人，既视财如命，又荒淫不堪。在惩治偷拿金块的伊萨时，还不忘说出下流之语，并且在众目睽睽之下，与裸身的妻子公然调情，污秽的氛围让人们惊愕不已，又无可奈何。而他的妻子伊格巴勒·哈尼姆则有过之而无不及，她贯穿于小说的情节之中，被作者塑造成一名污秽妇女的代表。她作为海利勒帕夏的妻子，却与工程师马里奥十分亲密。在海利勒帕夏与马里奥离开大山之后，她依然留在能够将自己的情欲庇护其中的大山之中，在山洞中引诱尼古拉与其发生亲密行为。国王的到来又让她找到发泄情欲的目标。最后，也正是她另有所图的劝说，才使伊丽娅嫁给大自己35岁的安托尼贝克。

尼古拉用自己的智慧所建成的海港，是沙漠中成功的范例，它的光芒足以吸引外来者的垂涎与好奇，但也一并带来了危险与毁灭。他的海港在外来权势之士到来后，成为发泄情欲的污秽之地。

国王的尊贵与显赫使人们将他的到来视为海港的荣誉，并对此翘首以盼。但人们未曾想到，国王实际上却是无比荒淫，他竟与安托尼贝克的那些男男女女的朋友们共同观看阿卜杜拉白与海洋新娘的媾和。伊格巴勒·哈尼姆通过望远镜追随着这一场有违自然伦理的灾难，满心欢喜，并用十分淫荡的词语向在场的女孩们描述，而毫无人性的媾和竟引发了这些男女的欲望，当有人心领神会地将灯光熄灭时，欲望之火终于肆无忌惮地在海港燃烧，污秽的气味萦绕了整个海港。而后，从侍从发现伊丽娅的那一刻起，国王对伊丽娅的淫欲便显露无遗，他用自己至高无上的权威将一个单纯天真的女孩推向了毁灭。

安托尼贝克为了讨好国王，一方面，前去说服尼古拉让伊丽娅随国王出行，这样，他就可以获得奖赏；另一方面，他对伊丽娅也充满了欲望。但是他比伊丽娅大 35 岁，并且还有妻子，以这样的条件，想要拥有伊丽娅根本就是一种奢望。但是，国王对伊丽娅的垂涎却为他提供了一个契机，因为他深知伊丽娅只是国王泄欲的工具，国王满足欲望后，便会离开此地，回到自己的宫殿，而他便可借机向伊丽娅求婚，成为拯救其名节的纯情爱慕者。事情的走向尽如安托尼贝克的预想与计划，他如愿地娶到了伊丽娅，甚至为此决然放弃了自己原本信仰的基督教，改奉伊斯兰教。但伊丽娅对他极为厌恶痛恨，因为他那充满欲望的唾液经常弄脏伊丽娅的身体。

国王一行人的到来，改变了众多人物的命运，使一幕幕悲剧接连上演。而这些种下灾难之种的人，却心满意足地离开，让他人承担罪恶的后果。正如评论者穆斯塔法·纳贾尔的批判：“小说之名‘处处堕落’恰在说明在城市空间之中生活堕落的人们，无论去往任何地方皆会让此地充满堕落之气，甚至逃向沙漠与大山之中。”①

2. 尊严之悲戚

德国心理学家和美学家立普斯对命运悲剧与性格悲剧进行过分析与区分：“在一种情况下，命运对灾难‘负责’，而在另一种情况下，性格对灾难‘负责’。”② 小说中性格悲剧的代表人物是阿卜杜拉白。阿卜杜拉白作为淳朴的阿巴比代部落的凯尔亚布人，继承了祖先出海与捕鱼的

① مصطفي النجار، عندما يغيب الأمن.. كل شيء مباح رقص الرجال.. وفساد الأمكنة، توقيت النشر: ٩. مايو ٢٠١٣، توقيت الزيارة: ١٢. فبراير ٢٠١٩.www.ahram.org.eg/NewsPrint/208915.aspx

② 古典文艺理论译丛编辑委员会编《古典文艺理论译丛》(六)，人民文学出版社，1963，第 124 页。

传统，并以此为傲。大海里的生物海洋新娘不仅夺去了阿卜杜拉白外甥与侄子的生命，也夺去了他兄弟的生命。从此之后，阿卜杜拉白掷出誓言，为亲人们复仇，并且发誓如果出海时遇到海洋新娘，则一定会将其捕获。所以，每当出海时，阿卜杜拉白都会找寻海洋新娘的踪迹，只是始终一无所获，失望而归。

最终，德尔希布山的阿里长老将阿卜杜拉白拉出执念，使其过上了正常的生活。阿卜杜拉白一半时间为矿上工人们捕鱼，一半时间学习新的技艺，以此挣取了足够的生活费，这样的生活也暂时湮没了阿卜杜拉白的仇恨与愤怒。

然而，一次在艾布舍尔的陪同下为客人们出海捕捉龙虾却成为阿卜杜拉白命运的转折点。阿卜杜拉白没有想到，在他正打算停泊时会遇见海洋新娘，结果他发现被海水冲到岸边的海洋新娘只是一具尸体。但阿卜杜拉白对回到船边的艾布舍尔谎称是他打晕了海洋新娘，征服了它。阿卜杜拉白没有想到，他之后竟为这个谎言付出了巨大代价。阿卜杜拉白与艾布舍尔齐心协力将这个庞然大物拖到了船上，带回海港。

他们的满载而归正值国王到来之际，耀眼的亮光让二人眼花缭乱。阿卜杜拉白复仇成功的消息迅速传开，他赢得了在场人们的赞赏。对此，他虽然欣然接受，但内心却为自己的谎言感到羞愧。正在此时，有人竟提出让他与海洋新娘举行“婚礼”的恶毒提议。在国王的凝视与人们的期待中，由于性格的懦弱与维护自身尊严的虚荣心，阿卜杜拉白没有拒绝，但心中实则极其抗拒，因为这个提议毫无人性且无比荒谬。在这种对立力量的冲突之中，阿卜杜拉白的悲剧也随之开启，因为“在悲剧中，人的主体并不在世界的中心，而是存在于超越它的对立力量之间的冲突的场所”[①]。

阿卜杜拉白与海洋新娘的“婚礼”在众目睽睽下进行，当他触碰到那巨大的湿漉漉的身体时，顿时毛骨悚然、不寒而栗，却也只能埋头哭泣。“人的自由受到自己本性的弱点的制约，人自己歪曲人的存在的真实性，人自己妨碍自己获得真实的存在。”[②] 阿卜杜拉白本性中的弱点使

---

① Kalliopi Nikolopoulou, *Tragically Speaking*（University of Nebraska Press, 2012）, p.173.

② 任生名：《西方现代悲剧论稿》，上海外语教育出版社，1998，第88页。

他承受了谎言的代价，失去了理智。在这场“婚礼”结束时，阿卜杜拉白一声不吭地躺在海洋新娘的身上，似沉入梦境，双唇挂着令人难以寻味的微笑。在那之后，阿卜杜拉白消失在了人们的视野之中。最终，在伊丽娅与艾布舍尔（伊萨的儿子）找寻尼古拉的路上，他们看见阿卜杜拉白孤身一人踉跄地穿梭在艾赫勒山谷土丘之间，用象征凯尔亚布人荣誉的渔网，在沙漠之中一次又一次地撒网，收网。阿卜杜拉白已经精神错乱，他将沙漠当作大海，所以当他没有如愿地看到网中的鱼时，便趴在沙漠上哭泣，继而又是不断地撒网，收网。看到此场景的艾布舍尔心痛不已，不停地摇晃他的这位老朋友，但曾经意气风发的阿卜杜拉白不会再回来了。

命运悲剧和性格悲剧作为两种不同的悲剧类型，相互对立却又彼此关联，因为“灾难通过命运被引起，而又通过性格被证实”[①]。阿卜杜拉白性格中的弱点以及外界的邪恶导致了他的悲剧人生。其实，从他选择编造谎言的那一刻开始，他的悲剧便已悄然拉开了序幕。

三　人与自然对峙之悲剧

如果说小说中不同人物的悲剧是个人悲剧，那么人与自然的冲突与对峙便是整体人类的悲剧。人与自然的关系是永恒的课题，当贪婪蒙蔽了双眼，利益遮住了理智，人们对于自然就只有不断的索取。正如乌纳穆诺所说：“贪欲是罪恶的根源。因为贪欲把钱势——这只是一种手段——看成是最后目的。”[②] 人们难以满足的贪欲对自然造成了无法弥合的伤害，如果这种伤害不断累积，便会对人们进行强有力的回击，更大的悲剧亦随之上演。

1. 过度的索取

自然界丰厚的资源是给予人类的恩惠，但是当利益的诱饵不断显露，一些人的贪婪之心便会愈加膨胀，他们只有通过不断的索取，将可利用的资源化为财富，才会让贪财逐利之心得到些许的满足，甚至“不

① 古典文艺理论译丛编辑委员会编《古典文艺理论译丛》(六)，人民文学出版社，1963，第124页。

② 乌纳穆诺:《生命的悲剧意识》，北方文艺出版社，1987，第86页。

畏艰难险阻”地前往人迹罕至的地区挖取宝藏。

沙漠与大山中的人们在大山的庇护下，过着游牧生活，坚守着自己的信仰，守护着大山的所有。然而，大山中的矿藏却还是被外人发现。自此，大山被强制开放，供人勘探，“先生”、贝克[①]、工程师带着先进的设备与工具来来回回，打破了大山的平静，并且还有一些当地的游牧人配合这些外来人员对大山进行开采，破坏了自然的生态系统。

而事实上，在久远的年代，大山中榔头的敲击声与炸药的爆炸声已经存在。那时，一个个山洞里挤满了当局从尼罗河请去的工人，在外国人的监督下掠夺洞里的矿藏，不知疲惫地通过巷道铁轨运到洞外，再由骆驼运出沙漠。外国人的技术与当地的廉价劳动力成为当局与外国人秘而不宣的利益合作，而正是这种合作加速了对大山自然环境的破坏。

小说中，尼古拉、马里奥工程师、海利勒帕夏、安托尼贝克、白哈·哈吉是外来索取者的帮凶。尼古拉原本梦想着拥有一座大山，但是在工程师朋友马里奥的说服下，却成为破坏大山环境的参与者。马里奥与投资人海利勒帕夏的合作使他们的队伍成为有工人、工具和干粮的团队，他们在赛克利山寻找到了藏有黄金的矿脉。尼古拉学会了冶炼，所以在海利勒帕夏将赛克利山的经营权卖给法国公司、马里奥离开大山前往红海岸边之后，尼古拉成为另一个团队安托尼贝克与白哈·哈吉的技术工程师，对德尔希布山进行开采。

对赛克利山与德尔希布山的勘探与开采所获得的利益皆以破坏原本的生态环境为代价。尽管尼古拉的初心是成为一座山的主人，以弥补自己归属感的缺失，但是他却没有守护好大山，最终与他人合作进行开采，破坏了生态环境。或许在他看来，开采也是对大山的一种占有与征服，但是他却高估了自己可以成为一座山的主人的能力，更高估了人类征服自然的能力。正如卡尔·雅斯贝尔斯所说：“人类的心灵正是由于潜能的丰富而衰萎困顿。每一种能力，一旦它强旺茂盛、臻于实现的时候，就会招灾惹祸。”[②] 事实是，人类对于自然的征服永远不可能实现，而他们由此招致的灾祸便是自然的惩罚。

---

① 帝制时期，土耳其和埃及的爵位。

② 卡尔·雅斯贝尔斯:《悲剧的超越》，亦春译，工人出版社，1988，第27页。

2. 自然的惩罚

当自然无法承受人类的一味索取时，必然会给予无情的反击。然而，小说中对于部分牺牲者的选取，或许过于残酷，因为他们不是外来的索取者，亦不是贪欲的代表者，更不是荒淫的特权者。但正是这样的选取，才会更加符合悲剧的创作。坏人得到惩罚是罪有应得，而在我们的认知当中，不应该得到惩戒的人得到了悲剧的结局，会让悲剧的色彩更加浓重。

伊萨是让人怜悯的牺牲者，他作为“大山之子”，成为外来人员进入大山的向导，他也与尼古拉建立了深厚的友谊。然而，当伊萨看到那些在大山中忙碌开采的外来人陆续地将矿藏运出大山时，他猛然意识到这是外来人的侵略，是对大山人民自主权的侵占。对此，伊萨感到异常愤恨。为此，伊萨在某天入夜时分，带着自己的手下持枪携械潜入赛克利山，拿走炉膛里的金块。但他只是想把金块送到圣山之中，因为他们最老的祖先库卡・卢旺卡终生在一个山洞里祈祷、修行，直到身躯化成了这座大山中的一块岩石。在伊萨的意识中，他将金块送到祖先面前，意味着先祖的子子孙孙依然掌控着沙漠和大山的大权。在这之后，伊萨便携带金块，与手下一起返回矿区。而与此同时，矿区的负责人们因为金块的不翼而飞而坐立不安，他们派骆驼骑兵外出寻找。当骑兵们将怀揣金块的伊萨带回时，即便伊萨说出了自己拿走金块的想法与事情的经过，他还是被认定为盗金贼。伊萨为了证明自己没有说谎，决然接受了火刑的考验，即赤脚在燃烧的薪火上行走。如果他安然无恙，就能证明自己说的是真话，这是大山中的法则。最终，伊萨三次从烈火上安然无恙地走了过去，证明了自己的诚实。此处极富神话色彩的情节设置，凸显了伊萨纯净的内心及其对大山最为本真的热爱，但这却与他的悲剧结尾形成了极为鲜明的、戏剧性的反差，使悲剧意味更加浓厚。

因为在那之后，伊萨帮助尼古拉寻找开采工程所需的水源而前去清理旧井，入井后再也没有上来，不幸遇难。对此，尼古拉、伊萨的儿子艾布舍尔和伊萨的叔叔阿里长老感到十分惋惜、痛苦，尤其是对于尼古拉而言，伊萨的死亡是他难以接受的事实。此后，他经常梦见伊萨，在梦中重温他们的友谊。这也是悲剧内核的一种体现，因为“如果悲剧不是一种具有痛苦性的神秘，那就不能称其为悲剧”① 。可以说，伊萨成了人与自然冲突之中的无辜牺牲者。而另一个无辜的牺牲者就是伊丽娅，她纯洁天真、热情坚强，儿时便对沙漠充满向往与热忱，成年后遵循内心的坚持，陪同父亲留在沙漠之中。但是，伊丽娅最终却被塌落的岩石永远地阻隔在通道内，痛苦地死去。伊萨与伊丽娅成为那些真正贪婪之人的替罪羊，为他们的罪恶承担后果。

以自我受难作为救赎的主人公尼古拉，他对所犯罪孽的承担本是应该，但是国王一行人仍难辞其咎。从这一层面来说，尼古拉的结局又难免令人产生一丝怜悯之情，引发一种对于悲剧的恐惧，这也正体现出：“悲剧及其所有元素所指向的最终目的，是由怜悯引发的悲剧恐惧。” ② 尼古拉的生活在“令人恐惧的悲剧中结束，他在这场悲剧中失去了祖国，丢失了生活，迷失了灵魂” ③ 。文本的尾声部分，洪水泛滥，任何人都不能再进入德尔希布山，这或许是自然对人类所犯罪孽的最为强力的惩治，因为“悲剧的灾难并不是简单发生的，它们主要来自人们的行动” ④ 。而“当人们的行动意在‘强奸’自然，那么最终将会以悲剧收尾” ⑤ 。因为，没有人可以“强奸”大山，“强奸”自然。

四 结语

在广袤无垠的沙漠空间，难以逃脱的命定之悲、贪婪污秽的人性之悲、无法抉择的性格之悲、人与自然的对峙之悲等多重悲剧拉开帷幕。小说中“冲突的设定不仅仅限定于人与自然的永恒矛盾之内，也在于故事中所有发挥作用的人物所引发的矛盾——统一与分裂，纯洁与堕落，

---

① A.C. Bradley, *Shakespearen Tragedy*（London: Macmillan, 1985）, p.28.

② Edited by Joshua Billings and Miriam Leonard, *Tragedy and the Idea of Modernity*（Oxford University Press, 2015）, p.327.

③ قراءة فى رواية فساد الامكنة، توقيت الزيارة: ١٠. فبراير ٢٠١٩.
www.ahewar.org/debat/show.art.asp?aid=390049

④ 古典文艺理论译丛编辑委员会编《古典文艺理论译丛》(三)，人民文学出版社，1962，第 40~41 页。

⑤ فساد الأمكنة حالة أسيوطية للمبدع صبري موسى والمخراج أسامة عبد الرؤوف، توقيت النشر: ٧. يونيو ٢٠١٨، توقيت الزيارة: ٨. فبراير ٢٠١٩.
https://hadithalyoum.com/فساد-الأمكنة-حالة-أسيوطية-للمبدع-صبري/

给予与贪婪”[①]。伊丽娅与伊萨成为无辜的牺牲者，可悲可叹；阿卜杜拉白沦为荒淫权威的“阶下囚”，理智幻灭；在命运捉弄下，尼古拉成为罪恶的承担者与救赎人，毕生赎罪。

他们是所有罪孽的担负者，而那些曾到访德尔希布山并对其进行开采的人们，“他们来了，来了许多人；他们走了，也是许多人。他们总是能够把自己真正的灵魂带在身边”[②]。全书的核心悲剧人物尼古拉终究没有成为一座山的王，没有找寻到自己的祖国与兄弟，没有寻觅到内心的归属，依然孑然一身，在沙漠中孤独悲哀地完成受难仪式，以悲剧收尾。

作者系天津外国语大学亚非语学院阿拉伯语系教师

① سمير اليوسف،"فساد الأمكنة" رواية مصرية تنفرد في أجوائها الغريبة، توقيت النشر: ٢٦. ديسمبر ٢٠٠٢، توقيت الزيارة: ١٢. فبراير ٢٠١٩. archive.aawsat.com/details.asp?article=143389&issueno=8794#.XIO9m_ZuI2w

② 中文译文参见萨布里·穆萨《处处堕落》，王复译，五洲传播出版社，2017，第4页。

空间视域下班迪的身份丧失

——从儿童地理学视角解读《班迪》

李　睿

内容提要　曼奴·彭达莉（मन्नू भंडारी，1931—　）的代表作《班迪》（*आपका बंटी*，1971）主要讲述了一个父母婚姻破裂的孩子的悲惨遭遇。本文试从儿童地理学视角分析小说中班迪的自我身份认同和主体性随着空间的位移逐渐消解的过程。班迪（बंटी）与母亲雪恭（शकुन）生活在一起，在家中拥有相对自由的个人空间，还有一个属于自己的花园。随着父母的正式离婚和各自再婚，班迪先后搬入继父和生父家中。在每一次的搬家中，班迪在家庭空间中的位置不断地被挤压，个人空间逐渐丧失。每一次搬家时班迪都被告知他将会拥有“自己的家”，但在小说的结尾，生父将班迪送去了寄宿学校，班迪彻底失去了属于自己的家庭空间，被推入陌生的集体空间。至此，班迪彻底丧失了自我身份。

关键词　曼奴·彭达莉　儿童地理学　空间　身份　主体性

20世纪70年代，在亨利·列斐伏尔（Henri Lefebvre）、米歇尔·福柯（Michel Foucault）、弗雷德里克·詹姆逊（Fredric Jameson）、戴维·哈维（David Harvey）等后现代主义与新马克思主义学者的影响和推动下，西方人文社会科学领域出现了“空间转向”，把中心放在“空间”、“场所”和“文化地理学”的问题上。社会空间开始取代物质空间，成为社会与文化地理的重要研究对象。

在西方世界女性运动的现实语境催生下，性别作为社会与文化研究的关键词，很自然地与社会空间研究产生关联，女性主义地理学日渐兴起。① 在意识形态中，女性与儿童被建构为具有紧密的、天然的联系，对女性的研究，使人们关注到儿童等边缘群体，开始从空间的角度来描述和审视童年生活，儿童地理学随之兴起。②

曼奴·彭达莉（मन्नू भंडारी, Manu Bhandari, 1931—　）是当代印地语文坛极具影响力的女作家，也是印度“新小说”运动的代表作家之一。她的代表作长篇小说《班迪》（*आपका बंटी*, *Aapka Bunty*, 1971）以儿童为主角，讲述了小男孩班迪在父母婚姻破裂后的悲惨遭遇。王靖指出，彭达莉在《班迪》中采取了“尺水兴波”的时空叙事策略，切取印度社会中一个普通城市中产阶级知识分子家庭生活的片段，选择简单的人物，在小范围的地点内展开描写。③ 本文主要关注小说独特的空间叙事，试从儿童地理学视角分析小说中班迪的自我身份认同和主体性随着空间的位移逐渐消解的过程。

一　个人空间的丧失

八九岁的班迪（बंटी, Bunty）一直与母亲雪恭（शकुन, Shakun）生活在一起，在家中拥有相对自由的个人空间，还有一个属于自己的花园。随着父母的正式离婚和各自再婚，班迪先后搬入继父和生父家中。在一次次的搬家之后，班迪最终失去了自己的个人空间。

---

① 姚华松、黄耿志、薛德升:《国内外女性主义地理学研究述评》,《人文地理》2017年第2期，第10页。

② 王艳:《西方儿童地理学的发展阶段、研究视角及启示》,《早期教育》(教育科研)2019年第3期，第5页。

③ 王靖:《曼奴·彭达莉小说〈班迪〉的女性叙事策略》,《河北经贸大学学报》(综合版)2016年第4期，第40页。

（一）花园

在小说中，花园是班迪最重要的个人空间，曼奴·彭达莉用了大量的笔墨来描写班迪的花园。

1. 独占的专属空间

花园是专属于班迪的，除了他，没有人有权利摘花园里的花。他对花园里的每一株植物都倾注了自己的爱，“每株植物、每朵鲜花、每种香气都与班迪有着深厚的联系”。小说多次描写班迪对花园的重视与珍惜。班迪对自己的花园永远充满热情，夏天不觉得晒，冬天不觉得冷。

2. 开放的交互空间

班迪对花园的爱，不仅仅是对生活中某种简单事物的喜爱，更是对缺失的社交关系的替代。[①] 母亲雪恭是女子学院的院长，工作繁忙，除了放假，不常在家，家里只剩下一个照顾他生活起居和负责家务劳动的姑姑，班迪十分缺少陪伴。班迪同龄的朋友也不多，只有两三个小伙伴。雪恭为了他的安全又很少让他出门，他的大部分生活都被限制在家庭空间中。班迪的生活是孤独的，花园帮助班迪度过了孤独的时光，对花园的倾力打理和热爱填补了他在人际交往上的空缺。

班迪原生的家庭空间较为封闭。福柯认为，权力与空间不可分割，权力根植于空间内部，空间总是由权力和控制力构成。雪恭作为一家之主，对他们的家庭空间拥有着绝对的主导权和主体性。由雪恭建构的家庭空间是封闭灰暗的，她在离婚后心情阴郁，不喜欢阳光，习惯用深色的纸把家里所有的窗户都贴上，“在家里挂满了香草根帘子”。“然而班迪在这种黑暗里就会感到心烦意乱”，家对他来说在某些时候甚至像个“笼子”。

相比之下，班迪的花园虽然是非常私人的空间，但并不是封闭的，而是一个开放的交互空间。除了不能随意摘花以外，其他人可以随时进入班迪的花园。花园一般在家宅外部的院子里，与外界最接近，班迪的

① Shubha Dwivedi, “Bunty and the ‘Loss of Garden’,” in Shubha Tiwari ed., *Children and Literature* (New Delhi: Atlantic Publishers and Distributors, 2006), pp. 111-116.

花园正是这样一种与外部世界相连接的通道。在一般的家宅中，会客厅是成人的社交舞台，而花园以班迪为中心，承载着班迪与其他人的各种社交活动。妈妈和姑姑会在花园的草坪上休闲，花匠爷爷会来帮着班迪一起打理花草植物，班迪的小伙伴会到花园里和他一起玩耍。

花园代表着班迪的内心世界，能进入花园的人都是为班迪所接纳和喜爱的。妈妈的同事们来家里聚会时，他只领着蒂巴阿姨去花园里参观他的小树苗，因为“妈妈的所有同事里班迪只喜欢这一位”。当乔希医生一家人第一次来到班迪家中做客时，乔希的大女儿乔妲主动提出要参观班迪的花园，班迪热情而自豪地带着她参观。乔妲是班迪在妈妈再婚后的“新家人”里最先接纳、最为喜欢的一个。

花园不仅是班迪的社交平台，也为班迪提供了社交“礼物”。花园和花园里的植物是班迪最为珍视的东西，所以当他希望与人交好时，便会摘下宝贵的花送给对方。每次妈妈不开心的时候，他就送花来安慰妈妈。他会摘刺黄果花送给自己的小伙伴古妮来做花环，还会摘花给蒂巴阿姨和乔妲，把花别在她们发间。在他隐约得知父母要离婚以后，一次爸爸送他回家时，他非常想挽留爸爸，想把爸爸拉入自己的家庭空间。为了挽留爸爸，他不惜摘下自己平日悉心呵护、“碰一下都会有负罪感”的茉莉花送给爸爸，可爸爸还是离开了。

3. 做梦的想象空间

儿童擅长以物代物、情景转换，在现实空间中幻想一个虚拟空间，在现实和虚拟中建立一条通道，来回切换。[①] 对班迪来说，花园不仅仅是现实的花园，也是承载他丰富幻想的虚拟空间。班迪是一个充满想象力、热爱幻想的小男孩，他幻想中的故事人物和情节会跟着他一起来到花园，花园承载着班迪绚丽多彩的白日梦。

4. 失乐园

随着父母的正式离婚和各自再婚，班迪搬离了原先的居所，一步一步地失去了自己的花园。乔希医生的家中有一个很大的草坪，但并没有建成花园。雪恭想让班迪重新在新家里布置一个新的花园，但遭到了班

---

① 苏悦:《社会空间视阈下儿童空间的研究——基于儿童地理学视角》,《教育导刊》（下半月）2020 年第 4 期，第 49 页。

迪的强烈反对。对班迪来说，自己的花园是独一无二的，倾注了他的汗水和心血，是班迪自我意识最强烈的空间，代表着班迪心中的家和班迪的自我，是他坚守的底线。他不愿在乔希医生家建造新的花园，这意味着他没有把乔希医生的家当作自己的。

当他放学回到乔希医生家门口时，他的内心很抗拒，于是他又跑回了原来的家，但当他来到自己家门口时，却发现门窗紧闭，无法进去。他不明白，“自己的家怎么会想进去的时候进不去呢”。他开始感到迷茫，分不清究竟哪个是自己的家，哪个家似乎都不是自己的。

在他离开母亲跟着生父阿吉耶去往加尔各答以后，他甚至连把空院子重建成花园的机会都没有了。父亲的居所狭小逼仄，连院子都没有，更不用说花园了。而他原本那个视为宝贝的花园也随着班迪的离去逐渐荒废。至此，班迪彻底失去了他的花园，在新的空间里不再有新的花园，原来属于他的旧花园也已经荒废。

花园是西方文学中的典型意象，象征着亚当和夏娃的伊甸园。伊甸园是梦幻的乐土，在撒旦的引诱下，人类失去了自己的乐园。现实中花园的毁灭，是理想的远去，暗示着人生更大更深重灾难的降临，每一次的毁灭，都是“失乐园”的小型重演。现实生活中花园的破败与毁灭，是花园意象一个重要的表现内容。[①] 正如亚当和夏娃失去了伊甸园，班迪也失去了象征着父母的爱和家庭生活保护的花园。对班迪来说，花园的丧失意味着童年和纯真的丧失。[②] 他失去了他最重要的私人空间和想象空间，失去了他心中家的象征，也失去了自我身份认同。他的家庭和自我也都随着花园一起成为“废墟”。

（二）柜子

柜子是一个非常私人的空间，通常用来存放私人物品。由于其私密性，柜子的内部空间是一个不随便向来访者敞开的空间。

班迪在最初的家中是有专属于自己的柜子的。他的柜子里装满了妈

① 咸立强：《中西文学作品中花园意象的审美意蕴比较》，《中华文化论坛》2006年第2期，第150~155页。

② Shubha Dwivedi, “Bunty and the ‘Loss of Garden’,” in Shubha Tiwari ed., *Children and Literature* (New Delhi: Atlantic Publishers and Distributors, 2006), p. 111.

妈买的玩具和爸爸寄来的玩具。得知父母正式离婚后，他为了不让妈妈伤心，也为了惩罚爸爸，把爸爸寄来的玩具和照片全都收进了柜子里。但当妈妈不在场时，他就会悄悄地打开柜子，取出封皮上记着爸爸地址的书，偷偷地想念爸爸。不同于花园的开放性，柜子是完全封闭的空间，代表着班迪内心世界最隐秘、最自我的角落。

班迪搬到继父家以后没有属于自己的柜子。班迪本以为妈妈会为自己重新做一个柜子，但得到的是医生的旧药柜。这个对班迪来说尺寸过大的旧柜子让班迪觉得自己是多余的。但即便如此，此时班迪起码仍拥有一个可以盛放内心、表达自我主体性的空间。他每天都偷偷地给爸爸写信，然后把所有没写完的信都藏在柜子里。他为医生的爽约伤心生气的时候，至少还能通过扔自己柜子里的玩具和衣服来发泄。

虽然柜子是班迪最为私密的空间，但这个空间同时又处于家长的控制之下。它虽然是儿童自己的个人空间，但也是整个房子的一部分，所有权和控制权仍掌握在成人手中。① 妈妈还未再婚时，乔希医生一家来做客，妈妈便默许了乔希的儿子阿密德玩班迪的玩具。虽然小说并未直接描述妈妈打开了班迪的柜子，但班迪所有的玩具都在柜子里，由此可知班迪的私人空间被侵犯了。当班迪维护自己的物品时，妈妈却打了他，这让班迪倍感受伤。此时班迪仍然努力地维护着自己的私人空间。但在班迪跟爸爸搬到加尔各答之后，继母想要拿出班迪行李中的玩具和书给自己的儿子玩，此时班迪已经完全没有任何反抗的意图，无动于衷，任人摆布。他已然放弃了自己的柜子，放弃了自己的私密空间。“来到这个新家之后，他自己的东西仿佛也变得陌生起来”，他已然失去了自我身份意识。

二　家庭空间的被挤压

随着一次又一次的搬家，班迪不仅失去了专属于自己的个人空间，他原本在整体家庭空间中占据的位置也不断地被挤压。每一次搬家时班

① 黄珊、梁卿：《19至20世纪英国儿童文学中家庭的空间秩序》，《快乐阅读》2016年第22期，第126页。

迪都被告知他将会拥有“自己的家”，但在小说结尾，他却被生父送去了寄宿学校，彻底失去了属于自己的家庭空间，失去了“自己的家”。

空间并不是中立的，而是具有性别表征的一部分，地位、空间的建构和再现社会关系是典型的隐形歧视。① 在意识形态中，女性总是与儿童联系在一起，女性的空间地位直接影响儿童的地位。在班迪最初的家中，妈妈雪恭是家庭中的绝对权威，主导着家庭空间的建构，因此班迪在家庭空间中占有较多的空间，对家庭公共空间也有较为自由的支配权。当班迪搬到继父家中时，这个家庭的权威变成了乔希医生，雪恭不再能完全主导家庭空间的建构，雪恭的自主性受到一定的削弱。因此，班迪对家庭空间的占有不得不被挤压，他的生活空间一再萎缩。在班迪搬到加尔各答以后，在父亲的重组家庭空间中，不再有为他争取权益的母亲。再加上父亲的居所十分狭小，空间本就有限，班迪的家庭空间再次被挤压。

（一）轿车

班迪原先的家中没有轿车，在他加入母亲新组建的家庭后，乔希医生的轿车成为这个家庭非常重要的一个公共空间。但班迪在轿车中并不占有重要位置，他无法坐在窗边，只能被继父的一双儿女一左一右夹在中间，处境逼仄而不舒适。

> 有人必须坐在中间吗？他现在还能看到些什么呢？在别人的车上他又能说什么呢？但是妈妈本可以说，让他们俩当中的任何一个坐在中间，然后让班迪坐在窗边。他们本应该带着班迪参观的。……医生先生和妈妈坐在前面的窗边，乔妲和阿密德坐在后面的窗边。只有他坐在如此多余的中间。②

在班迪的认知里，这辆车是不属于自己的，但正如他自己也意识到

① 王晓燕：《电影〈复制娇妻〉中的两性空间权力之争》，《电影文学》2012年第15期，第104页。

② मन्नू भंडारी, *आपका बंटी* (नई दिल्ली: राधाकृष्ण प्रकाशन प्राइवेट लमिटिड, 2011), p.95.

的那样，由于雪恭没有为他争取，他在这个家庭公共空间中占据的位置更加被挤压。在班迪正式搬进医生家以后，他甚至被排除在了轿车这个空间之外——他一直坐公交车上学。

（二）餐桌

餐桌是一个家庭中最重要的公共空间，全家人坐在一起吃饭的时候，家庭中的权力秩序一目了然。班迪在最初那个家的餐桌中具有很强的主体性，妈妈会让姑姑依照他的口味为他准备食物。随着情节的发展，他为了让离婚后的妈妈不伤心，不再任由自我的意愿挑食，妈妈做什么他就吃什么。

后来在妈妈与乔希医生谈恋爱时，医生一家来做客，妈妈未经班迪允许就让医生的儿子玩自己的玩具，还打了维护自己正当权利的班迪，班迪一气之下跑出屋子，爬到花园的树上待着。他等着妈妈来叫他回餐桌吃饭，但是妈妈一直没有来，这是他第一次被排除在了自己家庭的餐桌空间之外。在他的心中幻想出了一幅没有他却仍旧井然有序的餐桌图景，在他的幻想中，阿密德坐在本该属于自己的位置上，占据了原本属于自己的空间，这说明在班迪心中，阿密德是他的竞争者，争夺着他的家庭空间和母亲的爱。

在正式搬入医生家中后，在餐桌上的班迪就像在汽车里一样，只能挑继父的孩子们挑剩下的座位。他在新家的餐桌上毫无主体性可言，没有一个专属于自己的位置，食物也没有依照他的口味准备。他原来在家中吃饭的时候妈妈或者姑姑经常喂他，但在新家里，医生却像招待外人一样招呼他，妈妈也不再照顾自己。正如在餐桌上找不到自己的位置，他在这个家中也找不到自己的位置。

医生家的仆人赞叹雪恭嫁进来以后的餐桌“才真的像个餐桌样了”，所谓的“像个餐桌样”就是指拥有了妻子和母亲角色的家庭才算真的完整了。后来班迪的爸爸阿吉耶为了商讨班迪的抚养问题来到医生家做客，班迪本觉得那天自己的爸爸妈妈坐在一起的餐桌一定会“终于有了餐桌的样子”，因为对班迪来说，爸爸妈妈都和自己在一起就是完整的家庭。但当一家人真正坐在一起时，他却觉得“和自己的爸爸妈妈一起坐在餐桌前，餐桌却没有餐桌的样子”。班迪仍然没有在这个餐桌上找到自己的位置，这不是他期待的家庭空间，他无法定位自己的身份。

最后，当班迪搬进爸爸在加尔各答的家时，他已经彻底放弃了自己的主体性，他在餐桌上永远沉默不语。他虽然在餐桌上占据着物理空间，但他实际上却不在餐桌上，他存在于自己的内心空间之中。他不参与餐桌上的对话、活动，只沉浸在自己幻想的世界里。

（三）卧室

在班迪原先的家中，他与妈妈共用一个卧室，班迪的床铺在妈妈的旁边。每天晚上他总是先睡在妈妈床上，直到听完妈妈讲故事，再回到自己的床上睡觉。但是由于律师叔叔和乔希医生给雪恭的意见，雪恭取消了故事环节，直接让班迪在自己的小床上一个人睡。搬到医生家以后，班迪的卧室被安排到和乔妲、阿密德一间，与妈妈和继父的主卧隔离开来。班迪由原先拥有较为自由的卧室转变为和其他儿童共享卧室。他在新的卧室里没有自己的领地，没有自己的桌子、柜子，只能在地上趴着学习。他所拥有的空间从原来的整个家被挤压至新家中小卧室的一个角落。当班迪搬到加尔各答以后，由于阿吉耶居所本身的空间有限，他只得到了一个很小的卧室，“和卧室连着的这个是小房间——从现在开始这就是你的房间。班迪还小，所以班迪的房间也小”。

除了班迪在家庭中的重要性逐渐降低，班迪卧室空间的变化还体现了空间的性别化。传统父权制社会对空间进行了性别化建构，女性只能生活在私人领域，公众领域是男性的活动领域。女性的位置是在家里，以家庭这个私人世界为其主要活动领域；而男性则以公共世界为主。儿童空间的性别化建构会规训儿童的性别角色发展。班迪从小生活在妈妈身边，更多的时候待在家庭空间内部，很少参与户外活动，与母亲的关系十分亲密，对母亲非常依赖。雪恭的教育方式被小说中的三个主要男性角色一致诟病，他们认为雪恭把班迪教养得像个女孩，就连姑姑都常常戏谑班迪像个女孩子。他们反复强调班迪是个男孩子，应该有男孩子的样子，认为班迪作为男孩应该尽量去户外空间参与户外活动。

在性别角色态度上最开放的是母亲，且父亲的开放程度不如母亲。起初雪恭并不认为自己的教育方式存在问题，也不认为班迪的性别角色有何不妥，她觉得“儿子也好，女儿也罢，都是我的孩子”。但后来她逐渐被其他人说服，通过一系列举动弥补自己之前的“错误”，强制性地减少班迪对自己的依赖。她开始让班迪和自己分开睡，不再让班迪到自己的床上睡觉。与医生结婚以后，班迪的卧室就正式和母亲的卧室分离开来。但班迪还没有接受自己的卧室空间将要与母亲分离的事实，他一开始将雪恭和医生的主卧误认成自己和妈妈的卧室，结果得知自己并不住在那个房间，他非常气愤和委屈。家长企图通过家庭空间的建构来塑造孩子的性别角色身份，但前后反差过大，又缺乏正确的过渡和引导，导致班迪一直对自己的性别角色身份十分在意，并且感到混乱。他努力避免自己身上那些“女孩子”的行为，不让自己流泪，不允许自己害羞、软弱，但有时又无法克服自己的本能，事后就会为自己原本正常的情绪反应而感到羞耻。性别化空间导致了个体身份的迷失。

卧室空间的隔离也意味着个体的独立，这是儿童长大成人必经的环节。但由于雪恭在处理卧室问题上的简单粗暴，班迪不能正常地过渡到下一个阶段，他产生了严重的分离焦虑，无法在没有成年人的空间入睡。在医生家睡觉时，他惊恐地敲开妈妈的房门，得到妈妈的安慰后才能平静下来。之后他也总是让妈妈到自己的卧室哄他睡着后再离开。搬去加尔各答以后，他依然无法独自入睡，只好让仆人陪着睡觉，并且不能关房门，必须保证与成人空间的开放和连接。班迪不能适应这种独立的封闭空间，他在男孩和女孩、儿童和成人的角色身份之间感到混乱和迷茫。

另外，卧室也是一个有关于性的私密空间。班迪的年纪接近青春期了，性意识逐渐萌芽。由于他无法在新卧室里入睡，母亲把他带到了自己的卧室。在母亲的卧室里，他无意中目睹了母亲和继父赤身裸体的样子，这一下子刺激了他的性意识。他的心情非常复杂，“他的心中既有刺激，又有嫌恶，也有对妈妈的行为的羞耻、愤怒，还有些别的什么”，同时又无法控制自己反复回想那些画面。因为没有受到正确的性教育，他觉得性行为是肮脏、不道德的，自己的回想也是罪恶、羞耻的，所以他产生了青春期的性焦虑，被内心的不安反复折磨着。父母的卧室对他来说又多了一层性的含义，卧室空间里的元素在他的心中开始与性相关联。搬到加尔各答后，他因为无法独自入睡，所以自己卧室和父亲卧室中间的房门是敞开的。儿童和成人的两个空间通过这扇敞开的门得以连接。班迪在黑暗中窥视父亲和继母的卧室，想起母亲和继父那个“淡蓝色的房间”，好奇父亲和继母会不会也在做“肮脏的事情”。自始至终都没有人对他进行正确的引导，给予他正确的性教育，他只能独自一人消化自己隐秘的性焦虑。

三　社会空间的无所适从

（一）从私人到公共

社会公共空间的绝大部分为成人所占有，儿童可以支配的空间非常有限，总体来说，成人主导着公共空间。加之父母的限制、游戏设施的安全性等问题，儿童在公共空间中的自由活动减少，儿童对公共空间的使用权被剥夺，儿童社会交集减少。[①] 雪恭对班迪从小一直管控得非常严格，生怕他出意外，不让他跑到外面玩，甚至不让他骑自行车。班迪的生活空间一直很有限，仅限于自己的家、小伙伴的家和学校，其他地方他都很少去。公共空间对他来说是很陌生的，他既害怕又好奇，时常站在大门口望着外面天马行空地想象。但每当他想要真正走出家庭空间时，他又会退缩放弃。

在爸爸把班迪带到加尔各答以后，班迪被迫进入了公共空间。他显然不适应这种由成人主导的陌生空间，不管是在火车上、电车上还是马路上，他都感到害怕和不知所措。公共空间里拥挤的人群让他感到手足无措，陌生感让他不知身在何处。小说最后，父亲把班迪送去了寄宿学校，这意味着班迪彻底失去了自己的家庭空间，不得不在寄宿学校这个陌生的集体空间中独自生活。小说情节虽止于火车到站时，但可以想见班迪在寄宿学校中一定会更加不适应、更加无所适从。

---

① 苏悦：《社会空间视阈下儿童空间的研究——基于儿童地理学视角》，《教育导刊》（下半月）2020 年第 4 期，第 49 页。

（二）从乡镇到都市

工业革命后，大都市开始出现，都市空间是产生现代性和体验现代性变动方式的关键场所。班迪出生在乡镇，一直和妈妈生活在一起。乡镇空间较为传统，相对来说受到现代性的冲击较小。班迪的家乡地广人稀，房屋都是相隔较远的独栋建筑，社会公共空间中人口密度较小，社交距离较远。大部分人更多的时间都在自己的家庭空间中活动，人们的生活稳定而单一。乡镇空间中的环境多有绿植田野，人可以更加亲近自然。

班迪来到加尔各答后，面对陌生的都市空间，感受到了工业文明和现代性带来的冲击。都市空间的人口密度很大，到处人潮汹涌。处在陌生的人群中让班迪感到不适，他不能理解为什么加尔各答的人都不待在家里。火车、电车等拥挤的封闭的陌生人空间使乘客不得不忍受很近的社交距离，这使人产生防御心理。班迪在这些地方都感到很害怕。现代性的重要特征是永不停歇的变化。在都市空间中，现代性的变化本质尤其体现为“流动性”：人群的游荡，交通工具的穿梭，信息的快速流动，以及科技进步引发的各种空间移动和变化。这种流动性会使人体验到与陌生人之间物理距离的缩小和心理上不相称的疏离，折射出都市居民之间的冷漠、疏离和不安全感。[①] 班迪在爸爸家中的阳台上眺望加尔各答，夜晚霓虹初上，城市又变幻了陌生的模样。班迪感觉自己淹没在各色人群和繁复嘈杂的噪声中，他在偌大的城市中找不到属于自己的位置，自我身份在喧嚣繁华的都市中迷失。

四　想象空间的幻灭

前文在分析花园时提到班迪是一个热爱幻想的小男孩，他孤独的社交生活使他的精神世界格外丰富多彩，他时常沉浸在自己的幻想中。随着花园的失去，花园承载的想象空间也消逝了。班迪最后一次待在自己的花园里时，在幻想中被索娜勒女王杀死了。索娜勒女王杀死的是班迪

---

① 方英、王春晖：《〈尤利西斯〉都市空间的现代性表征》，《江西社会科学》2019 年第 6 期，第 112 页。

的自我，自此，班迪放弃了对自我主体性的坚持。

除了花园以外，班迪最常幻想的空间还有爸爸所在的加尔各答和家乡远处的山谷。班迪对加尔各答充满了美好的幻想和无限的憧憬，加尔各答在他的幻想空间中繁华且迷人。但等他真正来到加尔各答以后，却不似想象中的那样。面对陌生的都市公共空间，他感到害怕和迷茫；父亲逼仄狭小的居所让他大失所望。他对加尔各答的美好幻想在他真正来到加尔各答以后彻底幻灭了。

班迪的另一个想象空间是上学路上可以看见的远方山谷。他的幻想里总是充满奇幻的魔法，他时常幻想遥远的山谷里会有神仙，神仙拥有魔力，可以满足他的一切心愿，解答他的所有困惑。小说最后，他在去寄宿学校的列车上陷入幻想，当他再次看到幻想中的神仙时，却已然想不起神仙来自何处，自己又来自何处。之后爸爸抱起他准备下车，神仙的幻影便消失了，小说到此结束，这意味着班迪最后一点想象空间也彻底幻灭了。

五　结语：父母双全的“孤儿”——班迪自我身份的消解

儿童在权力秩序中永远是弱势的，他们无法主宰自己的生存空间，也无法主宰自己的命运。班迪的人生核心冲突是在一个信仰破碎、标准破碎、关系破碎的世界里寻找身份认同。小说中，随着两次搬家，班迪一步步失去了自己原有的个人空间；他对家庭中空间的占有逐渐被挤压，被送去寄宿学校之后彻底失去了家庭空间；他跟着生父从传统乡镇来到现代都市，被迫进入自己无法适应的公共空间；他丰富多彩的想象空间最终全部幻灭。最后班迪彻底失去了在这个支离破碎的家庭空间中的位置，他拥有父亲和母亲，却失去了自己的家，成为一个父母双全的“孤儿”。随着花园、卧室、柜子、山谷等空间的丧失，他失去了家庭和童年，他在男性与女性、成人与儿童、传统与现代的身份中逐渐迷失。他的主体性逐渐消解，最后他放弃了自我，成为被动的客体，在这个世界里被动地生活。

小说中班迪的主体性虽然消解了，但他的母亲雪恭却始终保持着自己的主体性。事实上，雪恭从来没有为班迪的权益做过任何实质性的维护和争取，她更多的是追求自我，班迪对她来说一直是一个附属的客体。感情不如意时，她把班迪当作自己空虚时的慰藉；离婚后，她把班迪当作对抗前夫的武器；再婚后，她又觉得班迪是她与丈夫之间的障碍。她从未关注过班迪的内心空间，班迪不在身边以后，她才意识到自己从未看见过姑姑所说的班迪“伤心的小脸”。《现代印地语文学史》将《班迪》评价为一部“批判现代人对于‘自我’自私盲目追求而以牺牲无辜孩子的未来生命为代价的现实主义作品”[①]。然而彭达莉本人作为女性主义作家，呼吁人们同时关注《班迪》中另一主角雪恭的内心世界，倡导关注女性自身的价值，主张女性主动选择和追求自我的幸福。[②] 笔者认为，小说《班迪》以雪恭和班迪两位主人公为主体，反映了女性的权益和儿童的权益休戚相关，它们既互相依存，又有所冲突。在班迪令人痛心的悲剧之外，我们应当思考如何应对育儿给女性自我和主体性带来的影响，如何协调女性主体性与儿童主体性之间的矛盾。彭达莉只是通过故事反映现象，并未在小说中给出答案，但这些问题仍值得进一步探索和研究。

作者系北京大学外国语学院南亚学系硕士研究生

---

① Baccana Sinha, *Adhunika Hindi Sahitya Ka Itihasa*(llahabada: Loka Bharati Prakashan, 2003), p. 353. 转引自王靖《曼奴·彭达莉小说〈班迪〉的女性叙事策略》,《河北经贸大学学报》(综合版) 2016 年第 4 期，第 40 页。

② 王靖:《印度知识女性的代言人——论曼奴·彭达莉的女性主义小说》,《中国语言文学研究》2017 年第 2 期，第 206 页。

民族文学
和民间文学

《一千零一夜》连环穿插式结构中的“口头程式”*

徐　娴

内容提要　在《一千零一夜》中，山鲁佐德运用“口头程式”给国王讲述了众多故事，成功地构建出这部故事集庞大的连环穿插式叙事结构。本文拟借民间口传文学中的“口头程式”理论（又称“帕里—洛德”理论），从叙事要素中的“话语”（即故事内容被传达所经由的方式）角度，横向探究山鲁佐德故事讲述中的“口头程式”以及“口头程式”下的连环穿插式叙事结构。

关键词　《一千零一夜》　“口头程式”理论　连环穿插式叙事结构

阿拉伯民间文学作品《一千零一夜》全书以山鲁佐德给国王讲故事为开端，并以此穿针引线，将其后的众多故事连环穿插在一个庞大的叙述结构之下。实际上，山鲁佐德给国王讲故事是一种以一夜故事换一日性命为目的的行为，更直接地说，这就是一场以故事赢得生命的游戏。在这场游戏中，国王山鲁亚尔以法官的身份给山鲁佐德每夜讲述的故事

---

*　本文为校级科研一般项目“《一千零一夜》的连环穿插式结构研究”（19-009B）阶段性成果。

判决输赢，当夜的故事若讲述得精彩离奇，山鲁佐德就赢得了多活一日的恩赐。与此同时，山鲁佐德在次日夜晚所讲述的故事，必须比前一晚的故事更精彩离奇，这才能博得国王的欢喜，引起国王对下一个故事的好奇之心，从而为自己赢得多一日的生命。“这也是用另一种方式在避开死亡：一个人讲述故事到凌晨以便阻止死亡的降临，从而延迟讲述人沉默的最后限期。山鲁佐德每晚换新的故事就是力图把死亡阻绝在生命循环之外。”① 所以，山鲁佐德每讲一个故事，必须不断地超越自己所讲述的前一个故事，而这每夜的故事讲述，关键不仅在于出奇精彩的故事内容、跌宕起伏的故事情节以及惊心动魄的故事主题，更为重要的是如何在故事的讲述中创造一个可供讲述者持续并无限讲述故事的叙事结构模式，并通过这样一个固定的叙事结构模式，把她的故事一个一个地讲述下去，最终使其生命得以延长。本文拟借民间口传文学中的“口头程式”理论（又称“帕里—洛德”理论），欲从叙事要素中的“话语”（故事内容被传达所经由的方式）角度，横向探究山鲁佐德故事讲述中的“口头程式”以及“口头程式”下的连环穿插式叙事结构。

一　山鲁佐德故事讲述中的“口头程式”

1. 山鲁佐德为何选择“讲故事”

保全性命的方法众多，面对已变得残暴不仁、视女人为恶敌并试图进行报复的国王山鲁亚尔，山鲁佐德为何选择了讲故事这一求生途径？通过阅读这部民间故事集，我们知道，山鲁佐德经过一千零一夜的讲述，不仅挽救了自己的生命，让自己登上了王后的宝座，更是改变了国王对女性的偏见，温暖了国王的心。一个故事得以讲述的过程，是讲述者和听众共同合作的过程。山鲁佐德讲故事，那么，国王必定是愿意听故事，这才使得故事的讲述持续了一千零一个夜晚。笔者认为，山鲁佐德有把握以讲故事自救，主要有以下几方面原因。

第一，故事在民间备受欢迎。在人类尚未广泛使用书面文字之前，都较为普遍地使用口述的方式记载其社会历史事件和民俗生活，口述故

---

① 王岳川、尚水编《后现代主义文化与美学》，北京大学出版社，1992，第288页。

事的传统一直都深受民众的欢迎。据查证，阿拉伯历史上最早的以口述为记载和传播故事的方式或始于蒙昧时期。口头故事的讲述传统，源远流长。在相对落后的社会生产力水平之下，阿拉伯社会一直保存着良好的口头传统，如诗人赛诗、说书人说书、歌手演唱等，无一不通过口述的形式。而在当时的阿拉伯社会，真正接受过文化教育、能够识字读书的人屈指可数，大部分人更喜欢凑在集市、街边或小巷里，听诗人颂诗、说书人讲故事或歌手即兴唱几句。不论是诗人赛诗、说书人说书还是歌手演唱，他们都是以口传的形式向观众（或听众）传递一定的内容信息，而这样的内容信息，就是我们通常所说的“故事”。所以，诗人、说书人以及歌手等以口头方式讲述“故事”的行为，在当时备受大众欢迎，由此，听故事也成了广大民众最大的消遣娱乐活动。

第二，山鲁佐德有故事。讲故事的人必须有故事可以讲述，山鲁佐德自身就是有故事之人。我们知道，她是国王的忠臣——“宰相的大女儿，从小接受过良好的文化教育，知书达理，天资聪颖，通读过各类史书和历代帝王史记”①（据说有 1000 本）。山鲁佐德讲述的故事东起遥远的古代中国与印度，西至马穆鲁克时期②的埃及和大西洋沿岸，不仅在时间上跨越了几个世纪，地域上横跨了两大洲三大洋，在内容方面更是向国王展现了一幅描绘异国民族文化及其社会生活的多彩画卷。

第三，国王性本善。国王山鲁亚尔生性本善，在得知其王后与黑奴私通之前，是一位深受国民爱戴、政绩显著、公平正义的君王。而山鲁佐德正是借用了国王的本善之心，在新婚之夜以眼泪为武器，请求国王答应见其胞妹敦亚扎德，再以胞妹之愿——“在离去前为我们讲一个故事”为请求，进而得到国王允许，使讲故事这一行为有了最大限度的合理性。

第四，众口讲故事。一个人的故事再多，也比不上十个人的故事；同一个故事主题，出自不同的叙述人之口，也就变成了不同的故事。在

---

① أنظر شهرزاد بنت الوزير، دار مكتب الأطفال، القاهرة 2002 م ، ص12 .

② 埃及、叙利亚地区外籍奴隶建立的伊斯兰教政权，公元 1250—1517 年。

第一夜故事的大框架之下，美丽聪慧的山鲁佐德不仅以自身的亲身经历给国王讲故事，更是在之后的每个夜晚安插了不同身份的人物给国王讲故事，甚至还借动物之口讲述故事（如《野鸡和乌龟的故事》《乌鸦的故事》等等）。这样一来，故事的种类和内容就更加丰富多彩、精彩离奇，从而为其赢得了一日又一日的生命。

那么，山鲁佐德在得到国王的允许之后，是如何讲述故事的呢？要将这一千零一夜的故事巧妙地衔接起来，并合理地安排在每个框架之下，确实也需要很娴熟的讲述技巧。这个技巧，贯穿了整部故事集，仿若一个个固定的大小有别的匣子，只要有故事，便可以根据故事长短的不同，将其放入相应的匣子。而这些匣子，我们可以称为山鲁佐德讲述故事的“口头程式”。

2. 山鲁佐德的“口头程式”

在第一夜里，山鲁佐德以告别胞妹敦亚扎德为由，又以其提出的“为我们讲一个故事”为由，使得讲故事这一行为获得了最大限度的合理性，继而延续到第一千零一夜。事实上，这一千零一夜里的故事，有两个最为忠实的听众，一为国王山鲁亚尔，二为其妹敦亚扎德。敦亚扎德作为听众之一，为讲述故事、引出下一个故事起到了连接的关键性作用。这也确实是山鲁佐德在讲述每一个故事前的巧妙安排，为了使每一夜的故事讲述显得自然、合理，敦亚扎德是这么说的：

> 第一夜：“姐姐，以安拉起誓，今天晚上你给我们讲一个故事吧，好让我们快快活活地度过今宵。”
>
> 【بالله عليك يا أختي حدثينا حديثا نقطع به سهر ليلتنا（1-11）】
>
> 第二夜：“姐姐，请你继续把《商人和魔鬼的故事》讲给我们听吧！”
>
> 【يا أختي أتمي لنا حديثك الذي هو حديث التاجر والجني（1-14）】
>
> 第三夜：“姐姐，继续为我们讲故事吧！”
>
> 【يا أختي أتمي لنا حديثك（1-18）】
>
> ……

从以上句子中可以看出，敦亚扎德在每夜请求山鲁佐德讲故事的时候，使用的基本上是近乎相同的一个表达句型，那便是：姐姐，为我们讲故事吧。为了使妹妹的请求变得自然、合理，以便得到国王的许可，山鲁佐德是以下列方式回应妹妹的：

第一夜："如得到尊贵的国王允许，我十分愿意为你们讲一个故事。"

【حبًا وكرامة إن أذن الملك المهذب（1-11）】

第二夜："如国王允许，我很愿意为你们讲故事。"

【حبًا وكرامة إن أذن الملك في ذلك（1-14）】

第三夜："我很愿意继续讲故事……"

【حبًا وكرامة بلغني...（1-18）】

……

于是，山鲁佐德表示愿意的回复句型——“我很愿意为你们讲故事”也得到了国王的许可：

第一夜：国王欣然允诺。

【فرح لسماع الحديث（1-11）】

第二夜："好的，你讲吧！"

【احكي（1-14）】

第三夜："渔夫的故事是怎样的呢？"

【وما حكاية الصياد؟（1-18）】

两姐妹一唱一和的对答，在宁静的深夜里引起了为国事操劳一天的国王的兴趣，睡前放松，听听故事就成为自然合理的事情了。通过对上述三夜故事的讲述开端的分析，我们可以总结出山鲁佐德讲述故事的一个技巧，那便是一些反复使用的句型在讲述故事过程中的运用。首先是敦亚扎德的引入句型：姐姐，为我们讲故事吧。其次是山鲁佐德的接应句型：我很愿意为你们讲故事。最后是国王的许可句型：你讲吧。这三个十分简单的句型，在整部故事集中被反复、多次、大量地运用，形成了一个较为固定的故事讲述模式，我们可以称作山鲁佐德的“口头程式”。

“口头程式”理论又称“帕里—洛德”理论，是两位已故的哈佛大学教授米尔曼·帕里和阿尔伯特·洛德于20世纪中叶创立的一种研究民俗学的理论。这一理论的提出，成功地解决了年深月久的“荷马问题”[①]，同时“很好地解释了那些杰出的口头诗人何以能够表演成千上万的诗行，何以具有流畅的现场创作能力的问题”[②]。很显然，“口头程式”理论最初是为了研究口头诗学（如史诗等）孕育而生的，其研究对象主要是民间口传文学作品。但学术界目前对该理论的实践分析，无一例外地运用在了诗歌研究领域，对其他类型的民间口传文学作品却鲜有提及。史诗中的“故事”是以歌的形式演唱、表演出来或是以诗行的形式吟唱出来的，是一种特殊的故事讲述方式。而山鲁佐德的故事讲述方式，似乎更贴近于口头程式理论对民间口传文学作品的研究。在本部分中，笔者试图以口头程式理论为基础，初步尝试运用该理论，对民间口头文学作品中的故事集《一千零一夜》的连环穿插式叙事结构进行分析和研究。既然这一理论的提出能够对即兴演唱史诗的口头诗人成功构建出成千上万的诗行给出很好的解释，那么，对山鲁佐德同是即兴口头讲述而成功构建的一千零一夜故事的连环穿插式叙事结构，能否也给出一个满意的答案呢？

我国首位将“口头诗学”理论引介入国内，并将其成功地运用到蒙古英雄史诗研究的知名学者朝戈金在其译著《口头诗学：帕里—洛德理论》的“译者导言”中提到：“口头程式理论的精髓，是三个结构性单元的概念，他们构成了帕里—洛德学说体系的基本骨架。它们是程式、主题或典型场景，以及故事型式或故事类型。”[③]

这里的所谓程式，洛德在解释这一名词时沿用了帕里对其的定义：“在相同的格律下为表现一种特定的基本概念而经常使用的一组词。”[④]这里提到的“经常使用的一组词”是相对于诗行中出现的词组而言的，如果我们将研究中的“对象”——诗歌诗行换成《一千零一夜》里的每

① “荷马问题”指的是：“谁是荷马？”和“他是怎样创作出被我们称为荷马史诗（包括《伊利亚特》和《奥德赛》）的作品的？”这两个问题。

② 约翰·迈尔斯·弗里：《口头诗学：帕里—洛德理论》，朝戈金译，社会科学文献出版社，2000，第15~16页。

③ 约翰·迈尔斯·弗里：《口头诗学：帕里—洛德理论》，朝戈金译，社会科学文献出版社，2000，第15页。

④ 阿尔伯特·贝茨·洛德：《故事的歌手》，尹虎彬译，中华书局，2004，第40页。

个故事，那么在研究的过程中便会发现：在故事的讲述过程中，也确实有不少多次反复使用的表达，不过不是词组，而是句型。比如前面我们提到的敦亚扎德的引入句型——“姐姐，为我们讲故事吧”，山鲁佐德的接应句型——“我很愿意为你们讲故事”，以及国王的许可句型——“你讲吧”，等等，对此类句型的运用在整部故事集中屡见不鲜。由此，在运用“口头程式”理论分析《一千零一夜》连环穿插式叙事结构的时候，我们可以将理论中的程式看作山鲁佐德故事讲述中较为固定的用于反复表达同一意思的特定句型。这里暂且称作“程式句”，它是反复被使用的词组概念在口传故事叙述过程中的扩大。

主题或典型场景，指的是运用传统的、程式化的文体来讲述故事的过程中经常使用的意义群，即由一定数量相同的程式句，按照一定的顺序组合起来，以凸显某个主题的叙事单元。“这里所说的主题，与我们通常所说例如某作品具有爱国主义主题这句话里的主题并不完全相同。它与我们有时译作‘动机’、有时译作‘母题’的概念有点接近。它也应该被理解为叙事单元，不过它是规模较大的一种。”① 在《一千零一夜》中主要体现在大故事中嵌套小故事的模式，每个小故事都是一个较为单一的母题（有些故事不止一个母题）。以汤普森在其著作《世界民间故事分类学》中列出的故事母题索引为线，以大故事《国王、王子、妃子和七位大臣的故事》中第四位大臣讲述的《诡计多端的老太婆的故事》和第七位大臣讲述的《老太婆和商人儿子的故事》为例，这两个小故事讲述的都是某青年爱上某女子，在老太婆的帮助下获得女子芳心的主题故事，其母题均属于“老太婆帮手”故事（母题 N825.3）。由此，在《一千零一夜》故事中的故事主题，我们可以看作山鲁佐德口头程式中由数个固定“程式句”构成的“程式句组”。

而口头程式理论的最后一个元素——故事型式或故事类型，则是由若干个主题有机组合而成的，可以是多个相同的主题，也可以是多个不同的主题。不同主题的不同排列组合，构成了不同的故事类型。《一千零一夜》中的故事类型，指的便是由数个小故事组成的大故事。以汤

① 约翰·迈尔斯·弗里：《口头诗学：帕里—洛德理论》，朝戈金译，社会科学文献出版社，2000，导言，第 30~31 页。

普森的故事类型索引为线，《夜》中的《渔翁的故事》属于背包（瓶、桶）里的恶魔类型（类型330B），是由《四色鱼的故事》（魔术鱼母题B175）和《着了魔的王子的故事》（魔术力量母题D1700）等不同故事主题构成的。先前我们将《一千零一夜》里的故事主题看作山鲁佐德口头程式中由“程式句”构建的“程式句组”，由于故事类型是不同故事主题的合成，在这里对于故事类型的进一步理解，则可看作山鲁佐德口头程式中的“程式群”。

口头程式理论的研究对象主要是民间口传文学作品，通过对大量史诗的研究，成功地对即兴演唱史诗的口头诗人构建出的成千上万的诗行给出很好的解释。而《一千零一夜》这部故事集作为民间文学的经典代表，正是口头程式理论的主要研究对象之一。“程式和程式群，不论其大小，都只服务于一个目的，那就是为这种讲述提供一种手段。”① 而正是这种有力的手段，被作为最大隐含作者的山鲁佐德在讲述故事时使用，以口头程式理论最为主要的三大元素之间的不同组合，成功地构建出了这部故事集庞大的连环穿插式叙事结构。

二 “口头程式”下的连环穿插式叙事结构

1. 程式句——程式

程式是口头程式理论中最小的构建单位，一般指在口头文学作品中被反复使用的片语，用于表达一种特定的基本观念。在《一千零一夜》这部作品中，“片语”无处不在，这里的“片语”更多地倾向于程式句型，它是被反复使用的片语概念在口传故事传统中的扩大，这就是本文先前提到的“程式句”。程式句的出现并非偶然，同样的程式句型可以出现在不同的故事中，而在同一个故事里，也可以有相同的程式句。每当夜幕降临，山鲁佐德开始给国王讲故事的时候，程式句就在山鲁佐德的口中无意识地诞生了，它们以多样而独特的方式将不同的故事或是故事的不同情节巧妙地贯穿在一起。这是叙述者在口述传统中最为简单而基本的传述方式，通过对不同程式句在故事讲述中的运用，山鲁佐德等

① 阿尔伯特·贝茨·洛德:《故事的歌手》，尹虎彬译，中华书局，2004，第96页。

叙述者形成了程式句的表达习惯，通过对这些程式句的反复使用，成功地构建出了新故事情节的框架。在讲述故事的过程中，叙述者还可以根据不同的故事内容以及故事情节的需要，构建出新的程式句，再以程式句间不同的排列组合方式，构成新的故事内容，从而引出更多的故事，构建更大的故事结构，这也是故事得以讲述一千零一个夜晚的前提和基础。

洛德在其著作《故事的歌手》中提到：“最稳定的程式是诗中表现最常见意义的程式。这些程式表示角色的名字、主要的行为、时间、地点。”[①] 这个定义与故事（小说）讲述的几大要素——时间、地点、人物以及事件（可看作主要的行为）在一定程度上是相似的。对于一个故事来说，其最稳定的程式的使用，有利于叙述者在故事开始向听众介绍清楚该故事发生的背景和主要情况，先让听众对该故事有个整体上的把握，之后再娓娓道来，慢慢将听众带入故事的情节之中。下面，笔者将以《一千零一夜》中不同故事为例，进一步剖析最稳定程式句在这部口头民间文学作品中的运用及其对构建故事叙事结构的作用。例如：

第 349 夜《阿里·沙林和祖曼绿蒂的故事》：相传很久以前，在一个叫呼罗珊的地方，有个名叫麦吉德的富商，拥有雄厚的资金，但却一直膝下无子，一直到他六十岁时才得一子，取名为阿里·沙林。

【وحكي أنه كان في ذلك الزمان وسالف العصر والأوان تاجر من التجار في بلاد خراسان اسمه مجد وله مال كثير إلا أنه بلغ من العمر ستين سنة ولم يرزق ولدا، وبعد ذلك رزقه الله تعالى ولدا فسماه علي شار.（2-296）】

<u>该故事稳定程式句：很久以前，呼罗珊的麦吉德老年得子。</u>

第 530 夜《辛巴达航海故事》：在古代信士的长官哈里发哈伦·拉希德执政时期，巴格达城中住着一个名叫辛巴达的脚夫，平日以搬运糊口，生活窘迫。

---

① 阿尔伯特·贝茨·洛德：《故事的歌手》，尹虎彬译，中华书局，2004，第 46 页。

【كان في زمان الخليفة أمير المؤمنين هارون الرشيد بمدينة بغداد رجل يقال له السندباد الحمال، وكان رجل فقير الحال يحمل تجارته على رأسه...（3-115）】

<u>该故事的稳定程式句：拉希德执政时期，巴格达的辛巴达以搬运糊口。</u>

第982夜《补鞋匠马尔鲁夫的故事》：从前，在埃及的卫城中住着一个补鞋匠，名叫马尔鲁夫。他的妻子叫“法蒂玛”，绰号“恶癞”。

【كان في مدينة مصر المحروسة رجل إسكافي يرقع الزرابين القديمة، وكان اسمه معروف،وكان له زوجة اسمها فاطمة ولقبها العرة（4-403）】

<u>该故事的稳定程式句：从前，埃及卫城的马尔鲁夫以补鞋为业。</u>

通过总结以上三个故事的最稳定程式句，我们得知山鲁佐德讲述的故事中的口头程式与口头程式理论中最稳定的程式形式是相一致的，均为介绍故事发生的时间、地点、人物以及事件（或是主要的行为）。这也是一般故事讲述中最常见的意义的程式，这样的程式句型向听众传达了一个故事的基本信息，同时也让听众在短时间内掌握这个故事的基本要素。只要叙述者掌握了最基本、最稳定的故事讲述的程式句，那么他便可轻车熟路地将程式句中的关键词进行时间、地点、人物或事件上的一项或多项的替换，从而轻易地构建出更多的程式句。在《一千零一夜》故事集中，我们注意到，所有故事的开端程式句也并非千篇一律，只要叙述者将新的词语放入旧的程式中，新的程式便由此产生了。以《补鞋匠马尔鲁夫的故事》的开端程式句为例，我们只要将故事的人物替换成麦斯欧德，其他成分不变，那么一个新程式句所讲的故事就成了《补鞋匠麦斯欧德的故事》。在这部作品集的众多故事里，大部分故事是围绕着“国王”“王子与公主”“商人”“老太婆”等故事核心人物展开叙述的。有关“国王”的故事更是屡见不鲜，如《国王与王子的故事》《国王与大臣的故事》《国王与妃子的故事》《哈里发夜访巴格达的故事》等等。山鲁佐德有关故事核心人物“国王”的故事的讲述，让国王山鲁亚尔不仅了解到了其他统治者的政绩情况和多彩的帝王生活，更是从这些故事中领悟了作为一位成功的统治者应该具备的公正、智慧、宽容、

善良等品质。这使得山鲁亚尔原本痛恨女人、残暴不堪的内心渐渐地在每夜的故事讲述中得以净化和熏陶，山鲁佐德从而赢得了一日又一日的生命。这也为山鲁佐德讲不完的故事做出一个解释：通过不断替换程式句中的成分，创造新的故事，从而构建新的叙事结构。

除了最稳定的程式句外，在《一千零一夜》中比较重要的程式句还有以下几类。

1.故事间的过渡程式句：前一个故事和后一个故事相比，谈不上精彩离奇。

①山鲁佐德：“但这和渔夫的故事比起来，就谈不上什么精彩离奇了。”（《商人和魔鬼的故事》和《渔夫的故事》）

【وما هذه بأعجب من حكاية الصياد（1-18）】

②山鲁佐德：“但这和脚夫的故事比起来，那就谈不上什么精彩离奇了。”（《渔夫的故事》和《脚夫和巴格达三个女人的故事》）

【وما هذا بأعجب مما جرى للحمال（1-41）】

③宰相：“国王，这个故事要和努伦丁和赛姆斯丁兄弟俩的故事比起来，那就谈不上什么精彩离奇了。”（《三个苹果的故事》和《努伦丁和赛姆斯丁兄弟俩的故事》）

【لا تعجب يا أمير المؤمنين من هذه القصة، فما هي بأعجب من حديث نور الدين مع شمس الدين أخيه（1-85）】

2.期待程式句：……故事是怎样一个故事呢？

①国王：“那渔夫的故事又是怎样一个故事呢？”

【وما حكاية الصياد؟（1-18）】

②国王：“究竟脚夫的故事是怎样一个故事呢？”

【فما جرى للحمال؟（1-41）】

③拉希德哈里发：“比这更精彩离奇的故事是怎样一个故事呢？”

【وأي حكاية أعجب من هذه الحكاية؟（1-85）】

3.暗示停止讲述程式句：天色已亮，山鲁佐德便不再往下讲了。

①天色已亮，山鲁佐德便不再往下讲了。

【وأدرك شهرزاد الصباح فسكتت عن الكلام المباح（2-101）】

②天色已亮，山鲁佐德便不再往下讲了。

【وأدرك شهرزاد الصباح فسكتت عن الكلام المباح（3-79）】

③天色已亮，山鲁佐德便不再往下讲了。

【وأدرك شهرزاد الصباح فسكتت عن الكلام المباح（4-153）】

4. 且听下回分解程式句：如果活下去，来夜讲的故事更有趣呢。

①山鲁佐德："要是国王开恩，让我活下去，那么来夜我要给你们讲的故事将比这个更有趣呢。"

【وأين هذا مما أحدثكم به الليلة المقبلة إن عشت وأبقاني الملك（1-13）】

②宰相："若国王赦免我家奴仆死罪，我将讲述这个更精彩离奇的故事。"

【لا أحدثك إلا بشرط أن تعتق عبدي من القتل（1-85）】

③中国皇帝："裁缝，你若能给我讲一个比驼背的故事更加精彩离奇的故事，我便赦免你们的死刑。"

【يا خياط إن حدثتني بشيء أعجب من حديث الأحدب وهبت لكم أرواحكم（1-134）】

以上所提及的程式句型，在《一千零一夜》的每个故事中几乎都能见到。从夜幕降临后山鲁佐德开始为国王讲述一个故事开始，首先使用的是最稳定的程式句型；在一个故事结束之后、夜晚结束之前，她必须能为国王讲述出第二个故事，此时使用的是故事间的过渡程式句，从而引起国王对新故事的期待程式句，使得新故事的讲述得到许可；而后再使用最稳定的程式句型开始新故事的讲述，在新故事尚未结束、第二天即将到来之前，启用暗示停止讲述程式句型，将故事的讲述停在最为精彩或高潮之处，让国王意犹未尽，并借此机会向其提出且听下回分解程式句型，最终取得以一夜故事换一日性命的胜利。然而，山鲁佐德在熟悉并掌握这些口头程式句的基础上，随着讲述故事次数的增多以及故事内容精彩度的增加，新鲜的词语、话题及故事内容也必须得到不断的补充，才能使得当夜的故事比前一夜更精彩有趣。

2. 程式句组——主题

口头程式理论的第二个要素——主题，在山鲁佐德的故事讲述中我们称为程式句组，即由一定数量相似的程式句，按照一定的顺序组合起来，以凸显某个主题的叙事单元。前面我们提到的山鲁佐德每夜讲述故事用到的所有程式句型的组合，就是一个体现某个主题的叙事单元，更确切地说，这个叙事单元（程式句组）在故事集中一般是以小故事（或是大故事的一部分）的形式表现出来的。由此可见，主题是通过数个程式句的组合来表达的，但它并非一套固定的程式句组，而是一组意义。换句话来说，构建主题程式句组的程式句并非完全一致，但其表达出来的中心思想，却在意义上不谋而合。《一千零一夜》中的故事众多，其大小故事在数量上总共约有 1352 个 (大故事 174 个，小故事 1178 个)，其中不乏表现同一主题的故事。以下，笔者将以第 574 夜山鲁佐德为国王讲述的《国王、王子、妃子和七位大臣的故事》中反复出现的同类主题故事为例，进一步探究口头程式下的程式句组（主题）与连环穿插叙事结构间的关系。

《国王、王子、妃子和七位大臣的故事》（这个大故事中共有 23 个小故事）梗概如下：

> 某国王晚年喜得一子，从小悉心培养照顾，终于，王子长大成人，才貌双全，文武兼备。一日，王子的恩师夜观星象，预知其在七日内若开口说话，会遭遇死亡危险，便报告国王，并建议在七日内让王子暂处幽静之处，待七日过去便无大碍。于是国王把王子暂时安置在最受宠妃子的宫殿。不料该妃子迷上王子的英姿美色，大胆向王子求欢，却遭到王子拒绝，因此恼羞成怒，恶人先告状，向国王控诉王子对其怀有邪念。国王听罢怒气冲天，欲处王子死刑。于是七位大臣商量每人每日以不同的故事劝谏国王，表明女人的阴谋诡计变幻无穷，勿轻信妃子的谗言，从而使国王暂缓王子死刑。妃子不甘，又于次日向国王讲述男人阴险狡猾的故事，以说服国王处死王子。七位大臣和妃子在七日里轮流攻击对方，向国王讲述了支持各自立场的故事。其间，妃子为说服国王处死王子共讲述了 9 个小故事，七位大臣为说服国王暂缓处死王子讲述了 11 个小故事。时过七日，王子顺利度过了生命危险期，并向众人讲述了 3 个小故事，以自己的才智赢得了国王对他的信任。最终，妃子被放逐，国王父子俩从此过着幸福的生活。

在这个大故事的框架下有23个小故事，所体现的主题有以下四类：①有关女人阴谋诡计的主题故事（9个）；②有关男人阴险狡猾的主题故事（7个）；③有关智者的主题故事（3个）；④其他主题故事（4个）。我们可以试着对第一类主题故事即有关女人阴谋诡计的主题故事进行分析。英文字母A—I分别代表六位大臣所讲述的有关女人阴谋诡计的9个程式句组故事（见表1），每个程式句组故事梗概如下，其中画线部分显示主题。

表1　程式句组①：有关女人的阴谋诡计

序号	时间	地点	讲述人	讲述的故事
A	第一天	国王宫殿	第一位大臣	《宰相夫人和好色国王的故事》
B	第一天	国王宫殿	第一位大臣	《商人夫妻俩的故事》
C	第二天	国王宫殿	第二位大臣	《商人和烧饼老太婆的故事》
D	第二天	国王宫殿	第二位大臣	《侍卫与水性杨花女的故事》
E	第三天	国王宫殿	第三位大臣	《买米女人的故事》
F	第四天	国王宫殿	第四位大臣	《诡计多端的老太婆的故事》
G	第六天	国王宫殿	第六位大臣	《女人和五位官人的故事》
H	第七天	国王宫殿	第七位大臣	《老太婆和商人儿子的故事》
I	第七天	国王宫殿	第七位大臣	《女子背着魔鬼偷情的故事》

A

国王对宰相夫人一见倾心，故意安排宰相出差，前往宰相家见其夫人。宰相夫人得知国王来意之后，为国王准备了90道菜色不同的佳肴，请国王品尝。国王尝罢，发现这90道佳肴虽菜色不同，但味道始终如一。宰相夫人以此来比喻国王宫中嫔妃众多，但性质如一，打消了国王对其的爱恋之心，得以守住贞洁。

B

商人买了一只会说话的鹦鹉，以便向他报告离家期间家中情况。回家后，鹦鹉告知其妻和某男有染，商人听后欲杀其妻，却被妻子嘲笑其愚蠢，竟然听信动物之言。妻子提出让商人到朋友家过夜，次日回来再听鹦鹉报告，以便判断动物之言的对错。于是当晚在鸟笼旁制造了风雨大作的假象，诱导鹦鹉此次向商人报告错误印象，使其遭受杀身之祸。随后商人发现妻子与某男有染，杀了妻子。

C

一个富商在饮食方面特别小气，一次在街上用低价向一位老太婆买了两个烧饼。往后的二十天里，每天如此。忽然有一天，卖烧饼的老太婆不见了踪影，富商四处找寻，在找到老太婆后问起她不再售卖烧饼的原因。老太婆告知富商制作烧饼的面粉来自其主人用来治疗背上大疮后用剩的面团，主人不幸归真了，便没有面粉可制作烧饼。富商听后追悔不已。

D

侍卫的情妇与其仆人有染，两人正在交欢时，侍卫来到了情妇家。情妇将仆人藏起，转而与侍卫交欢，当其时，其夫返家。为了欺瞒丈夫，情妇让侍卫持剑对其恐吓，制造出欲杀她的假象。其夫信以为真，对其妻的阴谋诡计一无所知。情妇的诡计不仅放走了侍卫，还解救出藏身于阁楼的仆人。

E

某女人应其丈夫要求外出买米，与米商调情时被米商仆人将米调包成土。回家后对其夫谎称买米钱弄丢，有可能就掉在这袋土里，便拿来筛子让丈夫筛土找钱，以此隐瞒实情，骗过丈夫。

F

小伙看上漂亮少妇，花钱让老太婆帮忙助其与少妇见面。老太婆收钱办事，以一个故事获取了少妇的信任，让少妇答应见该小伙，还额外收了少妇的钱财。不料小伙失约，老太婆为瞒实情找到一名刚遇到的男子赴约。不料该男子正是少妇之夫，少妇见到丈夫后立即随机应变，对其夫的不忠行为大声斥责，将老太婆从尴尬的局面中解救出来。

G

商人妻子的情夫被关押，为救情夫，商人的妻子在同一天同一地点的不同时间段相继预约了法官、总督、宰相和国王，分别答应与他们共享男女之乐。随后在木匠处定做一个四层门锁柜，木匠见其动心，答应如果她与其单独会面，柜子免费。商人妻子见状，要求多加一层做成五层门锁柜，便与其约定在和四人约定的同一日期、地点见面。约定之日，法官、总督、宰相、国王和木匠相继来到了商人妻子家中，利用五人到达时间的先后，商人妻子巧妙地分别将五人关进了五层门锁柜里，最后拿上总督亲笔写下的出狱条救出了情夫，两人远走高飞。而被她反锁在柜子里的五人被发现后则遭到了众人的耻笑。

H

商人的儿子在大宅的瞭望台上看见一位美丽的少妇，对其一见钟情，相思成疾，于是便花钱请老太婆帮忙与这位少妇相见。老太婆设计了一个又一个的计谋，先后使得少妇被休、商人儿子与少妇共处了一段日子。最后在商人儿子的请求下，老太婆又想方设法地让少妇回到其丈夫身边。

I

王子出游，他看见一个魔鬼打开箱子，并在放出一位美人后沉沉睡去。美人无意中发现王子，要求王子与其交欢，并交出戒指，随后告知王子这是她报复魔鬼的行为，目前已背着魔鬼和80多位男子有染。国王得知王子丢失戒指后欲将之处死，幸得大臣劝阻保住王子性命。

通过上述列出的有关女人诡计多端、善设阴谋的主题，我们发现，同一程式句组（或称主题）故事的构成并不是一套固定的程式句，而是一个相同或相似的意义。因此，不论叙述者在这9个小故事的讲述过程中运用了哪些程式句型，它们所表达出来的意义都是相同的——体现女人的阴谋诡计。但是在这9个小故事的程式句组表达中，我们发现同一程式句组却具有不同的表述形态。

（1）对女人阴谋诡计的贬责。为了说服国王暂缓处死王子，勿听信妃子谗言，六位大臣先后讲述了9个有关女人阴谋诡计的故事，劝谏国王妃子谗言可能不过是她的阴谋诡计罢了。其中9个故事里以对女人阴谋诡计表示贬责为表达方式凸显主题的是B、C、D、E和I这5个故事。这5个故事均直接揭露了女人的阴谋诡计、狡猾多变，除了C故事讲述的是老太婆以主人敷在脓疮上的面粉烙饼售卖牟利的卑鄙手段，反映出女人狡猾的诡计外，其他4个故事讲述的均为妻子与外人有染，运用诡计欺瞒自己的丈夫。虽然故事在情节上相似，但是女人诡计实施的手段却不尽相同。B故事中女人通过制造假象欺骗鹦鹉从而获取丈夫对其的信任；D故事中情妇利用侍卫假装杀之的假象，成功欺骗丈夫，并放走了情人侍卫和有染仆人；E故事中妻子谎称钱币弄丢在土里，要求丈夫用筛子找钱，顺利隐瞒了其外遇实情；在I故事中，女子背着魔鬼和80多位男子有染。凡是读过《一千零一夜》故事的读者，对以上主题的情节定不陌生，如再细心，不难发现与该主题情节相似的故事在这部故事集中俯拾即是，而I故事中的情节恰和山鲁亚尔及其兄弟在发现妻子的背叛后外出遇到女郎的故事情节有着异曲同工之处。对于山鲁佐德而言，同类主题故事的程式句组有着各自独特的核心模式，只是人物和情节在同一个主题程式中发生变换。

（2）对女人的足智多谋的赞美。在这些故事中，我们发现并非对女人所有的阴谋诡计都是贬责的，其中还有对她们的足智多谋的赞美，例如A故事和G故事。在A故事中，宰相夫人为国王准备了90道不同的佳肴，国王欢喜不已，可国王品尝后发现这些佳肴虽在形状和颜色上各有不同，但却只尝到了同一个味道。这里宰相夫人运用自己的智慧，以“食”喻“色”，让国王明白女人就如这食物一样，虽美色各异，但对于男人来说，其性质就像这味道一般一致，无一例外。最终，国王被宰相夫人的“阴谋诡计”（足智多谋）打消了对其的邪念，宰相夫人也得以守住贞洁。而在故事G中，女人为救出自己的情人先后与法官、总督、宰相、国王和木匠斗智斗勇，以自己的美貌巧妙地将五位好色的男人反锁在木柜里，最终救出了情人，与其远走高飞。贬义主题可以通过使用褒义程式句的方式来反衬，这是与常规思维相反的程式句组表达方式。在叙述者讲述故事的过程中，多个故事主题的重复表达不免显得枯燥单一，反面突出主题的方式不仅起到了反衬主题的作用，对听众而言，也是一种新的“故事讲述”方式，这让他们的好奇之心油然而生。这也是口头故事构建中较为简单的表述方式——以对故事女主人公的褒扬来表现该故事主题的贬义性，这种表述方式能够让叙述者在口头叙事中更快地创造出同一主题的另一个表达模式。

（3）对女人阴谋诡计的褒贬结合的表述方式。不管是从正面还是反面来表述同一个主题，似乎都没有从正反面结合起来表述同一个主题更能凸显这个主题。该类主题故事下的F和H便是最好的例子，两个故事都包含有主题的褒贬双面性。其中F故事前段老太婆利用诡计让小伙见少妇是对女人阴谋诡计的贬义表述，后段少妇随机应变，将老太婆从尴尬的局面中解救出来是对女人阴谋诡计的褒义表述。同样，在H故事中，前段老太婆通过多种手段拆散一对夫妻助得青年与少妇相会是对女人阴谋诡计的贬义表述，后段又想方设法成功助少妇重获婚姻幸福是对女人的足智多谋的褒义表述。这一正一反的对立表述，形成了明显的对比，能够更加突出女人善设计谋的主题。在这些叙述者眼里，无论女人是善还是恶，都终究改不掉诡计多端的秉性。

（4）多个叙述者的同类主题表述。这9个故事的叙述出自六位大臣之口，其中第一位、第二位和第七位大臣分别讲述了两个同类主题故事。同类主题故事的不同叙述者的讲述，是口传故事最为显著的特征之一。故事的讲述基本上以这样的词来引入:“据说”“相传”“听闻”等等。这便在开端向听众传递了这么一个信息：故事是听来的，不知作者何人，更不知其源于何处。很显然，对于故事的产生，我们无从探究，但对于这个故事的传播，我们能够确定是经过多人之口一直传承至今的。同类主题故事的表述的多样性不仅体现在该主题的褒、贬或是褒贬结合的对立性上，还体现在不同叙述者（隐含作者）对同一主题故事的不同表述形态方面。例如：第一位大臣讲述了A（主题的褒义性）和B（主题的贬义性）两个故事，第二位大臣讲述了C（主题的贬义性）和D（主题的贬义性）两个故事，第七位大臣讲述了H（主题的褒贬结合）和I（主题的贬义性）两个故事。很多故事在今天的表述形态和几十年前有着很大的差异，虽说在主题上没有太大的变化，但其中的故事情节却在不同讲述者的口中，依照他们的经历或习惯改变了。换句话来说，某个十几年前的故事流传至今，每被一位讲述者讲述一次，都会产生一个主题相似的新故事。根据之前的分析，该主题下的每个故事都在表述上不尽相同，假设这9个故事都是出自同一位大臣之口，那么，如果山鲁佐德稍微改动大故事的讲述中的部分情节，安排七位大臣依次重复这9个故事的讲述，这一主题故事的数量就增到了63个。如果山鲁佐德再在大故事中无限制地增加讲述故事的大臣的数量或延长王子处于危险境地的时间，那么，这个大故事下所插入的故事数量便不可估量了。

由此可见，一个主题程式句组可以以多种形式出现在不同故事中，同一主题的不同故事，则有其多样化的主题表述模式，不同的主题表述模式在不同叙述者的讲述中又构建了不同的故事。山鲁佐德可以应国王所需不断地重复讲述主题相似的故事，这些故事在表达（程式）上只需要不断地重复那些共同的词语和句型。① 这不仅在主题上增加了故事的数量，在整体上更是扩大了整个大故事的框架结构。“当相同的或相似的意义适用于许多故事时，那么，它们便不属于任何一个故事，说得更恰当些，它们属于所有的故事。”②

3. 程式群——故事类型

从上述介绍的《国王、王子、妃子和七位大臣的故事》中，我们可以快速地辨别出三群程式句组：第一群是讲述女人的阴谋诡计的故事（共9个），第二群是讲述男人阴险狡猾的故事（共7个），第三群是有

① أنظر ألف ليلة وليلة- دراسة، سهير القلماوي ، لهيئة العامة لقصور الثقافة ، 2010 م الطبعة الثانية، ص72.

② 阿尔伯特·贝茨·洛德:《故事的歌手》，尹虎彬译，中华书局，2004，第219页。

关智者的故事（共3个）。根据山鲁佐德讲述故事的情节发展需要，同一主题的故事可以单个独立故事的方式来讲述，也可以并排或交替出现的方式来讲述，还可以采用相互套叠、连环穿插的方式来讲述。但不论程式句组是以并列、交替还是反复的形式出现，我们都能很清楚地读出这些程式句组所表现的主题，并将这些主题进行归类。这种反映同一个主题，分别以数个不同的故事展现在一个大故事的框架式结构之下的主题讲述，构成了一个主题意义群。在这里我们把它看作山鲁佐德故事讲述口头程式中的程式群，即故事类型，它们既有各自独立的意义，又同为整个大故事的主要组成部分。《一千零一夜》这部故事集的故事众多，由这些故事主题所构成的故事类型也非常多。正如汤普森在其著作《世界民间故事分类学》中所提到的那样："《一千零一夜》的不论什么故事都可能成为故事之源，我们的许多古老民间故事都在这部作品中找到，并以多种形式使这些故事首先传给欧洲的故事讲述者。"① 不同的故事主题，只要在排列顺序或内容更换上稍有变动，即可构成不同的故事类型。在经过一定次数的故事讲述之后，山鲁佐德的脑海中渐渐地形成了一个程式集合库，在讲述某个故事时，根据故事情节发展的需要，她便可熟练地从这个丰富的程式集合库中选择合适的主题或主题群的构建模式。而只要在下一个故事中对这个主题或主题模式稍加改动，便可产生新的主题或主题模式，构建更大的故事叙事结构，从而使得故事的讲述没有尽头。对于程式群，即主题类型对故事连环穿插式叙事结构的构建和创造，笔者仍选用《一千零一夜》中的《国王、王子、妃子和七位大臣的故事》，并尝试分析同类程式句组在该故事中的运用，进一步探究程式群对故事连环穿插式叙事结构在构建和创造方面起到的作用。

笔者将按故事讲述的时间顺序，选取前5个小故事［在此以阿拉伯语数字（1）—（5）依次代表讲述的故事］，分析山鲁佐德的故事口头讲述中的程式句组在构建程式群过程中的运用及其对故事框架构建的影响（见表2）。

---

① 斯蒂·汤普森:《世界民间故事分类学》，郑海等译，上海文艺出版社，1991，第209页。

表 2　大故事中的前 5 个小故事

序号	时间	地点	讲述人	讲述故事	主题类型
（1）	第一天	国王宫殿	第一位大臣	《宰相夫人和好色国王的故事》	主题①
（2）	第一天	国王宫殿	第一位大臣	《商人夫妻俩的故事》	主题①
（3）	第二天	国王宫殿	妃子	《漂布匠父子的故事》	主题④
（4）	第二天	国王宫殿	妃子	《坏男人的故事》	主题②
（5）	第二天	国王宫殿	第二位大臣	《商人和烧饼老太婆的故事》	主题①

根据山鲁佐德讲述的大故事情节发展的需要，国王在第一回听信妃子的谗言之后，立马召集各位大臣宣布处死王子。大臣们也立即出谋划策，想方设法拯救王子的性命，可君命难违，只能劝谏国王暂缓处死王子。如何劝谏？通过故事说明道理，倘若故事有理，国王信服，那么暂缓处死王子的目的便达到了。换句话说，大臣为国王讲述故事，也是一种以故事换性命的行为。这正如故事外的山鲁佐德为国王讲述故事为自己争取多一日的性命一样，是一种借故事情节反映现实情况的暗示。于是，山鲁佐德在大故事的背景之下，很自然地安插了故事中第一个以讲述故事换性命的叙述者（隐含作者）——第一位大臣，他为国王讲述了《宰相夫人和好色国王的故事》（主题①有关女人阴谋诡计的主题故事），这是一组意在说明女人的诡计多端主题的程式句组。然而，为了使国王更加了解女人的阴谋诡计，使之信服，第一位大臣紧接着讲述了第二个故事《商人夫妻俩的故事》（主题①有关女人阴谋诡计的主题故事），这还是一组意在说明女人的诡计多端主题的程式句组。大臣口中的两组表达同一主题的程式句组故事的相继讲述，达到了让国王暂缓处死王子的目的，暂时挽救了王子的生命。显然，在无数次的讲述之后，山鲁佐德已经掌握了表达程式句组的技巧：同一主题的不同故事，可以采用反复讲述的方式并列穿插于大故事下的同一叙述层当中，这也称为同类故事讲述的反复性，为山鲁佐德在构建新程式句组的过程中不断地根据自己业已储备的材料来重新创作这一主题提供了最直接的途径。程式群不是

通过一两个相同或相似的主题来表现的，而是多个程式句组的集合。例如该大故事框架下六位大臣讲述的9个同类程式句组，王子在最后讲述的3个有关智者的故事程式句组，等等，作为大故事框架的重要组成部分，与整体浑然一体。这些程式句组可以看作程式群故事中的基本情节，围绕其不断地扩展延伸，成为主干故事不可或缺的重要成分，于是新的故事便源源不断地产生了，大故事框架的规模也因情节的需要不断地套入新的小故事。

第二日，妃子听说国王改变了处死王子的命令，先是向国王讲述了《漂布匠父子的故事》（主题④其他主题故事），以免国王父子有与漂布匠父子同样的遭遇，预先提醒国王，并在这个故事的基础之上给国王讲述了《坏男人的故事》（主题②有关男人阴险狡猾的主题故事），以此反驳第一位大臣认为女人的阴谋诡计多样的观点。国王听了妃子的申诉，觉得有理，便重申前令，决定处死王子。山鲁佐德在安排大臣接连讲述了两个同一主题的故事之后，并没有直接安排妃子讲述与之对立的故事——有关男人阴险狡猾的主题故事，而是嵌入了一个关于追悔不已的主题故事。这也是口述文学的特点之一：在讲述故事的过程中，并没有所谓一成不变的口头程式，某个故事主题可以引出其他相关的主题故事。适当地插入与大故事情节相关的其他故事主题，从整体上来说并不影响整个故事情节的发展，反而扩展了整个故事的框架结构，并能够自然地衔接下一主题的小故事。《漂布匠父子的故事》的讲述在于提醒国王勿重蹈漂布匠的覆辙，引起国王对其决定是否正确的思考，是完全符合大故事的情节发展逻辑的。这好比是连接两端点的曲线，一端是大臣讲述的有关女人阴谋诡计的故事，另一端是妃子讲述的与之对立的主题故事——有关男人阴险狡猾的主题故事。纵然两点之间的直线距离最近，但在口头程式讲述故事的过程中，若一味地直述、运用一成不变的程式，那么故事讲述过程便会显得机械化、直白无趣。在整个大故事里，接下来还有三处类似的其他主题插入的情况，分别是第三位大臣给国王讲述的第一个故事《一滴蜂蜜的故事》、第五位大臣讲述的《余生不笑者的故事》，以及第七日妃子讲述的《国王与廉洁女的故事》。口述程式的特点决定了故事主题具有一定的牵涉性，在不影响整个故事框架结构的情况下，涉及的相关故事主题在一定程度上增加了大故事的篇幅，丰富了故事的情节，并为其增添了斑斓的色彩。如此看来，这四个其他主题的小故事的插入，在一定程度上对扩展整个大故事的框架结构起到了作用。

继妃子再劝得国王下令处死王子之后，第二位大臣匆忙赶到，为国王讲述了《商人和烧饼老太婆的故事》（主题①有关女人阴谋诡计的主题故事），使得国王信服，国王再次撤销处死王子的命令。山鲁佐德在这两个对立主题故事的安排中并没有像上一轮那样插入其他的主题故事，而是采用对立主题相互交替的讲述方式。这种交替程式句组的轮流出现（共 6 轮），在这个大故事中体现得最多，成为大故事情节发展最为重要的两条主线：大臣们讲述的有关女人阴谋诡计的故事主题，以及妃子讲述的有关男人阴险狡猾的故事主题。这种交替程式句组讲述故事的方式，也是口头程式句组在构建主题程式群中的一大特征。也正是大臣们和妃子两个对立主题故事的轮流讲述，才使得大故事得以持续发展下去。大臣的故事说服了国王，国王暂缓处死王子，妃子的自我利益没有得到满足，必然会继续为国王讲述反驳大臣们观点的故事，说服国王重申前令，处死王子，如此反复。而这种你立我破的交替口头程式句组，在没有前提条件限制的情况下（在此假设大故事的前提不是限制在七日内），是可以无限制地交替下去的，只要山鲁佐德能够持续为大臣和妃子所处的立场提供足以说服国王改变其决定的故事。由此看来，口头程式句组间的相互交替性，对故事结构的扩展和延伸也起到了一起的作用。

综上所述，我们可以得出主题程式群构建中的三大主要模式：并列反复、主题牵涉以及相互交替。这也是口头程式在讲述过程中的三大特征。这三大特征均在不同程度上影响了同一叙述层的故事在数量上的增加。除此之外，在其他的大故事中，山鲁佐德的口头程式群还具有其他的特征。但一千零一夜的故事众多，要想逐个去分析其中的程式句组及其特征，未必是一件易事。当山鲁佐德经过多个夜晚以及多个故事的讲述之后，她对下一个故事的讲述，定是在先前所讲述故事的基础上创造出来的。选定怎样的主题，运用怎样的程式，在山鲁佐德心中似乎早已存在一个拥有众多程式句组的程式库，她根据所讲述的故事情节从中抽取相关的程式句组，在以并排、嵌套、交替、复合等不同形式构建这些程式句组的时候，一个又一个的主题故事类型便由此诞生了，而子故事的叙事结构，似乎永远没有固定的模式，永远没有终点。

山鲁佐德“口头程式”中的程式句、程式句组以及程式群在故事中的运用和分析，很好地解释了口述故事与其叙事框架之间的关系。在口头理论中，一个程式群是由多个程式句和程式句组构成的。程式句组是由不同的程式句组成的，然而，一个程式句通过关键要素的变换可以创造出成千上万不同的故事，如此，再组成程式句组，构建程式群，那么可讲述故事的数量便不可估量了。通过对基本程式句的掌握，组成不同的程式句组，再构建不同的程式群，这是叙述者能够在短时间内进行口述故事的重要前提。在组成与构建程式的基础上，只要不断地更换新鲜的词语、引入听众感兴趣的话题，便可创造出新的程式。山鲁佐德正是掌握了口头程式中的基本程式，又适时地加入了新的词语和话题，才得以让故事的讲述持续了一千零一夜。

作者系广东外语外贸大学南国商学院教师

参考文献

[1] 王岳川、尚水编《后现代主义文化与美学》，北京大学出版社，1992。

[2] 约翰・迈尔斯・弗里:《口头诗学：帕里—洛德理论》，朝戈金译，社会科学文献出版社，2000。

[3] 阿尔伯特・贝茨・洛德:《故事的歌手》，尹虎彬译，中华书局，2004。

[4] 斯蒂・汤普森:《世界民间故事分类学》，郑海等译，上海文艺出版社，1991。

[5] شهرزاد بنت الوزير، دار مكتب الأطفال، القاهرة 2002 م

[6] ألف ليلة وليلة- دراسة، سهير القلماوي ، لهيئة العامة لقصور الثقافة ، 2010 م الطبعة الثانية

《万物之镜》：印度教神话的伊斯兰叙事

李玲莉

内容提要 13世纪初，德里苏丹政权的建立带来了印度教、伊斯兰教两种宗教文化的全面碰撞，随着历史的演进，两种文化在一些方面逐渐开始借鉴、融合。在中世纪印度，一些苏非大师的作品反映了这一点。这些作品多取材于印度本土的宗教经典，在叙事时却全都贯以伊斯兰教的教义，体现出苏非神秘主义者在印度文化中积极调试自身的灵活性。莫卧儿时期的苏非大师阿卜杜·拉赫曼·契什提（'Abd al-Raḥmān Čištī）的创世故事《万物之镜》（*Mir'āt al-Makhlūqāt*）即融合了印度教神话与伊斯兰教的多重文化元素，是异彩纷呈的印度中世纪文学的一个缩影。

关键词 阿卜杜·拉赫曼·契什提 《万物之镜》 印度宗教

一 历史背景

早在1206年德里苏丹政权确立之前，生活在南亚次大陆上的人已通过苏非圣徒的传教活动以及与阿拉伯商人的交往知道了伊斯兰教。尤其是生活在印度北部地区的人，在阿拉伯人、突厥人和阿富汗人自公元

8 世纪以来的不断侵扰下，已和伊斯兰教徒有了一定的交集。在这种背景下，两种文化的相遇时而温和，时而激烈。但无论是哪种情况，都没有伊斯兰教政权在印度的确立造成的冲击大，这种冲击从根本上改变了南亚次大陆的政治、经济和文化局势。

作为征服者的穆斯林，在不同的时期对印度教教徒推行不同的政策。在确立政权的初期，统治者对印度教教徒实行过大力的打击、迫害，如烧毁印度教的寺庙、征收异教徒的人头税、强迫改宗等。但随着统治局面的稳定，多数统治者不管是出于巩固统治基础的需要，还是出于对印度宗教文化的欣赏，都自觉地维护了印度宗教文化多元并存的传统。① 与此同时，印度教底层民众间兴起了帕克蒂运动（Bhakti Movement）②，与伊斯兰教内部的苏非神秘主义教团相互交流、彼此借鉴，为两大宗教的深度对话创造了可能性。

宽容的宗教文化环境，为两种文化的交流和融合提供了土壤。“统治者对印度教的传统和印度教的‘过去’充满兴趣是莫卧儿统治下的印度文化的一个显著特征。”③ 在这一时期，大量印度宗教文献被翻译成波斯文，以供皇室贵族和土邦王公阅读以及进行政治宣传。④ 这些举措意在使穆斯林统治者了解印度教的文化，促进双方的和谐相处，以巩固穆斯林政权。在这种相对宽松的环境中，苏非神秘主义的教义为印度教的革新注入了活力，而印度教的神话、史诗与深奥的哲学思想则极大地拓展了穆斯林学者和神学家的想象力，这是两种文化长期并存并寻求深度对话的结果。

莫卧儿时期是这类深度对话的黄金时期。这一时期的印度穆斯林学者，在印度—波斯的文化语境中创造出了许多以印度教文化为内容、以伊斯兰教教义为纲要的作品。生活在 18 世纪初的苏非大师阿卜杜·拉赫曼·契什提（‘Abd al-Raḥmān Čištī）的《万物之镜》（*Mir’āt al-*

① 这一特点在莫卧儿帝国时期尤为突出，阿克巴甚至创制了“神圣的宗教”（Dīn-i Ilāhī）——一个跨越教派、集多个宗教的教义于一体的“大同教”。虽然该教在阿克巴去世之后便再无起色，但“他是穆斯林入主印度后第一个把宗教政策建立在真正平等基础上的君主，为伊斯兰教、印度教两大宗教权重的互相接近和文化上的互相渗透与融合开辟了较为宽阔的道路”（林承节：《印度史》，人民出版社，2004，第 174 页）。

② 常见的翻译是“虔诚运动”。

③ Muzaffar Alam, “Strategy and Imagination in a Mughal Sufi Story of Creation,” *The Indian Economic & Social History Review,* Vol. 49, No.2, 2012, p. 151.

④ Partha Mitter, *Indian Art*（Oxford University Press , 2001）, p. 107.

Makhlūqāt）是一个典型的例子。此书鲜明地体现了穆斯林学者在多元宗教文化环境中试图借助印度文化渊源，构拟新的叙事方式，为伊斯兰教在南亚次大陆的存在构建合法性的努力。下文将对此书的作者及其相关作品以及《万物之镜》的内容进行介绍，并将之与相对应的印度教文献对比分析，从双方文化的特点出发，探讨在这样一部创世故事中，融合这两种看似矛盾重重的宗教文化是如何成为可能的。

二 《万物之镜》的内容

记载阿卜杜·拉赫曼·契什提[①]生平的资料不多，据有限的资料，在其哥哥哈米德（Ḥāmid）于1623年[②]去世后，契什提承袭了鲁道利（Rudauli）[③]地区一个契什提教团的精神衣钵，该教团属于撒比瑞支系（Ṣābirī）。[④]他早年在鲁道利生活，后向西来到了戈默蒂河（Gomti River）附近的一个村庄进行活动，他的道堂（Khānqah）即位于此。契什提精通基于《古兰经》和“圣训”的学科知识，熟知大量波斯文诗歌，对苏非主义的文献十分了解[⑤]，甚至还可能掌握了梵语和印度俗语辛达维语（Hindawī）。[⑥]

契什提喜好在作品中大量使用先知及苏非圣人的传说和“奇迹故事”，是一个虔诚的穆斯林。晚他两年去世的同时代人穆哈马德·巴赫

---

① 下文写作契什提。

② 也有研究认为契什提于1622年承袭为该契什提教团的长老。参见S.A.A.Rizvi, *A History of Sufism in India, Munshiram Manoharlal,* 1978, p. 14。

③ 今属印度北方邦。

④ Leonard Lewisohn and David Morgan, eds., *The Heritage of Sufism: The Legacy of Medieval Persian Sufism (1150-1500),* Vol. 2（Oneworld Publications, 1999）, p. 367. 应该是属于鲁道利的长老 Shaikh Ahmad ‘Abd ul-Haqq 的后裔。参见 Nabi Hadi, *Dictionary of Indo-Persian Literature*（Indira Gandhi National Centre for the Arts, 1995）, p. 24。

⑤ 如：Ibn ‘Arabī , *Fuṣūṣ al-Hikam*（《智慧的珍宝》）; Ali Hujwīrī, *Kašfal-Maḥjūb*（《神秘的启示》）；等等。

⑥ Leonard Lewisohn and David Morgan, eds., *The Heritage of Sufism: The Legacy of Medieval Persian Sufism (1150-1500),* Vol. 2（One World Publications, 1999）, p. 368. 辛达维语即印度维语，混合了来自阿拉伯语、波斯语和印度方言的词汇和语法规则，在中世纪印度流行，是现代乌尔都语的前身（参见唐孟生《印度苏非派及其历史作用》，经济日报出版社，2002，第180页）。

塔瓦·汗（Muḥammad Bakhtāvar Khān）在其作品《阿拉姆史》（*Mir' āt al-Alam*）中提到契什提时说，他的品性很好，有值得称赞的性格，有几个时刻“他触及了真主的光辉”[①]。契什提一生写了大量的作品，除了《万物之镜》，其他较为有名的有五部，分别是《秘镜》（*Mir'āt al-Asrār*）、《马苏迪传》（*Mir'āt-i Mas'ūdī*）、《玛道里传》（*Mir'āt-i Madārī*）、《真镜》（*Mir'āt ul-Haqā'iq*）以及《契什提之道》（*Aurād-i Čištiya*）。

《万物之镜》一书成书于1631年，正值沙·贾汗在位。[②] 据契什提称，这是根据极裕仙人（Vasiṣṭha）所写的一本梵文的创世故事翻译成波斯语的。他在书的开篇解释说，为了寻找有关人类始祖（Abū al-Bašar）阿丹（Adam）的记载，自己读了许多印度古代的史书和文献。经过一番努力后，他终于找到了极裕仙人写的这本书，书中详细地记载了阿丹、穆罕默德及其后裔的出生。目前对于契什提翻译的到底是哪部梵文作品以及这部作品是否真的存在存有较大的争议。有学者认为，《万物之镜》是极裕仙人所写的《极裕瑜伽》（*Yoga-Vasiṣṭha*）的波斯语翻译。[③] 也有学者认为，这本书可能是契什提自己写的，不过是借用了许多印度教神话故事的素材罢了，作品本身与《未来往世书》（*Bhaviṣya Purāṇa*）一类的印度教作品非常相似。[④]

目前尚没有关于这部作品的专著问世。著名的印度史学家S.A.A. Rizvi首次在其《印度苏非主义的历史》（*A History of Sufism in India*）中引用了其中的内容作为自己的写作材料；Mohammed Zaki在其文章中对

---

① Muḥammad Bakhtāwar Khān, *Mir'āt al-Alam*（London: British Library MS.）, Add. 7657, f. 449r.

② 沙·贾汗时期，有一些穆斯林开始转信印度教，虽然不多，也受到了禁止，但在这种背景下，依然有许多穆斯林写出了像《万物之镜》这样的有关印度教的书。参见Annemarie Schimmel, *Islam in the Indian Subcontinent*（Brill, 1980）, p.96。

③ S.A.A.Rizvi, *A History of Sufism in India*（Munshiram Manoharlal, 1978）, p. 14.《极裕瑜伽》的哲学思想接近吠檀多不二论（Advaita Vedanta），主要讨论了“摩耶”（mā yā）和“梵”(Brahman)的关系以及瑜伽（yoga）等内容。事实上，这本书在阿克巴时期就已经被Dārā Šekuh翻译成波斯文了，完成于1655—1656年。Dārā Šekuh是阿克巴Dīn-i Ilāhī的忠实拥趸，因此此书致力于调和印度教和伊斯兰教的思想。（N. S. Shukla, “Persian Translations of Sanskrit Works,” *Indological Studies*, Vol.3, 1974, pp. 185-186.）契什提在《万物之镜》中试图融合印度教和伊斯兰教的神学宇宙观的做法，很可能受到了Dārā Šekuh的影响。

④ Muzaffar Alam, “Strategy and Imagination in a Mughal Sufi Story of Creation,” *The Indian Economic & Social History Review*, 2012, Vol. 49, No. 2, p. 154.

此做过简介；[①] 芝加哥大学的教授Muzaffar Alam对此书的创作意图、技巧做了分析，并翻译、分析了部分内容。[②] 意大利学者Svevo D'Onofrio和德国学者M. Karimi Zanjani-Asl在不久后可能会出版此书的译注本。[③] 现有的手抄本主要见于大英图书馆、阿里格尔（Aligarh）穆斯林大学的Maulana Azad Library，以及伊朗的Ahmadabad。[④]

从作品内容看，此书的叙述框架为极裕仙人把从湿婆（Mahadeva）那里获取的知识讲述给他所在的精灵（Jinns）[⑤] 社群，后由苏多（Suta）和桑那伽 (Saunaka) 转述，最终流传成书。契什提这样写道：

> 极裕是精灵社群中极富才华的一员，是一位牟尼（Muni）。用他们的话来说，"牟尼"一词指代先知。极裕从湿婆处获取了知识后，将之传授给自己的社群。湿婆是精灵之祖（Abū al-Jinns），也是精灵们最重要的先知（rasūl-e mursal）。塔巴里（al-Ṭabarī）[⑥] 和其他的历史学家也认为精灵中存在先知，因为精灵们也需要指引和教导。《古兰经》有言："以前，我曾用烈火创造了精灵（15：27）[⑦] ……" [⑧]

---

① 参见 M.Zaki, "Mirat ul Makhluqat of Abdur Rahman Chishti, " in Devahuti, D. ed., *Bias in Indian Historiography*（D.K. Publications, 1980）, pp. 352-354。

② 参见 Muzaffar Alam, "Strategy and Imagination in a Mughal Sufi Story of Creation," *The Indian Economic & Social History Review*, 2012, Vol. 49, No. 2, pp. 151-195。

③ 参见 Muzaffar Alam, "Strategy and Imagination in a Mughal Sufi Story of Creation," *The Indian Economic & Social History Review*, 2012, Vol. 49, No. 2, p. 153。

④ 参见 Muzaffar Alam, "Strategy and Imagination in a Mughal Sufi Story of Creation," *The Indian Economic & Social History Review*, 2012, Vol. 49, No. 2, note 5, p. 153。

⑤ "精灵"一词在文本的语境中，类似印度典籍中的药叉（yakṣa）、天神（deva）以及阿修罗（asura）等形象。本文按照《古兰经》对"Jinn"一词的译法，译为"精灵"。

⑥ 塔巴里（838—923），阿拉伯史学家，著有《先知与帝王编年史》（*Tārīkh al-Rusul va al-Mulūk*）。

⑦《古兰经》，马坚译，中国社会科学出版社，2003，第194页。

⑧ *Mir'āt al-Makhlūqāt*, f. 239b. 因笔者目前看不到抄本，故事原文转译自Muzaffar Alam对波斯文手抄本的英文选译（参见Muzaffar Alam, "Strategy and Imagination in a Mughal Sufi Story of Creation," *The Indian Economic & Social History Review,* 2012, Vol. 49, No. 2, pp. 151-195）。下文若不做特殊说明，则均引自此处。Muzaffar Alam是芝加哥大学南亚系的教授，他懂乌尔都语和波斯语，对文本的翻译应该较为可靠。Muzaffar Alam对该故事的研究，侧重探究苏非教团作为一个整体对印度教文化的态度，对文中所体现的双方文化元素的对比探究均点到为止，尤其是对印度文化元素的分析较少。本文的写作建立在这篇文章的基础上，是对此故事中涉及的印度教、伊斯兰教的文化特点进行更为全面的介绍和讨论的尝试。

极裕仙人在凯莱什山（Kalaish）[①] 脚忙于祷告的时候，无意间听到了它（即湿婆讲的故事）。因为极裕对湿婆非常虔诚，他写下了所有的细节。苏多和桑那伽是那米哈尔（Namikhar）的大学者，他们传诵了这些细节。其中的偈颂（Ashlok）被翻译于此。我原本打算逐字逐句地表达、抄录这些偈颂，但几乎没有人能够理解它们，所以我在此处只给出一句（原文）作为证明。其余的均在翻译中，这样大家就能明白无误地理解它们了。[②]

故事的主干由湿婆和妻子帕尔瓦蒂（Pārvatī）的对话构成。帕尔瓦蒂听到了湿婆向其部族预言二分时代的毁灭后非常震惊，在一个恰当的时机，她向湿婆说出了自己的疑惑，并向湿婆请教救世主的本质：

在满分时代（zamān-i Satjug），那是第一个时代，真正的天使与超灵们过着舒适富足的生活，毫无疑问，他们变得十分傲慢。在整个三分时代（Tratya），即第二个时代，他们会做出违背神的旨意的事情。那个时候，湿婆告诉他们，如果你们仍想要福祉，你们就不应抛弃神的律法（šarī’a）[③] 。出于自大，他们没有听从湿婆的建议，他们过分地执着于自己的世界。湿婆觉得非常羞愧（因为他的建议被自己的族群拒绝了），他告诉这些忤逆者：“当心，如果真主愿意的话，在二分时代（Dwapar），他会创造出一个人，他将剥夺你们在大地上的所有生存之地。”说完之后，湿婆去了凯莱什山。

湿婆的妻子——帕尔瓦蒂，听到了这些后非常震惊。她也跟随自己的丈夫（去了凯莱什山）。一天，当湿婆安住于他在凯莱什山选中的地方休息时，帕尔瓦蒂认为这是一个提问的好机会。她问道：“那天你说在二分时代，真主将会创造一个人，那个人将会毁灭所有神灵（devatās）和魔鬼（daityas）等，然后他会接管地球上

① 即冈仁波齐山，在印度神话中，是湿婆和雪山神女的驻地。

② *Mir’āt al-Makhlūqāt*, f. 240b.

③ 即伊斯兰教的沙里亚法。

人类居住的部分，我听到之后一直很惊讶。你现在可以告诉我那个人的本质是什么样的吗？”因为湿婆非常爱自己的妻子，他开始讲述真实的故事。①

之后湿婆回答了帕尔瓦蒂的问题，并讲述了人类的历史是怎样随着阿丹的降临而开始的：

哦，帕尔瓦蒂啊，他将拥有很长的寿命，他将是最好的受造物。他的眼睛将如莲花般饱满，他的脸将如上千个满月那样熠熠生辉。哦，帕尔瓦蒂啊，当梵以那为众生仰慕、举世无双的形象显现于阿丹时，全世界绝望的人都会拜倒在他面前。关于这种情况，舍赫·法里德·丁·阿塔尔（Shaikh Farid al-Din ‘Attar）曾写过一句诗：“如果不是上帝自己显现于那人，天使们怎么可能拜倒于那泥与水和制的人呢？”②

哦，帕尔瓦蒂啊！到那时，真主将会命令所有的受造物拜倒在他面前，然后所有的天神、仙人、巨魔和罗刹（devatās, rišīs, daits, rākas）及其他也将臣服于他。真主说，“当时，我对众天神说：你们向阿丹叩头吧！他们就叩头，唯有易卜劣斯不肯，他自大，他原是不信道的”（2：34）③。哦，帕尔瓦蒂啊，当所有的受造物都拜倒在地时，有一个叫汉万特（Hanwant）的天神，就是他，“阿扎齐勒将拒绝拜倒，并且出于嫉妒，他将出言不逊，并且说这是最坏的受造物，由肮脏的泥土制成，而我是真主用火焰制造的”。他将会游说其他天神并说：“哦，公平讲，我如何能拜倒在他的面前？”真主说：“他（易卜劣斯）说，我比他高贵，你用火造我，用泥造

① *Mir’āt al-Makhlūqāt*, f. 241.

② 阿塔尔是著名的苏非神秘主义诗人，生于霍拉桑内沙布尔，代表作为《百鸟朝凤》（*Manṭiq-uṭ-Ṭayr*）。文中这句诗与其另一部作品《苦难书》（*Musībatnāma*）中的表达相似。参见 Nurānī Viṣal, ed., *Musībatnāma*, Tehrān, pp. 58, 242。

③《古兰经》，马坚译，中国社会科学出版社，2003，第 4 页。

他。”（38：76）[①] 这是一样的道理。哦，帕尔瓦蒂啊，天神汉万特将会故意不服从，因为所有的天神都见证了是真主用自己的双手造了阿丹，并将自己的光注入其中。梵天见证了这个，因此所有的天神也将拜倒于他，汉万特以自大与无知羞辱了自己。他将既不容于天堂，也不容于梵天居住的其他地方、我的领地以及其他任何天神或者干闼婆（gandharb）的住地。他将不能接近任何的仙人、国王，甚至都不能和瑜伽士（yogis）为伴。不会有人收留他，他将成为流浪者（sargardān），在天地之间踽踽独行。哦，帕尔瓦蒂啊，自大是最坏的品质，一个真正的圣人（'ārif）是将真主视为无所不在，并保持谦虚和顺从的人。因为他（易卜劣斯）蔑视阿丹，他就被投入了地狱。哦，帕尔瓦蒂啊，真主赐予阿丹七个气候带的王国、强大的力量、勇气和古代先贤的各种知识。真主说“他将万物的名称都教授阿丹”（2：31）[②]。哦，帕尔瓦蒂啊，所有以火造的生物都惧怕阿丹。他将凌驾于其他一切生物，将使整个地球成为他的后裔的居所，从而统治整个世界。[③]

哦，帕尔瓦蒂啊，他（阿丹）的妻子将从他的左边被创造，她将如满月，她的身体将如纯金般闪耀，她出生时即为十六岁的少女。从那一刻起，生活会变得愉悦。她将是最完美的女人。[④]

接着，湿婆讲述了阿丹的每个儿女的出生以及相互结合，他们繁衍出了无数的后代，统领了世界。但是，很长时间之后，这个世界将会充满罪恶。这时，真主将会在阿丹的后代中创造一个完美的人，为这堕落的世界送来新的知识——四本吠陀经：

（然后，湿婆说：）“六千年之后，（阿丹之子将会走上奇怪的生活道路，整个大地将会被他们的罪恶填满）全能的真主将会在

① 《古兰经》，马坚译，中国社会科学出版社，2003，第343页。

② 《古兰经》，马坚译，中国社会科学出版社，2003，第3页。

③ *Mir'āt al-Makhlūqāt*, f. 242.

④ *Mir'āt al-Makhlūqāt*, f. 243.

> 阿丹之子中创造一个完美的人，他将出现在姆达里（Mundali）[①]城中，该城位于大海之中，将是天神毗上（Bishan）的宜居之所。”关于这一点，帕尔瓦蒂向湿婆询问：“请向我讲述真相，这位于神圣之所受造于真主的人，他是否会出生在天神或者仙人的世系中？”湿婆回答说：“哦，帕尔瓦蒂，他将从坎特·卜杰（Kant Bunjh）[②]的家族中出生，坎特·卜杰将如同海洋一般拥有智慧和灵知，因此，任何源于他的东西，皆为宝藏。坎特·卜杰的妻子将是萨克·瑞卡（Sak Rekkha[Sagarika]?）。他将宣读三本吠陀经：《娑摩吠陀》（*Siyām Bed*）、《梨俱吠陀》（*Rig Bed*）、《耶柔吠陀》（*Jajar Bed*），他只念完第四部吠陀《阿达婆吠陀》（*Atharban*）中的字母'alif 与 lām[③]就会离去。”[④]

契什提的叙述并没有停留于这个故事，他接着援引了婆罗门教的一些仙人的话来证明这个故事的真实性，强调了四个吠陀与四个时代的关系，然后讲了《古兰经》与先知穆罕默德的降世：

> 苏多和桑那伽问极裕仙人：“既然他（坎特·卜杰）生得如海洋一般渊博，为什么要拒绝继续讲述除了字母'alif 与 lām 之外的《阿达婆吠陀》呢？”极裕仙人回答道：“梵天创造了四个吠陀（为了在四个不同的时期使用），他教授它们给一些真正的天神（'unsuri devatās），他们有能力在满分时代按照《娑摩吠陀》行事，在三分时代按照《梨俱吠陀》行事，在二分时代按照《耶柔吠陀》行事。然后，全知的真主将会创造出按照《阿达婆吠陀》行事的人。《阿达婆吠陀》包括四个章节（charns）。前三个章节将会被阿

① 今天为印度北方邦的一个城市名字。

② 意为“主的仆人”，对应阿拉伯语中的“Abudulla”，是先知穆罕默德的父亲之名。参见 S.A.A.Rizvi and B.M.M., *Prophecies about the Holy Prophet of Islam in Hindu, Christian, Jewish & Parsi Scriptures*（Bilal Muslim Mission of Tanzania, 2001）, p.4, note b。

③ 《古兰经》的章首字母，注经学家和苏非学者们对此有不同的解释。参见中国伊斯兰百科全书编辑委员会编《中国伊斯兰百科全书》，四川辞书出版社，2007，第179~180页。

④ *Mir'āt al-Makhlūqāt*, f. 243.

丹和他的后裔宣读，第四章节将结合所有吠陀经文的目的与本质，将只由穆哈曼特（Muhamat）宣读。如果有人不经穆哈曼特的准许宣读它，他将不能获取任何益处。坎特·卜杰也不会宣读《阿达婆吠陀》的第四个章节，因此它将完好无损，被忠实地保管着。”极裕仙人说了以上这些话。

毗耶娑在他的书《未来往世书》（*Babikh*，即 *Bhaviṣya-Purāṇa*）里面也写道，在未来，即迦利纪，穆哈曼特（Muhamat）将会诞生，穆斯林们将称呼他为穆罕默德（Muhammad）。他的头顶将永远伴随云翳，他将不会有影子，他的身体上不会落有任何飞虫。大地会因他而收缩，他将拥有巨大的活力。他将只为宗教（Dīn）[①]而斗争，他不会在乎财富，不管他获取什么，他都会以真主的名义来使用。他将吃得很少。那时候的国王会成为他的敌人，但他会是人民的友人。全能的真主将把一部由三十个章节（adhyāy）构成的往世书（*Purān*）[②]传递给他。任何按照此书行事的人将会抵达真主。到那个时候，这将是唯一能抵达真主的道路。

“而穆哈曼特”，湿婆说道，“……他将会努力把他自己的律法传授给他那个时代的人们。他会努力使那个世界像他自己一样”[③]。

在契什提的笔下，穆罕默德并不是真主的最后一位使者，按照每个时代最终必将衰落的规则，迦利纪最后也将面临偏离教法的问题，此时，真主会再次派遣使者在大地上主持正义：

到了迦利纪末期，不法之徒的力量将会增长，整个世界将面临堕落（fasād）。哦，帕尔瓦蒂啊，到那时，真主将派遣一个完美

① “Dīn”在阿拉伯语和波斯语中是一个内涵极丰富的术语，一般翻译为“宗教”，当我们在尽可能宽泛的意义上来理解这个词时，它可作为基于超验原则的一种总的生活方式，或一种基于该词真实意义上的传统。

② 指《古兰经》。

③ *Mir'āt al-Makhlūqāt*, f. 244a-b.

的人（mard-i kāmil）来支持穆哈曼特的信仰。他将会把整个大地揽于麾下，并惩罚伪善之人（munāfiq）。然后，所有的事情将归于正轨。穆哈曼特及其后裔的光明之道将会被传承下去。真正的信仰将会再次取得胜利，从东方到西方，没有人将会反对它。没有人会在任何地方看见印度教教徒或者伪善的信教者。在迦利纪的最后时期，穆哈曼特的信仰将会完美地战胜大地上的一切信仰。所有的人都会按照穆哈曼特的教法行事，那教法是由举世无双的真主（bīchūn）置于第四本经——《阿达婆吠陀》之中的。①

但在那完美之人去世之后，大地上的一切将再次陷入混乱。因为罪恶横行，人们恐惧最后的毁灭，便请求真主拯救，真主将在末日审判前再次派使者降临大地。借湿婆之口，契什提写道：

哦，帕尔瓦蒂啊，真主将会接受大地上的祷告，然后，他将会以强大的迦尔基（Kalki）的形式显现在一个位于森珀尔（Sambhal）② 的婆罗门家里。然后天地将会被动摇，刮起巨大的风暴，最后的审判日（qiyāmāt）将降临给大地上的人们。一切都将会被毁灭，黑暗将席卷整个世界。在一段时间之内，世界将处于毁灭与荒凉的状态之中。那时，真主将会再造阿丹与他的后裔。然后，他将对穆哈曼特的女儿法蒂玛（Fadimeh）讲话，要求她代表她的儿子们呼吁公正。真主将会命令："去那里，去天堂见你的儿子们。"真主将再次命令她请求任何她想要的。然后，穆哈曼特的女儿举起她的手，说："哦，主啊。请显示仁慈，赐予那些背诵穆哈曼特之言的人以解脱吧。"然后，她将和她的儿子们拜倒在地，带着整个穆斯林的社群去往天园（Sarg），即天国（Bihisht）。他们的时代（daura）就此结束，迦利纪将结束。这就是湿婆告诉帕尔瓦蒂的话。真主知道什么是正确的。③

① *Mir'āt al-Makhlūqāt*, f. 245b.

② 今天为印度北方邦的一个城市名称。在《薄伽梵往世书》《迦尔基往世书》等文献中，迦尔基也是出生于一个婆罗门家庭。

③ *Mir'āt al-Makhlūqāt,* f. 246a.

随着迦利纪的结束，湿婆和帕尔瓦蒂的对话也接近了尾声。非常有意思的是，契什提在故事中还穿插了仙人那罗陀（Narada）与毗耶娑（Vyāsa）的对话，着重讲述了在二分时代与迦利纪之交，发生在精灵们与阿丹之子之间的斗争、黑天的出世，以及阿丹之子最终的胜利。这一段的插入与契什提想通过此书传达的观点有很重要的关系。先前已提到，精灵们听了极裕仙人所讲的湿婆的预言，即因真主应许大地给阿丹之子，所有的精灵都应该搬去森林、山区或者岛屿居住后，都非常震惊。一些敏锐的精灵顺从了那罗陀仙人所传递的真主的指示，像湿婆那样去了山区。但有一些恶魔出于自大并没有离开阿丹之子的应许之地，如刚萨（Kans）、妖连（Jarasandh）等，他们大都住在印度斯坦（Hindustan）。随着阿丹之子的数量增加，当时已经控制了几方领土的阿丹之子无法进入这片领土，那罗陀仙人将这个情况报告给了真主，然后真主创造了黑天：

> 那罗陀仙人说："如果你们出于自大而违背神的旨意，你们将会遭受毁灭。离开这片土地符合你们自己的利益。否则，真主将会在你们的社群中创造一个人，他将被称为黑天，他将会被赋予特别的品性。他将会完全消灭你们，你们将无处可遁。"①

毗耶娑仙人讲述了黑天的身世：

> 黑天在提婆吉（Devaki）的子宫中，提婆吉是恶魔（Dait）刚萨的妹妹。伐苏提婆（Basdev）是一个真正的圣人（'unsurī devatā），他是黑天的父亲。刚萨是个残暴的国王，他住在马图拉（Mathura），他有庞大的军队和力量，征服了印度（Hind）的所有国王（Rajas），他是一切不幸和混乱的根源。因不堪忍受刚萨的暴政，人们纷纷寻求圣人的帮助。圣人安慰他们，并向他们保证，黑天将会出生为提婆吉的儿子，将会杀死刚萨。一些占星师也给刚萨预言了此事。因此，刚萨杀死了提婆吉的所有孩子，并制订了许多

① *Mir'āt al-Makhlūqāt*, f. 247b-248a.

计划以除掉黑天。但是真主一直保护着黑天，不久后他杀死了刚萨，将王国握于手中。然后刚萨的岳父妖连联合了其他的一些军队和国王入侵马图拉，黑天也打败了他们。①

契什提安排毗耶娑仙人讲述了《摩诃婆罗多》中般度族和俱卢族之间的大战，通过这场大战，黑天在迦利纪的前夕摧毁了所有的黑暗力量。因为全能的真主运用绝对的力量将自己化身为黑天，所以他从未被击败过。当大地上不再有阻碍阿丹之子的精灵时，黑天才隐退了起来：

然后婆罗多大战发生在了俱卢族（Kauravs）和般度族（Pandavs）之间……当大地上不再有贪婪之人时，黑天想要隐退。他召唤了阿周那（Arjun）、乌达瓦（Udhav）和 Ankod，告诉他们："因为迦利纪要来临了，我将要去隐退。你们也要带着整个般度族迁到大雪山。放弃你们短暂的存在吧，因为你们不能在大地上生活多少时日了。"然后黑天隐退了起来，他在这个世界上生活了一百八十年。在他与般度五子在大雪山献祭了自己的生命大约一千年之后，般度世系的一些国王返回了大地……一段时间之后，在穆哈曼特即将降临的时候，精灵们的世系不再延续，他们只好收养阿丹之子作为他们的子孙，并让他们居住在自己的领土之上。他们消失之后，整个居住之地归于阿丹之子。真主所想的一切都显现。这就是真主所说的"安拉是为所欲为的"（14：27）②。③

三 《万物之镜》的创作与取材分析

下文以《万物之镜》中比较突出的三个特点——印度的宇宙时间观（即四个时代）、印度教中的神灵类属、叙事方式及技巧作为思考对象，对故事中体现的双方文化元素加以梳理、对比和分析。

① *Mir'āt al-Makhlūqāt*, f. 248a.

② 《古兰经》，马坚译，中国社会科学出版社，2003，第 191 页。

③ *Mir'āt al-Makhlūqāt*, ff. 249-250a.

1. 时间观的杂糅

关于时间的形态，一般有循环时间观、线性时间观之分。从相关创世理论与神话的叙事模式来看，印度的时间观是典型的循环时间观，相比而言，伊斯兰教则更倾向于线性时间观。

在印度文化中，表示循环时间的基本单位被称为“yuga”，即“时代”之意，该词来源于梵语中的动词“√yuj”，意为“联结”。一个“时代”可以表示与过去、现在、未来相关联的很长一段时间。在印度的神话体系中，世界从创造到毁灭要经历四个时代，它们分别是满分时代、三分时代、二分时代与斗争时代（即迦利时代），这四个时代周而复始，没有尽头。《摩奴法论》对此有很详细的解说：

> 人称四千年为一个圆满时代，四百年为其朝，四百年为其夕。另外三个时代的千年数及其朝与夕数依次减一。刚刚计算过的四时代，其一万二千倍被称为一个天神时代。一个天神时代应该被视为梵天的一日，一夜也如此。（1.69—1.72）①
>
> 前述由一万二千个四时代构成的那一个天神时代，其七十一倍在这个世界上被称为一个摩奴时期。无数的摩奴时期，还有创世和灭世，那位主游戏般地一次又一次造作这一切。在圆满时代，法是四足俱全，圆满无缺的，还有真理也如此；人们不以非法获得任何利益。在其他诸时代，法从阿笈摩上一足一足地下来，由于偷盗、妄语和欺骗，法一足一足地消失。在圆满时代，人们健康无恙，万事如意，寿命四百岁；而在三分时代等时代，他们的寿命逐时代减少四分之一。在世间，吠陀中所说的人寿、行为的愿望和众生的能力，其实现的程度皆随时代而不同。圆满时代尚苦行，三分时代尚知识，二分时代尚祭祀，争斗时代独尚布施。（1.79—1.86）②

四个时代在正法、长度、人的寿命和能力等维度上的圆满程度均递减。三分时代其实源于数字三，表示万物的和谐只剩下3/4。二分时代

---

① 《摩奴法论》，蒋忠新译，中国社会科学出版社，2007，第11页。

② 《摩奴法论》，蒋忠新译，中国社会科学出版社，2007，第12页。

则源于数字二，表示圆满程度只有第一个时代的一半。[①] 而迦利时代，人们道德沦丧、正法不存、大地被罪恶填满，是走向最终毁灭的黑暗时代。这样的时间观构成了许多印度古典文献对时间的基本认知。在史诗《摩诃婆罗多》中，毗湿摩给坚战讲法时引用了一个故事，在故事中极裕仙人向遮那迦王（Janaka）讲解永恒的梵时说：

> 你要知道，由四个时代组成的一个时代持续一万两千年，构成一劫，一千劫构成梵天的一天，国王啊！梵天的一夜也是这样的时间。夜晚结束，梵天醒来。（12.291.13）[②]

一个大循环后，世界毁灭，新的圆满时代会再次出现，如同回到圆圈的起点，如此循环往复，创造、毁灭而又创造。

伊斯兰教的时间观[③] 同样与神学体系有密不可分的关系，但却与印度的时间观呈现出迥然不同的面貌。受德谟克利特原子主义的影响，伊斯兰教的神学家认为时间中的每一帧都是永恒上帝的直接创造，于人而言，在时间和空间上的自我一致性只不过是真主意志的显现，一切从属于真主。[④] 这是伊斯兰教中“信前定”的理论基础。而“信后世”的观念认定末日审判之时现世将毁灭，在真主的审判之下，善人将进入天堂享受后世的吉庆，恶人将落入火狱。二者相较，现世是短暂的，而后世是永存的，是人的真正归宿。[⑤] 因此，伊斯兰教的神学时间是从起点到终点或者从起点复归终点的线性轨迹，在这条线性的时间中，对后世的期许指引着穆斯林的一切行为。与之类似，苏非神秘主义者追求与真主合一的体验，更直观地反映出了一种停留在受造日与审判日之间的时间模式。对他们而言，时间就像一条从无限延伸到无限的抛物线，两

---

① 施勒伯格:《印度诸神的世界——印度教图像学手册》，范晶晶译，中西书局，2016，第 43~44 页。

② 毗耶娑:《摩诃婆罗多》（五），黄宝生译，中国社会科学出版社，2005，第 546 页。

③ 此处的论述只涉及《古兰经》和“圣训”中的神学时间观，不涉及实际生活中应用主义的时间观。

④ Gerhard Böwering, “The Concept of Time in Islam,” *Proceedings of the American Philosophical Society*, 1997, 141(1), pp. 59-60.

⑤ 金宜久主编《伊斯兰教》，中国社会科学出版社，2009，第 90 页。

头分别定格在永恒的起点与终点，抛物线的顶点则为在神秘时刻与真主合一的狂喜。[①] 由此，无论是神学理论还是神性体验，都体现了一种伊斯兰教的线性时间观。在这种观念里，人的灵魂永生不灭，但他们不认为人的灵魂是轮回的，灵魂最终会永恒复归真主，世界不会开始新的循环。

契什提在《万物之镜》中接受了印度神话中四个时代的时间观，将线性的伊斯兰时间观放置到这个更宏大的叙事框架中。阿丹及阿丹之子的时代被定义为人的时代，镶嵌进了印度教四个时代之中的二分时代末期与迦利时代，这正符合伊斯兰教规定的现世终将毁灭的设定。而同时，我们也可以认为，契什提将印度教的四个时代压缩进了伊斯兰教中只有精灵与人的两个时代之中。除去与人的时代相对应的迦利时代，印度教中的前三个时代被契什提含糊地定义为精灵的时代，按照《古兰经》的记载，精灵是真主以火焰造成的，在阿丹受造之后要臣服于阿丹。[②] 显然，这一点是为阿丹之子终将在印度大地征服二分时代遗留的顽固精灵做好铺垫，事实上也在为现实中穆斯林对印度教徒的胜利做言辞上的辩解。

2. 诸神的归类

契什提的故事在纳入印度教天神与仙人的时候，于“认主独一”的立场，将一切都置于真主的从属地位，从而解决了真主与诸多印度教天神的对立冲突问题。在这种设定中，不管是印度教的主神湿婆、帕尔瓦蒂还是极裕仙人、那罗陀、毗耶娑，统统化身为伊斯兰教中的天使或精灵类属；而诸神在迦利时代的化身则与阿丹、穆罕默德等伊斯兰教先知一样，属于人的时代。

伊斯兰教的认主学[③] 和古印度主流哲学对世界本源的思索都基于世界万物源于元一的思想。对伊斯兰教而言，这元一无疑是真主安拉。而印度教尽管始终没有发展成一神教，但奥义书对宇宙本体的探讨，将

① Gerhard Böwering, “The Concept of Time in Islam,” *Proceedings of the American Philosophical Society*, 1997, 141(1), pp. 60-61.

② 参见《古兰经》，马坚译，中国社会科学出版社，2003，第194页。

③ 认主学的基本主张是坚信认主独一的信念。“他是安拉，是唯一的主，安拉是万物所仰赖的；他没有生产，也没有被生产；没有任何物可以做他的匹敌。”（《古兰经》112：1—112：4）参见伊本·赫勒敦《历史绪论》（下），李振中译，宁夏人民出版社，2015，第657页。

梵（Brahman）认知为绝对精神、宇宙的本原，以及数论思想家将世界分为原人和原质两种永恒的存在，及至《薄伽梵歌》中所宣扬的对“超越可灭者，也高于不灭者”（15：18）的“至高原人”黑天的崇拜，都是一元论思想的体现，反映出印度教的一神论倾向。这种哲学倾向在以一神论（认主独一）作为其宗教信仰奥秘的伊斯兰教[①]的助力下，促使中世纪印度帕克蒂运动中的各个教派纷纷将各自的主神奉为至高无上的宇宙实体。而帕克蒂运动的一大特点，是信徒的崇拜中心由主神转移到了其诸多化身上。[②]在这种情况下，契什提便有机会将伊斯兰教中的众先知、使者与印度教中的至高宇宙实体的种种化身不费周折地等同起来。

在印度教中，化身（avatāra）这一概念主要和毗湿奴大神有关。[③]他是印度教的三大主神之一，作为保护之神与创造之神梵天、毁灭之神湿婆并列而立。在毗湿奴教派的经典中，他被视为至高无上的存在、宇宙的本体。《薄伽梵往世书》（*Bhāgavata Purāṇa*）与《毗湿奴往世书》（*Viṣṇu Purāṇa*）等文献均记载了他数次化身成不同的形象救世的故事。在《薄伽梵歌》中，黑天向阿周那明确解释了自己的不同化身下凡的目的：“为了保护善良的人，为了铲除邪恶的人，为了正法得以确立，我在各个时代降生。”（4：8）[④]施勒伯格（Eckard Schleberger）在《印度诸神的世界——印度教图像学手册》里曾提到：“值得注意的是：在印度教徒对毗湿奴的各种化身的信仰中，他们可以轻易地将其他宗教体系或文化中的任何神话或历史人物吸收进去；因此，连耶稣也被视为毗湿奴众多次级化身中的一个，但他的信徒却不多。”[⑤]很明显，契什提在自己的故事中，对印度神灵的伊斯兰化采用了同样的策略，只不过他是将伊斯兰教的先知及使者世系作为可容纳印度教诸神的器皿。由此，印度教的

① 参见伊本·赫勒敦《历史绪论》（下），李振中译，宁夏人民出版社，2015，第655页。

② 朱明忠：《印度教虔信派改革运动及其影响》，《南亚研究》2001年第1期，第38页。

③ 其他的大神也有各自的化身，但相对而言，毗湿奴大神的化身形象和相关故事在印度更为流行。

④ 毗耶娑：《薄伽梵歌》，黄宝生译，商务印书馆，2010，第44页。

⑤ 施勒伯格：《印度诸神的世界——印度教图像学手册》，范晶晶译，中西书局，2016，第44页。

神话人物根据其特点被分别归于伊斯兰教的众先知、使者与救世主的行列，成为真主在精灵中或者人间的“化身”。

《古兰经》与“圣训”中关于先知、使者、救世主的丰富记载为契什提的这种构想提供了素材。阿拉伯语中的“纳比”（Nabi）一词表示先知，主要指受到真主的派遣，向人类和精灵传达讯息、引导族人走向真理的人。据统计，该词在《古兰经》中出现了75次，“使者”（Rasul）一词在《古兰经》中更是出现了300多次。[①] 穆斯林认为，真主的使者一共有124000位，正如《古兰经》所言，“我在每个民族中，确已派遣一个使者”（16：36）[②]。其中，穆罕默德被认为是众先知的“封印”，在他之后，直到末日审判，不会再有新的天启律法。

在契什提的线性叙事中，湿婆为精灵之祖，按照《古兰经》的规定，是受造于真主的。极裕仙人、毗耶娑、那罗陀被明确定义为先知，无疑也是真主的使者。刚萨等恶魔，属于精灵之列，自然也是真主的受造物。除此之外，故事中很明显提到了穆罕默德之后有两位使者临世，第一位在人类陷入混乱和危机之时显现，这与伊斯兰教什叶派的“马赫迪思想”相契合，该思想认为某一位伊玛目[③] 没有死，将来会以马赫迪，即救世主的身份重返人间，铲除邪恶，建立公平、公正的社会。[④] 第二位在审判日之前显现，似乎可与艾萨克作为末日审判的迹象复临人间的事迹相对应。在故事中，这一末日审判前的使者是以毗湿奴大神的化身迦尔基的形象出现的，之后大地便陷入了长久的沉寂，及至末日审判降临，这与印度教中迦尔基出生在迦利纪的末期对应。毗湿奴大神的另一个化身黑天，为了消灭恶魔、减轻大地的负担，出现在了二分时代的末期，这也与印度教的神话体系相吻合。但在故事中，他是作为真主的使者来消灭生活在印度的土著恶魔，保障阿丹之子在大地上的生存的，作者在处理这部分情节的时候或多或少体现了他创作此书的意图，[⑤] 下文

---

① 杨桂萍：《伊斯兰教》，中国民主法制出版社，2015，第11页。

② 《古兰经》，马坚译，中国社会科学出版社，2003，第199页。

③ 为真主任命的宗教领袖。

④ 杨桂萍：《伊斯兰教》，中国民主法制出版社，2015，第111页。

⑤ 参见 Muzaffar Alam, “Strategy and Imagination in a Mughal Sufi Story of Creation,” *The Indian Economic & Social History* Review, 2012, Vol. 49, No. 2, p. 170。

将详细论述。

无疑，无论是“认主独一”的立场还是先知世系，都和印度教的哲学思想以及神话体系有诸多相似点，这种相似性为契什提的创作提供了契机，并且使这种混合故事于文学、于义理都具备了合理性。这样的做法，一方面能使这个故事看起来更像是译自梵文的某部作品，以吸引更广泛的印度教读者；另一方面，是为穆斯林在印度次大陆取得的政权上的胜利编织神圣的外衣。

3. 叙事技巧的借鉴与保留

印度教和伊斯兰教长期交融的北印度，为契什提在《万物之镜》的叙事内容、叙事方式和叙事视角等方面融合双方特点的做法提供了肥沃的土壤。这部作品除了统摄一切的伊斯兰教教义以及关键性的伊斯兰教人物的出场，在具体的叙事中，主要体现了对印度教文化元素的吸收和借鉴。

从叙事内容来看，整个故事几乎全部取材自印度神话的大林深泉。首先，故事发生在印度大地上，其中大部分对话发生在印度教湿婆派的圣地凯莱什山上；其次，主要人物为印度教的主神湿婆、帕尔瓦蒂、黑天等，还有各路仙人如那罗陀、毗耶娑、极裕仙人等，以及史诗中的正反派人物如阿周那、乌达瓦、刚萨、妖连等，甚至还出现了苏多等属于印度宫廷歌手的阶层。二分时代末期，阿丹之子和精灵们的战争，则主要化用了《摩诃婆罗多》中的般度族和俱卢族的大战。最重要的是，不管是印度神话中的人物，还是伊斯兰教中众先知的出场，都被置于印度的大宇宙观即四个时代之中进行演绎，甚至连伊斯兰教的圣典《古兰经》都被列为印度教的权威经典四大吠陀的一部分。这说明契什提对印度文化的认可程度很高，只有在这种情况下，他才会几乎完全根植于印度文化的土壤来阐释伊斯兰教的根本教义。

从叙事方式来看，主要体现了印度文化传承的主要方式——口头传承的特点。在古印度，因为书写材料的限制以及婆罗门阶层对知识的保密，口头传承成了文化传播的主要方式。法显于公元5世纪初期旅学印度后曾记载“皆师师口相传授，不书之于文字”[①]，义净在公元7世纪

① 释法显著，章巽校注《法显传校注》，上海古籍出版社，1985，第141页。

时写道："所尊典诰，有四《薛阳拖书》，可十万颂。《薛阳拖》是明解义，先云《围陀》者讹也。咸悉口相传授，而不书之于纸叶。"[①] 源于此般口头创作的印度文学，最终在口头传承中成就了浩瀚典籍，两大史诗和诸多大小往世书记载的传承方式便可印证这一点。《罗摩衍那》是由蚁垤将自己从那罗陀那里听来的故事用偈颂体（śloka）创造出来的，蚁垤口传给自己的两个弟子，命令他们在罗摩举行的马祭大典上，"怀着极端喜悦心，唱全部《罗摩衍那》"（7.84.3）[②]。《摩诃婆罗多》则是由毗耶娑创作之后，弟子护民在一次盛大的蛇祭大会上，应镇群王要求讲述了出来，歌手厉声听了之后，在飘忽林中为寿那迦大师举办的十二年祭祀大会上转述之。往世书的传承也循袭了这一方式，《薄伽梵往世书》先是由毗湿奴大神启示梵天四句偈颂，再由梵天传递大奥义给毗耶娑，毗耶娑创造之后口传给自己的儿子叔迦（Śúka），后由叔迦在朱木拿河边讲述给阿周那的孙子继绝（Parīkṣit），然后由苏多在飘忽林讲给举行祭火仪式的圣哲们。契什提在构造自己的故事时，借鉴了类似的方式，首先真主借湿婆之口向精灵们启示未来的故事和知识，湿婆把它们告诉了帕尔瓦蒂，极裕仙人无意间听到之后，将其讲给了苏多和桑那伽，苏多和桑那伽在人间传遍此故事，直至书写在册。如果细致考究这一口述及转述故事的方式，会发现其与印度的另一部故事书《故事海》（*Kathāsaritsāgara*）的传承模式更为相似。在《故事海》的楔子中，作者月天（Somedeva）讲述了故事的"天启"来源：湿婆为了取悦雪山神女帕尔瓦蒂，每天为她讲述七神王的故事，药叉花齿（Puṣpadanta）偷听了这些故事，将之讲述给自己的妻子听，后者又把故事转述给了雪山神女，花齿因此被贬下凡，成为人间的诗人，把这些故事讲给了盲运，盲运又转述给婆罗门德富，德富将故事口授给两个弟子德天和喜天，他俩在人间传遍了这些故事。由此可见，《万物之镜》的写作完全基于印度神话的写作范式。

从叙事视角和结构来看，《万物之境》不同于《古兰经》以及各种先知传以传说或者天启记载的方式进行追忆的叙述视角，契什提完全站

---

① 义净著，王邦维校注《南海寄归内法传校注》，中华书局，1995，第206页。

② 蚁垤：《罗摩衍那》（七），季羡林译，《季羡林文集》（第二十四卷），江西教育出版社，1995，第502页。

在人类起源之前，以预言的方式，或者说以《未来往世书》的视角对阿丹及其后裔的世界进行了详细的描写。一般来说，往世书的书写至少要包括五大主题：（1）创世；（2）毁灭；（3）神灵谱系；（4）摩奴时代；（5）太阳王朝和月亮王朝，人类的世系是由此诞生的。契什提显然有选择性地重点叙述了创世、人类的世系、世界的毁灭，叙述的焦点集中在伊斯兰教诸位先知和天启经典的降世上，并且在诸多先知的降世中，着重叙述了黑天下凡消灭诸魔的故事，在这一故事中，黑天不再是印度神话中作为毗湿奴的化身下凡拯救大地于由乱法导致的水深火热之中的兼具神性和人性的偶像，而是作为真主在精灵中的使者，消灭世居在印度本土的不服从真主之命的精灵，保障阿丹之子在次大陆的应许之地，是顺从真主的精灵英雄。这一精灵英雄的形象在伊斯兰教中找不着对应的形象。显然，契什提在这里对这位在中世纪印度颇受欢迎的大神进行了"伊斯兰教化"的处理，使其成为实现自己写作目标的工具。契什提通过在纷繁的印度教元素中插入关键性节点，如阿丹受造、穆罕默德和《古兰经》降世、救世主和末日审判的降临，使得故事始终没有偏离伊斯兰教教义，这些关键点就像串珠一样，提纲挈领地统领了全部的印度教素材。

作为对往事的记载，往世书与史诗类似，在印度教中都享有重要的地位，这种地位使其在信众间具备了权威的意味，它们的流行与一遍遍被讲述，不仅是简单地追忆古代的故事，也并不仅是为了娱乐，多数情况下更可能是为了"阐述历史的合理性和当今权力归属的合法性"[①]。正如米歇尔・福柯对历史话语的解释，"口述或书写的仪式，它必须在现实中为权力做辩护并巩固这个权力"[②]。契什提的《万物之镜》以类似史诗与往世书的形式呈现，尽管故事的字里行间洋溢着印度教的文化符号，但作者寓于其中的历史必然性和现实合理性是穆罕默德的信仰在印度大地所取得的政权上的胜利。

① 万建中：《史诗："起源"的叙事及其社会功能》，《江西社会科学》2006 年第 5 期，第 61 页。

② 米歇尔・福柯：《必须保卫社会》，钱翰译，上海人民出版社，1999，第 60 页。

四 小结

印度教的神学体系具有强大的包容性，这种包容性让契什提得以在印度的循环时间观中植入线性的伊斯兰教神学时间观；同时，印度古代文学有着开放的叙事方式和结构，并且有丰富的神话素材。这些特点使《万物之境》的整个叙事框架和内容几乎照搬印度史诗和往世书的模式成为可能。伊斯兰教苏非神秘主义者在这方面体现出了在印度多元环境中的生存智慧，即在印度文化中积极调试自身的灵活性。但是在故事的叙述中，他始终坚持伊斯兰教认主独一的立场，这必然会使得宣扬伊斯兰教的信仰成为整个叙事的中心和目的。因此可以说，这是一部主要取材于印度本土文化，在叙事时以伊斯兰教的教义为纲要和主旨创造出来的故事。

这种独特的叙事方式是自穆斯林在南亚次大陆建立政权以来，双方文化的交流和借鉴不断深入的结果。作者契什提本人作为印度的苏非派长老，在与印度教文化的对话中，代表的是伊斯兰教的话语体系，他在《万物之镜》中努力以伊斯兰教的传统和义理规训他所面对的这一庞杂的印度神话体系，在某种程度上反映出当时的印度穆斯林有“阐述历史的合理性和当今权力归属的合法性”的需求。契什提本人渊博的学识，使他能够在印度教、伊斯兰教的交界处游刃有余地“拼凑”能够为其政治目的服务的元素。从文学作品本身的角度来说，正是许多类似的文本渲染出了印度中世纪宗教文学作品异彩纷呈的特点。

作者系德国哥廷根大学伊朗研究所博士研究生

伊朗文学传统中辛德巴德母题的流变

——以《列王纪》中对应叙事为切入点

陈　岳

内容提要　辛德巴德母题在中世纪早期广泛流传于不同地区的文学传统，演化出不同语言版本的辛德巴德故事。其中撒马尔罕迪于12世纪所著的《辛德巴德书》和后世仿照其作品所著的诗体《辛德巴德书》是伊朗文学传统中主要的两部以辛德巴德故事为母题创作的作品。菲尔多西于10世纪所著的《列王纪》中一段有关王子夏沃什和王妃苏达贝的叙事较为明显地化用了辛德巴德母题，在辛德巴德母题于伊朗文学传统的流变中起到了一定的作用。

关键词　辛德巴德母题　《列王纪》　文学流变

一　引言

辛德巴德（Sindbād）母题在中世纪早期广泛流传于不同地区的文学传统，演化出不同语言版本的辛德巴德故事。由于母题的流变涉及的文化跨度较大，目前的研究多聚焦于其起源及流变。辛德巴德母题一说起源于印度，经由一部已经失传的梵语版本，被翻译为巴列维语流入伊朗地区，进而传入欧洲。① 一说辛德巴德母题的起源即在伊朗，巴列维语版本的《辛德巴德书》（*Sindbād-nāma*）并不是来源于梵语文学传统。② 对于其宏观上完整的流变框架，学界已经进行过较多的探讨，其中以佩里（B.E.Perry）1960 年发表的专著《辛德巴德书的起源》（*The Origin of the Book of Sindbad*）最为详尽。

二 《列王纪》中对应叙事与 10 世纪前伊朗文学传统中辛德巴德母题的联系

菲尔多西（Firdawsī）的《列王纪》（*Shāhnāma*）创作始于约公元 977 年③，是继承了前伊斯兰时代伊朗民族记忆的英雄史诗。在这部作品中，王子夏沃什（Siyāvash）和王妃苏达贝（Sūdāba）的故事从情节框架和细节上都与辛德巴德母题有着强烈的关联性。辛德巴德母题主要围绕辛德巴德和七贤人展开。辛德巴德是王子的老师，在王子回朝面见父王之前，他嘱咐王子七天内不要说话以躲避灾祸。王子回朝后，王妃本欲与其通奸并谋权夺位，却遭到王子拒绝，遂向国王诬陷王子图谋不轨。七贤人和王妃轮流向国王讲述寓言故事，前者希望拖延至第七日王

---

① “印度起源说”最初由 9 世纪历史学家雅库比（Ya‘qūbī）提出。这一理论在相当长的一段时间内为后世的文学家和历史学家所接受。直至 19 世纪初期，以法国印度学家德斯隆尚（Deslongchamps）为首的学者认为“印度起源说”存在漏洞，并和以德国的梵语学家本菲（Benfey）为首的学者展开争论。后者的理论为孔帕雷蒂（Comparetti）所接受，在其作品《〈辛德巴德书〉研究》中得到阐释，参见 Comparetti, *Researches Respecting the Book of Sindibâd*（a translation of Comparetti’s *Ricerche interno al libro di Sindibad* by H. C. Coote, Milan,1869）（London: Folk Lore Scociety, 1882）。

② 此为佩里（B.E.Perry）的专著《辛德巴德书的起源》（*The Origin of the Book of Sindbad*）提出的核心观点。根据佩里的研究，存在一部失传的巴列维语《辛德巴德书》作为起源性文本（Pahlavi Original），于 9 世纪传入阿拉伯地区并被穆萨（Mūsā b. ‘Isā Kesrawī）翻译为阿拉伯语。穆萨的版本已经失传，但催生了叙利亚语的《辛德巴德书》并流入欧洲，影响了欧洲希腊语（Greek）、卡斯蒂利亚语（Castellano）等版本的《辛德巴德书》。同时，加纳瓦兹（Qanāvazī）在 10 世纪受萨曼尼（Nasir al-Sāmānī）之命将该巴列维语原始文本翻译为达里波斯语，影响了后世伊朗地区有关辛德巴德母题的创作。后文将重点讨论伊朗传统的流变，在此不做赘述。此起源及流变的结论详见 B.E.Perry, *The Origin of the Book of Sindbad*（Berlin: W. De Gruyter, 1960）, p. 64。

③ 张鸿年:《波斯文学史》，昆仑出版社，2003，第 55 页。

子开口当面将事情说清，后者希望在王子开口说话前将其灭口。最终王子重新开口说话，将事情讲明，并为王妃求情。本部分将首先概括《列王纪》中的对应叙事，并提取重点的故事元素，[①] 进而阐明10世纪前伊朗文学传统中辛德巴德母题的流变情况，试图总结《列王纪》中的对应叙事与10世纪前伊朗文学传统中辛德巴德母题的联系。

1.《列王纪》中对应叙事的主要内容

国王卡乌斯（Kāvus）老来得子，取名夏沃什。国王召集占卜人进行占星，却发现夏沃什定会遭遇命中注定的不幸。于是鲁斯塔姆（Rustam）主动请命，将王子带至扎别尔斯坦（Zābulistān），在那里教授王子骑马射箭、断狱判案的技艺。时光飞逝，一日，夏沃什对鲁斯塔姆说希望回去见父王。人民热烈欢迎夏沃什返乡入朝，举行了为期七天的庆典。入朝之后，国王对夏沃什进行了长达七年的考验，最终赐予其封地，令其主持政务。

不久后，夏沃什的生母病逝，而苏达贝在偶遇王子之后对其心生爱慕，怂恿国王令夏沃什去后宫探视。夏沃什以为这是国王对他的考验，遂从命前往后宫。苏达贝以香料珠宝对王子表示欢迎，并提出从国王的女儿中为王子寻找一名新娘。[②] 夏沃什意识到这是苏达贝的阴谋，但是父命难违，他也只得照做。

在挑选新娘的过程中，苏达贝将自己比作太阳，将众妃子[③] 比作月光，以此劝说夏沃什挑选自己，并吻了夏沃什。夏沃什希望继续按计划挑选一名妻子，并装作无事发生，但苏达贝并不善罢甘休。她撕碎自己的衣服，并抓破脸颊，谎称夏沃什妄图强暴自己。国王听完二人的辩解，根据夏沃什身上没有苏达贝的玫瑰香水的味道判定夏沃什是无辜的。见阴谋没有得逞，苏达贝找来一名有孕的侍女，令其堕胎，并谎称其双胞死胎是自己的。为了查明真相，国王召集有名的星象术士。这些术士使用星盘观察了七天，说这两个死婴不是苏达贝的骨肉，并捉住侍女，通过严刑拷打迫使其说出真相。苏达贝依然狡辩称这些术士因惧怕

① 这段叙事概括自菲尔多西《列王纪全集》(二)，张鸿年、宋丕方译，湖南文艺出版社，2001，第7~49页。

② 张鸿年注：波斯古代有近亲结婚的习惯。

③ 此处指上文中提及的国王的女儿们。

夏沃什而没有说实话。

于是国王决定使用古老的钻火阵[①]的方式进行判定。夏沃什素衣白袍穿过火堆，纤尘不染，证明了自己的清白。国王对苏达贝定罪后，夏沃什自忖若是国王日后后悔，定会拿自己出气，于是便为王后说情。本就于心不忍的国王也就顺势宽恕了苏达贝。

2. 10 世纪前伊朗文学传统中的辛德巴德母题

辛德巴德母题的最初起源存在上文所述两种说法，即“印度梵语文学起源”和“伊朗巴列维语文学起源”。两种说法孰对孰错与本文主题无关，因为从伊朗地区辛德巴德母题的流变来看，辛德巴德母题在伊朗地区的起源来自一部巴列维语著作，这一点基本是可以确认的。[②]目前这个巴列维语的文本已经失传。根据撒马尔罕迪（Samrqandī）的记载，加纳瓦兹（Qanāvazī）在 10 世纪受命将此巴列维语原始文本翻译为达里波斯语。现将这段描述摘录如下。[③]

> 应该知道这本书原本是以巴列维语写的，直到开明而公正的纳赛鲁丁·阿布·穆罕默德·努哈·本·纳斯鲁·萨曼尼（Nāsir al-Dīn Abū Muḥammad Nūḥibn Naṣr al-Sāmānī）——真主保佑他——之前都没有人翻译过。开明公正的努赫·本·纳斯鲁·萨曼尼命令加纳瓦兹将其翻译为波斯语，将无序和不同的部分更正过来。在 339

---

① 将“火”与“清白”联系起来的传统最早可追溯至易卜拉欣（Ibrāhīm, 亦即 Abraham）显现的神迹。易卜拉欣质疑宁录（Nimrod）的偶像崇拜，被后者投入火堆，最终却安然无恙地走出。琐罗亚斯德（Zoroaster）为一婴儿时，为一巫师所获。巫师预知其未来将毁灭自己，便将琐罗亚斯德投入木头、沥青和硫黄燃起的火堆中，但琐罗亚斯德同样未被火焰所伤。以火自证的仪式和传统自此而始，并在此处为卡乌斯所使用以判定夏沃什是否清白。关于此仪式的详细论述详见 Tribhovandas Mungaldas Nathubhoy, “Ordeal, I.” *The Journal of Anthropological Society of Bombay,* Vol. 6, 1903, pp.24-28。

② 根据萨法（Safā）的《伊朗文学史》（*Tārikh-i Adabiyāt-i Irān*），“辛德巴德书由梵语翻译为巴列维语，成为前伊斯兰时代伊朗文学中的知名作品”。参见 Safā, *Tārikh-i Adabiyāt-i Irān,* Vol.1（Tehran: Intishārāt-i Quqnūs,1989）, p. 363。撒马尔罕迪（Samarqandī）在其《辛德巴德书》中也提到，“应该知道这本书原本是由巴列维语所写的”。参见 Samarqandī, *Sindbād-nāma*（《辛德巴德书》）（Tehran: Ibn-i Sīnā va khāvar, 1954）, p. 21。

③ Samarqandī, *Sindbād-nāma*（Tehran: Ibn-i Sīnā va khāvar, 1954）, pp. 21-22.

> 年[①]，加纳瓦兹回来交上了作品，这本书被译为达里波斯语。但他的翻译太过无趣，使得其虽然翻译得正确，却没有人来把它变得更加优美和吸引人。这本书几近被人们遗忘，并在时间的边缘消失。而现在，在圣明的征服者的资助下，这部作品得以重新变得新鲜而美丽。

由此可知，加纳瓦兹第一次约于公元960年将巴列维语的文本翻译为达里波斯语，而这个时间早于菲尔多西开始创作《列王纪》的时间。在菲尔多西创作《列王纪》之前，已经存在巴列维语文本和加纳瓦兹的达里波斯语译本两个版本的辛德巴德书，二者在内容上应该并无二致。两个文本目前均已失传。[②]

除此之外，与加纳瓦兹同时代的波斯诗人鲁达基（Rūdakī）的诗体版本的《辛德巴德书》有少量诗联存世，但已难以考察故事情节，无法就其做辛德巴德母题研究。

由于公元10世纪，也就是《列王纪》创作之前的辛德巴德故事文本均已失传，故很难完整地将10世纪的母题传统与《列王纪》中的叙事进行细致的比较。如撒马尔罕迪所述，他的作品是对加纳瓦兹译本的艺术化处理，可以认为从故事结构上来说，公元12世纪撒马尔罕迪所著的《辛德巴德书》和前《列王纪》时代已失传的辛德巴德书相差不大。后文将结合有详细文本留存的撒马尔罕迪的《辛德巴德书》与《列王纪》中的叙事进行比较，以进一步讨论《列王纪》中的叙事对于辛德巴德母题在伊朗文学传统中流变的影响。

三　后世伊朗文学传统中辛德巴德母题与《列王纪》中对应叙事的联系——以撒马尔罕迪《辛德巴德书》为例

菲尔多西《列王纪》成书以后，伊朗文学传统中使用了辛德巴德母题的作品主要包括撒马尔罕迪于12世纪所著的《辛德巴德书》、塔吉基·马尔瓦兹（Daqāyiqī Marvazī）于12世纪所著的《巴赫提亚尔

---

① 公元960—961年。

② Safā, *Tārikh-i Adabiyāt-i Irān*, Vol.1, p. 363.

书》（*Bakhtiyār-nāma*）以及14世纪佚名作者所著的诗体《辛德巴德书》（*Sindbād-nāma*）。

这三部作品中，撒马尔罕迪的《辛德巴德书》具有较强的代表性。本文认为以其为例可以对《列王纪》时代之后的辛德巴德母题进行整理和概括。塔吉基的《巴赫提亚尔书》算不上典型的辛德巴德叙事。在传统的辛德巴德母题中，故事框架中的七名贤人是站在王子一方的。他们通过给国王讲故事拖延处决王子的时间，以保留王子自证清白的机会。而在《巴赫提亚尔书》中，维齐尔们（Viziers）是指控清白的王子的一方。① 《巴赫提亚尔书》的框架情节与辛德巴德母题唯一相似的地方就是王子受到王后或王妃的陷害这一情节，② 而这并不是辛德巴德母题所特有的。虽然包括克鲁斯顿（Clouston）、诺尔迪克（Nöldeke）在内的部分学者认为《巴赫提亚尔书》可以被认为是模仿或者来源于辛德巴德母题，由于王后陷害王子这一母题在时间和空间上广泛而普遍的流传，以这个单一相似点证明《巴赫提亚尔书》源自辛德巴德母题略显牵强。③ 佚名文学家于1375年所著的诗体《辛德巴德书》是以撒马尔罕迪版本为材料创作的，④ 并且在时间上晚于前者200余年。综合来看，以撒马尔罕迪所著的《辛德巴德书》为例探讨《列王纪》时代之后的辛德巴德母题是比较合理的。

1. 撒马尔罕迪《辛德巴德书》框架情节的主要内容

撒马尔罕迪于1160年开始创作达里波斯语的散文体《辛德巴德书》。如上文所述，撒马尔罕迪本人看过巴列维语原始文本。他创作

---

① William Ouseley, *Bakhtyār nāma,* ed. by W.A.Clouston（London: Privately printed, 1883）, p. 32.

② William Ouseley, *Bakhtyār nāma*, ed. by W.A.Clouston（London: Privately printed, 1883）, p.33.

③ W.L.Hanaway, Jr, “Bāktīār-nāma,” in *Encyclopaedia Iranica*, accessed March 28, 2020, http://www.iranicaonline.org/articles/baktiar-nama-an-example-of-early-new-persian-prose-fiction-in-the-form-of-a-frame-story-and-nine-included-tales-the-earl.

④ “1375年的诗体《辛德巴德书》来源于撒马尔罕迪版本”的观点最初由克鲁斯顿在其作品《辛德巴德书的介绍、注释和附录》（*The Book of Sindibad, With Introduction, Notes, and Appendix*）中提出。佩里综合阿特斯（Ateş）的观点，根据故事顺序和内容肯定了克鲁斯顿的观点。具体的推论过程详见 B.E.Perry, *The Origin of the Book of Sindbad*（Berlin: W. De Gruyter, 1960）, p. 35, footnote 71。

的《辛德巴德书》也是对前人翻译巴列维语原始文本的作品的润色。由此可知，撒马尔罕迪《辛德巴德书》对于伊朗文学传统中的辛德巴德母题有着较大的影响。《辛德巴德书》使用了多级叙事的结构，将若干寓言故事作为二级叙事嵌入框架的一级叙事中。本文主要希望探讨《列王纪》中对应叙事在母题流变中的影响，而这段叙事主要体现的是辛德巴德母题一级叙事中的框架结构。故本文仅讨论框架情节，而不涉及嵌入的由贤人（ḥakīm）讲述的寓言故事。现将撒马尔罕迪《辛德巴德书》的框架情节概括如下。①

一位名叫库尔迪斯（Kūrdīs）的印度国王喜得一名王子。在其出生时，占星学家预言其将会在生命中遭遇较大的不幸。王子自十岁起受到优良教育，但依然不甚聪慧。国王对此表示失望，寻来贤人进行商讨。辛德巴德作为贤人中的一员，讲述了寓言故事《猴子、狐狸和蛇》和《狼、狐狸和骆驼》，得到众贤人的推崇，遂承担起教导王子的任务。

六个月后，辛德巴德教会了王子诸多技艺，遂决定带王子回去见其父王。他夜观天象，发现王子命中的不幸即将到来，便嘱托王子在见到其父王后，不论发生什么，七天之内都要保持沉默，直到不幸的事情结束。

王后见到王子后，心生爱慕，便对国王说要王子去后宫，自己好探明其不说话的缘由。见到王子后，王后表达了自己的爱慕之情，并提议毒死国王以助王子即位。王子拒绝了她的提议。由于担心王子重新开口说话后可能引发的后果，王后决定先发制人，对国王称是王子向自己提出要共同谋权篡位。国王听信了王后的谗言，决定处决王子。

众贤人听闻此事，决定每个人每天早上去为国王讲述一个体现妇人狠毒的故事，以拖延至第七日王子可以开口自证清白。翌日，王后向国王谴责贤人们，声称他们每天都想看到新的国王上台。她讲述了寓言《洗衣工、儿子、驴和漩涡》，以阐明被儿子坑害的可能性。国王听到这个故事后，再次派人处决王子。贤人便继续讲恶毒的妇女的寓言，以拖延时间并希望国王转变心意。王后和贤人们各面见国王七次，双方一直以寓言故事对峙，直至王子不能说话的七日过去。

---

① 这段叙事概括自 Samarqandī, *Sindbād-nāma*（Tehran: Ibn-i Sīnā va khāvar, 1954）, pp. 25-161。

终于，在第七日，王子和辛德巴德一起面君。王子讲述了女仆受命端给客人的奶里无意中掺了蛇毒的故事，并问在场的人，客人中毒，责任在谁。贤人各抒己见，莫衷一是。王子最终回答，责任在天命，蛇毒就是刚好进了牛奶里。同理，自己被带入这一场错误的指控也是因为自己的天命中注定有这场不幸。

国王为王子的智慧而高兴，从而宽恕了他。王子劝说国王原谅了王后，国王亦令王子接替自己统治国家，而辛德巴德也得到了应有的赞赏。

2. 撒马尔罕迪《辛德巴德书》与《列王纪》中对应叙事的对比

以上便是撒马尔罕迪《辛德巴德书》的叙事梗概。本文将提取这部著作中的叙事细节和元素，并与《列王纪》中对应的叙事进行比较，试图通过辨析二者的异同，考察他们之间可能存在的影响与接受关系。

（1）王子被托付给贤人教育

撒马尔罕迪《辛德巴德书》和《列王纪》中夏沃什的故事的起因都可以被概括为“王子被托付给贤人教育”[①]。在托付前，也就是叙事最开始的部分，“占卜人对初生的王子进行占星，发现其注定会遭遇命中的不幸”的情节是完全一致的。《辛德巴德书》中的情节是国王召集贤人托付王子，而《列王纪》中的情节是鲁斯塔姆主动觐见，要求抚养王子。这一点在细节上略有不同。

（2）贤人告知王子七天内不能讲话

该情节可以被看作《辛德巴德书》的重要推进情节。正是由于辛德巴德通过观星发现王子命中的不幸即将发生，他才告诉王子，见到其父王后，不管发生什么，七天内都不要讲话。[②]《辛德巴德书》为多级叙事结构。前文所述的框架结构作为一级叙事，是为引出二级叙事中的若干寓言故事做铺垫的。贤人们依次讲出寓言回击王后的最终目的就是拖延时间至王子七天后可以亲口讲话。由此可见，七天内不能讲话的情节在《辛德巴德书》的情节推进上是有着极其重要的作用的。

该情节并不存在于《列王纪》的叙事中。对应辛德巴德在故事中

---

① 详见菲尔多西《列王纪全集》（二），张鸿年、宋丕方译，湖南文艺出版社，2001，第7页；Samarqandī, *Sindbād-nāma*（Tehran: Ibn-i Sīnā va khāvar, 1954）, p. 26。

② Samarqandī, *Sindbād-nāma*（Tehran: Ibn-i Sīnā va khāvar, 1954）, p. 41.

地位的鲁斯塔姆在送王子学成回朝后就再没有出现在故事中。本文认为两个文本在这一核心情节上的不同有以下几点原因。首先，两个故事的主人公本身就是不同的，这决定了该情节在故事中的合理性。《辛德巴德书》的主人公是辛德巴德，所以情节由辛德巴德本人推动是十分顺畅的。王子虽然在《辛德巴德书》中同样扮演了重要角色，但因为在多数时间不能说话，所以并不是《辛德巴德书》中主要的情节推进者。而在《列王纪》中，这段故事是围绕王子展开的。塑造王子的形象，阐明王子赴土兰的缘由，才是菲尔多西记述这段叙事的目的，所以鲁斯塔姆不能提出不让王子说话，否则故事的作用将难以体现。其次，两个故事的写作目的不同。《辛德巴德书》的目的是通过讲述王子和王后的故事引出若干寓言，所以"不让王子讲话"成为推进情节的核心情节。《列王纪》只取用了故事框架以塑造王子形象，所以"王子不能说话，贤人轮番讲故事"这一情节不再是故事中必要的。

（3）王后勾引王子并谋划篡位，王子拒绝并遭到报复

该情节是《辛德巴德书》和《列王纪》中夏沃什的故事的主体情节和高潮部分，是两部作品共同的叙事冲突点。在《辛德巴德书》中，王后向国王请愿让王子去后宫，由自己探明其不说话的缘由。在后宫见到王子后，王后向他表达爱意并提出毒死国王的计谋。王子拒绝后，王后因担心其重新说话后把自己的阴谋报告给国王，便恶人先告状，诬陷王子。而在《列王纪》中，王后面见卡乌斯国王，提议让王子去后宫，以便让后宫的嫔妃对其表示欢迎，见到王子后，又为其安排了相亲，直接向王子表白，并表示在国王死后与王子结为夫妻。同样是遭到王子拒绝后，王后认为自己向王子表明了心意，王子却以正人君子的面孔指责自己，这是对自己的羞辱，故向国王谎称自己遭到强暴。

此情节在两部作品中高度相似。区别在于，在情感层面上，《辛德巴德书》中的王后更多是为了与王子夺权，而《列王纪》中的王后则似乎更多的是对王子有了真实的情感。对比二人的计谋，《辛德巴德书》中的王后是要毒死国王的，而苏达贝只是希望等待国王寿终正寝后与王子成亲。对比二人在受到拒绝后的反应，前者由于担心阴谋败露而直接去向国王诬告，而后者则在王子已经明确拒绝但提出可不予追究后，仍然因感到被羞辱而向国王诬告。相较于《辛德巴德书》中的王后，苏达

贝其实更像是动了真情。

（4）贤人和王后对峙

该情节是《辛德巴德书》的主体部分，但在《列王纪》中，只是故事推进中的一个情节。在《辛德巴德书》中，贤人和王后对峙的方式就是互相向国王讲述寓言故事。在《辛德巴德书》讲述的32个寓言中，有20个寓言都是在这段情节内由贤人和王后讲出的。王后指控贤人们勾结王子、坑害国王，而贤人们尽力反击，希望拖延至第七天王子可以开口讲话。在《列王纪》中，王后在口头栽赃未得逞之后，使用了两个死胎的计谋，被国王召集来的星象术士识破。在此期间，苏达贝同样指控星象术士们和王子沆瀣一气。

除了在结构上，王后指责贤人（占星术士）和王子勾结的情节高度类似之外，在一些细节上二者也存在相似之处。《辛德巴德书》中，七位贤人通过讲故事拖延七天时间；而《列王纪》中的观星术士同样观星七天，得出死胎不是王室之后的结论。数字七在两个文本中均多次出现可能不是偶然的，它在伊朗、印度的传统中都是神圣的数字。在琐罗亚斯德教中，数字七是组合成善界至上神的结构数。而在吠陀神话中，七位天神共同构成七联神阿底提耶（Aditya）。除了宗教神灵的共性，由于琐罗亚斯德教“世界上有七个国家”（《亚斯纳》第32章第3节）的七境域理念，以及一周有七天的星象理论，数字七被赋予了完整周期或循环的意味。在古波斯人心中，凡数重复到七便产生了某种神秘力量或法术性质，久而久之便化为“集体无意识”深处积存的原型，派生出以“七”为结构素的其他文学和文化现象。①

（5）国王识破王后的阴谋

在两个故事中，国王最终都识破了王后的阴谋。《辛德巴德书》中的情节为贤人们成功地通过讲述寓言故事拖延了七天时间，直到王子重新开口讲述了女佣和毒牛奶的故事说服国王。而在《列王纪》中，国王第一次通过自己的判断得出王后说谎的结论。在王后又一次用死胎之计蛊惑国王后，虽然占星术士的结论和诞下死胎的女佣的供词都证明死胎

① 元文琪：《二元神论：古波斯宗教神话研究》，中国社会科学出版社，1997，第137~140页。

不是夏沃什强暴苏达贝所生，国王依旧不相信，选择使用钻火阵证明王子自身清白的方式进行判断。

四 《列王记》中对应叙事在辛德巴德母题于伊朗文学传统中流变的作用

《列王纪》中的对应叙事显然与辛德巴德母题有着千丝万缕的联系。由于 10 世纪前伊朗文学传统中使用辛德巴德母题的作品几乎全部失传，很难通过对比 12 世纪的《辛德巴德书》和成书更早的作品得出结论。本文希望首先讨论《列王纪》中的叙事是否受到辛德巴德母题影响，进而通过其他语种的辛德巴德故事[①]与撒马尔罕迪《辛德巴德书》的对比，考察其是否受到《列王纪》中叙事的影响。

1.《列王纪》叙事受到辛德巴德母题影响的证据

《列王纪》是在伊朗古代丰富的神话传说的基础上创作的。萨珊王朝时期巴列维语的历史、文学作品和英雄故事也是这部史诗的重要素材。其中最古老的材料是琐罗亚斯德教（Zoroastrianism）经书《阿维斯塔》(*Avesta*)，[②]而夏沃什的故事就出自该书。《阿维斯塔》中对于夏沃什的故事记述如下。

> 穿着华丽黄袍的国王在厄尔布士山的山巅，献上胡摩汁，祈求道，达鲁阿斯帕啊，善神，强有力的神啊，请佑助我把那土兰恶

① 根据佩里对于辛德巴德母题源头的考究，辛德巴德母题起源于一部巴列维语著作。如上文所述，这部巴列维语著作被翻译为达里波斯语，并被撒马尔罕迪于 12 世纪改写，在此不再赘述。同时，这部巴列维语著作还于 9 世纪被穆萨翻译为阿拉伯语，继而成为后世若干叙利亚语版本《辛德巴德书》的主要材料。著于 1579 年前后的叙利亚语《辛德巴德书》由贝恩斯根（Fr.Baethgen）发表，根据佩里的结论，这是存世的在流变过程中与撒马尔罕迪《辛德巴德书》关系最远的版本。本文认为，这部叙利亚语著作与撒马尔罕迪《辛德巴德书》同根，都起源于最初的巴列维语著作，但自穆萨译本起，便与伊朗文学传统中流变的一支分道扬镳，可以认为叙利亚语著作是受《列王纪》叙事影响程度最低的文本。因此，叙利亚语《辛德巴德书》是研究《列王纪》叙事在伊朗文学传统一支中对辛德巴德母题流变的影响较好的比较对象。关于佩里得出的流变结论，详见 B.E.Perry, *The Origin of the Book of Sindbad*（Berlin: W. De Gruyter, 1960）, p. 64。

② 张鸿年:《列王纪研究》，北京大学出版社，2009，第 36 页。

> 人阿夫拉西亚伯用锁链锁住，拖去见为其父夏沃什报仇的凯·霍斯鲁。在辽阔和水深的奇恰斯特湖岸，为被卑鄙杀害的夏沃什和勇士阿格里列斯复仇。[①]

《阿维斯塔》中对于夏沃什的描写着重放在他的去世上。在《列王纪》中，也正是夏沃什之死，构成了人物悲剧故事中最高潮的部分。夏沃什抗拒卡乌斯的错误命令，停止与土兰的战争，离开伊朗奔赴土兰，却在土兰遭人诬陷，最终客死他乡。[②] 勇士因选择重诺守约、维护和平而迎来悲剧的下场，正是夏沃什悲剧千百年来震撼人心的原因。[③]

可见，相较于夏沃什出兵后的经历，无论是从篇幅还是内容上看，这段与苏达贝的纠葛都只是作为进一步塑造夏沃什人物形象的补充。从《列王纪》的创作角度来讲，这段叙事受萨珊时期流传的巴列维语版本《辛德巴德书》影响，作为菲尔多西创作出来以强化人物形象的段落是十分合理的。

从文本内容上看，占星术士观星七天，断言死胎不是王室之后，却反被王后诬陷为与王子勾结的情节，可以被视作该段叙述可能受到辛德巴德母题影响的证据。如前文所述，这段情节在内容和细节上与《辛德巴德书》的主体部分十分相似，但它并不是《列王纪》中这段叙事的核心情节。事实上，国王已经识破过一次苏达贝的阴谋，并且在第一次断案中睿智而果断。然而在增加的占星术士的第二次断案中，国王在面对占星结果和女佣证词两个证据的情况下却依然不能断定这一切是苏达贝的诡计。人物形象的转变略显突兀。本文认为，此处增添的占星术士判别死胎的第二次冲突在原文中有些不连贯，却在内容上和辛德巴德母题高度一致，可以较好地证明该情节为菲尔多西受当时流传的辛德巴德母题影响所作。

2. 撒马尔罕迪《辛德巴德书》受到《列王纪》叙事影响

在伊朗文学传统中10世纪前的辛德巴德母题已经基本不可考的情

---

① 张鸿年:《列王纪研究》，北京大学出版社，2009，第87页。张鸿年注：此则文字见于《阿维斯塔》古什亚什特17—18。

② 详见菲尔多西《列王纪全集》（二），张鸿年、宋丕方译，湖南文艺出版社，2001，第81~211页。

③ 张鸿年:《列王纪研究》，北京大学出版社，2009，第88页。

况下，本文试图通过叙利亚语文本和撒马尔罕迪《辛德巴德书》及《列王纪》叙事的对比结果，讨论《列王纪》叙事在辛德巴德母题于伊朗文学传统中流变的作用。

在故事的起始部分，正如本文第二部分第一个小标题下通过比较得出的结果，撒马尔罕迪《辛德巴德书》与《列王纪》中“占卜人对初生的王子进行占星，发现其定会遭遇命中注定的不幸”的情节是完全一致的。也正是这一情节构成了两部作品叙事中共同的国王将王子委托给他人教育的理由。但在叙利亚语版本中，“占星而命中主凶”的情节是不存在的，国王命辛德巴德教育王子的原因仅仅是王子跟前任老师学习三年而无果。[①] 值得注意的是，王子跟一位老师学习多年却依然愚钝的情节出现在了撒马尔罕迪《辛德巴德书》中：

> 在十岁的阶段没有掌握任何和科学有关的东西，国王感到十分失望。[②]

可见，王子愚钝的情节作为叙利亚语版和撒马尔罕迪版《辛德巴德书》的共同点，也佐证了二者同源的理论。而这个情节未出现在《列王纪》叙事中，因为夏沃什王子是这段叙事所要描写的对象，这个情节对于王子的形象塑造是无用的。

撒马尔罕迪《辛德巴德书》中的占星情节则可能是受《列王纪》影响。除伊朗文学传统中存世的两部辛德巴德母题作品——撒马尔罕迪《辛德巴德书》和 1375 年佚名作者所著的诗体《辛德巴德书》以外，存世的其他语言版本的辛德巴德母题作品均未在故事的开始呈现占星而主凶的情节。[③] 而在《列王纪》中，两次涉及观星的情节都对情节产生了重要的推动作用。第一次为国王卡乌斯召集占卜人为夏沃什占星以推测

---

① Hermann Gollancz, “The History of Sindban and the Seven Wise Masters,” *Folklore*, Vol.8, No.2（Jun.,1897）, p. 100.

② Samarqandī, *Sindbād-nāma*（Tehran: Ibn-i Sīnā va khāvar, 1954）, p. 31.

③ 详见佩里整理对各种版本开篇的翻译。B.E.Perry, *The Origin of the Book of Sindbad*（Berlin: W. De Gruyter, 1960）, pp. 66-79。

吉凶。[①] 正是这次占星的结果使得鲁斯塔姆带走夏沃什进行教育，从而有了后续的故事。第二次为国王召集星象术士，命其判定两名死胎的真实身份。[②] 虽然术士给出了夏沃什无罪的结论，国王依旧听信了苏达贝，进行古老的跳火堆的仪式以判定夏沃什是否清白。可以说，占星的情节是伊朗文学传统中的《辛德巴德书》所特有的，且很可能是源自《列王纪》的加工。

五　结语

由于达里波斯语文学发生初期两个重要的辛德巴德故事文本——萨曼王朝时期鲁达基所作长篇叙事诗《辛德巴德书》和加纳瓦兹译自巴列维语文本的《辛德巴德书》均已亡佚，较为完整地梳理伊朗文学传统中辛德巴德母题的流变已经是不太可能完成的任务。但通过细读有限的文本材料，仍可以发现，菲尔多西《列王纪》中夏沃什和苏达贝的故事应该是受到了萨珊时期广为流传的巴列维语《辛德巴德书》原始文本的影响，旨在更好地塑造夏沃什正直而富有智慧的形象。而这段叙事作为达里波斯语文学传统影响最深的作品《列王纪》中的一部分，也影响了后世辛德巴德母题在伊朗文学传统中的进一步流变。虽然后世撒马尔罕迪的《辛德巴德书》及再后来的佚名作者所作诗体《辛德巴德书》依然遵循辛德巴德母题的框架，但在一些细节的处理上，依然可见《列王纪》中这段叙事对于其行文的影响。

参考文献

波斯语文献

[1] Samarqandī, *Sindbād-nāma* (Tehran: Ibn-i Sīnā va khāvar, 1954).

[2] Safā, *Tārikh-i Adabiyāt-i Irān,* Vol.1 (Tehran: Intishārāt-i Quqnūs,1989).

① 菲尔多西：《列王纪全集》（二），张鸿年、宋丕方译，湖南文艺出版社，2001，第7页。

② 菲尔多西：《列王纪全集》（二），张鸿年、宋丕方译，湖南文艺出版社，2001，第38页。

英语文献

[1] B.E.Perry, *The Origin of the Book of Sindbad* (Berlin: W. De Gruyter, 1960).

[2] Comparetti, *Researches Respecting the Book of Sindibâd* (a translation of Comparetti's *Ricerche interno al libro di Sindibad* by H. C. Coote, Milan,1869)(London: Folk Lore Scociety, 1882).

[3] Hermann Gollancz, "The History of Sindban and the Seven Wise Masters," *Folklore,* Vol.8, No.2(Jun.,1897).

[4] Tribhovandas Mungaldas Nathubhoy, "Ordeal, I." *The Journal of Anthropological Society of Bombay,* vol. 6, 1903.

[5] William Ouseley, *Bakhtyār nāma*, ed. by W.A.Clouston (London: Privately printed, 1883).

中文文献

[1] 菲尔多西:《列王纪全集》(二),张鸿年、宋丕方译,湖南文艺出版社,2001。

[2] 张鸿年:《波斯文学史》,昆仑出版社,2003。

[3] 张鸿年:《列王纪研究》,北京大学出版社,2009。

[4] 元文琪:《二元神论:古波斯宗教神话研究》,中国社会科学出版社,1997。

作者系北京大学外国语学院西亚系博士研究生

才命相妨亦相成

——《金云翘传》成为越南文学经典的原因浅析

王　东

内容提要 《金云翘传》是越南文学史上最具世界影响力的文学作品之一，作者阮攸被列为世界文化名人。《金云翘传》为在传统东方文化与外来西方文化冲撞下的越南提供了宝贵的自我认同，激发出越南语文学创作强大的生命力，让越南的语言和文学成为殖民时期凝聚越南人共识的一面旗帜。《金云翘传》的开篇作“才命偏作两相妨”之语，是阮攸创作心路历程的写照。而从作品的影响来看，才命又是相互成全的，阮攸的才华和近代越南社会的命运，共同成就了这部越南文学史上的经典。

关键词 《金云翘传》 阮攸　越南文学经典

《金云翘传》是越南家喻户晓的文学作品，开篇“百年人生途未央，才命偏作两相妨”[①] 直指人心，是阮攸个人的心路历程，引发了无数读者的共鸣。才命相妨，是文人墨客笔下的一把辛酸泪。但个人命运的不幸，却创造了文学中的大幸。越南民间普遍流传着这样一句话：“《翘传》在，则越语在，越语在，则越南在。”这部作品是越南文学家阮攸从中国青心才人的才子佳人小说改编成的喃字诗，被越南国民视为最重要的

① 赵玉兰：《〈金云翘传〉翻译与研究》，北京大学出版社，2013，第 11 页。

文学名著。

《金云翘传》成为越南最重要的文学经典，离不开阮攸深厚的文学积淀与非凡的创造力，也与当时的历史文化背景息息相关，是文学家个人命运与特殊社会历史文化背景的双重因素作用的结果。从另一种意义上看，才命又是相互成全的，阮攸的才华和近代越南社会的命运，共同成就了这部越南文学史上的重要经典。

一　阮攸个人身世与《金云翘传》的创作

青心才人的二十回章回体小说《金云翘传》在中国才子佳人小说中并不出众，《金云翘传》的名字取主人公金重、王翠云、王翠翘名字中各一个字，这是才子佳人小说常见的命名方式之一。《金云翘传》的故事结构没有太大新意，主要是将书生加青楼女子的才子佳人小说的经典模式与倭寇故事融合为一部小说。王翠翘的故事有历史原型。《金云翘传》的故事中，徐海的原型是明代倭寇中的“从倭”。明代茅坤《纪剿徐海本末》中提到：“永保兵俘两侍女而前问海何在，两侍女者王姓，一名翠翘，一名绿姝，故歌伎也。两侍女泣而指海所自沉河处，永保兵遂蹈河斩海级以归。”[①] 后来，这一故事逐渐进入小说文本，如《型世言》中第七回为《胡总制巧用华棣卿 王翠翘死报徐明山》。青心才人的创作吸收了这一故事原型，但对主人公和故事重心做了重要的调整，将王翠翘作为故事主人公，将才子金重作为与王翠翘关系最密切的人物，而徐海成为次要人物。

在写作中，青心才人基本延续了才子佳人小说共同的写作模式，带有商业文学的特点。这部小说整体在中国没有太大的影响力，但阮攸根据其进行再创作，使其成为越南国民经典，具备世界级的影响力，正如黄庭坚在《答洪驹父书》中所说：“古之能为文章者，真能陶冶万物，虽取古人之陈言入于翰墨，如灵丹一粒，点铁成金也。”[②]

阮攸生活的时代，正处于越南社会动荡期。后黎朝被西山起义推

---

① （明）黄宗羲：《明文海》卷三四六，中华书局，1987，第 3548~3549 页。

② 郭绍虞主编《中国历代文论选》，上海古籍出版社，2001，第 316 页。

翻，阮攸作为后黎朝的官僚，心态复杂。他拒绝与西山起义军合作，选择回乡隐居。但他也曾与西山朝官员有过交往。阮朝建立后，阮攸回到朝廷任职。行藏在我，是传统儒生的理想。出身官僚家庭的阮攸，在世事沉浮中，用诗人的才华对抗着个人与时代悲剧的双重遭际。《金云翘传》中对人物的塑造和对情节的安排，从某种意义上说，是阮攸对自己人生的一种寄寓，也唤醒了众多越南人内心中对自己人生的思索。

《金云翘传》中的主要人物——王翠翘是整部作品最核心的人物，其中有着深刻的寄托。王翠翘天生丽质，才学超群，内心纯良，却遭遇了残酷命运的重重考验。她与书生金重私定终身，但在金重奔丧期间，她为救遭诬陷入狱的父亲而卖身，她痛苦地放弃自身的幸福，成全家人平安。被卖青楼，难逃厄运，她体会到世间的污浊和残酷，也看到了同为悲剧命运的受害者，那些被卖到青楼的女子竟然在求妓女行业保护神——白眉神的庇佑，这促使她在悲惨的境遇中努力捍卫心灵的自由。她在妓院遇到有情人束生，却因为其正妻阻挠难成眷属，被再次卖到妓院。一次又一次的折磨使她备尝世道艰辛。后被草莽英雄徐海所救，并帮其雪耻，但就在她的人生看到起色之时，因她劝徐海接受招安导致徐海中计被杀，这让她陷入绝望的境地，选择投江自尽。投江遇救后，她和会试高中的金重重新团圆，在历经重重考验之后，她最终受到命运眷顾，找回最初期望的幸福。

在中国众多的才子佳人小说中，阮攸选择了《金云翘传》的故事进行再创作，这不是偶然。《金云翘传》的故事中的主人公——王翠翘的命运，暗喻了阮攸的现实处境，作者将对自身和时代命运的感触融入到作品的再创作中。尽管阮攸并没有改变原来的基本故事框架，但对于核心人物的塑造和解读，能够让作者获得充分的施展空间。

从阮攸自身的履历看，他出身书香门第，家学渊源深厚，又世代为官，父亲官至户部尚书。这与王翠翘的家世背景类似。但正当他渴望大展身手之时，却遭逢乱世，后黎朝灭亡前，战乱频仍，科举考试无法正常举行，他无法通过科举进入官员序列。中国文学从《离骚》开创“香草美人”的传统以来，历史上有大量的文学作品用男女关系比喻君臣关系，阮攸有着很深厚的中国传统文学修养，对于这一传统应非常了解。王翠翘无法正常嫁给自己属意的郎君金重，正是阮攸暗比自己无法通过正常途径入仕。

西山起义推翻后黎朝后，阮攸家道中落，自身也曾身陷囹圄。他辗转妻子家乡和自己的老家，自号“鸿山猎户”和“南海钓叟”，经历了十余年的蹉跎岁月。在这段岁月中，阮攸饱尝艰辛，正如王翠翘身世几经沉浮。作为前朝遗老，阮攸与西山朝的关系不睦，曾与妻兄段阮俊谋反未成而被西山军抓捕。但他也有和西山朝官员的交往。王翠翘渴望逃脱妓院，与有情人终成眷属，但最终失败，再次陷入魔窟。这可能暗示了阮攸在西山朝的悲剧命运。徐海本是“强盗”，却成为拯救翠翘于水火之中的“英雄”，这一特别的形象设计符合阮攸对于当时社会乱局的反思。如果从翠翘的人物命运来看，徐海最终无法和她终成眷属，也反映出作者无法寄望将对现实的反叛作为人生可行的选择。

阮朝建立后，阮攸曾多次推辞朝廷的征聘，最终还是入朝为官，并且官至礼部右参知，曾出使中国。《金云翘传》最终的结局，与阮攸的人生暗合。阮攸得到了阮朝皇帝的重用，重新回到他所在的封建官僚家族传统的路径上来，这与翠翘重新与金重团圆的逻辑一致。在经历重重磨难之后，翠翘最终回到金重身边，与阮攸晚年重新回朝做官的人生选择相似。另外，《金云翘传》中带有佛教的宿命论色彩。这多少能够在阮攸的人生中找到蛛丝马迹。阮攸曾有过十年的隐居生活，对于人生的理解，也多少受到佛教的影响，如相信宿命和因果报应。

以男女之情比喻君臣关系，是《离骚》开创的重要文学传统，作者以弃妇的形象自比，写出在官场上的不得志。王翠翘的命运，恰如阮攸的仕途。阮攸虽然有一个很好的起点，家世不凡，却因改朝易代，在最好的年华蹉跎数年，晚年重新得到任用，但心态已不复当初。深受中国传统文学和文化影响的阮攸，对这种“香草美人”写法应十分熟悉。阮攸在众多才子佳人小说中，偏偏选了《金云翘传》进行改编，显然带有个人的痕迹。

“古来才命两相妨”，这既是诗人自己的寄托，也唤起了失意者强烈的内心共鸣。王翠翘无法主宰自身命运，但她从未向命运妥协。同样，阮攸虽一生颠沛流离，但并未放弃自身的人格操守。

王翠翘的形象影响了许多越南人，折射出他们对于世界的认知和感受，正如全诗结尾部分所言：“老天从不偏向哪个人，岂可才命双丰万事顺！有才切莫太恃才，才、灾二字本同韵！既有罪业在身，就勿怨天尤人。要将善根植心中，心字远比才字重。”① 这段话基本代表了传统封建社会中越南人基本的信仰，既有对人生的通达认识，对于善念的执着追求，也存在宿命论的色彩。《金云翘传》是阮攸个人心迹的书写，也是那个时代越南人集体心理的映射。

《金云翘传》毕竟不是取材于越南社会的故事，也不是阮攸原创的故事，这让人多少会怀疑其是否能够真实反映越南人对世界的理解方式。对此，我们需要从互文性的角度，对这种创作的原理进行解释。

20 世纪 60 年代，法国理论家克里斯蒂娃创立了“互文性”的概念。李玉平在《互文性：文学理论研究的新视野》中指出：“‘互文性’是指文本和其他文本，文本及其身份、意义、主体以及社会历史之间的相互联系和转化之关系和过程。”② 美国哥伦比亚大学教授里法泰尔在《诗符号学》中指出：“文本不是指向世界，甚至也不是主要指向概念，而是指向其他文本。”③ 对于其他国家文学作品的改编和再创作，甚至以此为基础创造出新的文学经典，在世界范围内并不鲜见。对于受到中国文学深刻影响的越南文学而言，这更是司空见惯。越南学者在《越南文学（十八世纪末到十九世纪）》中写道：“越南的古典文学，特别是这一时期（指阮攸生活的时期），文学家根据中国既有的故事创作是常有的事。”④ 古代越南社会文化与中国高度相似，来自中国的小说故事，就其题材、人物和情节设置而言，并不会让越南读者感觉陌生，而作品中体现的价值观念，与阮攸个人以及当时越南人的心态相合，在越南读者中引发了强烈的共鸣，因而并不因为《金云翘传》的故事来自于中国，而影响到越南作者或读者的接受。

阮攸在《金云翘传》中，寄托了自己的身世，完成了对作品的再创作。阮攸虽然借用了青心才人的小说原型，在主要人物的设置和主要情节上也没有做太大的改动，但并不是说他只是用喃字翻译了《金云翘

① 转引自赵玉兰《〈金云翘传〉翻译与研究》，北京大学出版社，2013，第 114~115 页。

② 李玉平：《互文性：文学理论研究的新视野》，商务印书馆，2014，第 5 页。

③ 转引自李玉平《互文性：文学理论研究的新视野》，商务印书馆，2014，第 110 页。

④ Nguyễn Lộc, *Văn học Việt Nam*（*Nửa Cuối Thế kỷ XVIII-Hết Thế kỷ XIX*）（Nxb. Giáo dục, 2012）, tr.354.（阮禄：《越南文学（十八世纪末到十九世纪）》，教育出版社，2012，第 354 页。）

传》。越南著名学者陶维英指出："阮攸的《断肠新声》(《金云翘传》原名《断肠新声》)，不是对原文直接翻译，阮攸对原文中叙事烦冗、情感粗糙的地方进行了独到的处理，写就了一部既古典，又华美，既简洁，又丰富，既有民间歌谣的淳朴和热情，又有台阁文章的精湛雅致，将越南精神和汉学精神完美融合的作品。"① 陶维英的观点体现了越南学界的普遍共识。阮攸《金云翘传》中文版的译者赵玉兰教授指出："阮攸的六八体长诗《金云翘传》是以中国青心才人的小说《金云翘传》为蓝本，用越南的民族文字（喃字）移植创作的一部文学杰作。"② 中国学者也认为阮攸的《金云翘传》不是单纯的翻译，而是在原文基础上的再创作。阮攸点铁成金的再创作，是《金云翘传》能够成为具有世界影响力的文学名著的基础。

二　近代越南社会与《金云翘传》的接受和传播

一部文学作品能够成为经典，除了创作的因素外，作品的接受与传播也至关重要。陶渊明、杜甫等文学大师生前从未想到自己会对后世文学创作产生多么大的影响力，这与后世对其的大力推崇分不开。《金云翘传》能够成为越南最重要的文学经典，与其接受和传播有着密切的关系。

1. 雅俗共赏的创作打通了不同读者间的隔阂

文学是语言的艺术。作者和读者之间要想达成情感默契和思想共鸣，离不开对文学作品所使用的语言及其背后的文化意涵的共同认知。

越南长期存在书面语与口语脱离的现象。越南建立自主封建政权后，延续了郡县时期的政策，将文言文作为正式的书面语言，越南封建王朝的典章制度，都使用文言书写。越南语口语虽然吸收了大量的汉语词，但如果没有经过专门训练，使用越南语口语的越南民众难以理解文言文，自然也难以理解用文言文写成的文学作品。

喃字是一种在汉字基础上创造的，用于适配越南语口语的文字。喃

① *Nguyễn Du-Tác phẩm và lời bình*（Nxb Văn học, 2011）, tr. 106-107.（《阮攸作品及评论》，文学出版社，2011，第106~107页。）

② 赵玉兰：《〈金云翘传〉翻译与研究》，北京大学出版社，2013，第3页。

字的出现从一定程度上解决了越南语口语与书面语脱节的问题，但其本身也面临着很多问题。越南学者陶维英指出："我们的喃字没有字母及由字母构成的音韵。它只是用汉字的汉越音读法作为记音符号。汉语的音节本就少于越南语，而汉越音就更少。因此很难用汉字创造出理想的记音符号，完全准确地记录语音。具体来说，经常会出现一个字可能有多种读法，一些字经过几代人之后写法会发生变化，因此我们认为喃字是一种难读的文字。"①

从文学作品的角度来说，在民间用拥有广泛群众基础的口头文学创作可以使用喃字进行记录，这为使用越南语进行文学创作提供了便利。但喃字从13世纪产生以来，到阮攸生活的时代，并没有被广泛推崇，反而被视为鄙俗，很多正统的文人士大夫不屑于创作和阅读喃字作品，即使写了喃字作品，也有可能不署名。用喃字写的书籍曾经多次被列为禁书销毁。

喃字文学早期的尴尬处境，与越南文人文学和民间文学存在的鸿沟有关。这种发端自民间的文学样式，在其内容和形式上与传统士大夫文学存在着较大的鸿沟。上层社会掌握的文言文在普通民众中并不普及，一般的越南民众很难读懂或听懂带有大量中国文学和历史典故的汉文文学作品。而喃字记录的带有明显的民间性的文本又无法得到从小接受中国传统文学文化教育、具有传统文人审美趣味和思想追求的士大夫阶层的认同，这就使得在文学作品的创作中，出现了作者群体和读者群体的固定化，两个群体之间难以交融。具有较高文学和文化素养的文人士大夫创作的汉文作品读者群狭窄，具有较广泛读者基础的通俗文学又难以在文学性上被文人士大夫群体接受。

阮攸的创作较好地调和了这一矛盾。从形式而言，《金云翘传》选择的六八体诗体，是越南民间影响力较大的诗体。六八体的诗句基本单位是一组六言句和八言句，将韵脚设计在下句第六个字，实际上可以看作上句六字，下句六字。下句的最后两个字可以和第三句构成八字，再与第四句的八字构成形式上的对仗。这样可以加强六八体诗句间的黏

① Đào Duy Anh, *Chữ* Nôm（Nxb. Khoa học Xã hội, 1975）, tr. 60.（陶维英:《喃字》，社会科学出版社，1975，第60页。）

连，并且可以通过第八个字进行换韵，这样可以满足长诗进行复杂叙事的需要而不必受到押韵限制。

从文本本身的故事素材而言，《金云翘传》这类融合了妓女、海盗故事的小说，不符合孔子“乐而不淫，哀而不伤”的诗学标准，不属于传统文人文学能够接受的范畴，而是“不入流”之作。但其复杂的故事情节满足了包括越南普通民众在内的东亚各国普通民众的阅读需求。从取材的基本来源上，阮攸抓住了大众的普遍期待。

另外，阮攸的写作并不是纯粹为迎合普通读者需要而采取通俗化的方式。与原作相比，阮攸的版本更加文雅，类似于唐传奇的写法。阮攸在创作中运用了大量《诗经》《楚辞》《左传》《史记》《汉书》《晋书》等典籍中的典故，以及杜甫、白居易、杜牧等中国诗人的诗句，大大提升了艺术品位。这使得越南文学不必单独进行长期的文学素材积累，而可以直接通过中国文学的互文达到很高的水准，进而能够被文人阶层普遍接受，成为正统文学的一部分。

阮攸打通了越南语口语与成熟文学作品之间的隔阂，以普通民众能够接受的形式写出了普通大众喜欢阅读的故事，解决了形式与内容之间的矛盾，使得带有明显口语特征的喃字文学取得很高的文学成就。喃字研究专家约翰·潘指出，“喃字并不是一种中国文字或语言的替代形式，而是一种扩充，它可以将越南人的语言和思想变得更加文雅，并使二者在更广阔的学术、文学和语言世界中臻于融合”①。

2. 逐渐沦为殖民地的社会历史背景使得《金云翘传》成为越南社会新的共同认知

阮攸生活的时代，正处于越南封建社会末期，西方殖民势力已经开始渗入，而封建王朝内部纷争不断，越南社会面临空前的危机。在内忧外患之中，契合于越南语口语特点的喃字文学快速发展起来，成为凝聚民族认同的重要工具。学界目前普遍认同，“阮攸写完《翘传》后立即付印”②。

---

① John Phan, “Chữ Nôm and the Taming of the South: A Bilingual Defence for Vernacular Writing in the Chỉ Nam Ngọc Âm Giải Nghĩa,” *Journal of Vietnamese Studies*, Vol. 8, Issue 1, p. 25.

② Nguyễn Lộc, *Văn học Việt Nam（Nửa Cuối Thế kỷ XVIII-Hết Thế kỷ XIX）*（Nxb. Giáo dục, 2012）, tr. 364.（阮禄:《越南文学（十八世纪末到十九世纪）》，教育出版社，2012，第 364 页。）

这说明在西方文化的强压下，当时的越南社会对体现越南特色的文学作品的渴望。与阮攸同时期，一大批受到普通民众推崇的喃字文学作品创作了出来，提高了喃字文学的地位，比如段氏点用喃字改编了邓陈琨的《征妇吟曲》。

《金云翘传》完成于越南最后一个封建王朝——阮朝的初期。阮朝本就是法国扶植起来的政权，虽然维持了与中国的宗藩关系，但法国的势力已经一步步渗透进来。《金云翘传》的大量传播，正是在这样的历史背景下完成的，从某种意义上来讲，这部被越南国民奉为瑰宝的文学作品，参与塑造了现代越南人的民族认同。

东方传统上对国家和国与国关系的理解不同于西方，越南建立的自主封建政权不等同于今天的民族国家。在西方殖民者到来之前，越南人的思想信仰、道德观念和知识体系，基本是从中国传统社会中沿袭过来的。中国的先贤圣王，在越南同样受到敬仰和崇拜；中国的思想经典，在越南同样是不可挑战的绝对权威，如“四书”“五经”。越南人谈论中国的历史故事和历史人物，并未与中国人有本质不同。用汉字和文言文语法规范书写文学作品，在古代越南被视为主流的形式。

但随着法国殖民者殖民统治的加深，特别是《中法条约》签订后，中国放弃了对越南的宗主权，中越之间的社会文化联系也受到了阻断。越南人对自身的身份认同产生怀疑，曾经被视为经典的知识体系不再适应于逐渐沦为殖民地的社会形势。用汉文写作的文学作品也再难凝聚起曾经的社会认同。加之法国殖民者到来后，带来西方民族国家的观念，企图用西方定义的民族观念斩断越南与中国的历史联系，维护自身殖民统治。越南社会面临着空前的认同危机。陈重金《越南通史》中记载：“甲戌年（1874年）即嗣德二十七年正月，义安地区有陈瑨和邓如梅两名秀才会集境内诸文绅，撰写檄文，称之为《平西杀左》，其大略曰：‘朝廷虽然与西议和，而南国士大夫仍不承认。因此首先要杀尽教民，然后全部驱逐西人，以维护我千余年之文化……’”[①] 从中，我们可以看出越南士大夫对于西方外来文化的抗拒。在这种历史背景下，用越南人熟悉的口语写作的文学作品，成为形成越南人民族认同的重要工具。而

① 陈重金:《越南通史》，戴可来译，商务印书馆，1992，第385页。

其中最具影响力的，就是阮攸的《金云翘传》。

阮攸的《金云翘传》生逢其时，起到了连接越南传统社会和现代社会的纽带作用。一方面，《金云翘传》的故事结构、写作手法和道德伦理观念，保留了传统社会的特质。从《金云翘传》中，越南人读到了自己熟悉的语言，自己熟悉的伦理道德体系，自己对于社会人生的基本认同，这都与西方强制推行的社会文化产生了巨大的反差，让越南人更加清醒地看到自身与西方的不同，在传统中寻求文化的原点。另一方面，阮攸采用在越南有着广泛认同的六八体喃传进行创作，让越南普通民众更容易理解和传诵，获得广泛的影响力，达到了越南语文学在文学成就上的新高度，激发了越南人的民族自豪感，在新的社会背景下寻求新的文化认同。《金云翘传》在越南以及越南语文学创作中发挥的作用，如同莎士比亚在英国以及在英语文学中发挥的作用。新一批的越南作家，从阮攸的《金云翘传》中汲取营养，进行新的创作。

很难想象，如果没有阮攸对《金云翘传》的成功改编，没有其后越南社会对《金云翘传》的大力推崇，在法国等西方殖民者强势的文化政策下，越南人如何能够保持强大的凝聚力和文化自信心。另外，如果没有外来殖民者的压力，越南仍然保持传统的社会文化模式，《金云翘传》是否能够获得这样大的重视，本身也是存疑的。

阮朝的建立虽然有法国的背景，但在完全沦为殖民地之前，采取的仍然是传统的社会文化政策，文言文仍然是官方正式的书面语言，中国传统文化和文学仍然占据着主流位置。如果没有法国的入侵，这一模式势必会延续下去，那么，用喃字写就的《金云翘传》，作为通俗文学创作，可能仍会在民间广泛流行，却难以获得上层社会特别是皇室的大力推崇而成为国民经典。正是越南传统社会文化体系在法国殖民统治压力下的崩溃，使得本来处于相对底层的喃字文学作品，特别是《金云翘传》获得了发展空间，并且因其具有更广泛的群众基础，迅速成为越南家喻户晓的文学经典。

二战后，越南摆脱了殖民统治，《金云翘传》成为从官方到民间一致认同的国民经典，上至耄耋，下及孩童，大多数越南人能够背诵出《金云翘传》中的诗句。这种影响已经深入到越南人日常的语言和社会生活之中。从故事本身看，翠翘及其他人物已经离今天的社会生活很远，但在这部作品中凝聚着越南人在曾经的外来入侵者面前保有的共同认知，以及这种认知形成的历史情感。“从《翘传》中能够读到越南文化本色。这有助于理解为什么在人生哲理的视角下，在民族传统道德的视角下，阮攸和《翘传》像常青树一样永远长在每一个越南人的心灵中，将生活在国内外的越南人紧紧联系在一起。”①

由于越南早已不再使用喃字，当今的越南人对阮攸时代受到中国文学和文化影响的经典文学观念、写法和素材已经相当陌生，《金云翘传》以及同时期的其他喃字文学作品，再也不可能有续作。

作为越南文学史上最重要的经典作品，《金云翘传》让越南文学登上了世界文学的舞台，阮攸本人也被列为世界文化名人。“阮攸能够将文雅的语言和平民的语言在自己的作品中完美融合，并且重新塑造和提升平民语言。阮攸在语言方面做出的贡献在历史上是独一无二的。”② 阮攸的《金云翘传》诞生于传统社会面临外来文明的强势侵入的历史背景下，为在传统的东方文化与外来的西方文化冲撞下的越南提供了宝贵的自我认同，激发出越南语文学创作强大的生命力，让越南的语言和文学成为殖民时期凝聚越南人共识的一面旗帜。在这一点上，才与命并不相妨，正是阮攸的“才”，影响了越南近代文学和文化的命运。

作者系北京大学外国语学院东南亚系博士研究生

① Phan Tử Phùng, *Kiều học-Khoa học Nghiên cứu Truyền Kiều*（Nxb. Thanh Hoá, 2011）, tr. 126.（潘子逢：《翘传学》，清化出版社，2011，第126页。）

② Nguyễn Lộc, *Văn học Việt Nam*（*Nửa Cuối Thế kỷ XVIII-Hết Thế kỷ XIX*）（Nxb. Giáo dục, 2012）, tr. 464.（阮禄：《越南文学（十八世纪末到十九世纪）》，教育出版社，2012，第464页。）

《吉尔伽美什史诗》中的阿卡德语“妻子”称谓

于佩宏

内容提要 《吉尔伽美什史诗》是古代两河流域的文学瑰宝，在世界文学史和人类文明史上具有重要的学术价值。该作品中出现 *kallatu*、*ḫīrtu*、*marḫītu*、*sinništu*、*aššatu* 五种表示“妻子”含义的阿卡德语词，不同“妻子”称谓的使用受文本情节、人物身份、心理活动、文化传统以及版本流传等因素影响。本文结合史诗文本，对五种“妻子”称谓做了深入分析和解读：*kallatu* 除本义“新娘”，也是巴比伦人给阿雅女神的头衔；*marḫītu* 意为“夫人”“梓童”，用于王之妻或神之妻；*sinništu* 意为“娘们儿”“浑家”，用于身份卑微者；*ḫīrtu* 意为“发妻”，家庭地位与丈夫相当；*aššatu* 指法律层面上的“妻子”。

关键词 古代两河流域文明 《吉尔伽美什史诗》 阿卡德语 “妻子”称谓

古代两河流域的《吉尔伽美什史诗》（*The Epic of Gilgamesh*，以下简称《史诗》）是已知最早成文的英雄史诗，用苏美尔语和阿卡德语书写，以阿卡德语为主，有古巴比伦版、中巴比伦版和标准巴比伦版。其中标准巴比伦版（以下简称“标准版”）是在古巴比伦版基础上，于公元前 1300 年前后成文的，书写于十二块泥版上。《史诗》也流传到古代安纳托利亚地区，有赫梯语版和胡里特语版。

《史诗》的现代学术成果众多，其中乔治 2003 年出版的阿卡德语拉丁音译本与英译本是目前亚述学界公认的权威参考本之一[①]，拱玉书 2021 年译注的《吉尔伽美什史诗》是目前最权威的中文学术研究成果。[②] 本文依据的研究文本即乔治的阿卡德语拉丁音译本和拱玉书的汉译评注本。

国内学者对《史诗》的研究点众多，具有一定深度，主要集中在比较文学。如与《圣经》[③]、《荷马史诗》[④] 或中国先秦文学等比较[⑤]，或研究文学母题[⑥]，或从文本分析角度探究"梦"在《吉尔伽美什史诗》中的特殊价值[⑦]、《史诗》版本流传状况[⑧]，或从传统史学角度研究古代两河流域的历史[⑨]、军事民主制度[⑩]，或从妇女史角度研究女性形象[⑪]，或

---

① A.R. George, *The Babylonian Gilgamesh Epic*: *Introduction, Critical Edition and Cuneiform Texts*（Oxford: Oxford University Press, 2003）.

② 拱玉书译注《吉尔伽美什史诗》，商务印书馆，2021。

③ 加里·A. 伦茨伯格：《〈吉尔伽美什〉洪水故事观照下的圣经洪水故事》，邱业祥译，《圣经文学研究》2014 年第 2 期。

④ 丁丽娜：《〈吉尔伽美什〉与〈荷马史诗〉中的生死观比较》，《吉林省教育学院学报》2017 年第 7 期。

⑤ 林梦瑶：《〈吉尔伽美什〉与〈诗经〉重复表述之比较分析》，《广西教育学院学报》2016 年第 4 期。

⑥ 张哲：《〈吉尔伽美什〉中的死亡母题》，《青年文学家》2020 年第 23 期；蓝芳梅：《史诗〈吉尔伽美什〉中的欲望与死亡母题探析》，《北方文学》2016 年第 23 期。

⑦ 方晓秋：《梦在〈吉尔伽美什史诗〉中的特殊价值》，《古代文明》2019 年第 2 期；方晓秋：《〈吉尔伽美什史诗〉祈梦仪式解析》，《北方文学》2015 年第 36 期。

⑧ 刘澂：《美索不达米亚洪水神话——版本问题与文本探析》，《民间文化论坛》2016 年第 5 期；狄兹·奥托·爱扎德：《吉尔伽美什史诗的流传演变》，拱玉书、欧阳晓利、毕波译，《国外文学》2000 年第 1 期。

⑨ 国洪更：《〈吉尔伽美什史诗〉与美索不达米亚历史》，《滨州教育学院学报》1999 年第 4 期。

⑩ 日知：《史诗"吉尔伽美什和阿伽"与军事民主制问题》，《历史研究》1961 年第 5 期。

⑪ 欧阳晓莉：《妓女、女店主与贤妻——浅析〈吉尔伽美什史诗〉中的女性形象》，载裔昭印主编《妇女与性别史研究》，生活·读书·新知三联书店，2016，第 85~103 页；尹冠中：《从女性角色切入探讨〈吉尔伽美什〉史诗》，《绵阳师范学院学报》2019 年第 12 期。

研讨生死观与人本观[①]，或从多角度分析英雄形象[②]，或用过渡礼仪模式理论探究《史诗》的仪式性。[③]

鲜有学者从妇女史角度关注到《史诗》中的不同“妻子”称谓现象，虽然国外亚述学界对某些表示“妻子”含义的阿卡德语词做过研究，但主要见于对《汉谟拉比法典》的研究文献，而未系统化对《史诗》中出现的五种“妻子”称谓做整理与研究。

本文以《史诗》为例，重在研究阿卡德语文学文献中“妻子”称谓的使用对象和出现原因。以《史诗》为单一文本做研究的原因有三点：其一，《史诗》中多次出现五种“妻子”称谓，且五种“妻子”称谓鲜见于其他阿卡德语文学作品；其二，《史诗》在古代是脍炙人口的文学作品，流传至今的版本众多，是具有代表性的研究文本；其三，《史诗》的标准版保存得较完整，情节丰富，使用“妻子”称谓的对象有完整的上下文语境。

据已有的古代文献，“妻子”称谓多见于标准版《史诗》，古巴比伦版和中巴比伦版少见。古巴比伦版的宾夕法尼亚泥版中出现 1 次 *kallatu* 和 2 次 *aššatu*，西帕尔泥版中出现 1 次 *marḫītu*。乌尔出土的中巴比伦版本中出现 1 次 *ḫīrtu*。

《史诗》的标准版第一块泥版“恩启都的来临”中出现 5 次 *aššatu*，2 次 *ḫīrtu*；第三块泥版“准备远征雪松林”中出现 2 次 *ḫīrtu*，4 次 *kallatu*；第六块泥版“伊什妲和天牛”中只出现 1 次 *aššatu*；第七块泥版“恩启都之死”中仅出现 1 次 *ḫīrtu*；第八块泥版“恩启都的葬礼仪式”中出现 1 次 *aššatu*，1 次 *kallatu*；第九块泥版“寻求永生”中出现 2 次 *sinništu*；第十一块泥版“大洪水”中出现 4 次 *marḫītu*，2 次 *sinništu*；单独成文的第十二块泥版“吉尔伽美什、恩启都和冥世”中出现 6 次 *aššatu*（见表 1）。

---

① 李秀：《遵神意 重今生 惧冥世——从史诗〈吉尔伽美什〉看古代美索不达米亚人的生命观》，《安徽文学》（下半月）2011 年第 3 期；朱博约：《史诗〈吉尔伽美什〉的人本英雄观》，《文学教育》（上）2019 年第 7 期；朱博约：《试论史诗〈吉尔伽美什〉的生命哲学意蕴》，《北方文学》2019 年第 8 期。

② 程春兰：《〈吉尔伽美什〉英雄形象解读》，《衡水学院学报》2008 年第 3 期；欧阳晓莉：《从“自然”到“教化”——解读〈吉尔伽美什史诗〉中的角色恩启都》，《四川大学学报》（哲学社会科学版）2019 年第 4 期。

③ 欧阳晓莉：《远征 · 漂泊 · 返乡——对〈吉尔伽美什史诗〉中洁净场景的仪式化解读》，《复旦学报》（社会科学版）2019 年第 3 期。

表1　五种“妻子”称谓在标准版《史诗》中的分布情况

单位：次

<table>
<tr><th>泥版序号
分类</th><th>一</th><th>二</th><th>三</th><th>四</th><th>五</th><th>六</th><th>七</th><th>八</th><th>九</th><th>十</th><th>十一</th><th>十二</th></tr>
<tr><td>kallatu</td><td></td><td rowspan="5">现有文献未见</td><td>4</td><td rowspan="5">现有文献未见</td><td rowspan="5">现有文献未见</td><td></td><td></td><td>1</td><td></td><td rowspan="5">现有文献未见</td><td></td><td></td></tr>
<tr><td>ḫīrtu</td><td>2</td><td>2</td><td></td><td>1</td><td></td><td></td><td></td><td></td></tr>
<tr><td>marḫītu</td><td></td><td></td><td></td><td></td><td></td><td></td><td>4</td><td></td></tr>
<tr><td>sinništu</td><td></td><td></td><td></td><td></td><td></td><td>2</td><td>2</td><td></td></tr>
<tr><td>aššatu</td><td>5</td><td></td><td>1</td><td></td><td>1</td><td></td><td></td><td>6</td></tr>
</table>

一　*kallatu*（新娘）

kallatu 见于标准版《史诗》第三块泥版第56、74、86和99行，第八块泥版第59行。除标准版外，见于古巴比伦版的宾夕法尼亚泥版第4栏第150行：

šīmāt nišima ḫiʾār ***kallūtim*** 这里很多人娶新娘结婚。[①]

标准版第三块泥版中，*kallatu* 见于宁荪（Ninsun）向沙马什（Šamaš）和阿雅（Aya）祈祷的祷告词。苏美尔语《吉尔伽美什、恩启都和冥世》（*Gilgamesh, Enkidu, and the Netherworld*）[②] 和标准版《史诗》提到宁荪是吉尔伽美什之母，宁荪爱子心切，祈求太阳神沙马什及其妻阿雅女神保护吉尔伽美什平安。

第56行：[*š*]*î ai īdurka* Aya ***kallat*** *liḫasiska*

---

① 宾夕法尼亚泥版第4栏第150行见 A.R. George, *The Babylonian Gilgamesh Epic: Introduction, Critical Edition and Cuneiform Texts*（Oxford: Oxford University Press, 2003）, p. 178。

② 《吉尔伽美什、恩启都和冥世》第222行 ur-saĝ^{d}bìl-ga-mes dumu ^{d}nin-sún-na-ke$_4$（英雄，吉尔伽美什，宁荪之子），见 A. Gadotti, *Gilgamesh, Enkidu, and the Netherworld and the Sumerian Gilgamesh Cycle*（Berlin: De Gruyter, 2014）, p. 166。

愿她不惧怕你，愿阿雅，你的新娘儆醒你！

第 74 行：*šî ai īd*[*urka* Aya ***kallat*** *liḫasiska*]

愿她不惧怕你，愿新娘阿雅儆醒你！

第 86 行：[*š*]*î ai* <*ī*>*durka* Aya ***kallatum*** *liḫasiska*

愿她不惧怕你，愿阿雅（你的）新娘儆醒你！

第 99 行：Aya ***kallat*** *ina sissiktišu ebbēti pānīka likpur*

愿阿雅（你的）新娘用她干净的衣裳为你洁面！[1]

沙马什和配偶阿雅在西帕尔（Sippar）、拉尔萨（Larsa）和巴比伦受到崇拜，巴比伦人将阿雅喻为圣洁的年轻女孩，用 *kallatu* 作为她的头衔。[2] *kallatu* 意为“新娘”[3]，源于动词 *kullulu*（盖住面纱）。[4] *kallatu* 的苏美尔语形式是 É.GI_4.A（“限制在家中的已订婚女子”[5]）。

阿雅的 *kallatu* 头衔也见于古代两河流域的王室文书，一件出土自西帕尔的新巴比伦时期的苏美尔语—阿卡德语双语王室文书用 *kallatu* 称呼阿雅：

ana šatti qarrādu eṭlu ^{d}UTU *u Aya kallāti*

哦！沙马什！拥有男子气概的英雄，阿雅女神——（他的）

① 本文引用材料的汉语译文均由笔者完成，拱玉书的译文单独注出页码，文中方括号“[ ]”表示泥版破损内容，尖括号“< >”表示古代书吏遗漏内容，圆括号“( )”表示笔者补充内容，下同。标准版第三块泥版第 56、74、86、99 行拉丁音译见 A.R. George, *The Babylonian Gilgamesh Epic: Introduction, Critical Edition and Cuneiform Texts*（Oxford: Oxford University Press, 2003）, pp. 576-579。拱译，见拱玉书译注《吉尔伽美什史诗》，商务印书馆，2021，第 63~65 页。

② K.van der Toorn, *Dictionary of Deities and Demons in the Bible*（Michigan: Wm. B. Eerdmans Publishing, 1999）, p. 126.

③ A.L. Oppenheim et al., *Chicago Assyrian Dictionary 8 K*（Michigan: Cushing-Malloy, 2008）, p. 79.

④ C. Wilcke, “Familiengründung im alten Babylonien,” in *Geschlechtsreife und Legitimation zur Zeugung,* ed. by E.W.Müller et al.（Freiburg/München: Verlag Karl Alber, 1985）, p. 282.

⑤ M. Civil, “The Law Collection of Ur-Namma,” in *Cuneiform Royal Inscriptions and Related Texts in the Schøyen Collection*, ed. by A.R. George et al.（Bethesda: CDL Press, 2011）, p. 255.

新娘。①

另一件出土自拉尔萨的新巴比伦时期王室文书也用 *kallatu* 称呼阿雅：

> dUTU *bēlū rabû* ...Aya *kallāti rabītim ina kummika ṣīri kayyāna lītamika damqāti*
>
> 哦！沙马什！至高无上的主！……愿女神阿雅，伟大的新娘，总是在你（沙马什）的殿堂为我向你美言！②

书使用 *kallatu* 称呼沙马什的妻子阿雅，显然有细致的考量，第三块泥版使用的 *kallatu* 有双重含义，一是实指沙马什的妻子阿雅，二是强调阿雅女神在巴比伦神学传统中的头衔。

标准版第八块泥版记载了恩启都的葬礼仪式，第 59 行提及：

> *iktumma ibri kīma* ***kallati*** [*pānīšu*]
>
> 他（吉尔伽美什）盖住朋友（恩启都）的脸，如同蒙面新娘。③

本句字面意思表达出吉尔伽美什盖住恩启都脸的过程，就像遮住“新娘”的脸一样。介词加属格搭配 *kīma kallati* 意为“像新娘一样”，动词 *iktu* 表示“盖住”。乔治据《中亚述法典》第 40 条认为结婚的亚述妇女和未结婚的少女需佩戴面纱在公共场合活动，新郎是唯一有权揭

① 第一栏第 30—31 行见 G. Frame, *Rulers of Babylonia: From the Second Dynasty of Isin to the End of Assyrian Domination*（*1157-612 BC*）（Toronto: University of Toronto Press, 1995）, p. 251。

② 第三栏第 40—50 行见 Nabonidus 16, accessed January 01, 2020, http://oracc.iaas.upenn.edu/ribo/ babylon7/Q005413/html。

③ 标准版第八块泥版第 59 行拉丁音译见 A.R. George, *The Babylonian Gilgamesh Epic: Introduction, Critical Edition and Cuneiform Texts*（Oxford: Oxford University Press, 2003）, p. 654。拱译，见拱玉书译注《吉尔伽美什史诗》，商务印书馆，2021，第 165 页。

开新娘面纱的人。[①] 古巴比伦时期的一篇双语文学作品提到乌鲁克的新娘需佩戴面纱：

ša ul kallatšu anāku ardatu anāku ana minim pussumaku

难道我不是乌鲁克的新娘？我，少女，为什么要戴上面纱？[②]

阿布施称古代两河流域的人认为妖魔会附身于新娘，书吏借用 *kallatu* 的象征意义——“危险的状态”，表达死亡的恐怖。[③] 马耶尔称这段暗示吉尔伽美什和恩启都有亲密关系[④]，乔治[⑤]和爱扎德[⑥]亦认为二者有爱慕之情。

本文据标准版《史诗》也认为吉尔伽美什爱恩启都，第 59 行的 *kallatu* 并非烘托死亡的恐怖，而是借用 *kallatu* 的本义“新娘”，透露出吉尔伽美什和恩启都的爱慕关系。

二　*ḫīrtu*（正妻）

标准版《史诗》第一块泥版第 77、92 行，第三块泥版第 10、225 行，第七块泥版第 161 行，乌尔出土的中巴比伦版的反面第 58 行[⑦]可见 *ḫīrtu*。

---

① A.R. George, *The Babylonian Gilgamesh Epic: Introduction, Critical Edition and Cuneiform Texts*（Oxford: Oxford University Press, 2003）, p. 188.

② M.E. Cohen, *The Canonical Lamentations of Ancient Mesopotamia,* Vol.2（Potomac, MD: Capital Decisions Limited, 1988）, p. 564.

③ T. Abusch, “Ishtar’s Proposal and Gilgamesh’s Refusal: An Interpretation of ‘The Gilgamesh Epic’,” *History of Religions* 26（2）,1986, p. 157.

④ J.R. Maier, *Gilgamesh and the Great Goddess of Uruk*（Brockport: SUNY Brockport eBooks, 2018）, p. 704.

⑤ A.R. George, *The Babylonian Gilgamesh Epic: Introduction, Critical Edition and Cuneiform Texts*（Oxford: Oxford University Press, 2003）, p. 454.

⑥ 狄兹·奥托·爱扎德:《吉尔伽美什史诗的流传演变》，拱玉书、欧阳晓利、毕波译,《国外文学》2000 年第 1 期，第 57 页。

⑦ 与标准版第七块泥版第 161 行相同。

ḫīrtu 意为“和丈夫同等地位的妻子”[①]，*ḫīrtu* 的苏美尔语形式是MUNUS.NITA.DAM或DAM.GAL（“首要的妻子”）。古代两河流域存有多部楔文法典，而 *ḫīrtu* 只见于古巴比伦时期的《汉谟拉比法典》(*The Code of Hammurabi*)。据法典条文，*ḫīrtu* 享有多种权利。如：离婚权，未生育的 *ḫīrtu* 提出离婚，丈夫需退还嫁妆和银子（第138条）[②]；继承权，生育儿子的 *ḫīrtu* 能继承嫁妆和亡夫的赠予物，但不可出售丈夫的房屋（第171条）；改嫁权，丈夫离世后 *ḫīrtu* 可改嫁，但需放弃亡夫的遗产（第172条）。[③]结合标准版《史诗》，*ḫīrtu* 译作现代汉语的“发妻”，更贴合“和丈夫同等地位的妻子”的含义。

巴比伦创世神话《埃努玛·埃利什》(*Enūma eliš*) 第一块泥版第78行称埃阿（Ea）的配偶达姆金娜（Damkina）为 *ḫīrtu*：

> ^{d}É.A *u* ^{d}Damkina *ḫīrtuš ina rabbâte ušbu*
> 埃阿和他的发妻达姆金娜威严地坐在那里。[④]

标准版《史诗》第三块泥版第10、225行，提到长老们嘱托恩启都，平安把吉尔伽美什带回 *ḫīrātu* 身边，此处使用的是复数形式 *ḫīrātu*（“发妻们”），而不是单数的 *ḫīratu*（“发妻”）[⑤]：

> 第10行：*ana ṣēr **ḫīrāti** pagaršu libla*
> 让他（恩启都）把朋友平安带回发妻们身边！[⑥]

---

① A.L. Oppenheim et al., *Chicago Assyrian Dictionary 6 H* (Glückstadt: J.J. Augustin, 1995), p. 200.

②《汉谟拉比法典》第138条见M.T.Roth, *Law Collections from Mesopotamia and Asia Minor* (Atlanta: Scholars Press, 1997), p. 107。

③《汉谟拉比法典》第171、172条见M.T.Roth, *Law Collections from Mesopotamia and Asia Minor* (Atlanta: Scholars Press, 1997), pp. 114-115。

④ P. Talon, *The Standard Babylonian Creation Myth: Enūma Eliš* (Winona Lake: Eisenbrauns, 2005), p. 36.

⑤ *ḫīratu* 是 *ḫīrtu* 的变体形式，词义相同，见于标准巴比伦语文献。见A.L. Oppenheim et al., *Chicago Assyrian Dictionary 6 H* (Glückstadt: J.J. Augustin, 1995), p. 197。

⑥ 标准版第三块泥版第10行拉丁音译见A.R. George, *The Babylonian Gilgamesh Epic: Introduction, Critical Edition and Cuneiform Texts* (Oxford: Oxford University Press, 2003), p. 574。拱译，见拱玉书译注《吉尔伽美什史诗》，商务印书馆，2021，第61页。

第 225 行：*ana ṣēr* ***ḫīrātu[m*** *pagaršu libla*]

[让他（恩启都）把朋友] 平安带回发妻们身边！①

乔治认为巴比伦人只有一位 *ḫīrtu*，后娶的女人与之地位不同，他推断吉尔伽美什作为一位虚构的英雄能拥有更多妻子②，但未深入探讨。毛尔称仅凭字面意思难以解释为何是复数形式，他认为第三块泥版第 9—12 行借用了当时流行的出征告别仪式的固定表达方式，"发妻们"指没随军出征的王后和将士之妻。③

但苏美尔语《吉尔伽美什与胡瓦瓦》版本 A（*Gilgameš and Ḫuwawa,* Version A）中吉尔伽美什是未婚身份④，本文认为标准版《史诗》所用的"发妻们"是文学上的夸张修辞手法，"发妻们"实则象征"乌鲁克的臣民们"，其目的是强调吉尔伽美什在臣民心中的地位，以及他对乌鲁克和臣民的重要性。

此外，标准版《史诗》第一块泥版中，指勇士的女儿、小伙子的新娘时使用的是 *ḫīratu*，未用 *kallatu*：

第 77 行：*marāt qur*[*adi* ***ḫīra*]*t*** [l][*ù* *eṭli*]

勇士的女儿，小伙子的发妻。

第 92 行：[*m*]*arāt quradi* ***ḫīrat*** *e*[*ṭli*]

勇士的女儿，小伙子的发妻。⑤

---

① 标准版第三块泥版第 225 行拉丁音译见 A.R. George, *The Babylonian Gilgamesh Epic: Introduction, Critical Edition and Cuneiform Texts*（Oxford: Oxford University Press, 2003）, p. 584。拱译，见拱玉书译注《吉尔伽美什史诗》，商务印书馆，2021，第 69 页。

② A.R. George, *The Babylonian Gilgamesh Epic: Introduction, Critical Edition and Cuneiform Texts*（Oxford: Oxford University Press, 2003）, p. 810.

③ M.S.Maul, *Das Gilgamesch-Epos*（München: Beck, 2005）, pp. 160-161.

④《吉尔伽美什与胡瓦瓦》版本 A 第 53 行"像他（吉尔伽美什）这样的单身汉"，拉丁音译见 D.O.Edzard, "Gilgameš und Huwawa A. II. Teil," *Zeitschrift für Assyriologie und Vorderasiatische Archäologie* 81（1991）, p.185。

⑤ 标准版第一块泥版第 77、92 行拉丁音译见 A.R. George, *The Babylonian Gilgamesh Epic: Introduction, Critical Edition and Cuneiform Texts*（Oxford: Oxford University Press, 2003）, p. 542。拱译，见拱玉书译注《吉尔伽美什史诗》，商务印书馆，2021，第 11 页。

标准版第一块泥版第 66—76 行提到吉尔伽美什抢夺父亲之子、母亲之女以及新郎的发妻等暴行，激起了人们的愤怒：

> 这位乌鲁克青年，他肆无忌惮去抢夺。吉尔伽美什夺走一位又一位父亲的儿子，他的暴行愈来愈烈。吉尔伽美什，指引乌鲁克百姓的人，他是乌鲁克的牧羊人。但吉尔伽美什却抢走一位又一位母亲的女儿，人们在女神面前哭诉……吉尔伽美什不让少女投入新郎的拥抱。[①]

《史诗》呈现出吉尔伽美什欺男霸女的残暴形象，而勇士和年轻人则象征刚正，呈现出正义和残暴的对抗。*ḫīrtu* 象征“纯洁的女孩”[②]，而乔治理解为“新娘”[③]。笔者认为此处的 *ḫīrtu* 指纯洁、善良且未过门行房的少女。一方面表达对吉尔伽美什霸占小伙未婚妻的愤怒之情，衬托吉尔伽美什的暴行；另一方面也暗示勇士女儿的纯真无邪。

三　*marḫītu*（夫人）

marḫītu 见于古巴比伦时期的西帕尔泥版的第 3 栏第 13 行 ***marḫītum*** *liḫtaddâm ina sūnika*：“希杜丽对吉尔伽美什说：让夫人高兴地拥抱你。”[④] 以及标准版《史诗》第十一块泥版第 212、215、219、273 行：

> 第 212 行：*mUtnapištim ana šâšima izakkar ana* ***marḫīti****šu*

---

① 标准版第一块泥版第 66—76 行见 A.R. George, *The Epic of Gilgamesh: The Babylonian Epic Poem and Other Texts in Akkadian and Sumerian*（London: Penguin Classics, 2020）, pp. 3-4。拱译，见拱玉书译注《吉尔伽美什史诗》，商务印书馆，2021，第 10~11 页。

② K.van der Toorn, *Dictionary of Deities and Demons in the Bible*（Michigan: Wm. B. Eerdmans Publishing, 1999）, p. 126.

③ A.R. George, *The Babylonian Gilgamesh Epic: Introduction, Critical Edition and Cuneiform Texts*（Oxford: Oxford University Press, 2003）, p. 810.

④ 古巴比伦版西帕尔泥版第 3 栏第 13 行见 A.R. George, *The Babylonian Gilgamesh Epic: Introduction, Critical Edition and Cuneiform Texts*（Oxford: Oxford University Press, 2003）, p. 278。

乌塔纳皮什提对他的夫人说：

第 215 行：***marḫissu** ana šâšuma izakkar ana ^{m}Utnapištim rūqi*

他的夫人对远古的乌塔纳皮什提说：

第 219 行：*^{m}Utnapištim ana šâšima izakkar ana **marḫītišu***

乌塔纳皮什提对他的夫人说：[①]

第 273 行：***marḫissu** ana šâšuma izakkar ana ^{m}Utnapištim rūqi*

他的夫人对远古的乌塔纳皮什提说：[②]

marḫītu 意为“配偶”“妻子”，是罕见的阿卡德语词，见于古巴比伦文献、标准巴比伦语文献以及乌加里特出土的文献。[③] 据阿卡德语同义词辞书，*marḫītu* 是 *ḫīrtu* 的同义词[④]，现今发现的古代辞书未见苏美尔语形式。

阿布施认为古巴比伦版西帕尔泥版第 3 栏第 13 行，希杜丽（Šiduri）[⑤] 和吉尔伽美什对话时提到的 *marḫītu* 意为“妓女”[⑥]，因为西帕尔泥版第 2 栏第 12 行提到吉尔伽美什对希杜丽说：“现在！啤酒馆女主人（希杜丽），我看到了你的脸。”[⑦] 古代两河流域已婚妇女需戴面纱，

① 标准版第十一块泥版第 212、215、219 行拉丁音译见 A.R. George, *The Babylonian Gilgamesh Epic: Introduction, Critical Edition and Cuneiform Texts*（Oxford: Oxford University Press, 2003）, p. 716。拱译，见拱玉书译注《吉尔伽美什史诗》，商务印书馆，2021，第 240~241 页。

② 标准版第十一块泥版第 273 行拉丁音译见 A.R. George, *The Babylonian Gilgamesh Epic: Introduction, Critical Edition and Cuneiform Texts*（Oxford: Oxford University Press, 2003）, p. 720。拱译，见拱玉书译注《吉尔伽美什史诗》，商务印书馆，2021，第 243 页。

③ A.L. Oppenheim et al., *Chicago Assyrian Dictionary 10 M I*（Glückstadt: J.J. Augustin, 2004）, p. 281.

④ I.Hrůša, *Die akkadische Synonymenliste, malku=šarru: eine Textedition mit Übersetzung und Kommentar*（Münster: Ugarit-Verlag, 2010）, p. 160.

⑤ 胡里特语版《史诗》中希杜丽写作 *šidurri*，*šidurri* 是胡里特语名词，意为“年轻的姑娘”或“年轻的女人”，后在标准版《史诗》演变为 *šiduri*，专作人名。见 G. Beckman, *The Hittite Gilgamesh*（Atlanta: Lockwood Press, 2019）, p. 13。

⑥ T. Abusch, “Gilgamesh’s Request and Siduri’s Denial, Part 1: The Meaning of the Dialogue and Its Implications for the History of the Epic,” in M.E, Cohen et al. ed., *The Tablet and the Scroll: Near Eastern Studies in Honor of William W. Hallo*（Bethesda: CDL Press, 1993）, p. 9.

⑦ 古巴比伦版西帕尔泥版第 2 栏第 12 行见 A.R. George, *The Babylonian Gilgamesh Epic: Introduction, Critical Edition and Cuneiform Texts*（Oxford: Oxford University Press, 2003）, p. 278.

而希杜丽也戴面纱[①]，因此，“我看到了你的脸”暗示二者发生过性关系，故而 *marḫītu* 指妓女。

值得注意的是，古巴比伦版第4栏第4—13行叙述了吉尔伽美什从乌鲁克穿越群山，来到岸边后和摆渡人苏尔苏纳布（Sursunabu）[②]的会面情况。

> 苏尔苏纳布对吉尔伽美什说：“你叫什么名字？告诉我！我是苏尔苏纳布，远古的乌塔纳皮什提的［摆渡人］。”
>
> 吉尔伽美什对苏尔苏纳布说：“我叫吉尔伽美什，来自乌鲁克的埃安纳，穿越过群山！日出与日落之地。现在！苏尔苏纳布，我看到了你的脸！告诉我！远古的乌塔纳皮什提。”[③]

愚以为将 *marḫītu* 理解为妓女不正确[④]，“我看到了你的脸”重复出现，仅是文学上的程式化重复表达，目的是体现吉尔伽美什渴望见到永生者乌塔纳皮什提（*Ūta-napišti*[⑤]）的急切心情，并非暗示吉尔伽美什与

① T. Abusch, “Gilgamesh’s Request and Siduri’s Denial, Part 1: The Meaning of the Dialogue and Its Implications for the History of the Epic,” in M.E, Cohen et al. ed., *The Tablet and the Scroll*: *Near Eastern Studies in Honor of William W. Hallo*（Bethesda: CDL Press, 1993）, p. 6.

② 古巴比伦版的 *Sursunabu*，即标准版的 Ur-*šanabi*。出土自尼尼微和巴比伦尼亚地区的一千纪时代文献拼作 mUr-*šánabi* 或 mUr-d*šánabi*，卡尔胡出土的新亚述时期文献中拼作 mUr-*šu-na-be*，双语人名表中 mUr-*šánabi*=m*Amēl*（LÚ）-dÉ-*a*，赫梯语文献中拼作 m（U）-*ur-ša-na-bi* 或 dUr-*ša-na-bi*。见 A.R. George, *The Babylonian Gilgamesh Epic*: *Introduction, Critical Edition and Cuneiform Texts*（Oxford: Oxford University Press, 2003）, pp. 149-151；A.R.George, “Ur-šanabi（Sursunabu）,” in M.P. Streck et al. ed., *Reallexikon der Assyriologie und vorderasiatischen Archaologie 14*（Berlin: De Gruyter, 2016）, pp. 437-438；S. Fink, “Gilgameš und Uršanabi,” *Revue D’Assyriologie et D‘archéologie Orientale* 108（2014）, pp.67-69。

③ 西帕尔泥版第4栏第4—13行见 A.R. George, *The Babylonian Gilgamesh Epic*: *Introduction, Critical Edition and Cuneiform Texts*（Oxford: Oxford University Press, 2003）, p. 281。

④ 乔治也不赞同阿布施的理解，乔治称应优先考虑 *marḫītu* 在古代同义词辞书的释义。见 A.R. George, *The Babylonian Gilgamesh Epic*: *Introduction, Critical Edition and Cuneiform Texts*（Oxford: Oxford University Press, 2003）, p. 284。阿桑特认为古巴比伦版第2栏第12行“我看到了你的脸”不是展示希杜丽的性能力，将 *marḫītu* 称为“爱人”更恰当。见 J. Assante, “The Kar.kid/harimtu, Prostitute or Single Woman? A Reconsideration of the Evidence,” *Ugarit-Forschungen* 30（1998）, pp. 70-71。

⑤ 乌塔纳皮什提的名字 *Ūta-napišti*，字面含义是“我寻找到了长生”。

希杜丽发生过性关系。此外，希杜丽对吉尔伽美什说的 *marḫītu*，可视为吉尔伽美什的夫人，不应指希杜丽。

文学作品中，*marḫītu* 常用于称呼王后和神灵。如，标准版中永生者乌塔纳皮什提之妻、古巴比伦版的吉尔伽美什之妻、《埃塔那史诗》[①]中基什王埃塔那（Etana）之妻都称为 *marḫītu*。由此，将 *marḫītu* 译为“夫人”“娘娘”“梓童”[②]更恰当。

标准版《史诗》第十一块泥版按故事情节可分为洪水前、洪水后两部分，乌塔纳皮什提之妻洪水前称为 *sinništu*，洪水后则用 *marḫītu* 称呼，提盖认为此变化受《阿特哈西斯》影响。[③]但是，阿布施认为标准版的 *marḫītu* 借鉴并保留了古巴比伦版的术语，标准版的创作者只是保留了早期版本的语言风格。[④]

笔者认为，国王埃塔那和吉尔伽美什的妻子，地位上比平民之妻高贵。大洪水后，乌塔纳皮什提的妻子成为神，地位高于王。据阿卡德语同义词辞书，*marḫītu* 的同义词是 *ḫīrtu*，而 *ḫīrtu* 一般用于神灵。[⑤]从文学修辞角度考虑，第十一块泥版的 *marḫītu* 应是书吏采用同义替换手法

---

① 《埃塔那史诗》（*The Etana Epic*）也以追求永生为主题。《埃塔那史诗》版本 B 第 4 行为：*marhissu ana šašuma ana* ᵈ*Etani izakkaršu*（埃塔那的梓童对埃塔那说）。见 J.K.Wilson, *Studia Etanaica*: *New Texts and Discussions*（Münster: Ugarit-Verlag, 2007）, p. 15。

② “夫人”是王侯将相配偶使用的称谓，见尹银《〈醒世恒言〉“妻子”称谓词浅探》，《剑南文学》（经典教苑）2011 年第 12 期，第 119 页。“梓童”亦表示“妻子”，使用群体为皇后和仙女，皇后或仙女可自称为“梓童”，皇帝对皇后也可称“梓童”，即“妻子”。见徐兵《“梓童”释义》，《科教文汇》（下旬刊）2007 年第 10 期，第 195 页。皇后或仙女可自称或被称作“娘娘”。

③ J.H. Tigay, *The Evolution of the Gilgamesh Epic*（Illinois: Bolchazy-Carducci Publishers, 2002）, p. 232.

④ T. Abusch, “Gilgamesh's Request and Siduri's Denial. Part 1: The Meaning of the Dialogue and Its Implications for the History of the Epic,” in M.E, Cohen et al. ed., *The Tablet and the Scroll*: *Near Eastern Studies in Honor of William W. Hallo*（Bethesda: CDL Press,1993）, p.9.

⑤ 《芝加哥亚述语辞典》引述塔尔奎斯特（Tallqvist）观点称指代对象是神的妻子时，称谓通常使用 *ḫīrtu*。见 A.L. Oppenheim et al., *Chicago Assyrian Dictionary 6 H*（Glückstadt: J.J. Augustin, 1995）, p. 200。例如，中亚述时期（前 1365—前 1077）提格拉特皮莱塞尔一世（Tiglath-pileser I）的王室文书中，宁利尔女神使用的是“ᵈNIN.LÍL *hīrte* GAL-*te namaddi* ᵈ*Ašur*”。此外，出土自尼姆鲁德（Nimrud）的一篇新亚述时期，埃萨尔哈东（Esarhaddon）的继承条约，诅咒词部分称女神宁利尔时也使用了 ᵈNIN.LÍL *hīrtu*。

的结果，书史通过同义替换，巧妙地避免了 *ḫīrtu* 的重复，丰富了语言表达的多样性，增加了标准版《史诗》的艺术效果和文学价值。

四 *sinništu*（娘们儿）

标准版《史诗》第九块泥版第 48、50 行守卫山门的蝎人之妻，以及第十一块泥版第 201、204 行，大洪水发生前的乌塔纳皮什提的妻子都使用 *sinništu* 称呼。*sinništu* 意为“女子”“妻子”[①] “某人的妻子”“动物的配偶”[②]，苏美尔语形式是 MUNUS（“成年女子”）。蝎人之妻和大洪水前的乌塔纳皮什提之妻都是平凡的人物，结合文本情节，标准版《史诗》中的 *sinništu*，现代汉语译作“娘们儿”更符合人物形象。

标准版第九块泥版第 48、50 行的对话双方是两位守卫日出和日落之山的蝎人（*Girtablulû*）：

第 48 行：*girtablulû ana* ***sinništi****šu išassi*
蝎人对他的娘们儿大喊。
第 50 行：*girtablulû* ***sinništa****šu ippalšu*
蝎人的娘们儿回答道：[③]

乔治认为古巴比伦人的日出与日落之山在文献中成对出现，作为守卫者的两位蝎人自然应是一雄一雌，各自守卫其中一座山。[④] 称呼

① W.von Soden, *Akkadisches Handwörterbuch 3*（Wiesbaden: Harrassowitz Verlag, 1981）, p. 1047.

② E. Reiner et al., *Chicago Assyrian Dictionary 15 S*（Glückstadt: J.J. Augustin, 2000）, pp. 286-293.

③ 标准版第九块泥版第 48、50 行拉丁音译见 A.R. George, *The Babylonian Gilgamesh Epic: Introduction, Critical Edition and Cuneiform Texts*（Oxford: Oxford University Press, 2003）, p. 668；拱译，见拱玉书译注《吉尔伽美什史诗》，商务印书馆，2021，第 187 页。

④ A.R. George, *The Babylonian Gilgamesh Epic: Introduction, Critical Edition and Cuneiform Texts*（Oxford: Oxford University Press, 2003）, p. 493.

蝎人配偶的 *sinništu*，乔治曾译为“女人”（female）[①]，后译为“配偶”（mate）[②]；毛尔（Maul）称 *sinništu* 为“妻子”（Weib）[③]；拱玉书指出 *sinništu*“贱内”“浑家”意味明显。[④] 学者们在译文上的变化，为深入理解 *sinništu* 提供了有力支撑。

愚以为，两位蝎人是夫妻关系，二者皆从动物化身而来，*sinništu* 应从“动物的配偶”含义考虑，*sinništu* 是蝎人配偶的称谓，体现出蝎人的身份卑微。[⑤]

第十一块泥版第 201 行是乌塔纳皮什提的独白，第 204 行是恩利尔的祝福：

第 201 行：*uštēli uštakmis* ***sinništi*** *ina idīa*

他（恩利尔）牵着我的娘们儿，让她跪在我的身边。

第 204 行：*eninnāma* ^{m}*Utnapišti u* ***sinništašu*** *lū emû kīma ilī nâšima*

现在乌塔纳皮什提和他的娘们儿，将同我们一样成为神！[⑥]

称呼乌塔纳皮什提配偶的 *sinništu*，取自“某人的成年妻子”含义，乌塔纳皮什提的独白中“让她跪在我的身边”这一表达，体现出女人从

---

① A.R. George, *The Babylonian Gilgamesh Epic: Introduction, Critical Edition and Cuneiform Texts*（Oxford: Oxford University Press, 2003）, p. 668.

② A.R. George, *The Epic of Gilgamesh: The Babylonian Epic Poem and Other Texts in Akkadian and Sumerian*（London: Penguin Classics, 2020）, p. 70.

③ M.S.Maul, *Das Gilgamesch-Epos*（München: Beck, 2005）, p. 121. 毛尔的德译本补充了最新发现的第一块、第五块、第六块、第七块以及第十块泥版残片内容。德文 Weib 通常指口语化、带有贬义的“女人”或“妻子”。见叶本度主编《朗氏德汉双解大词典》（修订版），外语教学与研究出版社，2010，第 2049 页。

④ 拱玉书译注《吉尔伽美什史诗》，商务印书馆，2021，第 196 页。

⑤ 关于蝎人称为 *sinništu* 的其他说法，拱玉书认为 *sinništu* 表现出蝎人的粗俗，还体现出男权社会中蝎人在家庭中的地位。见拱玉书译注《吉尔伽美什史诗》，商务印书馆，2021，第 196 页。

⑥ 标准版第十一块泥版第 201、204 行拉丁音译见 A.R. George, *The Babylonian Gilgamesh Epic: Introduction, Critical Edition and Cuneiform Texts*（Oxford: Oxford University Press, 2003）, p. 716。拱译，见拱玉书译注《吉尔伽美什史诗》，商务印书馆，2021，第 240 页。

属于丈夫，反映了在社会和家庭中男子和丈夫占据主导地位。[①]

五　*aššatu*（妻子）

标准版《史诗》中多次出现 *aššatu*，*aššatu* 本义指结婚后的妇女[②]，即妻子[③]，苏美尔语形式是 DAM，DAM 既指妻子（*aššatu*），也指丈夫（*mutu*），无性别区分。拱玉书认为 *mutu* 和 *aššatu* 是对丈夫和妻子身份的描述，没有感情色彩。[④]

据古代两河流域的法典，*aššatu* 指法律层面上的配偶，《埃什努纳法典》（第 27 条）[⑤] 和《汉谟拉比法典》（第 128 条）[⑥] 规定，没婚约不能成为 *aššatu*。此外，*aššatu* 与妾有明显区别，《中亚述法典》第 41 条规定，丈夫需采取一系列的措施并当众宣告，妾才能成为 *aššatu*。[⑦] 而且，罗斯也认为 *aššatu* 是法律上的合法配偶，丈夫对 *aššatu* 有所有权，*aššatu* 可获得丈夫的经济支持，*aššatu* 的孩子可作为丈夫的继承人。[⑧]

---

① 乔治和拱玉书皆译为“女人”，本段语境中，“我的女人”“你的女人”特指乌塔纳皮什提的妻子，语气体现出凡人的粗俗，与“我的娘们儿”“他的娘们儿”相当。拱玉书认为《史诗》使用“我的女人”，从中可看出乌塔纳皮什提的性格和“夫为妇纲”的社会伦理。见拱玉书译注《吉尔伽美什史诗》，商务印书馆，2021，第 258 页。

② R. Harris, *Gender and Aging in Mesopotamia: The Gilgamesh Epic and Other Ancient Literature*（Norman: University of Oklahoma Press, 2003）, p. 27.

③ D.Marcus, “A Famous Analogy of Rib-Haddi,” *Journal of the Ancient Near Eastern Society* 5（1）, 1973, p. 283.

④ 拱玉书译注《吉尔伽美什史诗》，商务印书馆，2021，第 132 页。

⑤ 第 27 条“若一自由民男子娶（另）一自由民之女，但未获女子的双亲同意，且没有与她的父母缔结婚约，即使她住在他家一年，她仍非其妻”，见 M.T.Roth, *Law Collections from Mesopotamia and Asia Minor*（Atlanta: Scholars Press, 1997）, p. 63。

⑥ 第 128 条“若一自由民男子娶一位妻子，但未立契约，那么该女子不是（自由民男子的）妻子”，见 M.T.Roth, *Law Collections from Mesopotamia and Asia Minor*（Atlanta: Scholars Press, 1997）, p. 105。

⑦ M.T.Roth, *Law Collections from Mesopotamia and Asia Minor*（Atlanta: Scholars Press, 1997）, p. 169.

⑧ M.T.Roth, *Law Collections from Mesopotamia and Asia Minor*（Atlanta: Scholars Press, 1997）, p. 273.

标准版《史诗》第六块泥版“伊什妲和天牛”讲到伊什妲（Išhtar）乞求成为吉尔伽美什的妻子时，使用的是“你的妻子”（*aššatka*）而不是“你的发妻”（*ḫīratka*）。标准版第1—8行提到吉尔伽美什清洗完脏乱的身体，剪掉乱发后换上华丽的新装并戴上王冠，而后伊什妲贪图吉尔伽美什的英俊相貌和健美身躯。伊什妲乞求吉尔伽美什做她的新郎，赏赐给她水果（*inbu*）。水果在古代近东的文化中有性器官的含义[①]，是性活动的象征，此段暗指伊什妲渴望吉尔伽美什同她发生性关系。

结合前文的情节，标准版《史诗》第9行使用 *aššatu*，表明伊什妲不是和吉尔伽美什地位相当的发妻，衬托出吉尔伽美什高贵的地位，且 *aššatu* 相较于 *sinništu* 又不失伊什妲女神的身份。在语言表达方面，第9行的 *aššatka* 体现出伊什妲卑贱且祈求的语气，暗示吉尔伽美什对她的身体拥有掌控权。

第9行：*atta lū mutīma anāku lū* ***aššat****ka*

（伊什妲说）：你做我夫，我为你妻！[②]

标准版《史诗》第十二块泥版提及吉尔伽美什告诫恩启都，但恩启都没听从告诫时，多次使用 *aššatu*。据标准版《史诗》可知，恩启都是无父、无母和无妻之人，第十二块泥版出现的 *aššatu* 是古代两河流域文学上的程式化表达，目的是告诫恩启都冥世的禁忌。

此外，第十二块泥版是从苏美尔语版《吉尔伽美什、恩启都和冥世》翻译而来[③]，苏美尔语版本使用的是DAM，亦有版本流传的影响。

---

① R. A. Veenker, “Forbidden Fruit: Ancient Near Eastern Sexual Metaphors,” *Hebrew Union College Annual* 70/71（1999）, p. 59.

② 拱玉书指出，“我做你的丈夫，你做我的新娘”这样的表达形式是男子求婚时的套话，见拱玉书译注《吉尔伽美什史诗》，商务印书馆，2021，第132页。标准版第六块泥版第9行拉丁音译见 A.R. George, *The Babylonian Gilgamesh Epic*: *Introduction, Critical Edition and Cuneiform Texts*（Oxford: Oxford University Press, 2003）, p. 618。拱译，见拱玉书译注《吉尔伽美什史诗》，商务印书馆，2021，第121页。

③ A.R. George, *The Babylonian Gilgamesh Epic*: *Introduction, Critical Edition and Cuneiform Texts*（Oxford: Oxford University Press, 2003）, pp. 743-745.

表 2　标准版《史诗》与苏美尔语《吉尔伽美什、恩启都和冥世》拉丁音译

汉译据标准版《史诗》	阿卡德语标准版《史诗》第十二块泥版[①]	苏美尔语《吉尔伽美什、恩启都和冥世》[②]
[哦，木匠之妻，如]我的[生母]！但愿我忘了它！	第 2 行：**[aššat** lúnaggāri ša kī umm]i ālittīya lū ēzib	第 173 行：**dam** naĝar-ra ama ugu-ĝu$_{10}$-gin$_7$ nu-uš-ma-da-ĝál-la
你不要吻你心爱的妻子。	第 23 行：***aššat**ka ša tarammu lā tanašši[q]*	第 195 行：**dam** ki áĝ-zu ne na-an-su-ub-bé-en
你不要打你怨恨的妻子。	第 24 行：***aššatka** ša tazerru lā tamaḫḫaṣ*	第 196 行：dam ḫul gig-ga-zu níĝ nam-mu-ra-ra-an
[他吻了他心爱的]妻子。	第 43 行：***aššat**š[u ša īrammu ittašiq]*	第 217 行：**dam** ki áĝ-ĝá-ni ne im-ma-an-su-ub
[他打了他怨恨的]妻子。	第 44 行：**[a]šš[assu** *ša] izerr[u imtaḫaṣ]*	第 218 行：**dam** ḫul gig-ga-ni níĝ im-ma-ni-in-ra
他的父母为他自豪，他的妻子抱头哭嚎。	第 149 行：*abūšu u ummašu rēssu našû u **aššas**su ina muḫḫiš[u ibakk]â[ššu]*	第 288 行：ki ama-ni saĝ-du-ni nu-un-dab$_5$-bé **dam**-a-ni ér mu-un-še$_8$-še$_8$

注：① 标准版第十二块泥版第 2、23、24、43、44、149 行拉丁音译见 A.R. George, *The Babylonian Gilgamesh Epic: Introduction, Critical Edition and Cuneiform Texts*（Oxford: Oxford University Press, 2003）, pp. 728-734。拱译，见拱玉书译注《吉尔伽美什史诗》，商务印书馆，2021，第 265~271 页。

② 苏美尔语《吉尔伽美什、恩启都和冥世》第 173、195、196、217、218、288 行 见 A. Gadotti, *Gilgamesh, Enkidu, and the Netherworld and the Sumerian Gilgamesh Cycle*（Berlin: De Gruyter, 2014）, pp. 165-168。

六　小结

《史诗》中出现了 *kallatu*、*ḫīrtu*、*marḫītu*、*sinništu* 和 *aššatu* 五种阿卡德语"妻子"称谓。本文从词语本义和文学引申义角度出发，结合语境及相关文献对《史诗》中使用的"妻子"称谓做了探究。

用于阿雅女神时，*kallatu* 一语双关，既指本义"新娘"，又强调阿雅女神在宗教上的头衔。恩启都遮面时使用的 *kallatu* 有两种解释：其一，阿布施认为 *kallatu* 是隐喻表达手法；其二，《史诗》借用 *kallatu* 的本义，表明恩启都和吉尔伽美什的暧昧关系。

ḫīrtu 本义是"和丈夫同等地位的妻子"，现代汉语意译为"发妻"，结合文本可引申为贞洁的少女。复数形式的"发妻们"，意为"乌鲁克的臣民"，目的是强调吉尔伽美什对乌鲁克和臣民的重要性。

marḫītu 较少见于阿卡德语文献，现代汉语意为“夫人”“娘娘”“梓童”。*marḫītu* 一词的使用对象是王后或仙人。有学者认为标准版《史诗》使用 *marḫītu* 是受《阿特哈西斯》的影响，但 *marḫītu* 是 *ḫīrtu* 的同义词，而文学作品中常用 *ḫīrtu* 作为神灵妻子的称谓，书吏采用同义替换的修辞手法将 *ḫīrtu* 替换为 *marḫītu*，提升了词汇表达效果，提高了《史诗》文本的艺术价值。

sinništu 在《史诗》中用于长生不老前的凡人乌塔纳皮什提之妻，以及地位普通的蝎人。*sinništu* 本义是成年女性和动物配偶，据《史诗》的语境，中文可称之为“娘们儿”。*sinništu* 反映出古代两河流域家庭地位中男性占优势，也体现出使用对象的身份卑微。

aššatu 常见于阿卡德语文献，指法律层面的配偶。《史诗》使用 *aššatu* 的原因有三点：其一，受人物的心理活动、性格和身份影响，例如 *aššatu* 既不失伊什妲的女神身份，又突出乞求的心理活动；其二，受文学固定化表达形式影响；其三，受版本流传的影响，标准版《史诗》第十二块泥版的 *aššatu* 是书吏从苏美尔语 DAM 翻译而来的，第十二块泥版明显受苏美尔语《吉尔伽美什、恩启都和冥世》影响。

作者系北京大学外国语学院西亚系博士研究生

日本佛教故事绘卷中的龙蛇之辨

王　烁

内容提要　在本土大蛇文化与中国龙文化的影响下，日本形成了一种独特的龙蛇文化。由于日本的龙与蛇在形象与功能上的相似性，二者之间的界限较为模糊，常常以龙蛇杂糅的形态出现。这种现象在绘卷的词书与画面的对比之中表现得尤为突出。然而，当涉及二者在日本佛教故事中的不同象征意义时，龙与蛇便体现出了明显的倾向性。《道成寺缘起绘卷》中的龙蛇形象虽然在图像中被赋予龙的特征，但本质上仍然是象征贪、嗔、痴三毒的毒蛇，必须在《法华经》的帮助下才能解脱。与之相对，《华严缘起》中拥有类似经历的善妙则因心向佛法而受到佛与菩萨的加持，最终化身巨龙，助义湘得道传经。

关键词　日本　佛教故事　绘卷　龙蛇　三毒

在日本固有的大蛇信仰和来自中国的龙文化的双重影响下，日本古代文艺作品中经常出现龙蛇形象，如《古事记》中的蛇女肥长比卖、《日本书纪》中的八岐大蛇和三诸山大蛇、《常陆风土记》中的夜刀神，以及《今昔物语集》中种类繁多的龙与蛇的形象。其中，以肥长比卖、八岐大蛇为代表的大蛇形象主要源自日本的土著文化。它们虽然与生物意义上的蛇相区别，被视为神格化的存在，但仍以蛇的外貌作为主要特征。与之相对，在中国文化传入后，龙的形象大量出现在日本的佛教故事中。它们既不同于日本大蛇，又非完全仿效中国龙，而是形成一种集两者特点于一身的形象。这种混淆使得龙与蛇表现出相互杂糅的倾向，实践中时常用“龙蛇”同时指代二者。绘卷的图像媒介将这种文本描写中不甚突出的“龙蛇之辨”凸显出来。《道成寺缘起绘卷》中女子所变的大毒蛇、《张良绘卷》中考验张良的大蛇、《华严缘起》中善妙化身的巨龙、《诹访大名神绘词》中击退蒙古军的大龙等，均是此类龙蛇形象的代表。它们在词书（文本）中有着或为龙或为蛇的明确指代，出现在图像中时却常常难以辨别，躯干看似蛇形，却又附带龙的形象特点，如鳞、角、须乃至爪。如《道成寺缘起绘卷》中的毒蛇及《张良绘卷》中的大蛇，在文本中均被明确记载为蛇，在图像中却都具有明显的龙形特征。《道成寺缘起绘卷》的异本中也存在大量与龙高度相似的龙蛇形象，其中的一些所谓毒蛇的图像几乎与《华严缘起》中的巨龙别无二致。本文主要围绕《道成寺缘起绘卷》及道成寺传说展开，辅以《华严缘起》的《义湘绘》中善妙化龙部分，分析龙蛇形象的文本及图像表现，探讨龙与蛇在此类作品中被赋予的不同意义。

一　中国龙与日本大蛇的合与分

作为一种想象的产物，龙是世界各民族文化中较为常见的一种动物形象，而且由于文化背景和宗教信仰等的差异，东西方形成了各具特色的龙文化。与《圣经》和西方史诗中象征邪恶与残暴的西方龙不同，以中国龙为代表的东方龙往往与祖先崇拜、祥瑞之兆、帝王象征等意义联系在一起。关于中国龙的起源众说纷纭，目前获得普遍认可的是闻一多先生在《伏羲考》中提出的图腾说：“龙究竟是个什么东西呢？我们的答案是：它是一种图腾，并且是只存在于图腾中而不存在于生物界中的一种虚拟的生物，因为它是由许多不同的图腾糅合成的一种综合体……大概图腾未合并以前，所谓龙者只是一种大蛇。这种蛇的名字便叫作‘龙’。后来有一个以这种大蛇为图腾的团族兼并了、吸收了许多别的形形色色的图腾团族，大蛇这才接受了兽类的四脚、马的头、鬣的尾、鹿的角、狗的爪、鱼的鳞和须……于是成为我们现在所知道的龙了。”[①] 这种以蛇为基础，兼具多种生物特征的形象使龙与蛇常常被相提并论。《庄子·山木》中提到：“无誉无訾，一龙一蛇，与时俱化，而无肯专为。”[②] 由此可知，先秦时代中国的龙与蛇之间在一定条件下存在互相转化的关系，即显现时为龙，蛰居则为蛇。然而这种假借蛇形蛰居的形象本质上仍然是龙，蛇形只是龙“与时俱化”的避世方式。更重要的是，龙的地位在汉晋之后进一步上升，龙与蛇的区分也愈加明显。由于汉代印度佛教的传入，中国龙与佛教中的八大龙王相结合，形成了主宰雨水的龙王信仰。此外，被视作百虫之长的龙逐渐与君主联系在一起，成为专制皇权的象征。在《史记·高祖本纪》中，汉高祖刘邦利用民众的迷信心理，在原有的龙蛇文化基础之上创造了蛟龙之子和斩蛇起义的两个神话。[③] 自此，龙与蛇之间的区别愈发分明，中国人虽然仍认可龙与蛇的亲缘关系，但在实践中已开始把它们看作两种具有不同隐喻义的形象。

在来自中国的龙传入之前，受神道教大蛇信仰的影响，日本古典文学作品《古事记》《日本书纪》《常陆风土记》中已经形成了不少大蛇的形象。八岐大蛇（ヤマタノオロチ）即是日本神话传说中大蛇形象的代表。虽然オロチ亦可用于表示生物学意义上的蟒蛇，但在神话中出现的大蛇绝非体型较大的蛇类。与中国龙类似，日本神话中的大蛇同样被视为神格化的存在。由于其生活习性与身体姿态，大蛇最早在日本民间信仰中往往被视作水神或生命的象征，在《古事记》与《日本书纪》中出现的八岐大蛇则变成了食人的妖怪。这条八头大蛇每年要到出云地区吃掉一个少女，连续七年吃掉了一对老夫妇的七个女儿。第八年，素盏鸣尊正好被流放至此，得知此事后，便以将小女儿奇稻田姬许配给他为条件，用八坛酒引诱并灌醉了大蛇，并将其斩杀。在砍断蛇尾时，素盏鸣尊从中发现了一把宝剑，名之“天丛云剑”。后来，他把这把剑献给天照大神，即后世闻名的天皇三种神器之一的草薙剑。而素盏鸣尊则娶奇稻田姬为妻，定居出云国。一般认为，八岐大蛇在此处是洪水的象征，

① 闻一多：《伏羲考》，上海古籍出版社，2006，第25页。

② 陈鼓应注译《庄子今注今译》（最新修订版），商务印书馆，2007，第579页。

③ 吉成名、雷建飞：《古圣先王与龙蛇信仰》，《文化遗产》2013年第5期。

奇稻田姬则是稻田的象征。每年吃掉一个女孩就是代表河川每年要泛滥一次，八岐大蛇被其斩杀则代表着治水的成功。[①] 由此可见，日本人早早地就把“水”与“蛇”联系在了一起。随着中华文化传入日本，水田农业和佛教信仰先后在日本生根发芽，来自中国的司水龙神也逐渐成为日本人崇拜的诸神之一。在平安时代神佛习合、本地垂迹等一系列与神道教相结合的本土化改造过程中，一套不同于中国的龙神信仰体系逐渐成形。由于天皇统治建立在其固有的神话体系之上，龙失去了本身作为中华民族图腾的象征意义，也不再是封建帝王的象征，而是与日本神道教中的司水大蛇发生融合。这种龙形象的基础是日本神话大蛇形象，其本身体型巨大且具有角和耳；但同时，它也受到了中国龙文化传入的影响，被赋予了须发乃至足爪的表征。二者的融合使得日本龙形象在形成之初便具有龙蛇杂糅的特征。

如上所述，历史上龙蛇杂糅的情况在中日两国的传统文化中均曾出现。作为中国龙形象的原型之一，蛇与龙在外形上的相似性促成了“一龙一蛇”的哲学思辨。传入日本时，早已受到佛教影响的中国龙以龙王信仰的形式与日本本土的司水大蛇不谋而合。然而由于固有文化背景的不同，中日文化在二者关系的接受方式上出现了明显的区别。汉代以后，佛教龙王和帝王象征的两层意义将中国龙逐渐从蛇形象之中剥离，明确了龙与蛇的不同内涵。与之相对，以天照大神为源头的天皇体系注定不可能将龙抬升到帝王象征的高度，中国龙只能作为一种与大蛇高度相似的民间信仰或佛教信仰的一部分继续存在。龙与蛇在身体形态和司水职能上的相似性进一步模糊了二者在日本的界限，以至于“龙蛇”一词成为日语中的固定搭配，兼指二者。受此影响，日本佛教故事绘卷中的龙蛇形象似乎也陷入了龙蛇不分的尴尬境地之中。然而如前文所述，龙与蛇的杂糅仅仅表现在绘卷图像对其外观的刻画中，文本描写往往明确指向二者之一。图像上的杂糅主要源于传入日本的中国龙和本土大蛇形象上的相似性，而文本上的明确区分则反映出日本佛教文化中龙与蛇不同的象征意义。

---

① 潘蕾:《中国文化中“龙”的象征意义在日本的传承》，载铁军等《日本龙文化研究》，中国传媒大学出版社，2013，第181~201页。

二 作为佛教故事的道成寺传说

道成寺传说[①]初见于11世纪《大日本法华验记》（以下简称《法华验记》）中《纪伊国牟娄郡恶女》一篇，并在《今昔物语集》的《纪伊国道成寺僧写法花救蛇语》中逐渐成形。流传最广的故事版本则是创作于15世纪后半期，现藏于道成寺的《道成寺缘起绘卷》。由于宗教背景和创作目的的不同，以《道成寺缘起绘卷》为分界线，其前后的道成寺传说在情节和表现形式上存在一定差异。与较晚创作的《贤学草子》等具有御伽草子色彩的道成寺传说相比，上述三部作品的共同特点在于具有浓厚的佛教色彩，属于佛教故事的范畴。[②]小峰弥彦指出，《道成寺缘起绘卷》前的道成寺传说都涉及了僧人、寡妇、大蛇、吊钟、法华经供养、弥勒信仰等几个关键词。[③]由此可见这三部道成寺传说共有的宗教性。江户时期，以道成寺所藏的《道成寺缘起绘卷》为原型的副本大量出现，如庆应义塾大学国文研究室所藏的《道成寺缘起绘卷》[④]和《道成寺物语》[⑤]，三得利美术馆所藏的《道成寺缘起绘卷》[⑥]，等等。与原本相比，这些副本虽然画卷内容有所减少，多由一卷构成，词书也更为简练，但并不像能乐《道成寺》等作品那样对情节进行较大改动。因此，下文讨论的对象主要限定于《纪伊国牟娄郡恶女》、《纪伊国道成寺僧写法花救蛇语》及《道成寺缘起绘卷》三部同属于佛教故事的道成寺传说。

---

① 或称“安珍清姬传说”。由于《法华验记》、《今昔物语集》及《道成寺缘起绘卷》之中均未出现僧人与女子的姓名（安珍之名初见于《元亨释书》[1322]，清姬之名初见于《道成寺现代蛇鳞》[1742]），为了行文方便，本文中均以“道成寺传说”代指此故事。

② 内田賢徳:「『道成寺縁起』絵詞の成立」，小松茂美編『続日本絵巻大成13：桑実寺縁起・道成寺縁起』，中央公論社，1982，第159~172頁。

③ 小峰彌彦:「日本人の精神文化の背景：道成寺縁起絵巻を巡って」，『智山学报』2006年第55卷。

④ 石川透:「慶應義塾大学国文学研究室蔵『道成寺縁起絵巻』解題・影印」，『三田國文』2005年第6号。

⑤ 石川透:「『道成寺物語』解題・影印」，『三田國文』2005年第12号。

⑥『道成寺縁起絵巻』,https://www.suntory.co.jp/sma/collection/data/detail?id=647，最后访问日期：2021年9月19日。

根据大岛长三郎的整理，道成寺传说与《本生经》的蛇女传说、《摩邓女经》阿难陀的摩邓伽女之难、《五分律》阿那律的女难以及中国《白蛇传》同属一类主题，即因恋慕男子而扰其心神的蛇女最终被佛法救济的佛教故事。[①] 翁敏华通过对比分析以白蛇传说和道成寺传说为代表的中日蛇女传说，总结出这类故事常常选择蛇女作为意象的几点原因：首先，蛇的体形暗示着男女之间的缠绵悱恻之情；其次，蜕皮的特性使蛇具有了善变的意义；最后，蛇的毒性与爱欲的毒性之间同样存在关联性。缠绵、善变和危害三点共同隐喻着爱情的多面性。[②] 这一观点较好地解释了蛇女意象的基本寓意，但它没有涉及在道成寺传说生成过程中尤为关键的佛教因素。关于龙蛇形象与佛教的关系，森正人认为除了蛇本身的特性外，以道成寺传说为代表的佛教故事中的龙蛇形象往往象征着“贪嗔痴”三毒，但有时也会以水神的形象出现在寺院缘起谭之中，或作为菩萨的化身出现在佛教灵验谭之中。[③] 不过森正人并没有将龙与蛇分开进行讨论，而是将二者看作同类形象，并探讨其在传承文学中的隐喻义。潘小多对《今昔物语集》本朝部分中出现的 35 则有关龙蛇形象的故事进行了梳理，其中有 7 则涉及龙蛇的神性，7 则涉及龙蛇的罪孽性，14 则涉及龙蛇的受罚性。[④] 值得注意的是，龙蛇在涉及神性的 7 则故事中皆被称为“龙”“青龙”“神龙”，而在涉及罪孽性与受罚性的故事中则被称为“蛇”“（大）毒蛇”“蛇身”。由此可见，龙与蛇的形象并非完全混为一谈，而是具有明显的倾向性。当被赋予心向佛法、救世济民等正面意义时，其形象更倾向于龙；反之，当被视作危害人间、罪恶深重的畜生时，则常常明确地指向蛇。

在研究《道成寺缘起绘卷》之前的道成寺传说时，其作为佛教故事的属性不可忽略。如第一部分所述，一方面，日本固有的宗教文化舍弃了龙作为帝王象征的意义，加上本土大蛇信仰的影响，龙与蛇在民间的界限并非如在中国一般清晰。另一方面，接受佛教文化的日本保留了

① 大島長三郎:「道成寺説話のインド的典據」,『印度學佛教學研究』1954 年第 2 卷第 2 号。

② 翁敏华:《蛇变人还是人变蛇——中日传统演剧比较一题》,《中华戏曲》(第 24 辑),文化艺术出版社，2000。

③ 森正人:「龍蛇をめぐる伝承文学」,『台湾日本語文学報』2009 年第 26 期。

④ 潘小多:《日本佛教故事中龙蛇形象表征含义探析——以〈今昔物语集〉本朝部分为例，载铁军等《日本龙文化研究》，中国传媒大学出版社，2013，第 87~117 页。

佛教中对龙的认识。以《法华经》中的八大龙王和龙女成佛等为代表的佛教经典中有关龙的描述，将龙的形象在佛教故事中与蛇清晰地区分开来。因此，佛教故事《道成寺缘起绘卷》中女子化身的所谓“龙蛇”实际上应与《今昔物语集》中其他罪孽深重的“龙蛇”形象同样归类为“蛇”，而非具有神性的“龙”。

三 《道成寺缘起绘卷》中象征三毒的蛇

《法华验记》和《今昔物语集》中均有关于道成寺传说的文字记录，内容大致相同，只不过相较于前者，后者补充了诸如女子与安珍的对话、女子得知被骗后的反应等细节，以使情节发展更为自然。《道成寺缘起绘卷》在两者的基础上，吸收了谣曲《钟卷》中女子渡河化蛇的情节。[①] 根据该绘卷，道成寺传说主要讲述了这样一个故事：一位年轻僧侣在前往熊野参拜的途中借宿于一户人家，女主人对僧人一见钟情，欲在夜间以身相许。僧人以参拜为由推辞，并郑重承诺将会在返程时再次来访。苦等未果的女子询问路人，得知被僧人欺骗后外出寻找，追到之后上前询问，僧人却佯装不认识自己。女子遂口吐火焰，从头到脚逐渐化作蛇形，渡过河流，一路追至僧人藏身的道成寺，用躯干缠住佛钟，用火焰将藏身钟内的僧侣活活烧死。僧人死后与女子同样化为蛇身，托梦于道成寺老僧求救，最终二人在道成寺众僧抄写供奉《法华经》的帮助下摆脱蛇道，得以升天。

《法华验记》与《今昔物语集》将变身后的女子分别用文字描述为“五尋の大きなる毒蛇”和“五尋許の毒蛇”。与之相对，在《道成寺缘起绘卷》中，虽然词书依然用“（大）毒蛇”指代女子的形象，但图像中渡河时女子逐渐变化的外形却愈发接近于一种类似于龙的多鳞有角须的形象。而《道成寺缘起绘卷》的异本《贤学草子》更是将女子直接描绘为三趾两足、头生两角的龙的形象。大量创作于江户时期的其他《道成寺缘起绘卷》副本亦采取了与此两者相近的绘法。然而，这种图像

① 内田賢徳：「『道成寺縁起』絵詞の成立」，小松茂美编『続日本絵巻大成 13：桑実寺縁起・道成寺縁起』，中央公論社，1982，第159~172頁。

上的混淆更多地源于前文提及的蛇与龙在日本同为水神的属性，以及巨大化后的蛇与龙在形象上的相似性，并不意味着将实际指代的蛇与龙混淆。蛇在道成寺传说中被赋予的象征意义决定了其本质上仍是与龙相区别的蛇形象。如前所述，本文论及的三个版本的道成寺传说中老僧抄写法华经超度二人，结尾处对法华经功效的宣扬及对女色的警示等情节，均围绕当时盛行的熊野信仰和法华经信仰展开，共同体现了这类故事对佛教教义的宣扬。与之类似，女子化蛇的情节也被赋予了特有的佛教象征意义。以该版本道成寺传说为蓝本的《道成寺缘起绘卷》同样保留了这一特点。与《法华验记》和《今昔物语集》中的道成寺传说相比，《道成寺缘起绘卷》增加或改写了更多的细节，如在上卷的词书中首次明确了传说发生的时间为“醍醐天皇の御宇、延長六年八月のころ”[①]。其中，僧人对女子的承诺和对失信行为的描写，女子逐渐化蛇的具体过程，以及二人最终升天后的评语等细节的变化，使得此类龙蛇形象的象征意义以文本及图像的形式更加鲜明地体现出来。

在《今昔物语集》中，僧人承诺参拜返回时顺遂女子的心愿，但最终却违背了约定，“拜毕而归，僧畏女子，择他路而逃（還向の次に、彼の女を恐れて、不寄して、思[②]他の道より逃て過ぬ[③]）”。女子化蛇的契机则是在得知被骗后勃然大怒，返回家中闭门不出，“久不作声，骤卒……一毒蛇长五寻有余，猝自寝室出（音せずして暫く有て、即ち死ぬ……五尋許の毒蛇、忽に寝屋より出ぬ[④]）”。僧人平日精进修行，在前往熊野参拜的途中遇到了阻碍修行的魔障，无论参拜前后均不可为之所动。因此，这种欺骗本身只是僧人脱身时不得已而为之的。与僧人诳语的过错相比，女子自身的执念更有危险性和警示意义。因此，《法华验记》与《今昔物语集》的焦点并非僧人的谎言，而是作为僧人修行魔障的女色和女子的执念。然而，在《道成寺缘起绘卷》中，僧人对女子

① 小松茂美編『続日本絵巻大成 13：桑実寺縁起・道成寺縁起』，中央公論社，1982，第 189 頁。

② 原文如此，应为“忽（ち）”的误写。

③ 馬淵和夫等校注『新編日本古典文学全集 35・今昔物語集（1）』，小学館，1999，第 483 頁。

④ 馬淵和夫等校注『新編日本古典文学全集 35・今昔物語集（1）』，小学館，1999，第 484 頁。

的承诺不再是简单的一句应和，欺骗的行为也变本加厉。在上卷第一纸处，僧人与女子互赠和歌承诺：

君子岂欺汝，定速归。
……
既有前世之约，熊野神必显灵验。
争か偽事をば申候べき。疾々参候べし。
……
先の世の契りのほどを御熊野の神のしるべもなどなかるべき。①

在女子询问路人得知自己被欺骗后，不顾形象地一路狂奔寻找僧人。在上卷第十四纸处，女子终于追到了僧人，询问道：

但问高僧，妾似曾见君。何如，何如？可止乎，可止乎？
やゝあの御房に申すべき事あり。見参したるやうに覚候。いかに／＼とゞまれ／＼。②

僧人却回答：

吾不记此事。或以吾与人为混矣。
努々さる事覚候はず。人たがへにぞかくはうけ給候らん。③

绘卷中僧人对女子的承诺较《今昔物语集》中的随口应和更为郑重，女子也对此寄予了更高的期待，因此并未在家中便化身成蛇，而是试图追到僧人后一问究竟。然而，她未曾想到对方会佯装不认识自己。

---

① 小松茂美编『続日本絵巻大成 13：桑実寺縁起・道成寺縁起』，中央公論社，1982，第 190 頁。

② 小松茂美编『続日本絵巻大成 13：桑実寺縁起・道成寺縁起』，中央公論社，1982，第 191 頁。

③ 小松茂美编『続日本絵巻大成 13：桑実寺縁起・道成寺縁起』，中央公論社，1982，第 191 頁。

这才彻底激怒了女子。在整个故事中，女子虽化身毒蛇，但并没有直接使用物理剧毒伤及僧人，可见道成寺传说中的毒蛇所具有的并非其真实的毒性，而是女子身上抽象毒性的象征。此处，蛇本身的自然毒性成为佛教中贪、嗔、痴三毒（或称三火）的象征，烧却道成寺钟的火则是其毒性的具象化。对僧人美色的贪爱，两次违背承诺所带来的嗔怒与心生邪念的痴心，贪、嗔、痴三毒在画面中最终具象化为女子口中的火焰。她口吐火焰追赶僧人，之后才逐渐从头到脚化身成蛇，用火焰灼烧大钟，将僧人活活烧成灰烬。与偏重女子执念描写的《今昔物语集》相比，绘卷中的两度被骗后才逐渐化蛇的描写使女子身上的贪、嗔、痴三毒进一步凸显。而僧人则必须克服此三毒才能摆脱魔障干扰，修得正果。

除此之外，文本中的“邪道”“蛇身”“蛇道”等词也体现了蛇在道成寺传说中作为修行业障的象征意义。最早记录道成寺传说的《法华经》将二人升天描写为：“因清净之善，我等二人离邪道而向善趣，女生忉利天，男升兜率天。（清浄の善に依りて、我等二人、遠く邪道を離れて、善趣に趣き向ひ、女は忉利天に生れ、僧は兜率天に昇りぬ。[①]）”《今昔物语集》与《道成寺缘起绘卷》中对应的语句则分别变成：“拜君修清净善根之故，我等二人舍蛇身而向善所，女生忉利天，僧升都率天。（君の清浄の善根を修し給へるに依りて、我等二人、忽に蛇身を棄て善所に趣き、女は忉利天に生れ、僧は都率天に昇りぬ。[②]）”“因一乘妙法之力而离蛇道，（女）生忉利天，僧升都率天。（一乗妙法の力によりて忽に蛇道を離れて、忉利天にむまれ、僧は都率天にむまれぬ。[③]）”《法华经》中的“邪道（じゃどう）”一词，在《道成寺缘起绘卷》中变成了日语中同音的“蛇道（じゃどう）”，而三篇道成寺传说中均出现的“蛇身（じゃしん）”一词，则又与“邪神（じゃしん）”“邪心（じゃしん）”同音。也就是说，在文本的嬗变过程中，词书作者刻意将该词的用

① 井上光貞等校注『日本思想大系 7：往生伝・法華験記』，岩波書店，1974，第 219 頁。

② 馬淵和夫等校注『新編日本古典文学全集 35・今昔物語集（1）』，小学館，1999，第 486 頁。

③ 小松茂美編『続日本絵巻大成 13：桑実寺縁起・道成寺縁起』，中央公論社，1982，第 194 頁。

字由“邪”换成了同音的“蛇”，取其谐音之修辞效果。这种变化说明作者清楚地意识到了故事中女子的形象应为一条毒蛇，而不是龙。在下卷第十五纸处，堕入蛇道的僧人与女子共同托梦于道成寺僧人时，绘画者特意将梦境中酷似龙形的大蛇缩小后以两条小蛇的形态画在枕边，同样佐证了笔者的观点，即画者是在知道二人化身成蛇的前提下，受到日本龙蛇文化的影响，在体形巨大的蛇的图像上杂糅了部分龙的要素。

四 《华严缘起》中心向佛法的龙

在另一幅佛教故事绘卷《华严宗祖师绘传》中，同样出现了女子对僧人一见钟情及女子化身的情节。《华严宗祖师绘传》又名《华严缘起》，由《元晓绘》和《义湘绘》两部分组成，分别讲述了新罗国华严宗祖师元晓和义湘二人修行得道的故事。该绘卷约创作于镰仓初期，由于战乱及火灾遭受较为严重的损毁，经过多次修复后，现藏于曾为华严宗道场的京都高山寺。与同时代绘卷相比，《华严缘起》中出现了大量词书，一方面便于鉴赏者理解画面内容，另一方面借助评论以宣扬佛教教义。另外，由于其情节是基于《宋高僧传》第四卷的《唐新罗国黄龙寺元晓传》《唐新罗国义湘传》两篇翻案创作而成，烧损部分的词书和画面也得以通过原典补完。其中，《义湘绘》描绘了新罗国僧人义湘为求佛法只身前往大唐，修成正果后归国传法的故事。与道成寺传说中的熊野参拜类似，在《义湘绘》中，义湘入唐修行，在一户富贵人家化缘时邂逅名为善妙的美丽女子。善妙耽于义湘的容貌，旋即向他表明自己的心意。然而，义湘严词拒绝并用佛法对其教化：

> 吾守佛戒，身命次之。传净法以利终生。色欲不净之境，业已弃之。汝信吾之功德，勿生怨恨。
>
> 我は仏戒を守りて、身命を次にせり。浄法を授けて、衆生を利す。色欲不浄の境界、久しくこれを捨てたり。汝、我が功徳を信じて、長く我を恨むること勿れ。①

① 小松茂美編『日本絵巻大成17：華厳宗祖師絵伝（華厳縁起）』，中央公論社，1978，第112頁。

此时的善妙也没有像道成寺传说中的女子那般纠缠，而是顿法道心，痛觉自己妄执之深，誓要帮助义湘求佛传法：

妾无始妄执深矣，以至扰法师心神。今悔先日之邪心而仰法师之功德。愿生生世世与法师同生不离，每兴佛事，利法界众生，必如影随形，供所须，奉资缘。愿大师垂慈悲，受妾愿。

我、無始の妄執深くして、法師の心を悩まし奉りつ。今は、先の邪心を翻して、長く法師の功徳を仰ぎ奉らむ。願はくは、生々世々、法師と共に生まれ、離れ奉らずして、広大の仏事を興し、法界の衆生を利したまはむ所毎に、影の如くに添ひ奉りて、所須を供給し、資縁を扶け奉らむ。願はくは、大師、大慈悲を垂れて、我が願ひを納受し給へ。[①]

受情欲所扰的善妙在义湘的一番教化下意识到自己一时的贪念，从而避免心生嗔怒，以至于不分事理之痴心，深陷三毒之中。在长安终南山智俨三藏所多年修行学习之后，义湘求得佛法，准备乘船归国。得知此事的善妙将准备赠予义湘的法器和袈裟装在箱中，到达港口时却发现载着义湘的船早已启航。悲伤不已的善妙将箱子投入海中，并发誓化身巨龙护送船只返航，随即跳海，果真在水中变成一条巨龙，将义湘一行人载至新罗。《义湘绘》的词书直接对比了道成寺传说中的女子化蛇与善妙化龙的区别：

又问曰："若此乃平常凡夫所为，纵爱师德，化大龙而逐人者甚多矣。此非执着之咎乎？"答曰："听闻有女为执着之道，炽盛之嗔所导，化大蛇而逐一男。彼女为烦恼所导，实成大蛇。执着之咎至深矣。此女则由大愿蒙佛菩萨加护，身化大龙。此乃深敬师德，笃信佛法之果。"

又、問ひて曰く、「若し実類の凡夫の所為ならば、たとひ、師の徳

① 小松茂美編『日本絵巻大成 17：華厳宗祖師絵伝（華厳縁起）』，中央公論社，1978，第 112 頁。

を愛するにても、大竜となりて人を追ふ（事）いといと夥し。執著の咎にはあらじや」。答て曰く、「かの男女、執著の道に熾盛の貪瞋に引かれて、大蛇となりて男を追ふ例聞こゆ。これは似ぬ体の事なり。彼は煩悩の力に引かれて、実に蛇とな（る）。執著の咎、最も深し。これは、大願により、仏・菩薩の加被を受けて、仮に大竜となる。深く師の徳を敬重し、仏法を信ずるに依りてなり。」①

显然，此处所说的女子化蛇追逐男性的故事指代的就是同为佛教故事的道成寺传说。然而前半段情节相似的两部作品却出现了一蛇一龙、一忧一喜的对照。在《义湘绘》中，善妙虽然同样对僧人一见钟情，向其表达了自己内心的情愫，但并没有像《道成寺缘起绘卷》中的女子那般因对僧人美色的贪恋、对僧人欺骗的嗔怒和心生邪念的痴心，从而心生贪、嗔、痴三毒，最终在渡河过程中逐渐化作象征三毒的毒蛇。这是由于龙本身在佛教中被视为拥有善水的特性，善妙化身巨龙的过程也被设定为在水中发生。然而，与因毒性侵心而在水中化身毒蛇的女子不同，善妙化龙是出自她一心帮助义湘宣扬佛法，是皈依佛门后的主动选择，是心向佛法后受到佛与菩萨加护的积极结果。这一点在《义湘绘》的原典《宋高僧传》卷四中也得到了印证：

其女复誓之，我愿是身化为大龙，扶翼舳舻到国传法，于是攘袂投身于海，将知愿力难屈，至诚感神，果然伸形，夭矫或跃，蜿蜒其舟底，宁达于彼岸。②

与此同时，义湘的信念也较道成寺传说中的僧人更为坚定不移，同时他也没有选择欺骗善妙，避免了心存执念的女子变成嗔怒的化身。由于善妙皈信佛法的觉悟与义湘坚定的信念，相似的经历并没有为二人带来道成寺传说中女子化身毒蛇追杀僧人、两人共同堕入邪道那样的悲剧。于是，一个被赋予了心向佛法意义的女子在化身时被明确记载为

① 小松茂美編『日本絵巻大成 17：華厳宗祖師絵伝（華厳縁起）』，中央公論社，1978，第111頁。

② 赞宁：《宋高僧传》（上），范祥雍点校，上海古籍出版社，2014，第68页。

龙，文本中所说的“大龙”在第三卷第二十五纸中，也被画成了兔眼、鹿角、牛嘴、驼头、蜃腹、虎掌、鹰爪、鱼鳞、蛇身的“九似”龙形，而非《道成寺缘起绘卷》中女子化身后模棱两可的龙蛇形象。

五　结语

由于外来的中国龙和日本大蛇在形象与功能上的相似性，龙的形象在日本诞生之初就常常与蛇相提并论，日本佛教故事绘卷中的龙与蛇之间的界限也较为模糊。一方面，体形巨大的毒蛇会被附以一些龙的特征。这种龙蛇不分的暧昧性在同时使用图文两种媒介的《道成寺缘起绘卷》中通过图像得以体现。然而，这类龙蛇形象的着重点一般仍在于毒蛇，即突出其象征贪、嗔、痴三毒的一面。它们或是堕入邪道的蛇妖，需要被动地经由佛法的救济才能解脱或成佛；或是考验诚心的魔障，将其克服方能修成正果。同时，正常体形的蛇并不会在图像中被描绘为龙的样貌。另一方面，当作为菩萨的化身或唤雨的水神等形象出现时，故事依然会倾向于使用“龙”“龙王”等称呼以凸显其神性，其本质是得道的善龙。《华严缘起》中善妙的化身在文字和图像中都以龙的形象出现，并特别指出执念深重、因情所恼的女子会因毒性变为大蛇，笃信佛法的女子则会受菩萨加护化身大龙，因此，龙与蛇的形象并非完全混为一谈。可见，佛教故事绘卷对龙与蛇形象的使用具有明显的倾向性。当被视作危害人间、罪恶深重的畜生时，这种龙蛇形象显现出更多蛇的特征，在体形正常的状态下尤为明显。即便图像中表现出一部分龙的特征，文本中也不会直接用龙来称呼这类具有负面意义的龙蛇形象，其本质仍是象征贪、嗔、痴的毒蛇。当被赋予心向佛法、救世济民等正面意义时，这种形象往往会被明确定义为龙，而不会被称为蛇。龙与蛇虽然在日本常以龙蛇杂糅的形象出现，但在佛教故事中却被赋予了不同的象征意义，呈现出正面与负面、善与恶的对立倾向。如果不加区分地使用“龙蛇”同时指代二者，那就是只看到龙与蛇表征的相似性，却忽视了它们在日本佛教中所代表的不同意涵。

作者系北京大学外国语学院日语系硕士研究生

泰戈尔诞辰
160年纪念专栏

孟加拉新觉醒和泰戈尔

奥努诺耶·丘多巴泰 著　董友忱 译

一

不管怎么说，孟加拉的文艺复兴或新觉醒这一观念，在孟加拉人的心目中是根深蒂固的，几乎已经习以为常。文艺复兴有一个大家熟悉的定义，而且我们这些受过教育的人都在盲目地追随那些被写入欧洲历史的学者，可是有谁追随我们国家的学者呢？丢弃衡量经典文艺复兴的标准，当代几位学者断然宣布说，在孟加拉没有文艺复兴，没有，没有。应该怎么看待呢？孟加拉可不是欧洲啊！他们抱怨说，即使孟加拉文艺复兴取得了一些成绩，那也只是极少数高智商的人获得的成绩，也就是说，广大民众是被排斥在外的。富有创造性的欧洲文艺复兴，仿佛是在穷人的领导下为了穷人的自由而出现的！毋庸赘言，还是有一些学者不承认孟加拉文艺复兴，但是他们之中谁都没有与工人、农民、广大中产阶级的解放运动相联系，他们都是一些没有责任心的人。实际上，问题就在于衡量标准。在评价过程中需要一个公认的正确标准，但是用这个标准也只能测量其基本框架。不同的时间、空间、社会都有自己的一些独特性，应该用人民群众的观点去观察、去研究。从这种实际智慧出发，才能被称为具有革命理论的智者，应该根据不同的时间和地域划分不同的革命阶段，并采取不同的策略。如果完全照搬模仿，那就是反对革命，对人民群众也是有害的。我们已经看到，整个19世纪的经济基础已经发生了变化，社会中已经涌起了一股热浪，而且不论是受过教育还是没有受过教育的大多数人民群众，都根据自己的亲身体验对于这个时代怀有一种崇敬之情。在这个时代，曾经发生过无数次的社会改革运动，发生过很多次佃农起义，出现过很多赢得时机的划时代人物。从上述这一切事件中，人民群众并没有获得一点益处，有一些只是有益于英国统治者。这样一种浪潮涌来，这种觉醒尽管还有局限性，但它是一种创造，它给孟加拉社会带来了曙光。我们现在所讨论的就是，考察研究在这种新觉醒的时代潮流中罗宾德罗纳特的出现及其活动发展的情况，因为在罗宾德罗纳特·泰戈尔身上鲜明地体现出新觉醒的诸多特性。

二

在丧失自由的孟加拉，新觉醒运动是不可能不被压制的。即便企图对英国统治的旧制度进行改革，可是由于不想建立某种新的改进型的制度，即使在教育和文化领域出现了新的亮光，因为不想彻底驱除黑暗，在全邦的社会中也不会掀起渴望变革的浪潮。获得了少许光亮的个人就应该承担起点亮家家户户灯盏的责任。结果，光明与黑暗的矛盾，新与旧的撞击，进步与守旧的冲突，在某些领域清楚地显现出来，在很多时候由于内部冲突和自我矛盾还出现了分裂的局面。内部冲突和自我矛盾，自然源于对东西方思想潮流是接受还是排斥问题上的左右摇摆。相互对立的这两种思潮被称为进步和守旧的思潮，这两种思潮是不可能永远刻在某一个人身上的，尽管这两种思潮在某些领域会体现在同一个人的身上，有时我们甚至还会观察到这样的现象：一个时期一些人举起了进步的旗帜，可他们在西方思潮的打击下又企图到古代的理想中去寻求庇护。罗宾德罗纳特针对这种人曾经写过这样的诗句：

你们带来了生命的激流
却毁掉了大地上的田畴，
你们如今又给孟加拉大地

带来上游激流的昏暗伤愁。

在孟加拉新觉醒运动中，西方的影响主要体现在社会改革的运动方面。对于寡妇殉葬自焚、寡妇终身不嫁、多妻制、童婚制等现在流行的社会陋习和女人地位低下的社会状况的反叛，明显开创了进步的先河。这种改革运动所取得的所有成果，毫无疑问，都指明了这是朝着现代社会方向迈进。而站在以这种斗争为中心的带有东方情感的潮流的对立面的，却是根据西方理性主义对古代经典进行新的诠释的人士。拉姆莫洪·拉伊①、比代沙戈尔②与英国—孟加拉这种混杂的民主潮流合为一起，并依据经典编织了理性之网，这就为建立新的人道主义和人权做了准备。握住这种社会运动的手，孟加拉印刷术的创新，剧场舞台的出现，孟加拉散文、戏剧、中长篇小说、短篇小说和诗歌创作新的浪潮一个接一个地涌来。总之，在教育和文化领域，不仅有失望、沮丧，而且还涌动着一股冲破一切障碍的生机勃勃的强大的潮流。

有一群人反对这股强大的潮流，他们并非完全不接受社会改革或教育文化领域的新觉醒者。他们那种出于为东方而骄傲的思想情感是属于改革的，但是他们慢慢地平静下来，而且不完全接受外国统治者的法律。在改革领域，他们尽管反对承认外国统治者的法律，可是在保护既得利益方面，他们却又承认某些法律。在某些改革运动的压迫下，在反对模仿西方的声浪中，有一群人非常关注一些值得引以为豪的印度古代经典的保护。这种怀有为东方而自豪的情感就为印度教的民族性注入了新的活力。这种印度教本民族化的情感虽然一时间催生了爱国激情，可是全国非印度教教徒的数量，特别是穆斯林的数量并没有减少。相反，由于印度教四大种姓的强烈冲击，印度教社会也没能团结一致，相反，印度教社会分裂成各种不同的流派。其结果是宗教团体的最高层为建立精神权威的斗争更加激化了，印度教徒的爱国情感就被远远地抛在了后

---

① 拉姆莫洪·拉伊（1774—1833），印度梵社的创始人，印度近代启蒙思想家。他通晓英语、乌尔都语、希伯来语，学习过法语、希腊语和拉丁语，将外国的很多宗教典籍翻译成孟加拉语。有人将其译为“罗摩·摩罕·罗易”（此文中脚注均为译者所加）。

② 比代沙戈尔（1820—1891），19世纪印度社会改革家，教育家，作家。比代沙戈尔的孟加拉语意为“智慧海”，这是1839年加尔各答梵语学院授予他的称号。

边。怀有为东方而自豪情感的人们萌生出了第三种思潮，这就为走上复兴印度教的道路营造了忠爱情味的氛围。在新觉醒运动的主要人士中，也有人是反对宗教的，或许是无神论者。为了重建婆罗门教或宣传印度教，也为了破除一些迷信，他们对笃信其他宗教的和低种姓的人们尽力采取了容忍的态度。

这两种思潮尽管在思想界和社会机体上留下了痕迹，但是在这两种思潮上都留下进步和守旧的印记是困难的。印度教复兴主义者的领袖拉塔康多·代波①尽管在很多领域的进步道路上设置了障碍，但在推行西方教育、妇女教育方面，他还是走在前列的。梵社的主要领导人凯绍波琼德罗，在晚年还是怀念婆巴尼丘龙②那种狂热的印度教操行的，此人是崇敬基尔侗歌谣和基督教的。德本德罗纳特·泰戈尔③和他的孩子们都深受这两种思潮的影响，并把这种影响灌输到年幼的罗宾德罗纳特·泰戈尔身上，对他的生活产生了很大影响。在封建主义基础上建立新型资本躯体的过程中，这两种思潮中呈现出全面腐朽的倾向，因而对社会是无益的。摆脱了封建主义束缚而又具有创新精神的中产阶级社会的真正代表莫图舒顿④，以自己生活经历中的公正体验之光和他那征服时代的讥讽目光，无情地照亮了这两种思潮的腐朽本色。然而，这两种思潮中有价值的优点还是应该予以承认的。由于这两种思潮的对立冲突，那时候不可能通过融合而产生第三种思潮，这种情况我们大家都清楚。

罗宾德罗纳特在分析自己的政治观点时这样说过：“长期以来一个人在思考的过程中会写一些东西，应该历史地看待他的创作思想。”我们也应该历史地看待创作者罗宾德罗纳特，因为某一位创作者或作家不会突然闯入某一个特定的历史时期，时代会为他的出现做好准备的，因此应该从19世纪新觉醒运动的整个背景下来看待他。

---

① 拉塔康多·代波（1793—1867），孟加拉语学者，孟加拉语词典《小词库》（শব্দকল্পদ্রুম）的编撰者。

② 婆巴尼丘龙（1767—1848），印度教保守派的主要代表人物，他发展了拉姆莫洪·拉伊的社会改革。

③ 德本德罗纳特·泰戈尔（1817—1905），罗宾德罗纳特·泰戈尔的父亲。

④ 莫图舒顿（1824—1873），著名孟加拉语诗人和剧作家，是第一位用孟加拉语创作无韵诗的诗人，也是第一个用孟加拉语创作14行诗的诗人。

三

不承认封建势力，与半堕落的非高种姓家族的姑娘联姻，罗宾德罗纳特的祖先迫于社会习俗的压力，离开赖以为生的村庄，来到加尔各答谋生。当时东印度公司凭借新的生产能力进入经济领域，凭借坚实的生产基础改变了中世纪封建制度的僵尸状态，为社会带来了飞速的发展，建起了作为自己依托的加尔各答城。泰戈尔家族来到加尔各答，参加新的创业，重新获得了社会声誉，而这种新获得的阶级荣耀的基础却是迅速增加财富的意识。18 世纪，所有这些孟加拉人检察官、不动产征税人及承包人，后来都为富有的中产阶级的产生和发展开创了新的领域。可以这样说，中产阶级和民族富有阶级诞生的历史，就是孟加拉新觉醒的历史。由于工作方面的需要，他们学会了英语，为了保持同英国人的友好关系，他们自觉或不自觉地受到了西方文化宣传的影响。从彭恰依·泰戈尔[①]到达罗卡纳特·泰戈尔[②]，这个家族的所有人都同东印度公司的经济代理人保持着密切的关系。

英国人进入这个国家后，为了获取利润，开始创办一些新兴产业，随后出现了那些积极创业的孟加拉人，达罗卡纳特就是其中之一。倪尔摩尼·泰戈尔[③]及其收养者拉姆洛琼·泰戈尔[④]积累了大量财富和土地，有了这些财富和土地，达罗卡纳特就可以像当时继承财富的地主一样，轻松地过着奢侈的享乐生活。新时代人道主义的一个显著特点就是，鼓励个人的积极创造性。由于做过东印度公司的代理人、高管和不动产征税官的工作，达罗卡纳特赚到了钱，为了赚更多的钱，他创办了自己的工商企业。达罗卡纳特的生活证明，资本是富有创造性的。而他的这种积极性逐渐扩展到兴办教育和社会改革的领域。达罗卡纳特在创办蓝

① 彭恰依·泰戈尔，泰戈尔家族的祖先，是离开家乡前往加尔各答创业的泰戈尔家族中的第一个人。

② 达罗卡纳特·泰戈尔（1794—1846），罗宾德罗纳特·泰戈尔的祖父。

③ 倪尔摩尼·泰戈尔（？—1791），达罗卡纳特·泰戈尔的祖父，是泰戈尔家族加尔各答焦拉桑科故居的奠基人。

④ 拉姆洛琼·泰戈尔（1754—1807），倪尔摩尼之子，是达罗卡纳特的父亲。

靛厂、丝织厂、制糖厂等工业企业的同时，还在拉吉沙希、杰索尔、巴布纳、朗普尔和卡达克购置了新的地产。由于感受到了在殖民地国家兴办工业企业是受限制的，所以他在附近保留了用以谋生的土地。他创办了印度教学院，这成为那个时代宗教的代表性标志。他还创办了医学院和地主协会，积极地参加了禁止寡妇殉葬自焚、创建自由印刷厂等有益于民众的工作。他虽然没有接受拉姆莫洪·拉伊的梵教，但还是参与了后者的社会改革活动。

不过，德本德罗纳特并没有追随父亲达罗卡纳特的道路，投身于工业企业的创建。此时对增加财富冷漠的德本德罗纳特，在《奥义书》的格言中探索人生理想，并于1843年和自己家人一起接受了拉姆莫洪·拉伊创建的“吠檀多诠释教”（即梵教）。现在提出的第一个问题是：德本德罗纳特对增加财富的冷漠和热衷于宗教难道是背离了达罗卡纳特的理想，即远离了积极追求财富的意识吗？显而易见的是，他同样投身于探索当时感悟到新觉醒运动整个思潮的人民群众的理想，又探索人类解放以及自我解放的道路，也就是说，其目的不是增加财富，而是让国家富强，为人民谋幸福。达罗卡纳特·泰戈尔的创造力体现在创造物质财富方面，德本德罗纳特的天赋体现在理论建构方面。实际上，德本德罗纳特的理想是从达罗卡纳特·泰戈尔那种积极的经济意识、实用科学、科学思维的现实源泉中诞生的，而且他的这种理想是具有独特性的、生机勃勃的和积极向上的，是处于有利于新觉醒的思潮理想的环境气氛之中的。实际上，罗宾德罗纳特·泰戈尔所诞生的环境是由下列因素构成的：新觉醒的人道主义、自我意识、个人自由，达罗卡纳特·泰戈尔的敬业精神、创造能力、自觉的积极进取精神、国际交往方面的知识，德本德罗纳特·泰戈尔的对财富的冷漠、对传统习俗的领悟和经过历练而获得的富有内涵的力量。

家庭在达罗卡纳特的创业中不占有重要位置，但是德本德罗纳特却将新觉醒运动的新风带入了家庭和周围的社会。教育内室姑娘们的责任不再由笃信毗湿奴教派的祖母来承担，而由作为基督教徒的女教师来承担。他将自己的女儿送进了贝图恩学校接受教育。他让儿子们迎娶受过英语教育的姑娘们作为儿媳妇。精通孟加拉语的德本德罗纳特·泰戈尔在家里创造了一个新的文化和文学环境。国内外一些富有创造才华的人士不仅经常被邀请来泰戈尔家里做客，而且他们在这个家庭里受到了尊敬。这个家庭就是学习研究东西方教育和文化的重要平台，而其监护人就是德本德罗纳特。在他的影响和培养下，他的子女中涌现出了具有多方面创作才华的人才。内室的女眷们也没有置身于这种文化创作潮流之外，甚至就连泰戈尔家里的仆人们也在学习文学和音乐。我们大家都知道，泰戈尔家里的下层工作人员布雷杰绍尔，竟然成为开启罗宾德罗纳特才华的领路人。泰戈尔儿童时代由仆人管理，仆人们在罗宾德罗纳特的成长阶段中的影响是何等不受限制啊！在罗宾德罗纳特后来的许多作品里都可以看到这种情况。在佩戴圣线仪式结束之后，童年罗宾德罗纳特第一次陪伴爸爸外出和在文学创作方面得到爸爸的鼓励，大哥迪金德罗纳特的平静镇定，跟随二哥绍登德罗纳特在国外获得的少年体验，五哥久迪林德罗纳特的关爱和毫不犹豫的支持，嫂子们的鼓励——这一切在罗宾德罗纳特面前打开了一扇唤醒沉睡的阳光之门。按照《奥义书》中所阐述的品德修养，对欧洲人的生活理想和文化研究，带有印度教—佛教色彩的全印度文化中的内心控制，当时爱国意识的觉醒——这一切都以无尽财富的形式，一起构成罗宾德罗纳特才华形成的基础。结果，后来在接纳印度传统文化的深刻内核的同时，罗宾德罗纳特也接纳了西方文明的民主主义务实精神及人道主义，在这一过程中并没有什么障碍。

四

19 世纪至 20 年代中叶，印度国内受过教育的社会群体与外国统治者的关系发生了变化。精神病院起义、迪度米尔人起义、弗拉吉起义、蓝靛起义、绍达尔人起义、苦行僧起义、士兵大起义等等，这些主要的反对英国人的农民起义，在受过教育的中产阶级的人群中引起了极大的震动。看到一些人效忠英国人的丑态，他们的确不感到羞愧，但是大多数人并没有低头忍受英国人对国人的欺压，相反，他们会竭力反抗。从拉姆莫洪·拉伊到般金姆琼德罗[①]——这一时期虽然存在矛盾对

① 般金姆琼德罗（1838—1894），杰出的孟加拉语小说家，创作了《毒树》《克里什诺康陀的遗嘱》《印蒂拉》《月华》《拉吉辛赫》《要塞司令的女儿》等十几部中长篇小说。

抗，但是民族主义意识已经树立起来，加之农民起义的影响，于是就在孟加拉地区萌发了坚持改革的政治运动。在拉吉那拉扬·巴苏、久迪林德罗纳特·泰戈尔的领导下，以感知真理协会（1839）、感知真理学堂（1840）、感知真理杂志（1843）为中心的爱国主义和民族意识，借助于印度教庙会或国货运动展销会、长生不老协会等组织形式，已经形成了雏形。罗宾德罗纳特成为所有这些活动的新的参加者。罗宾德罗纳特还是个14岁少年的时候，就于1875年创作了长诗《献给印度教庙会的礼物》，并且于1877年写了一首谴责性的诗歌，宣布反对维多利亚女王。尽管怀有印度教徒的民族情感，但是从这时起，罗宾德罗纳特的思想已经与更广泛的世界建立了联系。1878—1880年的英国之行，特别有助于拓展他的思维空间，因为这个时候他不仅了解了帝国主义在一些国家的剥削状况，而且他也表达了自己的反对态度。回到国内之后，在1883年国大党召开的东方学者印度全国研讨会期间，他写了几篇文章，批评国大党的领导人那种有失尊严的递交请愿书的做法。“在我们国家乞求政治宣传的名声。……乞讨之人也不会获得幸福，乞讨的民族也不会获得幸福。……乞讨得来的结果是不会持久的，依靠自己奋斗获得的结果才会持久。”——在那种时代背景下，青年罗宾德罗纳特·泰戈尔拥有这种感受是特别难能可贵的。

1890年，罗宾德罗纳特第二次去国外旅游。两次国外之行更加拓展了他的建立在家庭教育基础上的思维视野。这时候他的体验真正进入了西方文明、西方文化和西方文学的活动中心。他同叶芝、斯托普福德·布鲁克、艾久拉·庞德、布拉德利、萧伯纳、戈尔斯瓦蒂、梅斯菲尔德、沃罗思等进步文学家和知识分子有过密切的交往。他在漫长的一生中多次游历欧洲、北美洲、南美洲、东南亚和西亚的大多数国家。对世界的这种观察和了解使他摆脱了那种落后的封建的殖民地国家的被压抑的思想意识的漩涡，让他有了很大的进步。国内的新觉醒运动和对法国大革命之后欧洲资本主义文明的深入了解，以及暮年对社会主义革命之后俄罗斯的访问，使得罗宾德罗纳特思想发生了根本性的变化——这样说并非言过其实。

罗宾德罗纳特的创作才华经历了国内和国际诸多事件激流的洗礼，最终走向成熟。在罗宾德罗纳特生活的时代发生了许多重大的事件：帝国主义在世界范围内已经建立持久稳定的殖民地，建立在以贪婪吞并土地为基础的上升的资本主义经济步履蹒跚，英国人开始了以加尔各答为中心的城市改造运动，梵社的宗教改革已经兴起，国大党已建立并且开始运作，反对分裂孟加拉运动、印度教徒和穆斯林的冲突、恐怖主义活动、第一次和第二次世界大战期间发生的国内和国际危机等事件接连出现。近一个世纪的世界变化情况，在罗宾德罗纳特一生创作的各类作品中都有反映。

五

19世纪的新觉醒运动，使罗宾德罗纳特的思想意识闪烁出征服时代的光华。在印度古代经典的子宫里一次次孕育出崭新的东西，激励着他总是在超越极限的无限广阔的道路上奋勇前进。因为他深信社会的进步，所以他一生都让自己不停地劳作。……罗宾德罗纳特说过："在世界上，无论你走到哪里，只要你停滞不前，你就开始走向死亡。因为在那里只有你一个人停滞不前，别人并没有停止脚步，如果你跟不上潮流，那么，这股潮流就会向你涌去，或者将你彻底吞没，或者将你一点点地销蚀，让你沉入时光之流。你要不停地前进，终生奋斗，要么歇息，走向死亡——这就是世界规律。"（《新与旧》，见《泰戈尔作品全集》第6卷）

罗宾德罗纳特社会思想的一个特点就是，让现代印度与建立在美好情感基础上的古代印度相融合，让东方文化与西方文化相融合。他将世界上各种分散的文化形态融合为一体，并以这种视野创建了国际大学。他说过："我们所阐释的行为过程是这样的，我们不能瞬息间全面地看清楚真理。首先我们是分散地看到局部，然后我们才能综合地去观看。在绘画方面有一种透视理论，根据这一理论，应该将远处的物体画得小一些，而将近处的物体画得大一些。……因此如果只分散地看局部，而完全不承认整体，那么，就会做出可怕的解释。"在罗宾德罗纳特坚持进步的思想中，在社会—国家—精神等领域也总是存在一种整体的和谐感。到了晚年，他的这种和谐感的强度逐渐变弱了。在他的思想意识中，弱小的英国较之强大的英国、资本主义的堕落较之其发展、理性思维较之精神方面的激进，变得更加清晰了。一个人若总是重视自己和自己的力量，那么，他也一定会从新意识出发，怀有世界大同的理想。他曾经说过："突然来到外面漫步，我就会立即意识到，在世界上有我的位置，也需要我，因此我生活在人世间是有意义的。可是我自己却不尊重我个人的存在。在哪里我与世界有联系，在那里就有我的价值。在哪里我渺小的自我是孤立的，在那里我就会毫无成就。"（《在道路和路边》）甚至，他也从来没有让宗教脱离人性而孤独地被局限在一旁，在他那里，宗教就是圆满的修养。在宗教领域，罗宾德罗纳特的思想也同样是不断进步的。有一天，作为梵社组织者的罗宾德罗纳特说："我不认为自己是婆罗门。……因为我自己是一个离群的教徒，我不是被打上宗教社会烙印的人，我抛弃了王公权杖，我也没有宗教派系的头衔。"（《书信集》第9卷，第103封信）这种感受在很大程度上体现在长篇小说《戈拉》的结局中。他说自己是世界主义者。他是相信人的宗教的人。

不同人对泰戈尔有不同的看法。有人认为他是形而上学的思想家、人道主义者。但是他的人道主义是属于人的科学思维意识，是以建立在相信物质和精神力量的基础上的最能容忍为特点的。当然，那不是社会主义的人道主义，也不是资本主义的人道主义，而是对两者都有一定超越。他的唯灵论一次次受到打击，但是他对人的信赖是持久而坚定不移的。"我的整个感受和工作方向都在人的身上。我一次次呼唤天神，而天神也一次次以人的面貌或无形中给予回应：同情或放弃。我相信的这种人是有个性的，这种人是不可言喻的。"他虽然不承认阶级划分，但是在他垂暮之年的生活中，他这种人是贫穷的，是丧失一切的，这一点看上去很清楚。不过，一位评论家这样评说他也是合适的："罗宾德罗纳特并不向往超凡的世界，并不相信超然的东西，并不想把人变成神，也不想把神变成人，他不曾怀有成为苦行者或进行苦修的幻想；在危险的岁月里，他从不请求什么救星。同他的所有先驱相比，他是更伟大的人道主义者。"（安诺达什松科尔·拉伊：《人道主义和罗宾德罗纳特》）

[本文译自奥努诺耶·丘多巴泰《关于泰戈尔及其他》一书，第1~9页。]

译者系中共中央党校教授

《飞鸟集》43 首与孟加拉语原作对比

白开元

内容提要 本文认为《飞鸟集》由孟加拉语原作和用英文写的诗作这两大部分组成，把其中 43 首与孟加拉语原作进行比较，从而彰显泰戈尔如何考虑西方读者的审美需求，娴熟地运用诗歌技巧，把他的原作进行脱胎换骨的再创作，提炼成一首首融合哲理、富于美感的佳作，赢得外国读者的广泛认可。

关键词 《飞鸟集》 泰戈尔 孟加拉语原作

2011 年前后，为纪念泰戈尔诞辰 150 周年，应中国广播电视出版社的要求，我翻译了泰戈尔的 8 个英文集子，即《吉檀迦利》《新月集》《飞鸟集》《园丁集》《情人的礼物》《渡口集》《采果集》《游思集》。

出版社出于提高中学生读者学习翻译英语作品的兴趣的考虑，每个译本均附上英语原作，并希望我为每首诗写简析，以解决中学生读不懂泰戈尔某些诗作的难题。

为了写好一二百字的简析，我从泰戈尔英文作品选第一卷的附录中寻找原作。附录中有每首诗的孟加拉语原作的题名和所属集名，用英文字母标出。原作如果是歌词，附录中就用英文字母拼出其首行。如首行单词 Ami，孟加拉语就是 আমি，我懂孟加拉语，知道它的意思是“我”。我手头的孟加拉语《泰戈尔全集》和《歌曲大全》也有孟加拉语索引，根据拼音“আমি”，很快就可找到英译诗原作是哪个孟加拉语诗集的哪一首。

泰戈尔 8 个英语集子的孟加拉语原作，无论是抒情诗、叙事诗，还是《歌曲大全》的歌词，全有严谨的格律形式。

这 8 个英语集中，《飞鸟集》深受中国读者喜爱，也是最难翻译的集子。原因是，它的构成与其他 7 个集子不同。《飞鸟集》共有 325 首，其中只有 43 首，即第 6、12、18、24、30、35、53、58、66、71、83、84、86、88、90、99、107、119、128、129、130、132、138、139、151、153、156、163、166、171、172、173、176、184、191、194、230、232、234、236、240、243、268 首是从孟加拉语原作翻译的。其余 282 首，是泰戈尔用英语写的。所以，《飞鸟集》基本上可以说是一部原创诗集。

我在译后记中，把《飞鸟集》325 首诗大致分成六类：（1）短小的寓言诗；（2）格言、箴言、警句；（3）赠诗；（4）政治观点、人生观和艺术观的诗化；（5）抒写朦胧的情思；（6）阐述古老的梵学和生死观。我对整个译本只做了简单分析。

当时不逐首分析的考虑是，用英语写的这 282 首短诗，不知道是泰戈尔在何种背景下，就何事或为何人写的，所以很难为每首短诗写简析。

的确，不知道写作背景就翻译诗歌，是很容易译错的。举个例子。

泰戈尔 1924 年访问中国，离开北京前，泰戈尔应林徽因的请求写了一首赠诗：

আকাশের নীল বনের শ্যামলে চায়,
মাঝখানে তার হাওয়া করে হায় হায় ।

译文：
蔚蓝的天空俯瞰苍翠的森林，
它们中间吹过一阵喟叹的清风。

这首诗编入《随感集》，我开始以为这是首风景诗。

2010 年 7 月的一个晚上，我正翻译一篇泰戈尔的散文，身旁的电话急促地响了起来，拿起话筒，另一端传来人民日报出版社原社长冯林山先生久违的熟悉声音："老白，我正在修改传记《林徽因传》。我在费正清夫人的新著《梁思成与林徽因》一书中，看到1924年泰戈尔访华时赠林徽因的一首小诗：天空的蔚蓝 / 爱上了大地的碧绿，/ 他们之间的微风叹了声'哎！'我准备在修订本《林徽因传》中用这首诗。这首诗看样子是从英文翻译的，不太符合中文诗的格式，你帮我查一下孟加拉语原作。"

为了解答冯林山先生的疑问，我一首首地查阅了《随感集》和《火花集》中的短诗，发现《随感集》（লেখন）第34首与费正清夫人新著中的那首诗相符，按照孟加拉语的格律标准，这首诗一行是14个音节，与每两行押韵的传统孟加拉"波雅尔"诗体是一致的。

泰戈尔缘何为林徽因写这首看似描写风景的小诗呢？

原来，泰戈尔在上海入境，经南京、济南到北京，一路上会见各界著名人士，发表演讲，由诗人徐志摩翻译。翻译之余，徐志摩不仅与他畅谈人生，交流文学创作的心得体会，也对他诉说爱情方面的苦恼，言谈中间仍流露出对林徽因的爱恋。在徐志摩和林徽因一起无微不至地照顾泰戈尔的日子里，泰戈尔似乎觉得他们是理想的一对。为了消除徐志摩的愁悒，据说泰戈尔曾委婉地向林徽因转达徐志摩的缱绻之情，可得知林徽因已与梁思成订婚，看到林徽因毫不动心，一贯恪守婚姻道德的他感到实在是爱莫能助了。

在这首小诗中，泰戈尔把徐志摩喻为蔚蓝的天空，把林徽因喻为苍翠的森林。在泰戈尔的心目中，他们是高贵而纯洁的，但他们中间横亘着难以逾越的障碍，只能像天空和森林那样，永世遥遥相望，永世难成眷属。泰戈尔把自己比作好心的清风，在清风的喟叹中流露出当不成月老的无奈和惆怅。

三个意象——蔚蓝的天空，苍翠的森林，喟叹的清风，组成幽美意境，后面隐藏着一个动人故事。

像这样完全了解创作背景、有根有据地分析这首赠诗一样去分析《飞鸟集》中的每首诗，因没有足够的可信资料支撑，目前是做不到的。

最近，我读了泰戈尔有关文学的几篇文章，关于诗歌的再创作，他在《诗歌的意义》中说：

কাব্যের একটা গুণ এই যে, কবির সৃজন শক্তি পাঠকের সৃজন শক্তি উদ্রেক করিয়ে দেয়। তখন স্ব স্ব প্রকৃতি অনুসারে কেহ বা সৌন্দর্য কেহ বা নীতি, কেউবা তত্ত্ব সৃজন করতে পারিতে থাকবেন। এ যেন আতশবাজিতে আগুন ধরিয়ে দেওয়া,-- কাব্য সেই অগ্নি শিখা, পাঠকের মন ভিন্ন ভিন্ন আতশবাজি। আগুন ধরিবার মাত্র, কেহ বা হাউইয়ের মত একেবারে আকাশে উরিয়ে যায়, কেহ বা তুবড়ির মত উচ্ছ্বসিত হয়ে উঠে, কেহ বা বোমার মত আওয়াজ করতে থাকে।

（দ্বিতীয় খণ্ড, ৬১০ পৃষ্ঠা）

译文：

诗歌的一个优点，是诗人的创造力一激发读者的创造力，他们就按照各自的性格，有的创造美，有的创造原则，有的创造理论。这好像用火点爆竹——诗就是火，读者的心灵是各种爆竹。一点火，有的像冲天爆竹一样升空，有的像鞭炮响声不绝，有的像炸弹发出巨响。诗人的用意，可能在读者心中形成完全新的形象。

（孟加拉语《泰戈尔全集》第二卷，第619页）

受泰戈尔这种允许读者再创作的观点的鼓励，依据我对《飞鸟集》发表的1916年前诗人的政治观、人生观、宗教哲学观、艺术观和国内外交流状况的了解，我斗胆把《飞鸟集》43首与孟加拉语原作做了对比分析。

英译有孟加拉语原作的43首都是押韵的，译成英语，全成为散文诗了。着眼于内容变化的程度，我把这43首分为三类，即：（1）英译与原作内容基本一样，一共有24首；（2）英译与原作内容部分一样，一共有17首；（3）英译与原作内容完全不同，一共2首。

现举几个例子，加以说明。

一　英译与原作内容基本一样

第6首

If you shed tears when you miss the sun, you also miss the stars.

译文：

你要是一直落泪，看不见夕阳，也会看不见繁星的。

孟加拉语原作是《尘埃集》中的《枉然落泪》。

ধ্রুবাণি তস্য নস্যান্তি
রাত্রে যদি সুর্যশোকে ঝরে অশ্রুধারা
সুর্য নাহি ফেরে, শুধু ব্যর্থ হয় তারা।

译文：
夜里为夕阳西坠哭得声哽气绝，
太阳不会归来，明星枉然失色！

简析：原作两行押韵。这首诗强调的是应全面认识事物发展规律，不要被暂时的现象所蒙蔽。夕阳西坠，暂时从人们的视野中消失，但绝不意味着逝灭，次日黎明，红日东升，世界又将阳光普照。即便在夜里，世界并非一片黑暗，仍有星光照耀，行路也不至于迷失方向。因不能全面认识事物而过度伤心，泪眼蒙眬，就连能帮助行路的星光也看不到了。原作中“哭泣”的动词是第三人称单数形式，指任何人，数量上比英译中的主语“你”更多。但读英译的感觉是，诗人仿佛在向读者阐明一个道理，显得更亲切。

第 24 首
Rest belongs to the work as the eyelids to the eyes.
译文：
休息对于工作，如同闭合的眼睑对于眼珠。

孟加拉语原作是《尘埃集》中的《休息》。

বিরাম
বিরম কাজেরই অঙ্গ এক সাথে গাঁথা
নয়নের অংশ যেন নয়নের পাতা

译文：
工作和休息连在一起
恰似眼珠和眼皮。

简析：这首诗的题旨就是人们常说的：会休息的人，才会工作。眼珠和眼皮，相连相依，密不可分。只有眼皮闭上，才能让眼珠消除疲劳；如果眼皮不睁开，眼珠就不能灵动地观察。对此，无人不懂。以这习见的两个具象——眼珠和眼皮比喻工作和休息，生动真切地表现了两者的相互依存关系，通俗明了，易为读者所理解。

第86首
"How far are you from me, O Fruit?"
"I am hidden in your heart, O Flower."
译文：
"哦，果实，你离我多远呀？"
"哦，鲜花，我藏在你心里哩。"

孟加拉语原作是《尘埃集》中的《花与果实》。

ফুল ও ফল

ফুল কহে ফুকারিয়া, ফল, ওরে ফল,
কত দূরে রয়েছিস বল মোরে বল।
ফল কহে, মহাশয়, কেন হাঁকাহাঁকি,
তোমারি অন্তরে আমি নিরন্তর থাকি।

译文：
花儿焦急地问："喂，我的果实，
告诉我你可曾成熟，快告诉我！"
果实回答："先生，你嚷嚷什么，
我始终在你的心窝。"

简析：这节诗中的"果实"，应是人们期望的某项事业的成果的比喻。就像在正常情况下，植物的种子发芽，萌生叶片，开花结果，受制于自然规律，经历一个过程，果实自然而然会成熟一样，人们从事一项事业，不可过于焦急地期望获得成功，而要持之以恒地努力，最后才能结出硕果。英译中省略了叙述，只保留对话，较原作更为精练，但因对话中有“果实”“鲜花”这样的字眼，理解这是两者的对话是不难的。

第130首

If you shut your door to all errors truth will be shut out.

译文：

如果你把所有的错误关在门外，真理也会被关在门外。

孟加拉语原作是《尘埃集》中的《同一条路》。

একই পথ

দ্বার বন্ধ করে দিয়ে ভ্রমতারে রুখি।
সত্য বলে, আমি তবে কোথা দিয়ে ঢুকি?

译文：

关门将错误挡在外面，
真理叹道：“叫我怎样进入圣殿？”

简析：常言道，失败是成功之母。在认识世界、改造世界的过程中，没有人能不经过失败就获得成功，也没有人能不犯错误就获得真理。无论是在自然科学还是社会科学的探索中，经常是经历了成千上万次错误，才能认识事物的本质，认识客观规律。这首诗告诫人们，犯了错误后，固执地不承认错误，不去探寻缘由，就不能接近真理。原作中，真理不能“进入圣殿”和英译中真理“被关在门外”，意思相近，都是指不去分析造成错误的缘由，就难以获得成功。

第234首

The moon has her light all over the sky, her dark spots to herself.

译文：

月亮把清辉洒满夜空，她的黑斑留给她自己。

孟加拉语原作是《尘埃集》中的《自己的和给予的》。

নিজের ও সাধারণের
চন্দ্র কহে, বিশ্বে আলো দিয়েছি ছোড়ায়ে,
কলঙ্ক যা আছে তাহা আছে মোর গায়ে।

译文：
明月说："我的清辉洒向了人间，
虽说我身上有些许污斑。"

简析：世界上人的能力有高低之分，每个人都不可能十全十美。如何对待世界，如何对待个人，是摆在每个人面前的一道难题。诗人通过"明月"为我们提供的答案是：由于种种条件的限制，"我身上有些许污斑"，即我身上有这样那样的缺点，我不是完人，但我要像月亮把清辉洒满夜空那样，献出我的光和热，把能力发挥到极致。这样，也就实现了我的人生价值。

二　英译与原作内容部分一样

第12首
"What language is thine, O sea?"
"The language of eternal question."
"What language is thy answer, O sky?"
"The language of eternal silence."
译文：
"哦，大海，你在说什么？"
"无穷的疑问。"
"哦，天空，你回答了什么？"
"永久的沉默。"

孟加拉语原作是《尘埃集》中的《无法回答》。

প্রশ্নের অতীত
হে সমুদ্র, চিরকাল কী তোমার ভাষা?

সমুদ্র কহিল, মোর অনন্ত জিজ্ঞাসা।
কিসের স্তব্ধতা তব ওগো গিরিবর?
হিমাদ্রি কহিল, মোর চির- নিরুত্তর।

译文：
“你老在絮叨什么，呵，大海？”
大海回答：“不停地提问题。”
“诸山之魁，你为何默不作声？”
喜马拉雅山答道：“这是我无语的永恒反应。”

简析：原作是大海和喜马拉雅山的对话，英译中变成了大海与天空的对话。英译使原作突破一国界限，涵盖整个世界，写作对象也就由印度的变成了世界各国的。诗人通过营造的“永世似在提问题的大海”、原作中“永世沉默的喜马拉雅山”和英译中“永世沉默的天空”这三个意象，赞美永不停息的探索精神和满腹经纶却从不自我炫耀的谦虚态度。

第 18 首
What you are you do not see, what you see is your shadow.
译文：
你看不见你的真貌，你看见的只是你的影子。

孟加拉语原作是《随感集》的第 185 首。

দর্পণে যাহারে দেখি সেই আমি ছায়া,
তারে লয়ে গর্ব করি অপূর্ব এ মায়া।

译文：
镜子里我看见的是我的影子，
我为绝妙的幻影沾沾自喜。

简析：诗中所说的“影子”，是刻意放大的自我，是煞费苦心美化的自我，一句话来说，是虚假的自我。为虚假的自我“沾沾自喜”，必然陷入盲目性，以为自己鹤立鸡群，超凡脱俗。诗中隐含的善意批评是：无论是原作中的“我”还是英译中的“你”，对自己应有正确认识，对自己的才干应有清醒了解，一言以蔽之，看到自己的“真貌”，才能与周围的人和睦相处，才能有所作为。

第71首

The woodcutter’s axe begged for its handle from the tree.
The tree gave it.

译文：

樵夫的斧头向大树要斧柄。
大树立刻给了它。

孟加拉语原作是《尘埃集》中的《国家政策》。

রাষ্ট্র নীতি

কুড়াল কহিল, ভিক্ষা মাগি ওগো শাল,
হাতল নাহিকো, দাওএকখানি ডাল ।
ডাল নিয়ে হাতল প্রস্তুত হল যেই,
তার পরে ভিক্ষুকের চাওয়া –চিন্তা নেই –
একেবারে গোড়া ঘেঁষে লাগাইল কোপ,
শাল বেচারার হল আদি অন্ত লোপ।

译文：

斧头说：“娑罗树，请布施，
我没有木柄，给我一根柯枝。”
一旦柯枝制成精巧的木柄，
乞施者再无乞施的忧思，
树根上接二连三地猛砍，
可怜的娑罗树倒地咽气。

简析：原作译成英文，有较大改动。原作中“斧头”跟“娑罗树”要一根树枝做木柄，“娑罗树”慷慨地给了它。“斧头”有了木柄，转身就把“娑罗树”砍倒、砍死。“斧头”是忘恩负义、以怨报德的卑鄙小人的象征。英译中删除原作的后半部分，通过对“樵夫的斧头”需要木柄，“大树”二话不说立刻赠送的描写，赞扬两个朋友间一方有难另一方立刻伸出援手的真诚友谊。

第 172 首

The sunflower blushed to own the nameless flower as her kin.

The sun rose and smiled on it, saying, “Are you well, my darling?”

译文：

向日葵羞于认无名的花卉为亲戚。

太阳升起，微笑着说：“我亲爱的，你好吗？”

孟加拉语原作是《尘埃集》中的《宽阔的胸襟》。

উদার চরিতানাম

প্রাচীরের ছিদ্রে এক নামগোত্রহীন

ফুটিয়াছে ছোটো ফুল অতিশয় দীন।

ধিক ধিক করে তারে কাননে সবাই–

সূর্য উঠি বলে তারে, ভাল আছ ভাই।

译文：

墙缝里长出一朵花，

无名无族，纤细瘦小。

林中的诸花齐声嘲笑——

太阳升起对他说：“兄弟，你好！”

简析：“无名无族”的小花，是社会最底层弱小者的象征。林中诸花对小花的嘲笑，反映社会最底层的弱小者受到上层无数人的欺凌。英译中把“诸花”改为“向日葵”，着意减少欺凌者的人数。原作中的“嘲笑”，在英译中改为羞于认小花为“亲戚”，大大降低了小花受到的欺负的程度。“太阳”平易近人，对小花热情问候，从中传达出诗人亲民的态度。

第 191 首

The bow whispers to the arrow before it speeds forth："Your freedom is mine."

译文：

弓在箭射出之前轻声对箭说："你的自由是我的。"

孟加拉语原作是《尘埃集》中的《自由》。

স্বাধীনতা

শর ভাবে, ছুটে চলি, আমি তো স্বাধীন,
ধনুকটা একঠাঁই বদ্ধ চিরদিন।
ধনু হেসে বলে, শর, জান না সে কথা—
আমারি অধীন জেনো তব স্বাধীনতা।

译文：

箭矢暗忖："飞吧，我有自由，
只有雕弓爱死守一处。"
雕弓笑道："箭啊，你忘了
你的自由由我管束？"

简析：弓和箭，是互相依赖的两个物件。箭壶中的箭没有自由，靠弓射出，有了自由，击中目标，起了应有的作用。有了自由的箭便得意忘形，看不到自己的自由来自弓，甚至揶揄弓"爱死守一处"，这便是一种忘本行为。英译中省略了箭的自鸣得意。弓对箭的提醒，也是对世人的提醒：人类社会中，许多事情只有靠众人合作才能完成。这时，谁也离不开谁。相互配合，才会有成果。互相瞧不起，甚至互相拆台，则一事无成。

第 240 首

Rockets, your insult to the stars follows yourself back to the earth.

译文：

爆竹啊，你对群星响亮的侮辱，跟着你垂落地面。

孟加拉语原作是《尘埃集》中的《狂妄》。

স্পর্ধা

হাউই কহিল, মোর কী সাহস ভাই,
তারকার মুখে আমি দিয়ে আসি ছাই।
কবি কহে, তার গায়ে নাকো কিছু,
সে ছাই ফিরে আসে তোরি পিছু পিছু।

译文：
爆竹咧着嘴说："诸位，我多么勇敢，
嘭叭升空给明星脸上抹了把灰。"
诗人说道："明星未被玷污，
地面上，一撮纸屑已随你回归。"

简析：这首诗中，"爆竹"是社会中某些污蔑他人的不学无术的文痞的象征。"明星"是在各个领域卓有建树的名人的象征。就像"爆竹"嘭叭升空，大叫着在明星脸上抹灰，最终成为纸屑落地一样，这些文痞怀有莫名的嫉妒，进行诽谤的拙劣表演之后，他们攻击名人的阴谋必将以失败而告终。印度叙事诗最后两行通常有诗人的点评，目的是加深听众的印象。原作中诗人的评说，继承了这一传统。英译中，舍弃西方读者不习惯的诗人的评说，把爆竹的独白改为陈述，直抒胸臆，显得更简洁明晰。

三　英译与原作内容完全不同

第 35 首

The bird wishes it were a cloud.
The cloud wishes it were a bird.

译文：
飞鸟希望变成一片云彩。
云彩希望变成一只飞鸟。

孟加拉语原作是《尘埃集》中的《愿望》。

আকাংক্ষা

আম্র, তোর কী হইতে ইচ্ছা যায় বল।
সে কহে, হইতে ইক্ষু সুমিষ্ট সরল ।--
ইক্ষু, তোর কী হইতে মনে আছে সাধ?
সে কহে,হইতে আম্র সুগন্ধ সুস্বাদ।

译文：
“芒果，告诉我你的理想。”
芒果说道：“具有甘蔗质朴的甜蜜。”
“甘蔗，你有什么心愿？”
甘蔗回答：“充盈芒果芳香的液汁。”

简析：芒果是印度的水果之王，甘蔗则是为大众提供普通甜汁的经济作物。诗中的芒果和甘蔗，分别是印度上层人士和下层平民的象征。水果之王的理想，是获得“质朴的甜蜜”，寓意是与平民同甘共苦。甘蔗向往芒果的“芳香液汁”，隐含的应是对提升地位的渴望。在芒果与甘蔗推心置腹的真诚对话中，寄寓着各阶层民众互相尊重、和睦同处的美好理想。芒果、甘蔗是印度的热带水果，以芒果、甘蔗比喻人，印度读者读起来感到很亲切，但对位于不产芒果、甘蔗地带的西方国家的读者来说，却会有生疏之感。所以，诗人翻译此诗，把“芒果”改为“飞鸟”，把“甘蔗”改为“云彩”，原作的印度属性转变为世界属性，外国读者阅读时也不觉得是译作了。

第128首

To be outspoken is easy when you do not wait to speak the complete truth.

译文：

当你不愿耐心等待说出莹澈的真理时，说话是容易的。

孟加拉语原作是《尘埃集》中的《说话直爽》。

স্পষ্টবাসী

বুসন্ত এসেছে বনে,ফুল ওঠে ফুটি,
দিন রাত্রি গাহে পিক,নাহি তার ছুটি।
কাক বলে,অন্য কাজ নাহে পেলে খুঁজ,
বসন্তের চাটুগান শুরু হল বুঝি!
গান বন্ধ করি পিক উঁকি মারি কয়,
তুমি কোথা থেকে এলে কে গো মহাশয়?
আমি কাক স্পষ্টবাসী , কাক ডাকি বলে।
পিক কয়, তুমি ধন্য, নমি পদতলে;
স্পষ্ট ভাষা তব কণ্ঠে থাক বারো মাস,
মোর থাক মিষ্ট ভাষা আর সত্য ভাষ।

译文：
春天来临，森林里百花怒放，
布谷鸟昼夜不停地歌唱。
乌鸦说："看来你只会
谄媚春天，别无专长。"
布谷鸟停止歌吟，四顾发问：
"你是何人？来自何方，先生？"
乌鸦答道："我乃乌鸦，快人快语。"
布谷鸟说："谨向你致意，
望你说话永远这样直爽，
可我的话音必须真实甜美。"

简析："百花怒放"的春天，带来姹紫嫣红、蓬勃生机，这是"美"的形象。布谷鸟昼夜歌唱春天，这是对"美"的赞美。因此，布谷鸟是热情倡导"美"、全力创造"美"的艺术家的象征。乌鸦不懂春天的"美"，对布谷鸟说三道四，甚至说布谷鸟这样赞美春天，是吹捧，是谀媚。心胸坦荡的布谷鸟的回应是大度的，它希望乌鸦永远保持"心里想什么嘴上就讲什么"的直率性格。布谷鸟在回应中，间接表达了艺术家对某些人因无知而对其艺术创作进行过激抨击的豁达态度。而布谷鸟以真实甜美的嗓音歌唱春天的坚定誓言，则诠释了艺术家把创造"美"永远当作使命的题旨。原作和英译不同。英译似乎是有训导意味的箴言。就家长里短、琐碎小事闲聊，不费心思，“是容易的”。但进行艺术创造和科学研究，探索“莹澈的真理”，获得期待的成果，必须有“耐心”，需要经年累月的艰苦努力。英译以平日漫不经心的闲聊反衬出艺术探索和科学探索的艰辛。

《飞鸟集》汇集了泰戈尔的哲理思索，可谓一本人生阅历的简易百科全书，需要广泛收集资料，熟悉诗人创作的历史背景，弄清楚书写对象，才能挖掘出深刻意蕴，给读者更多的有益启示。

《飞鸟集》325首的研究，依然任重而道远。

作者系中央广播电视总台孟加拉语部译审

“泰戈尔之树”

——从“泰戈尔与当今世界”到“泰戈尔诞辰160年纪念专栏”

魏丽明

一　对“百科全书”之泰戈尔的再认识

在中国，泰戈尔的作品已选入小学、中学和大学的教材，其中中译本《泰戈尔诗选》还被教育部列入大学生必读的文学书目中。其实泰戈尔只是他的姓，他的全名是罗宾德罗纳特·泰戈尔（Rabindranath Tagore，1861—1941），孟加拉文的意思是“沐浴阳光的因陀罗天神”，他的小名是“罗比”（Rabi），也有“太阳”的意思，他的名字似乎就预示着他会像太阳一样光彩照人。泰戈尔是第一位获得诺贝尔文学奖的印度、亚洲和东方作家，也是中国与南亚地区文学文化交流史上最重要的代表人物之一。他不仅在文学领域取得了举世瞩目的非凡成就，在各个领域的真知灼见也被学界重新研究和评价。

如果把世界文学史比作绵延全球的群山峻岭，那泰戈尔的作品无疑是最高峰之一，宛若喜马拉雅山高居世界群山之巅。对于这样一位世界诗人，爱好文学的人无人不知，无人不晓。泰戈尔一生用三种语言创作：孟加拉语、英语和Brajabuli[①]。他不仅创作了66部诗集（11万余行）、96篇短篇小说、6部中篇小说、9部长篇小说、80多个剧本及大量散文，此外，他还有大量的游记、书信、演讲等——他几乎涉猎了

① 印地语的一种方言，通用于印度北部城市马德拉周边。

文学艺术创作中的各种体裁。除此之外，他在社会改革、乡村发展、教育、政治、哲学、艺术等领域也形成了自己独特的思想，对当时和当今的世界产生了很大的影响。

作为教育家，他1921年创办的印度国际大学于2021年迎来了百年校庆；作为一位乡村建设者，他的圣蒂尼克坦乡村建设成为全球乡村建设的典范，具有全球影响力；作为一位创作了2300余首词曲的作者，他的歌被传唱至今，“印度音乐的现代发展肇始于世界著名的印度诗人、作家和画家罗宾德罗纳特·泰戈尔的歌曲”。泰戈尔对于印度音乐的看法“抓住了印度社会的精髓”[①]。他的歌曲《人民的意志》和《金色的孟加拉》作为印度和孟加拉国的国歌一直激发着两国人民的爱国热情；作为一位画家，他2000余幅画作在世界各地的影响力日益提升；作为旅行家，他的足迹遍布世界34个国家，他的大量游记再现他对世界和平的期盼，读者可以深切地感受到他对世界的热爱，他对世界和平的期盼和追求“世界大同”的理想……作为一位科普作家，在76岁高龄之时，他的心血之作《认识宇宙》用深入浅出、形象生动、娓娓道来的文学语言向普罗大众介绍世界的最新科学发现。最为难能可贵的是，泰戈尔的一生就是激发和呈现自己艺术潜能的一生，虽然他从小辍学，在家自学，在英国留学也没有拿到学位，但他没有辜负自己的艺术才华，不仅是一个作家，还是音乐家、画家、歌者、演员、编辑、翻译家、社会活动家、旅行家……

从泰戈尔一生的创作和追求来看，他的人生如此丰富多彩，最根本的原因在于他内心执着的信念：终其一生，他都在追求功德圆满——“পূরণতা（purnatā）”并视之为人类前进的目标，他认为人类最终将“朝着友谊的方向、爱的方向、梵我合一的方向去获得重生”。泰戈尔一生呼吁将人类的整体利益视为一个整体。泰戈尔的“圆满主义”精神正是抗疫期间人类最需要的：团结起来，激发生命潜能，去面对世界的风云变幻，淡定从容地坚守人类的理想。

2020年，疫情肆虐，举世不安。在身体受限时，可以遨游天地的只能是思想和灵魂。在世界秩序重建之际，各国人民普遍悲观绝望之

① A.L. 巴沙姆主编《印度文化史》，闵光沛等译，商务印书馆，1997，第348~349页。

余，再度思考被世人尊为“百科全书”“先知”“先觉”“圣哲”“世尊”的泰戈尔之于个体、民族、国家、人类乃至世界的意义，也许是一个了解世界和人类的新契机。想起这个世界上曾有泰戈尔这样的伟大的思想家和为了实现理想不懈努力的实干家，了解他知行合一的一生，欣赏他丰富多彩的作品，走进他浩瀚深邃的精神世界，读者的信心和希望依然会重新被激起和点燃。

仅以爱因斯坦和泰戈尔的对话为个案，两位伟大的人物对于真、善、美的信念，无疑会给人类带来启迪。爱因斯坦说：“照亮我的道路，而且一次又一次赋予我新的勇气，让我充满欢乐地直面生活的理想，一直就是善、美和真。”这一认识对于人类的意义毋庸置疑。泰戈尔和爱因斯坦交流时，他的回应也振聋发聩：

> 我们的灵魂的进步，就像一首完美的歌。它蕴含着一种无限的理想，而这一理念一旦被人们认识，就会使所有的运动充满意义和欢乐。然而，倘若我们使它的运动脱离那一终极理念，倘若我们看不到无限的休憩而仅看到无限的运动，那么，对我们而言，存在就似乎是一种巨大的恶，正在鲁莽地冲向一种无穷无尽的没有目标的境地。①
>
> 人的灵魂虽然受到各种局限，却一样渴望千年之禧，追寻看似不可得的自由解放；经常出现的灵感也向我们证明，所有真、善、美的体验都是真真切切的存在。②
>
> 康德说过，美学是他整个哲学体系建筑的“顶盖”，而在泰戈尔的思想体系中，美学则是他哲学、伦理学及宗教思想的基石。泰戈尔的美学思想的核心是和谐，他认为和谐与完美是宇宙的规则，也是他观察、欣赏宇宙自然乃至发现美和创造美的准则。

在中印、中孟交流的历史画卷中，泰戈尔就是一个重要的友谊桥梁。为加强中国和印度两大文明的理解和互动，泰戈尔在和平乡一手

① 乌达雅·纳拉雅纳·辛格：《泰戈尔在21世纪》，《今日印度》2011年第5期。

② 泰戈尔：《人的宗教》，曾育惠译，湖南人民出版社，2017，第178~179页。

创建的国际大学中专门开设了中国学院。在国际大学中国学院首届开学典礼上的讲话中，泰戈尔热情赞扬中国优秀的文化："优秀的文化精神，使中国人民无私地钟爱万物，热爱人世的一切；赋予他们善良谦和的秉性，……他们本能地抓住了事物的韵律的奥秘，即情感表现的奥秘，……我羡慕他们，但愿印度人民能分享这份礼品。"[①] 在这次讲话中，泰戈尔也提到他建立国际大学的初衷，即他对不同文化文明间的交流互鉴的看法："差异永远不会消除，没有差异，生命反倒羸弱。让所有种族保持各自的特质，汇合于鲜活的统一之中，而不是僵死的单一之中。"[②] 泰戈尔对于文化交流的思想和我国倡导"亚洲命运共同体"的初衷不谋而合。交流互鉴是文明发展的本质要求。文明交流互鉴应该是对等的、平等的，应该是多元的、多向的，而不应该是强制的、强迫的，不应该是单一的、单向的。我们应该以海纳百川的宽广胸怀打破文化交往的壁垒，以兼收并蓄的态度汲取其他文明的养分，促进亚洲文明在交流互鉴中共同前进。[③]

季羡林先生也说："泰戈尔和中国有特别密切的关系。他一生的活动对加强中印两国人民的友谊和文化交流，做出了巨大的贡献。他还亲身访问过中国，也曾邀请中国学者和艺术家到印度去访问，从而促进了两国人们的相互了解。这种相互的访问播下了友谊的种子，一直到今天，还不断开出灿烂的花朵。"[④] 2021 年，是泰戈尔诞辰 160 年，世界各地都在线上或线下紧锣密鼓地纪念他，举办丰富多彩的活动。2024 年，是泰戈尔访华 100 年，中国学界已在悄悄地筹备泰戈尔访问中国百年的学术会议了。

诺贝尔文学奖颁奖词中写道，泰戈尔"正打算致力于调和东西半球迥然相异的两种文明。两种文明之间的隔阂首先是我们这个时代的

---

① 泰戈尔：《中国和印度》，载刘安武、倪培耕、白开元主编《泰戈尔全集》（第二十四卷），白开元译，河北教育出版社，2000，第 450 页。

② 泰戈尔：《中国和印度》，载刘安武、倪培耕、白开元主编《泰戈尔全集》（第二十四卷），白开元译，河北教育出版社，2000，第 446 页。

③ 参见习近平主席在 2019 年 5 月在北京举办的"亚洲文明对话大会"的开幕式上发表的主旨演讲，新华网，2019 年 5 月 15 日，http://www.xinhuanet.com/politics/leaders/2019-05/15/c_1124499008.htm。

④ 《季羡林文集》（第五卷），江西教育出版社，1996，第 181 页。

典型特征，同时也是我们这个时代面临的最重要的任务和问题"[①]。泰戈尔一生都在致力于这一"伟大事业"[②]，极具前瞻性地提出世界大同、合作包容、和谐发展的理念。当今社会，泰戈尔的思想与理念多次被挖掘，新时代下重新认识泰戈尔对当今社会的启示仍然具有重要意义。正如本·琼生（Ben Jonson）评价莎士比亚那样，泰戈尔也是"不属于一个时代，而属于所有世纪"[③]。正如泰戈尔的儿子罗廷德罗纳特·泰戈尔在《在时代边缘》（*On the Edges of Time*）一书中评价他的父亲那样，"他的诗歌是他最好的人生故事……而他最伟大的诗歌就是他的一生"[④]。

重温泰戈尔的一生，无疑对于每个人都有激励的意义；了解泰戈尔对于这个世界的认知，必然会丰富我们对世界的了解；阅读泰戈尔的作品，重新评价泰戈尔对于世界的意义，我们的信心会被重新点燃：因为这个世界上还有像他一样的思想家和实干家。他坚信黑暗之后就是光明。"云彩不断飘入我们的生活，不再带来雨水或迎来风暴，而是为我的日暮时分的天空增添色彩。"[⑤] 在科技日益创新的时代，逻辑和理性的重要性被日趋重视，但"只有逻辑的头脑犹如一柄只有锋刃的刀，它会让使用它的手流血"[⑥]。在人的一生中也应该有一个艺术的空间，如体验创造性的写作，激发个人的艺术潜能，接触具有想象力的艺术，如音乐、绘画、戏剧……

了解泰戈尔一生的成就，对于我们的心灵必有醍醐灌顶的启迪意义，阅读他的作品也无疑会丰富、滋养我们的心灵。

---

① https://www.nobelprize.org/.

② Suryakanthi Tripathi, Radha Chakravarty, ed., *Tagore the Eternal Seeker Footprints of a World Traveller*（New Delhi: Vij Books India Pvt Ltd, 2015）, p. iv.

③ 本·琼生（Ben Jonson，1573—1637），英国抒情诗人与剧作家。

④ Rathindeanath Tagore, *On the Edges of Time*（Kolkata:Visva-Bharati, 2010）, p. 160.

⑤ 乌达雅·纳拉雅纳·辛格:《泰戈尔在 21 世纪》,《今日印度》2011 年第 5 期。

⑥ 乌达雅·纳拉雅纳·辛格:《泰戈尔在 21 世纪》,《今日印度》2011 年第 5 期。

二 “泰戈尔与当今世界”

1913年荣获诺贝尔文学奖的印度文豪泰戈尔是世界上最著名的孟加拉语作家，对中国、印度、孟加拉国文学乃至世界文学的发展都有着深远的影响。泰戈尔也是中国读者最为喜爱的孟加拉语作家，他已然成为中印、中孟、中国和南亚乃至世界互相增强认同感的重要“金桥”。教育部人文社会科学重点研究基地北京大学东方文学研究中心自成立时起，就开始了泰戈尔相关课程建设和学术研究，在20余年的时间内取得了学术研究和教学实践的显著成绩：组织开设泰戈尔母语“公共孟加拉语”系列课程；出版了《泰戈尔与中国》《泰戈尔文学作品专题研究》《“万世的旅人”泰戈尔》《“理想之中国”——泰戈尔论中国》《泰戈尔落在中国的心》等系列著述；北京大学外国语学院开设了全校通选课“泰戈尔导读”、研究生专业课“泰戈尔学术史”“泰戈尔专题研究”等系列课程，形成了从本科生到博士研究生的教学体系和师资队伍，培养了多位泰戈尔学方向的硕博士研究生。2021年，是泰戈尔诞辰160年，也是泰戈尔创办的国际大学百年校庆的年份，为了进一步促进泰戈尔学在中国的发展，并与国内研究同行交流，2018年6月7—9日，2020年7月12日，2021年5月7—9日、9月18日，东方文学研究中心、北京大学外国语学院分别举办“泰戈尔与当今世界”、“泰戈尔与北京大学”、“泰戈尔诞辰160年学术研讨会”和“泰戈尔文学教育思想学术研讨会”等多场研讨会。

2018年6月7日，“泰戈尔与当今世界”国际研讨会在北京大学外国语学院新楼501室隆重开幕。来自印度、孟加拉国、日本、法国、美国及中国社会科学院、中共中央党校、北京大学、兰州大学、天津师范大学等国内多所高校和科研机构的专家学者和艺术家相聚燕园，深入研讨泰戈尔的“世界大同”理念与当代“人类命运共同体”思想的深层联系。

罗宾德罗纳特·泰戈尔与北京大学有着特别的联系。早在1921年，郑振铎先生就在文学研究会内部成立了“泰戈尔研究会”。1924年，在徐志摩先生的协助下，应梁启超先生之邀，泰戈尔来华访问。泰戈尔一生走遍五大洲的34个国家，1924年和1929年三次到访中国，他认为自己“前世是中国人”，并提出“理想之中国”的构想。为了深入探讨泰戈尔的“理想之中国”构想和“人类命运共同体”思想的关联，进一步深化中国的泰戈尔研究，在北京大学人文学部和北京大学外国语学院的支持下，亚非系联合北京蓬蒿剧场共同举办“泰戈尔与当今世界”国际学术研讨会暨蓬蒿剧场第九届戏剧节“致敬泰戈尔”戏剧单元活动。

与会学者深入研讨泰戈尔提出的“理想之中国”与“亚洲命运共同体”的关系，赞同“中国梦”和世界是“你中有我、我中有你的世界命运共同体”的关系。泰戈尔的“世界大同”理念与“亚洲命运共同体”思想、以“和平合作、开放包容、互学互鉴、互利共赢”为核心的丝路精神以及“人类命运共同体”的理念有着深层的契合。

本次研讨会同期举办第九届北京南锣鼓巷戏剧节“致敬泰戈尔”戏剧单元活动，演出持续到 2018 年 12 月底。不同于以往的学术研讨会，此次会议把泰戈尔音乐、舞蹈、绘画、戏剧等艺术元素充分融入会议议题，专家学者的学术报告和艺术家们的表演紧密结合。会议期间，中国、印度、孟加拉国的艺术家们结合自己的会议发言为与会学者呈现了精彩的艺术演出。与会学者纷纷表示，这是第一次深切感受到泰戈尔艺术世界的独特魅力。

毕业于北京大学印地语专业的中国印度舞蹈专家金珊珊女士介绍了她编导泰戈尔音乐舞蹈史诗剧《齐德拉》的经验，并和她的学生们展现了古典印度舞蹈之美。印度国际大学外国语学院院长阿维杰特·森教授（Prof. Abhijit Sen）在他有关泰戈尔戏剧发展史的学术报告中，邀请国际大学艺术家高什夫妇（Mr. Avik Ghosh/Ms. Gargi Ghosh）呈现了 6 部泰戈尔经典戏剧的精彩片段。孟加拉国 77 岁的资深艺术家阿达乌尔·拉赫曼（Mr. Ataur Rahman）为大会做了《孟加拉国泰戈尔戏剧演出史》的精彩报告，并与印度艺术家咖尔吉·高什（Ms. Gargi Ghosh）表演了泰戈尔《红夹竹桃》的精彩片段。《红夹竹桃》是泰戈尔最有代表性的戏剧作品之一，此次演出是该剧在中国的首演，演出剧本改编自北京大学资深教授刘安武先生的译本，北京大学“泰戈尔导读”课程团队参与组织，北京大学六位学子和玺莹仁剧团联合六位国际友人，插入多语种朗诵片段。与会者认为演出独具特色，创新性地表现了《红夹竹桃》的意义。

与会学者纷纷认为，人生最美好的瞬间，是生命与艺术同在。泰戈尔的艺术世界给予各国人民感受艺术魅力的机会，我们应该继承他留下的宝贵精神财富，为当今世界创造更多的美好。会议组织者希望此次研讨会能在中国进一步普及泰戈尔艺术的独特魅力，并愿意继续为中印孟乃至世界各国学者和艺术家搭建平台，继续传播泰戈尔艺术的魅力。“民心相通，文化先行”，与会学者盛赞此次国际会议的组织形式，并表达了希望此次会议有助于中印孟世代友好、“世界大同”理想早日实现的美好祝福。

三 “泰戈尔学与北京大学”

中国和印度、孟加拉国有着悠久的文化交流历史，“一带一路”的合作倡议进一步搭建了中国、印度、孟加拉国之间的友好桥梁，加强了三国之间的友好往来。泰戈尔创办的国际大学和北京大学有悠久的人文合作交流历史，“泰戈尔学”在北京大学几代学者的努力下也得到了持续不断的发展。由教育部人文社科重点研究基地北京大学东方文学研究中心主办的“泰戈尔学与北京大学”研讨会于2020年7月12日借助网络会议平台顺利召开。研讨会包括专家学者学术论坛、刘安武先生追思会以及青年学者学术论坛三大部分。来自北京大学、清华大学、北京师范大学、中共中央党校、同济大学、兰州大学、深圳大学、青岛大学、天津师范大学、山东师范大学等高校和科研机构以及外交部、中国人民对外友好协会、国家广播电视总局、北京大学出版社、《国外文学》等国家部委和新闻出版媒体单位的50余位专家同人参与了会议。

7月12日13时整，北京大学外国语学院魏丽明教授主持开幕式。魏丽明教授首先感谢各位专家学者的参与，在刘安武先生九十岁冥辰这一天，各位同人、师长的云端相聚具有特殊的意义。教育部人文社科重点研究基地东方文学研究中心主任、北京大学外国语学院陈明教授首先致辞。陈明教授感谢各位与会专家于百忙之中参与此次研讨会，他简要回顾了北京大学与泰戈尔研究的深厚传统，肯定了北京大学泰戈尔研究的重要意义。陈明教授同时表达了对刘安武先生的深切怀念，认为这一天是大家一同怀念刘安武先生的宝贵契机。随后，深圳大学印度研究中心主任郁龙余教授致辞。郁龙余教授深情回忆了刘安武先生对自己的栽培与教诲，刘老师的帮助令他终生难忘、终身受益。郁龙余教授在致辞中强调，当下我们还处于"百年未有之大变局"之中，北大人应该带头将"学"（学理、学术、学养、学风）搞好，坚持并弘扬大学精神，努力将中国人乃至人类的物质文明、制度文明和观念文明建设推向一个崭新的历史阶段。中国人民对外友好协会文化交流部副主任张雅琴在致辞中表示，持续广泛的文化交流是良好对外关系的重要途径和表现。她感谢北京大学师生参与对外友好协会组织的泰戈尔诗歌朗诵、南亚多语种歌曲演唱等视频录制活动。张主任热情欢迎更多的高校与对外友好协会合作，以丰富多样的形式促进中国与南亚地区的文化交流。

13 时 20 分至 15 时，由同济大学孙宜学教授主持第一场专家学者论坛。董友忱教授、郁龙余教授、孟昭毅教授、石景武译审、毛世昌教授分别做了《泰戈尔与北京大学》《泰戈尔与中国现代文学》《泰戈尔国际大学与印度汉语教育》《我的孟加拉语教学理念和实践》《我认识的北京大学泰戈尔学者》的学术报告。董友忱教授主要讲述了泰戈尔与蔡元培先生、许地山先生、季羡林先生及刘安武先生等前辈学者的关系，并且肯定他们对中国的泰戈尔研究所做出的巨大贡献。郁龙余教授简要回顾了中国对泰戈尔的译介、研究历程以及泰戈尔对几代中国读者的影响。孟昭毅教授肯定了印度国际大学中国学院的建立在中印文化交流史上所具有的划时代意义。石景武译审从实践出发，阐释了自己在北京大学"一带一路"公共孟加拉语课堂中的教学心得。兰州大学毛世昌教授围绕"我认识的北京大学泰戈尔学者"的话题，讲述了他对季羡林先生、刘安武先生、魏丽明教授的了解，他的发言娓娓道来，引人深思。

15 时 10 分至 17 时 10 分，由青岛大学侯传文教授主持第二场专家学者论坛。孙宜学教授、黎跃进教授、陈明教授、王敬慧教授、姚建彬教授、于冬云教授分别做了《为什么要构建中国的泰戈尔学》《泰戈尔：参与 20 世纪中国文学和文化建构的外国作家》《师觉月与泰无量：泰戈尔国际大学师生在北京大学》《泰戈尔与世界主义——英国篇》《试论泰戈尔文学世界的乌托邦色彩》《后疫情时代泰戈尔戏剧诵读与跨文化传播的意义》的学术报告。孙宜学教授阐释了构建中国泰戈尔学的内外动因以及基本原则。黎跃进教授论证了“泰戈尔与 20 世纪中国文学”研究的意义以及对“异域作家本土化建构”的理论思考。陈明教授强调了近代中印人文交流双向性的重要性，重点讲述了印度在中国留学的两批研究生与讲座教授的学术活动。王敬慧教授从泰戈尔创办国际大学、泰戈尔与甘地的对比等方面论述了泰戈尔的世界主义思想。姚建彬教授从民族性角度、突破种姓制度的思考与实践以及国际主义胸怀等方面分析泰戈尔文学作品中的乌托邦色彩。山东师范大学于冬云教授结合她和北京大学“泰戈尔导读”课程师生联合举办泰戈尔戏剧诵读活动的体会探讨了“后疫情时代跨文化传播的非凡意义”。

17 时 10 分至 18 时 30 分，由天津师范大学孟昭毅教授主持刘安武先生追思会。2020 年 7 月 12 日是刘安武先生九十岁冥辰。“刘安武先生是北京大学哲学社会科学资深教授、博士生导师。先生终生热爱教育事业，治学严谨，成果丰厚。他是我国印度近现代文学研究领域的奠基者之一，是我国东方文学研究领域一位卓越的学者，为我国印度学研究和东方学研究做出了重要贡献。刘安武先生为人平实谦和、生活朴素，深受广大学生和学界同人的深切爱戴。”追思会中，刘运智先生、侯传文教授和魏丽明教授先后做了《怀念刘安武学长》《刘安武老师与泰戈尔》《刘安武老师的泰戈尔戏剧情结》的发言。刘运智先生深情追忆了学生时代与刘安武学长相处的难忘瞬间以及翻译《泰戈尔全集》时二人合作的点点滴滴。侯传文教授深情回忆自己求学和工作期间刘老师对自己的谆谆教诲和无私帮助。魏丽明教授从刘安武先生生前遗憾谈起，刘先生主编《泰戈尔全集》，翻译了十部泰戈尔的剧本，但没有看到泰戈尔戏剧在中国的演出。为了完成刘老师的心愿，北京大学通选课“泰戈尔导读”课程师生近年来在国内外致力于以多种方式上演泰戈尔戏剧，同时在北京大学坚持开设泰戈尔的母语孟加拉语系列课程，努力促进中国泰戈尔学的拓展。董友忱教授、孟昭毅教授、黎跃进教授等多位与会专家也回忆了与刘安武先生相处的诸多感人经历。与会学者都深深感动于北京大学泰戈尔学几代学者致力于泰戈尔学的传承的力量。

21时至22时30分，由北京师范大学姚建彬教授主持青年学者学术论坛。北京大学潘啊媛、贺晓璇及印度国际大学柯娜（Khana）三位博士生分别做了题为《英国的泰戈尔想象——以叶芝为中心的个案分析》《泰戈尔的大学理念和文学教育》《泰戈尔与中国》的学术报告。潘啊媛的报告主要阐释了叶芝对泰戈尔的重要引荐作用，并且从神秘主义和爱尔兰式两方面阐释叶芝对泰戈尔的误读。贺晓璇介绍了泰戈尔创办国际大学的时代背景、办学理念和文学教育活动等。柯娜的发言简要论述了泰戈尔与中国的关系，展现了泰戈尔研究的印度视角，为中国泰戈尔学提供了借鉴意义。

为了更加立体地认识、欣赏泰戈尔的文学作品，19至21时，来自北京大学、北京师范大学、内蒙古大学的同学以网络平台朗诵的方式呈现了由刘安武先生翻译的泰戈尔戏剧名作《国王与王后》。此次呈现由魏丽明教授策划、侯瓔珏导演指导，演员们用汉语、孟加拉语、英语、葡萄牙语、蒙古语、藏语、维吾尔语诵读。别开生面的呈现形式、富含哲思的精彩对话，同学们深情演绎，余音萦绕耳边，大爱精神直抵内心。听众们沉浸其中，久久流连。

研讨会结束之时，与会的专家学者都高度肯定了此次研讨会的积极意义，认为应当深入持续地推进中国的泰戈尔研究。与会学者认为，新冠肺炎疫情虽然阻隔了人们相聚的物理空间，但是无法阻隔大家与泰戈尔的心灵沟通。持续了近10个小时的研讨活动让与会者意犹未尽、感慨颇深。此次会议的与会学者一致建议2021年联合举办泰戈尔国际学术研讨会。2021年是泰戈尔诞辰160年，也是泰戈尔创办的国际大学成立100年的日子，我们能做的还有很多，我们想做的还有很多。待阴霾散去，会议组织者希望与会学者同心协力，努力“开创出一个前所未有的新局面”，重逢于泰戈尔描绘的“世界相会于鸟巢”的光明未来里。

四 “泰戈尔诞辰160年”学术活动

为了进一步促进泰戈尔学在中国的发展，并与国内研究同行交流，2021年5月7—9日、9月18日，东方文学研究中心、北京大学外国语学院分别举办“泰戈尔诞辰160年学术研讨会”和“泰戈尔文学教育思想学术研讨会”。

两次会议均以线上、线下结合的方式召开。会议邀请泰戈尔研究界的权威学者、社会人士、青年教师和硕博士研究生近30人做了学术报告，线上、线下参与旁听的人数达到100余人。两次会议包含“多学科视野下的泰戈尔研究”“泰戈尔与孟加拉语教学”“泰戈尔与中国”“泰戈尔的文学教育思想与实践”等主要议题。此外，还专设了青年论坛和“泰戈尔导读”教材编写座谈会。与会嘉宾在线上或线下一起观赏了泰戈尔艺术节的精彩节目。

5月7日上午的开幕式上，魏丽明教授对众多专家学者的到来表示衷心感谢，对青年学子的踊跃参与表示诚挚欢迎。中共中央党校董友忱教授、深圳大学郁龙余教授、印度国际大学中国学院院长阿维杰特·班纳吉教授、北京大学陈明教授、同济大学孙宜学教授、青岛大学侯传文教授、中国教育发展战略学会常务副会长张双鼓先生、中国国际广播电台孟加拉语部主任于广悦、北京大学出版社编辑朱丽娜、云南民族大学孟加拉语系2018级本科生陆荣朵同学等前辈学人、社会人士和学生代表相继发言，表达了自己对会议成功举办和泰戈尔研究发展壮大的期盼和美好祝愿。

当天上午的主旨发言中，各位学者介绍了自己在泰戈尔研究中的最新成果。董友忱教授以泰戈尔与孟加拉穆斯林诗人纳兹鲁尔·伊斯拉姆之间的交往和思想碰撞为案例，还原了泰戈尔社会政治思想的近代史语境，并强调了泰戈尔人格精神中宗教包容、爱护青年的一面。郁龙余教授从泰戈尔的生平经历、家庭出身、历史背景、中国接受环境等十个角度，阐释了泰戈尔广受中国青年热爱的复杂原因，彰显了泰戈尔跨越世代和地域的永恒人格魅力。中国国际广播电台译审石景武结合自己在北京大学教授孟加拉语的经验，分享了自己圆满主义与民族主义结合的教学思想，以及练习发音、演唱歌曲、熟悉词典和阅读原著并举的语言训练模式。中国社会科学院亚太与全球战略研究院研究员刘建从泰戈尔研究需要的文献搜集、知识储备、文学修养、视野拓展等层面谈了自己的观点，为构建当代泰戈尔学术体系提供了可操作的方案。侯传文教授梳理了泰戈尔研究的百年历史，并从东方文化的主体性建构、泰戈尔文化精神的当代意义、中印历史与现实中的文化交流、泰戈尔研究中比较文学视野和诗性思维等角度提供了他对泰戈尔文学研究的几点思考。

下午的“多学科视野下的泰戈尔研究”论坛上，专家们从历史实证、跨文化视野、戏剧艺术实践等角度透视泰戈尔及其文学。北京第二外国语学院的刘燕教授从译介学和接受研究角度，辨析了泰戈尔作品在中国所遭遇的创造性误读和消极性误读。兰州大学的毛世昌教授以翔实的史料，梳理了泰戈尔与谭云山、谭中父子交往的历史，阐述了泰戈尔与近现代中国的深层历史联系。河北省井陉县政协前副主席梁建楼先生和北京大学梁峰霞副教授讲述了中印文化交流使者、著名僧人法舫与泰戈尔交往的故事。侯瓔珏导演讲述了自己多年来执导《红夹竹桃》《齐德拉》等泰戈尔戏剧的感受。伦敦大学的李金剑和万芳、中国社会科学院大学的吴鹏、北京外国语大学的孙文玥等几位硕博士研究生参与了泰戈尔剧本《春天》的围读，他们分享自己对这个剧本的解读和自己的围读的体会。

当晚的泰戈尔艺术节中，来自北京大学、伦敦大学、北京外国语大学、中国社会科学院大学的师生表演了精彩的文化节目，泰戈尔孟加拉语诗歌的朗诵、泰戈尔戏剧《齐德拉》《春天》的中英文围读、“和平乡”主题的剪纸艺术展示，以及歌曲《友谊地久天长》的多语种演唱和优美的瑜伽表演，都让与会嘉宾感受到了泰戈尔文学与印度孟加拉文化的别样魅力。

5 月 8 日上午的“泰戈尔与孟加拉语教学”论坛上，一线的孟加拉语教师和国际汉语教师分享了自己的教学经验。北京外国语大学的曾琼教授、中国传媒大学的于秋阳老师、云南大学的臧逸敏老师、云南民族大学的叶倩源老师和字航涛老师、广东外语外贸大学的冯子昕老师和谢淼老师从所在院校的孟加拉语教育理会和自身的教学体验入手，探索了泰戈尔文学与艺术在孟加拉语教学中的应用，引入“跨文化交际能力”等理论体系，通过国际办学等方式提升各院校的孟加拉语教学水平。北京继光书院院长戚占能先生介绍了自己的传统教育理念，构想了在新的时代背景下培养中印孟文化交流人才的创新模式。在国际大学教授汉语的蔡少伟老师分享了泰戈尔的自然教育理念在自己的汉语教学中的运用。硕士毕业于印度国际大学艺术学院、目前执教于南京特殊教育师范学院的武伟星老师谈了自己对泰戈尔艺术教育思想的理解和实践。

下午的“泰戈尔与中国”论坛上，与会专家讨论了泰戈尔与中国之间的文化关系。天津师范大学的黎跃进教授以“异域作家的本土化建构”这个独特的视角，指出泰戈尔在不同时代的中国语境，投射出了“保守主义者”、“爱国主义者”和“东西方文化融合的实践者”三种不同形象。山东师范大学的于冬云教授比较了泰戈尔的《泡影》和许地山的《商人妇》两篇小说，指出它们分别描述了“为英雄”与“为人生”的寻爱之旅。北京师范大学的姚建彬教授阐释了泰戈尔在民族、种姓、自由等问题上的乌托邦思想，分析其在文学上的体现，并肯定了泰戈尔“世界相会于鸟巢”的人文理想。北京大学魏丽明教授结合“泰戈尔导读”课的课程实践，通过对泰戈尔巴乌尔歌曲的鉴赏，概述了泰戈尔美美与共、天下大同的乡村建设思想和世界主义教育理想。河北师范大学的王春景教授联系现实，分析了泰戈尔的小我与大我结合、培育理想人格等思想在当代中国的意义。湖南师范大学硕士生陈洁在广阔的历史坐标上阐述了泰戈尔1924年在华演讲的文化内核，阐明其对中国文化现代转型的启示。

5月9日上午，青年论坛召开，青年学者们发表了自己最新的泰戈尔研究成果。中国国际广播电台副译审杨伟明以丰富的材料和清晰的逻辑，综述了20世纪以来孟加拉国的泰戈尔研究史，指出其对中国学界的借鉴意义。天津理工大学的孟智慧老师分析了泰戈尔作品在当代中国的翻译出版和文创加工现状，阐述了消费社会下泰戈尔接受的现代性特征。北京大学博士生贺晓璇以空间叙事的理论框架，分析了泰戈尔小说《花圃》的艺术独异性。山东师范大学博士生李曦比较了泰戈尔的《献眼》和许地山的《缀网劳蛛》两篇小说，分析其中体现的婚姻观差异。天津师范大学博士生李春香分析了泰戈尔农村改革思想的形成、内容与时代意义，指出服务农民、建设农村是泰戈尔“人的宗教”观念的重要实践，也是他推动印度民族复兴的重要途径。兰州大学硕士生甄诚通过对比郑振铎译本《飞鸟集》的原文和译文，阐明了其中的文化缺省和文化补偿现象。河北师范大学硕士生杨慧通过分析泰戈尔小说《沉船》《戈拉》中的成长主题，再现了泰戈尔对印度青年出路的探索路径。

5月9日下午，首先召开了“泰戈尔导读”教材编写座谈会，会议由魏丽明教授主持，邀请了来自北京大学、北京师范大学、山东师范大学、青岛大学、云南大学、云南民族大学和茶陵云山大同国际学校的师生参与讨论。魏丽明教授简要介绍了在北京大学开设“泰戈尔导读”课程的情况，董友忱先生和石景武先生也分别介绍了自己研读泰戈尔作品的感受。北京师范大学珠海校区的与会硕士生做了与“基础教育中的泰戈尔”有关的报告。马树巧阐述了泰戈尔作品教材选文流变及其作用与影响，特别指出了当下中小学语文教学中对泰戈尔及其作品存在认知较少、较狭窄等问题。董友忱教授、魏丽明教授就此问题发表了看法。魏教授认为，泰戈尔相关读物的科普及推广势在必行；董教授认为，应区分对象，若从中小学教情和学情出发，则需有所侧重和取舍。杨羽针对如何在泰戈尔诗歌教学与教材编写中落实语文核心素养、提升学生综合能力、实现学生的全面发展的问题，围绕语言建构与运用、思维发展与提升、审美鉴赏与创造、文化理解与传承四个方面论述了自己的主张。蒋丽雯阐述了泰戈尔的儿童教育思想及其对语文教育的影响。赵亮讨论了泰戈尔作品的阅读接受与语文教材编写的关系。湖南茶陵云山大同国际学校校长李运香介绍了该校开展泰戈尔艺术教育活动的理念和实践，以及推广中印友好、世界大同的办学愿景，李校长还分享了该校六年级和二年级学生的泰戈尔诗歌朗诵和歌曲演唱视频。云南大学博士生、来自印度国际大学的媛坤分享了自己在印度和中国的学习体会，以及有志于为中印友好事业继续努力的决心。会议末尾，来自北京大学“泰戈尔导读”课程、孟加拉语课程、印度国际大学中国学院和湖南茶陵云山大同国际学校的同学们朗读了泰戈尔的诗歌，演唱了英文版、孟加拉文版、中文版歌曲《友谊地久天长》。

在闭幕式上，董友忱教授发表了讲话，他高度肯定了各位专家在会议上分享的科研成果和理论思考。他认为泰戈尔学的天地非常广阔，就算是文献的整理方面，也还有泰戈尔的部分书信亟待收集译介，泰戈尔年谱、教材、字典的编撰也尚在进行中。中国泰戈尔学的发展，既需要老一辈学者的带头示范，也需要中青年学者乃至青少年爱好者的勤奋开拓，众力合一，一定能开创中国泰戈尔研究的更好局面。当然，他也指出，泰戈尔研究要与具体的历史条件相结合，不可能超越时代的限制。

2021年9月18日，为了纪念泰戈尔诞辰160周年，也为了推动泰戈尔文学和教育思想在中国的传播，北京大学东方文学研究中心、北京大学外国语学院和云南大学外国语学院联合举办了“泰戈尔文学教育思想学术研讨会”。

此次会议以线上和线下结合的方式进行。会议线下会场在北京大学西门民主楼208会议厅，会议从10时开始，持续一天时间。此次会议邀请了近20位泰戈尔文学教育思想领域的专家学者和社会人士发言，前后吸引了近40位观众前来旁听。

开幕式上，魏丽明教授回顾了近年来各高校孟加拉语教育的发展，表达了对前来参会的专家学者的热诚欢迎。云南大学外国语学院院长刘树森教授高度肯定了北京大学与云南大学非通用语学科交流的意义，指出泰戈尔对中国近现代以来的历史文化所产生的重要影响，以及孟加拉语教育与泰戈尔研究对于国家整体战略的价值。北京大学东方文学研究中心主任陈明教授在发言中回顾了北京大学泰戈尔研究的发展历程，肯定了泰戈尔研究对于促进中印、中孟和平友好关系的意义。

随后的主旨发言中，中共中央党校董友忱教授介绍了泰戈尔的《沉船》《戈拉》等作品，指出了泰戈尔小说中丰富的阐释可能性。中国外国文学学会印度文学分会会长郁龙余教授表达了对会议的祝福，并谈论了泰戈尔思想中的人类幸福观及其当代意义。中国国际广播电台译审石景武用中孟双语朗读了泰戈尔戏剧《红夹竹桃》中的片段，并评析了泰戈尔文学作品中的语言魅力。中国社会科学院外国文学研究所东方文学研究室主任钟志清研究员梳理了泰戈尔与现代以色列/希伯来文学文化的关系，尤其是泰戈尔与爱因斯坦这两位世纪伟人之间的交往，从而将泰戈尔文学和思想的时代意义扩展到整个东方世界。

接下来，几位参会嘉宾围绕“泰戈尔导读”教材编写展开讨论，提出应引介泰戈尔的歌曲创作、戏剧创作、自然美学，增进中国读者对南亚地区的理解。

在第三场讨论中，几位研究生和社会人士分享了自己对泰戈尔思想的感悟。云南大学国际关系学院杨惠老师介绍了将泰戈尔的艺术作品融入中孟语言文化交流的取径。导演侯缨珏女士分享了她对泰戈尔戏剧

《齐德拉》的专业解读。北京栗外剧社的石蕙铭导演解读了泰戈尔哲学论文集《人生的亲证》，指出应该将生命与爱的智慧融入到中国的通识教育中。自由画家、作家蔺群雅女士将泰戈尔思想与自己的创作和生活思考结合，揭示了泰戈尔精神世界的富足和玄奥。

在此次会议的第四个环节中，部分师生代表以剧本围读的形式呈现了泰戈尔的戏剧作品《春天》，并就围读体会展开了座谈。稍后开始了第四场也是最后一场讨论。浙江大学传媒与国际文化学院博士生谭咏枚探讨了泰戈尔的戏剧美育思想，发掘了泰戈尔戏剧由情感教育触及社会公共问题的特征。中国社会科学院大学文学院博士生吴鹏解读了泰戈尔戏剧《春天》，揭示出其中包含的政治治理思想。云南大学外国语学院孟加拉语教师字航涛汇报了泰戈尔作品在孟加拉语教学中的作用。北京大学外国语学院博士生贺晓璇根据自己的语言学习体会和泰戈尔研究经历，论述了孟加拉语学习在泰戈尔文学教育思想中的标的意义。

最后，魏丽明教授做了总结发言，她表达了对参会嘉宾的真诚感谢，倡议学习和继承泰戈尔的文学和教育思想，打破学科和民族国家界限，为中印、中孟之间的文化教育交流找到新的结合点。

此次会议汇集了泰戈尔研究、阅读和思想承继的多学科、多领域人才，就泰戈尔文学与教育思想的诸多问题展开了广泛而深入的讨论，为中国的泰戈尔研究注入新的活力，为中国的泰戈尔学开辟新的进路和方向。

近几年来，东方文学研究中心举办的有关泰戈尔的学术活动从国际会议到国内会议，从学术会议到目前还在继续举办的“致敬泰戈尔”戏剧节、艺术节等活动，种类繁多，内容充实。从泰戈尔学的研究者到泰戈尔作品的爱好者，大家都在默默地感受着泰戈尔给我们带来的启迪，以及泰戈尔的精神对于我们当今世界的意义。东方文学研究中心的刊物《东方文学研究集刊》在泰戈尔诞辰160年的特别年份，计划出专栏刊登学界对泰戈尔的纪念文章，这一消息传到关注泰戈尔160年诞辰系列活动的朋友们耳边时，大家奔走相告，积极投稿。由于篇幅众多，集刊无法全部选用。好在未来还有计划出专书以作纪念，敬请期待。本书选取董友忱先生、白开元先生等老一辈学者的论文和译文作为代表，又选取年轻一代在国内外求学的、认真研读泰戈尔作品的硕士生和博士生们的作品作为代表，他们的专业不同，对泰戈尔作品的解读视角新颖，富有新意，给泰戈尔学的未来带来无限的希望。感谢《东方文学研究集刊》编委会慧眼识珠，感恩作者们慨然助力，让我们得以借老中青几代学者的文字，深表对泰戈尔的追思之情。

作者系北京大学东方文学研究中心和外国语学院教授

为什么“我们都是国王”

——泰戈尔戏剧《国王》中的歌曲辨析

杨伟明

内容提要 泰戈尔的剧本《国王》是一部蕴含了作者深刻哲学思考的象征剧。歌曲作为泰戈尔戏剧中的重要组成部分，不仅增加了戏剧的接受度，也让戏剧主题更加通俗易懂。本文重点以《我们都是国王》等剧中歌曲为例，分析了泰戈尔戏剧中的歌曲在表达作者思想方面发挥的作用，从中也可感受到巴乌尔思想对泰戈尔哲学思考的影响。

关键词 泰戈尔 戏剧 《国王》 歌曲 巴乌尔

泰戈尔 1910 年发表的剧本《国王》不仅语言优美、情节生动、戏剧冲突充分，其中也蕴含了作家的哲学和政治思考。而歌曲作为泰戈尔戏剧中的重要组成部分，也在其中发挥了重要作用。这些歌曲不仅增加了戏剧在普通民众中的接受度和喜爱度，也让戏剧主题更加通俗易懂、更容易传达给观众。作者想表达的思想化为朗朗上口、人人传唱的歌曲，这也是泰戈尔戏剧作品的成功之处。

《国王》，也曾被译为《暗室之王》，是一部二十场次的戏剧。剧本的大致内容是：王后只能在暗室中与国王相会，从没见过国王的真面目。一天，她忍不住提出见国王真实面容的要求，国王答应节日那天在公共场合现身，但是要王后自己判断哪个是他。节日那天，相貌英俊的假国王出现在众人面前。王后被假国王的外貌迷惑，认为他就是真国王，让宫女献上祭拜春神的花环以表爱意。晚上，假国王和来访的另一位国王在王宫纵火，妄图劫持王后以要挟其父王，真国王出来解救了王后。然而，真国王皮肤黝黑、相貌丑陋，王后见到如此容貌的国王，不愿意接受他，返回了娘家。王后回到娘家后，受到她父王的惩罚，被迫干宫女的活儿。一些国王听说王后回到娘家，纷纷上门求亲，众国王迫使王后的父亲同意比武招亲。王后向假国王求救，遭到拒绝。王后无法忍受被迫比武选婿的侮辱，决定在选婿大典上自杀。这时，国王带兵前来，再一次解救了王后。王后再次回到暗室，向国王承认自己的错误，说自己不配得到国王的爱。国王再次询问王后，能否忍受自己的相貌。王后说，国王虽然并不英俊，但是却无可比拟。从此，国王和王后走出暗室，在光亮下生活。

《国王》是部象征剧，其中展示了泰戈尔对于“梵”和“我”的思考。“奥义书的核心思想‘梵我一如’成为泰戈尔认识人与宇宙关系的根本指导思想。”[①] 泰戈尔认为，宇宙存在一个“至高真理”或者说“永恒的人”，并且每个人的心中都能感知到这种最高真理，每个人的心中都有这种最高真理的“映射”。一开始不愿展示自己真实面目的国王就代表着“梵”、“无限”或者“至高真理”，而王后代表着人、“有限”或者“小我”，两人之间的感情经历，象征着人类对“梵”或者“至高真理”的追求过程。

这部二十场的戏剧中有长短共28首歌。这些歌曲也是该剧本中连接剧情、阐述作者哲学和政治思考的重要载体。第二场，老爷爷和众人的对话中所唱的《我们都是国王》是一首脍炙人口的歌曲：

আমরা সবাই রাজা আমাদের এই রাজার রাজত্বে,
নইলে মোদের রাজার সনে মিলব কী স্বত্বে।--
আমরা সবাই রাজা।
আমরা যা খুশি তাই করি,
তবু তাঁর খুশিতেই চরি,

① 刘建：《泰戈尔的宗教思想》，《南亚研究》2001年第1期，第60页。

আমরা নই বাঁধা নই দাসের রাজার ত্রাসের দাসত্বে,
নইলে মোদের রাজার সনে মিলব কী স্বত্বে--
আমরা সবাই রাজা।
রাজা সবারে দেন মান,
সে মান আপনি ফিরে পান,
মোদের খাটো করে রাখে নি কেউ কোনো অসত্যে,
নইলে মোদের রাজার সনে মিলব কী স্বত্বে।--
আমরা সবাই রাজা।
আমরা চলব আপন মতে,
শেষে মিলব তারি পথে।
মোরা মরব না কেউ বিফলতার বিষম আবর্তে
নইলে মোদের রাজার সনে মিলব কী স্বত্বে।--
আমরা সবাই রাজা॥

在这个国王的统治下我们都是国王，
否则我们怎么有权和我们的国王一样？
我们都是国王。
我们愿做什么就做什么，
但是仍在他的意愿下生活。
我们不是被束缚在国王的恐吓之下。
否则我们怎么有权和我们的国王一样？
我们都是国王。
国王尊重所有人，
所有人也都敬爱国王。
没有人用谎言诋毁我们，
不然我们怎么有权和我们的国王一样？
我们都是国王。
我们按自己的意愿行事，
但最终都走在国王制定的道路上。
我们谁都不会陷入到失败的巨大漩涡。
否则我们怎么有权和我们的国王一样？
我们都是国王。

这首歌乍一听内容有些互相矛盾，既然有“国王的统治”，为什么“我们都是国王”？ মিলা 是一个关键词，这个词有“见面、相聚、汇合、意见相同、匹配”等含义。国王是统治者，然而在他的统治之下，我们都成为国王，否则我们就不能和我们的国王见面，不能和他相匹配、相合。其中又交织着一种平等和民主的意识。স্বত্ব 这个词的意思是“权利”。“权利”这个词的使用在这里也有点主权的味道。在这里，“权利”似乎也是个“条件”。而且正因为“我们都是国王”，所以我们“有权和我们的国王一样”。

这个国王在无形中统治着我们，支配着我们，在他统治下，我们成为这个国家的主人。我们有自己的意志和自由，想做什么就做什么，但是“仍在他的意愿下生活”。“他的意愿”是什么呢？为什么我们的意愿和他的意愿是相合的呢？因为我们的自由与国王的规则是不矛盾的，我们在遵循这个规则的基础上，就能享有充分的自由。而这份遵循的意愿并不是由于他的“恐吓”，也不因为我们是被束缚的奴隶，而是出于我们自己的意愿，或者说是对“最高真理”的“觉悟”。

“国王尊重所有人”，因此国王也得到所有人的爱戴，这份尊重和爱戴是相互的，而不是建立在“谎言”的基础上。খাটো করা,খাটো 有“使缩短、减少、降低”等含义，这里是“贬低”的意思。这份关系的基础是平等，是互相尊重。国王不会因为人的渺小而贬低他，“至高真理”蕴藏在每个人的心中，每个人都能成为国王。人也不应当因为自己是渺小的就自感卑微，因为“至高真理”不会欺骗和诋毁，他让每个人认识到，人的真理才是最高真理，因为“至高真理”就蕴藏在每个人的心中。

我们虽然“按自己的意愿行事”，但最终仍然会回到“国王制定的道路上”，回到“梵”或“至高真理”的道路上，如此就“不会陷入到失败的巨大漩涡”。因为“至高真理”指导我们行事，按照这个规律去做，就不会面临失败的危险。

其中又体现出泰戈尔思想与巴乌尔思想相合的部分，即以人为本的思想。因为“至高真理”“至高无上的人”是寓于普通人的心中的。人可以通过“爱”和无私的活动去发现“永恒”和“真理”，并感受到与真理结合的“乐”。

《国王》戏剧里也出现了巴乌尔的角色。巴乌尔的思想完美地在这个剧本中得到展现。在第二场里，巴乌尔唱了一首歌：

আমার প্রাণের মানুষ আছে প্রাণে,
তাই হেরি তায় সকল খানে।
আছে সে নয়ন-তারায় আলোক-ধারায়, তাই না হারায়--
ওগো তাই দেখি তায় যেথায় সেথায়
তাকাই আমি যে দিক -পানে।
আমি তার মুখের কথা
শুনব বলে গেলাম কোথা,
শোনা হল না, শোনা হল না।
আজ ফিরে এসে নিজের দেশে
এই-যে শুনি,
শুনি তাহার বাণী আপন গানে।
কে তোরা খুঁজিস তারে
কাঙাল-বেশে দ্বারে দ্বারে,
দেখা মেলে না, মেলে না।
ও তোরা আয় রে ধেয়ে, দেখ্ রে চেয়ে
আমার বুকে--
ওরে দেখ্ রে আমার দুই নয়ানে॥

我心中的人就在我的心田，
于是我到处都能看得见。
他在我眼睛的目光里，因此不曾逝去，
啊，所以不管我的目光在哪里，
我都能看见他。
为了聆听他亲口讲话，我曾到处寻找，
可没有听到，没有听到他的话语。
今天回到自己的国度再次聆听，
他的话原来就在他自己的歌声里。
你们是何人，挨家挨户将他寻觅，
穿着穷人的破衣，
你们找不到啊，寻觅不到他的。

你们来呀，好好看呀，
他就在我的心中——
就在我的眼睛里。

巴乌尔是孟加拉地区的一个宗教派别，也是当地的一种民歌形式。巴乌尔认为人体是宇宙的缩微体，是至高真理的所在，也是获得自由和战胜死亡的唯一工具。如同这首歌中唱的，“我心中的人就在我的心田”，“心中的人”即存在于人的内心的至高真理。而他从“不曾逝去”，“到处都能看得见”，“在我眼睛的目光里”。

如果人们渴望获得知识和对最高真理的体验，就必须把注意力放在自己的内心。为了寻找至高真理，人们会跋山涉水到处寻找，但“他的话原来就在他自己的歌声里”，“他就在我的心中”，“就在我的眼睛里”。巴乌尔相信真理不依附于外界，不在那些书本和经书中，也不是通过掌握知识和推理找到的，而是通过探寻蕴含在人内心深处的爱的力量找到的。

巴乌尔的音乐总是把人放在非常重要的位置，他们信仰中的一个重要方面是对人类自身的爱，这种爱不分阶层和信仰，没有宗教、肤色和习俗的区别。他们寻找“内心的人”，也就是他们相信存在于人内心的神性。巴乌尔认为，如果一个人能感受到人内心的真理，那么他也能感受到宇宙的真理。他们在自己的歌中表达了一种普遍的兄弟之爱，并认为人们当中所有的等级、歧视、仇恨和恶意都是毫无意义和可笑的。

第八场里，国王从大火中解救了王后，王后看到国王的丑陋面目后，不愿意接受他。这时国王有一首歌：

আমি রূপে তোমায় ভোলাব না,
ভালোবাসায় ভোলাব।
আমি হাত দিয়ে দ্বার খুলব না গো,
গান দিয়ে দ্বার খোলাব।
ভরাব না ভূষণভারে,
সাজাব না ফুলের হারে,
সোহাগ আমার মালা করে

গলায় তোমার পরাব।
জানবে না কেউ কোন্ তুফানে
তরঙ্গদল নাচবে প্রাণে।
চাঁদের মতো অলখ টানে
জোয়ারে ঢেউ তোলাব॥

我不会用相貌让你着迷，
我要用爱情让你着迷。
我不会用双手打开大门，
我要用歌声打开大门。
我不会将首饰挂满你的全身，
也不会用鲜花编成的花串装饰你，
我要在你的脖颈间
戴上温情的花环。
谁也不会知道何种暴风雨
在我心里舞起欢快的波澜。
我要像月亮以看不到的引力
让汹涌的大潮水波浪滔天。

歌中，国王，也就是“至高真理”的象征表示，我不会用“相貌”迷惑你，而是要用“爱”让你着迷；同样，打开人内心“大门”的，也不是力量，而是歌声。用“爱”制作的花环，比物质上的珠宝首饰还贵重。就像月亮引力引发的潮汐，虽然人们看不到那份力量，但它却能造成潮起潮落。巴乌尔认为，诗、音乐、歌曲和舞蹈都是他们探寻人和神的关系的基本途径，而只有通过精神修行才能达到对自身的认识。他们相信至高真理是通过探寻蕴含在人内心深处的爱的力量找到的，真爱是与任何形式的强制约束无关的，爱才是真正的超级力量。

人探寻“至高真理”的过程，就是在有限中证悟无限的过程。真理也许不是那么容易被人接受的，甚至是丑陋的、骇人的，但真理不会欺骗人，让人“陷入到失败的巨大漩涡”。而那些还未找到真理的人，如同王后一样，会被虚假和欺骗蒙蔽双眼。人只有经历痛苦磨难，才能最终证悟真理。在第十四场，王后苏德尔绍娜在选婿大典上准备自尽时唱了一首歌：

এ অন্ধকার ডুবাও তোমার অতল অন্ধকারে,
ওহে অন্ধকারের স্বামী!
এসো নিবিড়, এসো গভীর, এসো জীবনপারে,
আমার চিত্তে এসো নামি।
এ দেহমন মিলায়ে যাক, হইয়া যাক হারা,
ওহে অন্ধকারের স্বামী!
বাসনা মোর, বিকৃতি মোর, আমার ইচ্ছাধারা
ওই চরণে যাক থামি।
নির্বাসনে বাঁধা আছি দুর্বাসনার ডোরে,
ওহে অন্ধকারের স্বামী।
সব বাঁধনে তোমার সাথে বন্দী করো মোরে,
ওহে, আমি বাঁধনকামী।
আমার প্রিয়, আমার শ্রেয়, আমার হে পরম,
ওহে অন্ধকারের স্বামী--
সকল ঝ'রে সকল ভ'রে আসুক সে চরম,
ওগো, মরুক-না এই আমি॥

就让这黑暗沉浸在你那无底的黑暗之中，
啊，我那黑暗之主！
来吧，请降临到深沉浓密的生命边缘，
降临到我的心中。
就让身心融为一体，让它们一起迷失，
啊，我那黑暗之主！
让我的欲望、我的扭曲、我心中所想
统统匍匐在你脚下！
我受心中邪念的驱使而遭到放逐，
啊，我那黑暗之主。
把我与你捆绑在一起，我心甘情愿
做你的囚徒。
我亲爱的人，我的吉祥，我的至高无上，

啊，我的黑暗之主。
一切都将达到圆满的顶点，
啊，就让我死去吧。

剧中王后象征着“我”和“有限”。人的个体是充满了欲望和执念的，如剧中王后对国王容貌的要求，她就是被美丽的外表迷惑。有限的个体很容易迷失在欲望和世界的表象里，无法接受真理的真正面目，甚至背离和抛弃真理，使自己陷入困境。这也象征着“我”和“有限”很容易成为表象的奴仆，陷入被欺骗的束缚中。而从这种束缚中挣扎和解脱出来，必然也面临着艰苦的磨难。将欲望抛下，驱逐了内心的邪念之后，人才甘心与“至高真理”成为一体，心甘情愿地匍匐在它的脚下。这时，那至高无上的真理才显露出自己的真面目，“有限”得以与“无限”结合，梵我合一，达到圆满。如同巴乌尔思想中认为，人只有放下一切世俗的渴望和执念，才能得到真正的自由。巴乌尔修行的目的就是战胜世俗的欲望而达到真正的解脱。

《国王》剧本不仅有很强的戏剧性，大量象征手法的应用也增加了剧本的深度。其中歌曲的运用也增加了剧本的可读性和韵律感。细读其中的歌曲，不仅能感受到诗人的创作才华，也能体会到他的哲学思考。

作者系中央广播电视总台孟加拉语部副译审

泰戈尔味论批评的“解殖”尝试

贺晓璇

内容提要 罗宾德罗纳特·泰戈尔（Rabindranath Tagore，1861—1941）一生写就了大量文学批评文章，形成了独特的“泰戈尔诗学”。其诗学内容是在印度文学与西方文学碰撞与交流的大背景下逐渐生成与发展的。泰戈尔一方面继承了印度古典文艺批评理论的核心范畴，另一方面在继承的基础上发展创新。泰戈尔诗学的重要部分之一是继承并发展了印度传统的味论批评，并且将味论批评运用于对印度国内外文学作品的分析中。本文从泰戈尔味论批评产生的历史语境、继承传统的实践、发展创新的实践三个方面分析泰戈尔的味论批评如何具体表现了“解殖”的功能。

关键词 泰戈尔 诗学 味论批评 “解殖”

罗宾德罗纳特·泰戈尔在一生中对文学理论思考颇深，是一名优秀的文学批评者。英迪拉·纳特·乔杜里（Indra Nath Choudhuri）总结道：“那些阅读和喜爱泰戈尔的人们，通常把他当作一位优秀的诗人或者小说家，但是很容易忽视一个事实，泰戈尔不仅是一位颇有创造力的作家，同时是一位备受尊崇的文学评论者，泰戈尔可以说是印度现代文学批评的先驱。”[①] 在泰戈尔生活的时代，以英国文学为主的西方文学在印度知识分子中影响深远。泰戈尔在深入学习西方文学和理论的同时，在继承印度传统味论诗学的基础上进一步创新发展，提出“历史情味”，并且将味论批评运用于对国内外文学作品的鉴赏分析中，其中不乏真知灼见，为印度传统文论的发展做出了贡献。

本文认同《逆写帝国：后殖民文学的理论与实践》中对于“后殖民”一词的界定，即：“‘后殖民’一词，涵盖了自殖民开始至今，所有受到帝国主义进程影响的文化。”[②] “后殖民”并不仅仅指向时间，更是一种文化形态。该书谈到印度传统文论对西方文论负面影响的解构作用时表示：“关于印度学习者和批评家在多大程度上可以将这些传统应用于当代文学批评，存在着争论。争论的核心在于梵文学者们所提倡的‘高度成熟的理论’能否或实际上是否曾经被‘应用于文艺作品的评价上’。”[③] 尹锡南指出，事实上，运用印度古典文艺理论对西方文学作品进行分析阐释的传统伴随着印度学者的觉醒而逐渐深入发展。这一过程可以将印度独立作为分界，如果说在独立之前一些学者的尝试是非自觉的，那么独立之后的印度学者在梵语诗学的现代运用方面做了自觉而系统的工作。[④] 大文豪泰戈尔就是诸多文学学者中的重要一员。

一　泰戈尔味论批评产生的历史语境

泰戈尔诗学是在以英国为主的西方文化与印度文化碰撞、交流的宏观历史语境中产生并发展的。在泰戈尔生活、成长与创作的年代，英国在孟加拉地区的统治已经广泛而深入，英国文化在当地的上层文化中影

① Indra Nath Choudhuri, “Tagore on Literary Criticism,” in Ashis Sanyal ed., *Rabindranath Tagore, A Versatile Genius*（Kolkata: Naya Udyog, 2012）, p.8.

② 比尔·阿希克洛夫特、格瑞斯·格里菲斯、海伦·蒂芬：《逆写帝国：后殖民文学的理论与实践》，任一鸣译，北京大学出版社，2014，绪论，第 1 页。

③ 比尔·阿希克洛夫特、格瑞斯·格里菲斯、海伦·蒂芬：《逆写帝国：后殖民文学的理论与实践》，任一鸣译，北京大学出版社，2014，第 112 页。

④ 有关印度独立后梵语诗学的现代运用的发展脉络和成就，具体参见尹锡南《梵语诗学与西方诗学比较研究》中的相关章节（巴蜀书社，2010）。

响深远，并且蔓延到普通民众的日常生活当中。其中一个很重要的表现就是使用英语成为一种社会风尚，而英语教育的普及在很大程度上影响了个人与社会的文化状态。孟加拉的青年学生们学习英语的心态也在变化着，他们“像借用别人的服饰，起初是忐忑不安的，但慢慢地，他们心中产生了借用外来之物的骄傲。享受英国财富的权力，当年相当稀罕，只有极少数人获得。狭小范围内一些学过英语的人，过分奢侈地使用新学的英语”[①]。而面对丰富和悠久的孟加拉语言文学，当地许多有学识的青年却觉得：“在交谈、写信、文学创作时，把脚伸到英语的外面，对当时的知识分子来说，是有失身份的举动。”[②]这样的观点不仅仅存在于青年学生当中，不少从事印度语言文化的学者也有此意，在他们看来，孟加拉语无法荣登大雅之堂，“他们为孟加拉的贫乏而感到羞愧。他们觉得孟加拉语像又浅又窄的一条河，齐膝深的水，只能让村民每天用于做一般的家务活儿，国内外的货船无法在河上航行”[③]。在西方文化的巨大冲击下，孟加拉传统文学和文论资源面临着很大危机。

面对这样的扭曲观点，泰戈尔当然不会无动于衷。泰戈尔在面对西方文化和印度传统文化时，没有简单持有二元对立的观点，而是在学习与思考的过程中努力使其走上一条相互借鉴与融合的道路。侯传文认为：“泰戈尔与西方文化有着复杂的纠葛，这种纠葛主要表现为学习态度、对话意识和批判精神的交织。从历时的角度看，泰戈尔诗学与西方文化的关系可以分为学习、对话和反思批判三个阶段。实际上，学习态度、对话意识和批判精神都贯穿在他诗学思想发展的全过程，只是每个阶段有所侧重而已。”[④]

“味”（rāsa），又译为情味，是印度古典诗学的一个重要概念，在

① 泰戈尔：《孟加拉文学的发展》，载白开元编译《泰戈尔笔下的文学》，中央编译出版社，2016，第162页。

② 泰戈尔：《孟加拉文学的发展》，载白开元编译《泰戈尔笔下的文学》，中央编译出版社，2016，第162页。

③ 泰戈尔：《孟加拉文学的发展》，载白开元编译《泰戈尔笔下的文学》，中央编译出版社，2016，第162页。

④ 侯传文：《话语转型与诗学对话——泰戈尔诗学比较研究》，中国社会科学出版社，2010，第247页。

印度诗学中形成了完整而丰富的味论体系。“味”也是泰戈尔诗学体系中的一个重要范畴。至于什么是“味”，泰戈尔在《什么是艺术》中有一个著名的论断：“我们的感情就像是胃液，将外部世界的表象转化成我们更亲近的情感世界。另一方面，外部世界有属于自己的汁液，它们中的一些特质可以引起我们的情感活动。在梵语中，我们称之为‘味’，这一过程意味着外部汁液在我们的情感世界中引起的反应。”① 在泰戈尔看来，情味是内在心灵与外在世界沟通的方式之一，泰戈尔在《世界文学》中写道：“心灵渴望把自己的激情与外部世界相结合，因为它自身是不完善的。”② 并且从更高的层面上来说，“在品尝情味的同时，我们认识到了其中存在的自我，同时通过体悟文学中的情味，我们甚至完成了自我实现”③ 。泰戈尔经常以味论为方法进行文学评论，并提出史诗主要表现“英雄情味”、历史小说要有“历史之味”等重要诗学思想。

泰戈尔认为文学情味具有非功利性，正是这种非功利性才使得心灵获得了自由。泰戈尔认为：“在我们的修辞经典里，情味一直被说成是无原因的、难以言状的东西，因此，从事情味生意的人在我国不会缴纳实用市场的税收……但我听说，西方国家的一些学者，不同意把情味看作诗歌的最好原料，在情味底下是否存在残渣，他们想把它们放在天平上衡量，然后决定诗歌的价值。”④ 在《文学的实质》一文中，泰戈尔更加明确地说明了文学的非功利性以及文学情味的非功利性：“纯粹的文学是非实利的，它的情味是无原因的，这个观念是十分重要的。”⑤ 他十分明确地肯定：“在不能以非世俗激情进入心灵的语言里，不可能有文学情味

① Rabindranath Tagore, “What Is Art,” in *Personality, Lectures Delivered in America* (Macmillan And Co., Limited, 1917) , pp. 14-15.

② 泰戈尔：《世界文学》，倪培耕译，载刘安武、倪培耕、白开元主编《泰戈尔全集》（第 22 卷），河北教育出版社，2000，第 90 页。

③ S. K. Nandi, *Art and Aesthetics of Rabindranath Tagore*, The Asiatic Society, 1999, p.65.

④ 泰戈尔：《诗人的辩白》，倪培耕译，载刘安武、倪培耕、白开元主编《泰戈尔全集》（第 22 卷），河北教育出版社，2000，第 198 页。

⑤ 泰戈尔：《文学的实质》，倪培耕译，载刘安武、倪培耕、白开元主编《泰戈尔全集》（第 22 卷），河北教育出版社，2000，第 267 页。

的创造和文学形式的创作。”[①]

对味论的思考贯穿了泰戈尔的一生，泰戈尔晚年回忆道：“多年以来，我执着地谈论着情味的奥秘，人们可以从我各个时期的文章里认识它。”[②] 在泰戈尔一生丰富的创作中，味论占有重要地位。一方面，在创作不同体裁的作品时，“泰戈尔进一步突破了传统的形式，创作了许多独具一格的诗剧和歌剧，在这些作品当中，故事的情节、韵律的激情和音乐的优美和谐地自成一体，创造出了特色鲜明的情味体验”[③]；另一方面，面对复杂的文化形势，泰戈尔没有盲目固守传统或者追随西方，而是在不断的实践中，尝试为传统话语注入新的活力。

二　继承传统的实践

在运用传统味论“解殖”的尝试中，泰戈尔的主要方式是运用传统味论诗学的审美标准来鉴赏和阐释印度文学以及西方文学，而不是盲目地将西方文学理论“拿来”肢解印度文学，更不是不加思考地认同西方文学批评家对西方文学的阐释。泰戈尔尤其擅长从世界文学中的名篇佳作入手，得出了许多令人耳目一新的观点。在这一过程中，泰戈尔熟练地运用典型的比较思维，在这一批评和阐释的思路下，印度文学和西方文学的某些特质更加明显地表现出来。

在写于1902年的著名批评文章《沙恭达罗》中，泰戈尔将印度古典名剧《沙恭达罗》与莎士比亚（William Shakespeare，1564—1616）的名作《暴风雨》相比较，从“味”入手，他认为虽然二者基本故事情节存在雷同，但是“两者的诗味迥然不同”[④]。泰戈尔通过分析两部作品中的人物形象、剧中人物与自然的关系等方面得出如下结论：《暴风雨》

---

① 泰戈尔：《文学的实质》，倪培耕译，载刘安武、倪培耕、白开元主编《泰戈尔全集》（第22卷），河北教育出版社，2000，第268页。

② 泰戈尔：《〈文学的道路〉序言》，倪培耕译，载刘安武、倪培耕、白开元主编《泰戈尔全集》（第22卷），河北教育出版社，2000，第183页。

③ আসিতকুমার বন্দ্যোপাধ্যায়, বাংলা সাহিত্যের সম্পূর্ণ ইতিবৃত্ত, কলকাতা, মর্ডান বুক এজেন্সী প্রাইভেট লিমিটেড, ১৯৯৫, পৃ.৪৮৩।

④ 泰戈尔：《沙恭达罗》，载白开元编译《泰戈尔笔下的文学》，中央编译出版社，2016，第108页。

充斥暴力、压迫、奴役，《沙恭达罗》则充满宁静、友好和善意，充满美和节制。泰戈尔主要从以下几个角度进行了阐释和总结。从人物形象上来说，两剧中的女主人公沙恭达罗和米兰达成长的环境、经历和性格完全不同。沙恭达罗与同龄女友一起长大，彼此热爱，相互交流，女孩子们的身心得到了正常的发育。而从小于幽僻之地长大的米兰达是由其父亲一个人带大的，她的性格也未能获得正常的发展，毕竟空间在人的性格生成中起到重要的作用，人物的主体性在一定程度上可以通过其所处空间体现出来，“主体性的场所和空间也是产物，这一点很关键。换句话说，我们栖居的空间和地方生产了我们，我们如何在那些空间中栖居其实是一件互动的事情”[①]。沙恭达罗热情单纯的性格与她从小生活在温馨静谧的环境中紧密相关，而长期压抑的生活空间也在很大程度上塑造了米兰达孤寂的特质。

从剧中人物与自然景物的关系来说，迦梨陀娑的笔法使得剧中人物与景物相互交融，他“没有把在他的剧本中描写的自然景物抛在一边，而是把自然景物在沙恭达罗的性格中也展现出来”[②]，沙恭达罗身处的自然环境是读者理解人物不可分割的重要部分。而在《暴风雨》当中，米兰达的形象与她所生活的海岛景物完全疏离。读者不是在米兰达的心中感受到岛上的自然景物，而是在莎翁对事件的描述中看到那座幽静的海岛，“这座海岛对诗剧故事来说，是需要的，可对人物来说，并非必不可少”[③]。

泰戈尔认为最重要的一点是，从两部戏剧的情节冲突来说，《沙恭达罗》与《暴风雨》虽然都表现了矛盾，但是推动情节的动力完全不同：在《沙恭达罗》中是浓烈的爱意，在后者中却是强烈的仇恨。泰戈尔着重强调，其中有一点处理方式很关键：迦梨陀娑通过云游仙人杜尔巴沙[④]的

---

① 凯·安德森、莫娜·多莫什、史蒂夫·派尔、奈杰尔·思里夫特主编《文化地理学手册》，李蕾蕾、张景秋译，商务印书馆，2009，第431页。

② 泰戈尔:《沙恭达罗》，载白开元编译《泰戈尔笔下的文学》，中央编译出版社，2016，第113页。

③ 泰戈尔:《沙恭达罗》，载白开元编译《泰戈尔笔下的文学》，中央编译出版社，2016，第112页。

④ 杜尔巴沙是一位云游仙人，在剧中，当沙恭达罗思念此时远去的豆扇陀时，一时忽视了仙人，杜尔巴沙就下了诅咒，将来国王豆扇陀会忘记沙恭达罗的存在。这一诅咒推动了戏剧的情节发展。

诅咒化解了由人性的丑陋而造成的强烈矛盾冲突。否则，豆扇陀否认与沙恭达罗的感情这一部分情节，会极大地破坏整个剧本中的和谐与宁静。因为在泰戈尔看来，“迦梨陀娑在《沙恭达罗》中关注的况味，在那种剧烈的动荡中，是无法维持的。他让剧本中弥漫着哀伤的气息，只是遮盖了令人痛恨的肮脏”[①]。相比之下，《暴风雨》中的情节在人物与人物之间、人物与景物之间都充满了强烈的矛盾冲突，将人性的缺点暴露无遗，正如泰戈尔所说，“一有表现强烈欲望的机会，欧洲诗人立刻兴奋不已。他们喜欢用夸张手法，展示人的欲望可以达到怎样的高度”[②]。

泰戈尔1932年写就的《现代诗歌》中也蕴含了深刻的思想。此时的泰戈尔处于晚年，对文学的思考更为深入，《现代诗歌》的写作背景也更加复杂。西方多种文学思潮此起彼伏，并且传播到了印度，在印度文坛也产生了种种影响，其中不乏效仿各种思潮进行创作的作家和流派。其中欧洲现代主义文学在印度的影响比较大，这一文学潮流进入印度文学文化领域后，许多青年在文学创作乃至生活方式上模仿现代主义的虚无、压抑和绝望的表象。泰戈尔作为一位伟大的作家，尽管他“创作时间跨度比较长，受过多种文学文化思潮的影响，思想也非常复杂，但他秉承的以人文主义为核心的启蒙理念始终没有改变。这样的核心理念与现代主义的非理性主义和非人性化大相径庭，使他在思想上对现代主义采取了总体拒斥的基本态度”[③]。在思考现代诗歌的美学理念时，泰戈尔认为西方目前的现代文学缺少了“诗味”。泰戈尔承认给“现代”一词下定义并不容易，“所谓‘现代’，其实质往往比具体时间更重要……它不是由时间，而是由审美取向所决定的”[④]。

---

① 泰戈尔：《沙恭达罗》，载白开元编译《泰戈尔笔下的文学》，中央编译出版社，2016，第118页。

② 泰戈尔：《沙恭达罗》，载白开元编译《泰戈尔笔下的文学》，中央编译出版社，2016，第123~124页。

③ 侯传文：《话语转型与诗学对话——泰戈尔诗学比较研究》，中国社会科学出版社，2010，第218页。

④ 泰戈尔：《现代诗歌》，载白开元编译《泰戈尔笔下的文学》，中央编译出版社，2016，第243页。

泰戈尔以印度传统味论为切入点，在比较的目光下综合审视现代主义文艺思潮，认为西方现代主义诗歌更多的是客观地描述物品本身，而极大缺少了“诗味”，进而极少含有打动人心的情感。诗歌中仅有对物品的烦琐描述而缺乏本应具有的“修饰”，泰戈尔认为这样的创作并不是真正的诗。诗的精髓应是“着力于在旋律、语言、形态中扩展想象，酿造感染力，这是必须承认的事实”[①]。诗歌失去了构成诗美的“庄严”，只是从科学的角度去剖析物体，并不能给人带来“味”的审美效应，在泰戈尔看来，“一首诗歌，应该由一句或者若干句蕴含丰富情味汁液的句子组成，应该由能够激发读者情感汁液的句子组成”[②]。由此可以看出，泰戈尔面对西方现代主义诗歌时，态度是比较强硬的，其中否定的成分居多。泰戈尔认为现代主义弥漫的消极情绪对刚刚成长起来的孟加拉文学是一种破坏。这里需要说明的是，泰戈尔并没有全盘否认现代主义文学，只是认为现代主义不是在孟加拉文化的土壤中自然生成的，如果只是不加批判地贸然“嫁接”，就会破坏文学本身的发展形态。

在论及西方当时的诗歌潮流时，泰戈尔以不多的文字提及了李白。他以李白的诗歌《长干行》为分析对象，认为这首歌中不存在任何令人感伤的情调，虽然诗歌的体裁比较常见，“但不缺少情味”[③]。他甚至还略带调侃地说，“假如略微扭曲风格，大加嗤嘲，就是一首‘现代诗’了”[④]。在泰戈尔看来，现代诗歌的创作者如果要写作诗歌，“没有一点难闻的气味，就难以清楚雅致，成不了现代诗。昔日的文苑有绮丽诗风，今时文苑也有绮丽诗风，旧时的绮丽诗风与情趣称兄道弟，今时的绮丽诗风则与臭肉情投意合”[⑤]。

---

① 泰戈尔:《现代诗歌》，载白开元编译《泰戈尔笔下的文学》，中央编译出版社，2016，第 246 页。

② Rabindranath Tagore, “What Is Art,” in *Personality, Lectures Delivered in America*（Macmillan And Co., Limited, 1917）, p. 15.

③ 泰戈尔:《现代诗歌》，载白开元编译《泰戈尔笔下的文学》，中央编译出版社，2016，第 257 页。

④ 泰戈尔:《现代诗歌》，载白开元编译《泰戈尔笔下的文学》，中央编译出版社，2016，第 257 页。

⑤ 泰戈尔:《现代诗歌》，载白开元编译《泰戈尔笔下的文学》，中央编译出版社，2016，第 257 页。

当然，现代主义诗歌的美学观点有自身的价值，在当时的欧洲，有现代主义文学发生和成长的成熟土壤。泰戈尔对现代主义的拒斥也有其自身的条件，他是站在保护传统文学发展和话语资源的立场上合理摒弃一些消极的因素，并没有全盘否定。

三　发展创新的实践：历史情味

在运用味论进行文学批评时，泰戈尔不仅努力尝试激活传统的诗学理论体系，而且在此基础上还有所创新。他在论述历史小说时便创造性地提出了“历史情味”这一概念，“印度的修辞学中，论述了九种基本情味。但还有许多不可言传的混杂情味，修辞学中没有命名……在那些未界定的情味中，有一种可称为‘历史情味’”①。泰戈尔运用历史情味这一观点来分析文学创作中历史与虚构的问题，当时许多历史学家认为文学的价值远远低于历史，历史学家们“决心在真实王国和想象王国之间划一条清晰的界限”②，指责历史小说的存在是荒谬的，不能为读者提供真实的历史信息。真实与虚构的关系是文学原理的根本问题之一，文学作品从来都不是为了给观众提供历史细节。在新历史主义的观点中，历史描述在本质上也是一种“叙事”，无论“历史如何‘真实’，背后总有编写者的目的，或者总具有更大的意识形态语境”③。文学是创作者在现实感受的基础上，在情感和想象中加工而成的艺术品，为读者呈现的是“人类历史的永恒真实”④。

在论述真实与虚构的问题时，泰戈尔不仅从历史情味出发，而且更加生动地说明了历史情味的运作方式：“与历史的接触中，使长篇小说产生一种特殊的历史情味。小说家渴求的是这种情味，而对历史真实不太理会。谁要是对小说中历史的特殊味道和气味感到不满意，而要在小说

① 泰戈尔：《长篇历史小说》，载白开元编译《泰戈尔笔下的文学》，中央编译出版社，2016，第74页。

② 泰戈尔：《长篇历史小说》，载白开元编译《泰戈尔笔下的文学》，中央编译出版社，2016，第72页。

③ 朱刚编著《二十世纪西方文论》，北京大学出版社，2006，第387页。

④ 泰戈尔：《长篇历史小说》，载白开元编译《泰戈尔笔下的文学》，中央编译出版社，2016，第73页。

中寻找完整的历史，那么这就意味着，他在做好的一道菜中，探寻完整的小茴香、香菜、姜黄、芥子。他要是能保持佐料的完好无损，做的菜肴味道也好，那他只管做。谁要是把佐料捣碎，搅浑，我们也不会与他争吵，因为，在这儿味道是唯一目的，佐料不过是配角。”① 换言之，历史小说并不是历史档案，“单纯的事实信息本身并不是文学，因为它们仅仅为人们提供了独立于人的史实”②，历史小说的核心还是要创造情味，目的是供人欣赏，而不是学习具体的历史事实。“对于小说等文学创作来说，与其说作品的内容是外部世界，不如说其实是作家的内心世界。”③ 一切可运用的历史材料都是作家创作的素材，创作者的任务是将材料融入文学叙事，而不是罗列材料本身。泰戈尔从“味”的本义出发，将文学“味道”的制作过程与烹制饭菜的过程相比，清晰地点明文学的实质。

需要注意的是，肯定小说中的历史情味，并不代表泰戈尔否认历史本身的作用，并不是一味鼓励作家完全凭借天马行空的想象进行文学创作。泰戈尔的目的是说明文学与历史有着各自不同的责任和作用，因此他给读者提出中肯的建议：“当下应做什么呢？读历史，还是读《艾凡赫》？回答十分简单，两者都读。为获得真实读历史，为赢得快乐读《艾凡赫》。担心学到的是谬误，万分谨慎，不让自己品尝诗味，心灵势必枯萎、衰竭。”④

泰戈尔运用历史情味理论阐释了诸多印度文学和外国文学。在泰戈尔看来，英国作家司各特（Walter Scott，1771—1832）的文学作品就蕴含着典型的历史情味，而有“孟加拉的司各特”称号的著名作家般吉姆琼德罗·丘多巴泰（Bankimchandra Chattopaadhyaaya，1838—1894）的作品更是丰富了现代孟加拉文学。泰戈尔在分析莎士比亚著名戏剧《安

---

① 泰戈尔：《长篇历史小说》，载白开元编译《泰戈尔笔下的文学》，中央编译出版社，2016，第 77 页。

② Rabindranath Tagore, “What Is Art,” in *Personality, Lectures Delivered in America* (Macmillan And Co., Limited, 1917), p. 15.

③ আসিতকুমার বন্দ্যোপাধ্যায়, বাংলা সাহিত্যের সম্পূর্ন ইতিবৃত্ত, কলকাতা, মর্ডান বুক এজেন্সী প্রাইভেট লিমিটেড, ১৯৯৫, পৃ.৪৯৬।

④ 泰戈尔：《长篇历史小说》，载白开元编译《泰戈尔笔下的文学》，中央编译出版社，2016，第 78 页。

东尼与克里奥·佩特拉》时就充分使用了情味概念。泰戈尔认为这部戏剧的故事情节可能时时刻刻都会发生，如果在现实生活中，那些不为人知、默默无闻的人物甚至都不会引起人们的注意，基本情节也是人世间经常上演的男女间的世俗爱情游戏。但是诗人将这些元素“交织着毒汁和琼浆”[①]，把它们置于一个宏大的历史舞台上，并且对其进行了升华。安东尼与克里奥·佩特拉的爱情故事能够在几百年间荡气回肠，是因为“诗人把历史意蕴和‘艳情’、‘悲悯’等情味相融合，它便成为震撼人心的悠久和博大”[②]。

四 结语

尼赫鲁大学英语教授卡布尔（Kapil Kapoor）在接受著名学者尹锡南的访谈时，面对印度的文学批评现状不无感慨：“印度受到西方影响已经多年，印度教育体制已被西方取代，印度传统思想文化不受重视。印度人心智上已经成为西方的附庸。西方的成为理论，而印度的东西则变为论据。某种程度上可以说，印度已经停止思考，我们在思想上依赖于西方，失去了独立性。30年前，我决定教授梵语诗学理论和哲学，提倡运用印度诗学理论来评价西方文学。我认为，印度的必须成为理论，让西方的成为论据。如果我们能够独立地运用自己的诗学理论，而不再一味借重西方话语，那我的初衷便实现了。”[③] 当然，卡布尔教授的言辞是表明自己为了激活民族传统话语的决心与努力，以及对于当时印度批评界唯西方马首是瞻、甘愿充当西方理论注脚这一现状的愤慨。这里必须要指出的是，面对不同文化系统的文本与理论，无论哪一方成为理论，哪一方成为论据，都是失之偏颇的。运用理论的目的是为阐释文本提供一种思考的切入点，而不是为使文本切合理论而“削足适履”。如果只

① 泰戈尔：《长篇历史小说》，载白开元编译《泰戈尔笔下的文学》，中央编译出版社，2016，第76页。

② 泰戈尔：《长篇历史小说》，载白开元编译《泰戈尔笔下的文学》，中央编译出版社，2016，第77页。

③ 尹锡南：《新世纪中印学者的跨文化对话——印度学者访谈录》，载乐黛云、李比雄主编《跨文化对话》（第19辑），江苏人民出版社，2006，第251页。

是为了彻底改变“西方的成为理论，而印度的东西则变为论据”的局面而大力倡导梵语诗学批评，那么即使在学者们的努力之下，让印度传统文论居于批评界的主导地位，“让西方的成为论据”，恐怕也是矫枉过正，不利于传统文论批评的健康发展。

作者系北京大学外国语学院亚非系博士研究生

乡村生活与建设实践在泰戈尔文学作品①中的表现*

李春香

内容提要 泰戈尔以诗闻名于世，却以丰富的思想和积极参与印度的民族民主运动、乡村建设实践和教育改革等成为印度的“良心”。泰戈尔曾经在加尔各答农村管理家族田产长达十余年，并主动承担起重建印度农村的责任。在和农民密切接触的过程中，泰戈尔的思想境界发生了天翻地覆的变化，农民的深重苦难引发了他强烈的同情心，泰戈尔创作了大量诗歌、散文和小说反映印度农村的各种问题，进入其文学创作的繁荣期。同时，印度农村的生活经历和乡村改革实践为泰戈尔提供了丰富的素材，深刻影响了他的创作风格、主题意蕴等文学内部因素。通过文本细读法深入探讨乡村生活与建设实践在泰戈尔文学作品中的表现，对于全面认识和理解泰戈尔十分必要。

关键词 泰戈尔 乡村生活 乡村建设 文学创作 文学风格

泰戈尔在《文学素材》里说，“文学的主要支柱，不是知识，而是

* 本文系国家社会科学基金重大项目“‘丝路文化’视域下的东方文学与东方文学学科体系建构”（19ZDA290）的阶段性成果。

① 这里的文学作品主要是指泰戈尔 1890 年接管田庄后所作，之前的暂不涉及。

情感”[①]。印度农村就是泰戈尔情感的重心所在，也是他文学作品的重要素材库。乡村生活及建设实践不仅促进了泰戈尔的文学创作，而且影响了他作品的风格、人物形象、主题与题材、艺术特色等文学的内部因素。

1890年，泰戈尔接管了家族的田产。起初，诗人对这一繁重的责任和陌生的领域有所抗拒。只因他不愿违抗父命才勉强答应，“但后来，他很感激父亲让他承担了这一责任。他不仅需要这种训练来成为一个真正的男人，而且在孟加拉乡村度过的那些年，加强了他与自然的亲密关系，并让他看到了这个国家的各种各样的风景。如果没有这样的机会，他可能永远也不会知道这么多”[②]。此后，泰戈尔的诗歌、小说、散文等作品中随处可见乡村生活的影子。可以说，乡村生活与建设实践在成就一个伟大文学家方面功不可没。

一 对乡村自然风物的钟爱

泰戈尔曾经在孟加拉农村生活了十年之久，后来由于负责教育改革和乡村重建工作一直生活在加尔各答农村桑蒂尼克坦。和城市相比，乡村与自然的关系更为密切。在近代印度，尽管殖民统治和工业文明已经侵入农村，但是乡村仍然保留着相对原生态的自然风貌。生活在乡村，就是生活在大自然的怀抱中。泰戈尔天性热爱自然，来到乡村后，他不仅很快就适应了繁杂的管理工作，而且十分享受这里美丽的自然风光。他用心感受着乡村的一切，林木、碧草、河流、田园、稻谷、繁花等等，这些自然风物频频走入他的文学作品中，使他的作品流溢着芬芳的泥土气息。

（一）源于乡村的意象

在泰戈尔的文学作品中，经常出现河流、山川、稻田、香蕉树、芒

① 董友忱主编《泰戈尔作品全集》第4卷（下），董友忱等译，人民出版社，2015，第879页。

② Krishna Kripalani，*Rabindranath Tagore: A Biography*（Calcutta: Visva-Bharati Publishing Department, 2008），pp. 144-145.

果林等源于乡村的意象。掌管田产期间，泰戈尔乘船去巡视孟加拉乡村，他穿过沼泽、湖泊，饱览了乡村的秀丽景色，观瞻农民劳作和生活的美丽画卷，诗人的心里充满了新奇感。诗人晚年回忆当时的心情时写道："城市养育的我，投入农村的温馨怀抱，兴奋地东张西望，好奇心得到充分满足。"① 乡村的美丽景色刻印在诗人心中，借助他的生花妙笔生动地呈现在读者眼前。

1894年出版的诗集《金船集》就是诗人乘着船屋在河流纵横的孟加拉乡村巡游时所作。诗人这样描绘当时的情景："恒河平原的新奇，是流动的富丽的新奇。不仅如此，许多熟悉和不熟悉的东西，在我的脑海聚集。我不能说，孟加拉邦是个陌生地区；我懂得它的语言，懂得它的音乐。比起映入眼帘的景物，更多的景物以丰富多采的形态进入我心灵的内宅。"② 乡村的景色触动了诗人敏感的心灵，在他的心里酝酿成一部部色彩缤纷、内涵丰富、寓意深刻的文学佳作。

例如诗集中的第一首诗《金船》描绘了这样一幅图景：

云雷轰响，大雨如注，
我坐在河滩孤独无助。
刚割下的稻谷，
一堆堆，一簇簇，
河中波涛起伏，
呼啸着奔去。
割稻时突然下起大雨。

我孤单地守着一小块地，
周围汹涌的河水在嬉戏。
遥望河对岸，
林荫如墨染，
村舍罩云幔。

---

① 《泰戈尔笔下的印度》，白开元译，中央编译出版社，2015，第227页。

② 董友忱主编《泰戈尔作品全集》第2卷（上），董友忱等译，人民出版社，2015，第5页。

……
是谁唱着歌谣驾船而来？
那么熟悉，他魁伟的身材。
……
下船，含笑
将金色水稻
搬上船堆好，
然后远行——
……
乌云滚滚，
雷声阵阵，
独我一人，
河边踯躅。
金船载走所有稻谷。①

在一个雨天，诗人独自坐在田地边上眺望远处的河流。一条金色船缓缓驶来，装满田里收获的庄稼后离开了河岸，驶向远方。诗人由此创作了这首诗。诗歌中，河滩、稻谷、波涛、林荫、村舍等意象组成了一幅典型的孟加拉乡村风景图，令人浮想联翩。同时，这些意象也承载着诗人深刻的哲思。孟加拉文学界曾经对“金色船”象征着什么进行了激烈的讨论。诗人自己曾这样解释，“金色船象征着人生，而稻谷则象征着人生的收获；载着人生收获的金色船在人生的长河里行驶，将我们抛在后边”②。泰戈尔在不同的场合表达过这样的观点，即人生的价值在于奉献。诗中的“我”将自己的劳动成果无私地送给陌生人，暗指诗人的奉献精神。诗的最后，诗人想把自己也献给陌生人，但船已装满了稻谷，没有“我”的空间，“我”只好独自在岸上踯躅。此时的诗人正在什莱多赫管理田产，同时进行着乡村改革的实验。他的改革并不顺利，村民们并不相信这位出身高贵的婆罗门地主真的是来造福乡里的。他们

① 董友忱主编《泰戈尔作品全集》第2卷（上），董友忱等译，人民出版社，2015，第8~9页。

② 董友忱:《天竺诗人——泰戈尔》，人民出版社，2011，第201页。

带着怀疑的心情观望着诗人所做的一切，这令诗人多少有些失落与孤单。他在村里办学堂、修道路、建码头、开夜校、促生产、建医院、开银行，千方百计鼓励农民自力更生、自尊自爱。尽管后来取得了骄人的成绩，但开始时的千难万阻令诗人百感交集。与诗人当时的处境相联系，诗歌结尾岸上那个孤独的"我"就很容易理解了。《金船》呈现给读者的是一幅乡村丰收的图景，预示着孟加拉农村的美好未来，同时也以隐喻的方式表现出诗人当时的心境，是情与景的完美融合。

《金船集》里的另一首诗《大地》由眼前的大地、嫩草、苍苔、枝条、树皮、金色的稻穗、绽开的花蕾、浩渺无际的大海等意象延伸开来，在"心灵的图版上""描绘远方的景色"，诗人"在想象中游历远方的海滨、极地"[①]、渔村、白帆、渔船、涧水、小山等等，他想"把自己融入潺湲的河流之中，/为两岸民众新建起的许多村寨送去甜水；/消除他们的干渴，吟唱歌曲"[②]。接着，诗人想象的翅膀飞到世界各地，最后冲破了一切障碍，"没有任何宗教，没有传统习俗，/没有重重阻挠，没有烦闷忧愁，/没有亲与疏，没有矛盾和争斗"[③]。诗人要"穿越生命的风暴"，过"那种放浪形骸的生活"。诗人的思想穿梭于广阔的原野、鸟兽、绿树、青藤中，诗人的意识借助一系列自然意象在现实与想象中自由驰骋，虚实相生，给读者一种自由奔放、酣畅淋漓的阅读体验。

另一首《荆棘的自白》以生活中随处可见，却又常常被人忽略的荆棘作为诗歌的主角，他面对莲花轻盈的体态、香甜的花蜜却毫不羡慕，他对自己有着清醒的认识，"唉，我不是你们那种快活的生灵——/我不谙你们的喜怒哀乐、艳丽的褶裙。/我赤身裸体，凭自己的毅力在世上存活，/谁敢在地上蹂躏我？/谁敢驱赶我？/我不像你们属于一瞬，/我属于世上白昼的永恒，/飓风暴虐，大雨倾盆，我不恐惧"[④]。骄傲的荆

① 董友忱主编《泰戈尔作品全集》第2卷（上），董友忱等译，人民出版社，2015，第130页。

② 董友忱主编《泰戈尔作品全集》第2卷（上），董友忱等译，人民出版社，2015，第131页。

③ 董友忱主编《泰戈尔作品全集》第2卷（上），董友忱等译，人民出版社，2015，第131页。

④ 董友忱主编《泰戈尔作品全集》第2卷（上），董友忱等译，人民出版社，2015，第144页。

棘什么都不怕，他常年独居却不孤单，没有娱乐也不无聊，不被关注也无所谓，因为他有自己的信念，“我虽然身材瘦小，却很勇猛，/ 不畏惧任何人！ / 我的贫乏是我的士兵，/ 胜利必定属于本人”[①]。诗人选取荆棘这一稀松平常的意象，展现的却是它非凡的勇气和自信，而这正是印度农民所缺乏的宝贵品质。诗人借此鼓励那些常常被人忽略的农民，诗中洋溢着的积极向上的精神，使读者在获得审美愉悦的同时，得到精神上的升华。

此外，诗集《吉德拉星》（又译《缤纷集》）是诗人在什莱多赫管理田产时所作，诗集描绘了五彩缤纷的乡村生活——旷野、森林、红莲、羌巴花、牧场、蔓藤、水波、菩提树等等，这些乡村意象组成了一幅幅生动的乡村生活风貌图。

其中的第二首诗《安逸》描绘了安逸的乡村生活带给诗人的美妙感受：

今日万里无云；
快乐的碧空友人似的微笑；
轻柔的和风把惬意泼向人们的胸脯、眼睛、脸面，
宛如酣睡的方向女神无形的衣襟拂偎着人体。
莲花河宁静、平滑的水面上轻声驶过一只木船。
……
绿荫浓郁的树木掩映着农舍；
一条清瘦的小路从很远的村落逶迤地爬过田畴，
爬近莲花河，
好似干渴的长舌。
……
我站在船上眺望两岸的风景：
晴空像蓝云母，纯洁，透明；
沐浴着晌午阳光的碧波、林木、河滨呈现奇妙的缤纷色彩；

① 董友忱主编《泰戈尔作品全集》第 2 卷（上），董友忱等译，人民出版社，2015，第 146 页。

从莲花河岸边的丛林，
热风时而送来芒果的花香，
时而送来树枝上蹲着的小鸟疲乏的鸣啼。①

万里无云的碧空、轻柔的和风、莲花河上轻轻驶过的木船、绿荫浓郁的树木、清癯的小路、芒果的花香和小鸟的啼鸣，组成了一幅静谧、轻松、幸福而美丽的乡村图景。一切都在这里安静下来，诗人细细体味这样的安逸，感到它是如此“纯真”。

而《尘土》和前文提到的《荆棘的自白》一样，以最卑微的尘土为意象，将尘土比喻为母亲，她庇护着身居底层的最低贱的人，忍受着仇恨却不恨人，默默养育着亿万苍生。“你干涩，播布的是温柔——/ 你贫穷，奉献的是稻谷、珠玉。/ 万民的脚下你安之若素，/ 你的裙下是忘却的一切。/ 你怀里不停地装进‘新颖’，/ 古朴也搂在胸口，哦，尘土母亲！”② 常常被人们忽略的尘土，却是孕育一切、包容一切的母亲。尘土意象很容易让人联想到印度那些默默无闻、忍受着一切苦难的农民。这里，泰戈尔以尘土为喻，提醒人们重视农民的价值。

同期创作的《春收集》（曾译《收获集》）是诗人行船到巴蒂萨尔地区的纳格尔河时所作，这里有浓郁的乡村气息。诗集中的《乡村》直抒胸臆，表达了诗人对乡村的无比热爱：

我与它朝夕相伴——
陪伴它的空气，它的流水，
它的花卉和田园。
我爱它如爱江河的乐调，
如爱鸟儿的歌唱，
如爱森林的葱绿、柔美，
如爱清晨的霞光。

① 董友忱主编《泰戈尔作品全集》第2卷（上），董友忱等译，人民出版社，2015，第171~172页。

② 董友忱主编《泰戈尔作品全集》第2卷（上），董友忱等译，人民出版社，2015，第258页。

在我眼里它无比美丽，如晚香玉，
如幽美的黄昏，
如露浣的至纯至洁的朝霞，
如天边的启明星。
它与我的关系，密切如同雨水，
如同无垠的蓝天，
如同榕树的绿荫，如同午夜的酣睡，
如同小河的波澜。
我质朴的歌儿，如同溢出眼眶
扑簌簌滚落的泪滴——
如同心苗茁壮生长的生命，
它与我的情谊。①

花卉、田园、江河、森林、朝霞、黄昏、绿荫等意象，传达着诗人对乡村发自内心的爱，诗人用一系列比喻形容自己和乡村的至亲关系仍觉不够，最后，诗人以质朴的歌、满眼的泪和茁壮的生命来表达自己的情愫，一气呵成，情感不断升级，直到抵达生命的高度，令人回味无穷。

（二）以乡村风物为喻

泰戈尔喜欢选取乡村的意象表情达意，也擅长以乡村风物为喻，加上他灵动的哲思和高妙的文笔，读来既通俗易懂又耐人寻味。如诗人在看到印度各地以宗教名义举办的庙会已成为滋生歪风邪气的温床而没有引起人们的足够重视时说："这种现状，有如被忽视的农田不生长农作物，只长野草和荆棘。"② 在泰戈尔的理想中，庙会的作用应当是为农村提供感受宏大外部世界的重要媒介。诗人希望社会上的有识之士能够充分利用庙会熟悉民众、贴近民心，就农民面临的学校、道路、池塘、草场等方面悬而未决的问题提出切实可行的解决办法，这样，印度就有希

① 董友忱主编《泰戈尔作品全集》第 3 卷（上），董友忱等译，人民出版社，2015，第 17~18 页。

② 《泰戈尔笔下的印度》，白开元译，中央编译出版社，2015，第 130 页。

望在很短的时间内振奋起来，奔向新的未来。然而现实的庙会却变了味道，不仅没能解决已有的问题，还增加了新问题。这样的现象如果不及时制止，印度这个大“农田”里不但会颗粒无收，还可能因“野草和荆棘”丛生而荒芜。这样的比喻将问题的严重性和急迫性形象生动地展现出来，容易使人理解和接受。

长篇小说《纠缠》中类似的例子也不少，小说讲述的是地主古沙尔家族与贾杜吉家族几代人之间由于祖上的一次械斗而引发的纠葛。没落的贾杜吉家族的后代比普罗达斯在万般无奈之下将妹妹嫁给了再度兴旺的古沙尔家族的后代——财大气粗的莫图苏东，后者在结婚的时候大肆报复，令贾杜吉家颜面扫地。比普罗达斯忧思成疾，一病不起，眼看着妹妹就要到宿敌家中做新娘了，和病魔做斗争的他陡然萌生了出家的想法，这使他的心情突然松弛下来，“对人生的眷恋，对家庭生活的忧虑，在他看来，全像作物割尽的农田，灰蒙蒙的”[①]。那灰蒙蒙、空荡荡的农田，使比普罗达斯前边全副武装想要掌控一切、挽回家族尊严时的紧张感与后边突然决定抛却所有、遁入空门时的松弛感形成了强烈的对比，张弛之间将主人公的内心世界贴切地描述出来，蕴含着深刻的人生哲理。

在长篇小说《戈拉》中，正统印度教教徒比诺耶和梵社成员波雷什一家由陌生到相识，由非常熟悉再到因为他和波雷什的女儿洛莉达的交往遭人非议后不得不与这家人断绝往来，比诺耶的心里感到异常空虚。泰戈尔这样描述他当时的感受：“他现在觉得，自己仿佛是一条离开了水跳到岸上的鱼。无论从哪一方面来讲，他的生活都得不到一点支持。”[②]“离开水的鱼”形象地将比诺耶当时的处境和感触表现出来，这样的比喻很容易让人想到诗人乘着船屋遍游孟加拉乡村的经历，如果没有这样的经历，没有对乡村生活的细心观察，就很难写出这么生活化的比喻。

类似这样的比喻在泰戈尔的作品中俯拾即是，可见在泰戈尔心里，

---

① 董友忱主编《泰戈尔作品全集》第5卷（上），董友忱等译，人民出版社，2015，第497页。

② 董友忱主编《泰戈尔作品全集》第3卷（下），董友忱等译，人民出版社，2015，第800页。

乡村风物是他取之不尽、用之不竭的宝库，他目力所及、心之所向之处皆是乡村的景象：村舍草棚、田埂麦浪、青草蔓藤、果树娇花、江海渔船等等，都是他入文的对象。

二　源于乡村的人物形象塑造

在泰戈尔的文学作品中，真实的乡村人物常常成为重要的主角。如在《孟加拉掠影》里，诗人介绍了孟加拉地区一个特殊的人群——贝德人的生活状貌。贝德人以编织竹器、贩卖土特产和耍蛇为生。他们居无定所，不向地主交租。每到一处，就搭起简易帐篷，人在里头直不起腰。“他们在帐篷外面做各种活计，晚上钻进去挤在一起睡觉。贝德人的习性亘古如斯，有点像吉普赛人。……他们携儿带女，赶着狗，轰着猪，到处流浪。警察时时以警惕的目光监视他们。”[①] 诗人常常立在窗前看他们干活儿。贝德人皮肤黧黑、身材矫健、相貌端正，贝德女性身段匀称而苗条，长相俊俏，热烈大方的举止行为颇像英国女性。“寥廓的天空下，凛冽的寒风中，裸露的田野上，爱情、儿女、家务、劳动……组成他们的奇特生活。”[②] 他们不停地忙碌，一个女人做完手头的活儿，立即坐到另一个女人身后，解开她的发髻认真地捉虱子。这就是贝德人的日常生活情境。

一天上午八九点钟，贝德人家里突然人声嘈杂。原来是警长来找他们的麻烦了。贝德人的头领神色慌张，用发颤的声音争辩着。一个专心削竹篾的女人霍地站起身来，毫无惧色地对警长进行连珠炮似的反驳。警长的气焰大为收敛，走时态度软了很多，可是没走多远，忽然气急败坏地吼道：“听着，快给我滚蛋！”诗人以为贝德人会拆掉帐篷，打点行囊迁往别处，然而并没有，“他们照样做饭，照样捉虱子，照样坦然地削竹篾”[③]。此番景象让诗人想起到他公事房告状的一个蒙着面纱的农妇，她的话音里也没有忧郁、悲切与惶恐，只有清晰争辩的执拗。她一

① 《泰戈尔笔下的印度》，白开元译，中央编译出版社，2015，第 265 页。

② 《泰戈尔笔下的印度》，白开元译，中央编译出版社，2015，第 266 页。

③ 《泰戈尔笔下的印度》，白开元译，中央编译出版社，2015，第 267 页。

个劲儿地申诉，不容别人解释孰是孰非。泰戈尔暗自觉得好笑，不和她争论。她侧着脸，从面纱后面斜眼观察诗人的表情。

这些活灵活现的人物就生活在泰戈尔身边，他经常与他们打交道，观察他们的生活与言行，积累了丰富的人物原型和创作素材。这些人物不知不觉走入他的文学作品中，较为典型的例子如下。

（一）《邮政局长》的人物原型

短篇小说《邮政局长》是泰戈尔到乡村后不久写成的。这篇小说的创作灵感来源于一个从城里到乡村工作的邮政局长。他任职的邮局正好设在泰戈尔的办公楼上。这个年轻的邮政局长受过良好的教育，他经常到泰戈尔的办公室和他聊天，泰戈尔也很喜欢听他讲千奇百怪的故事。闲聊中，他流露出对乡村生活的厌倦情绪和孤独的情感。这些情愫被善于联想的泰戈尔捕捉到，他以这个年轻人为原型创作了《邮政局长》。

邮政局长是一个从加尔各答到边远农村工作的有教养的青年人，他不善于和人交际，菲薄的工资令他不得不自己动手做饭。生活清苦而又无聊，看不到什么前途。村里一个父母双亡的孤女——萝坦偶尔帮他打打杂，但很少在他这里吃饭。萝坦十二三岁，在当时的印度已经到了结婚的年龄，但她没有父母为她准备高昂的嫁妆。邮政局长教萝坦识字，和他讲述自己的家人，渐渐地，邮政局长及其家人走进了萝坦心里。萝坦将邮政局长当作自己的兄长，将他的家人当作自己的家人，她在心里想象着他们的形象，同时也编织着自己虚幻的梦想。邮政局长生病期间，萝坦像母亲一样对他悉心照料，“她请来了医生，及时地给病人喂药，整夜地伺候着病人，亲手为他做可口的饭菜”①。经过萝坦的努力，邮政局长的身体慢慢恢复，但仍然很虚弱。他决定尽快离开这个乡村，于是向上级递交了请求调动工作的申请，萝坦则像往常一样每天坐在门外期待着兄长的召唤。一天，邮政局长终于召唤了她，告诉她他第二天就要离开。萝坦十分伤心，她鼓足勇气请求邮政局长把她也带走，但这是邮政局长想也没有想过的问题。邮政局长认为只要将萝坦像一个

① 董友忱主编《泰戈尔作品全集》第 8 卷（下），董友忱等译，人民出版社，2015，第 709~710 页。

物件一样托付给下一任照顾就可以了，这在客观上本来是一种真挚的同情和关怀。可是，他并不了解萝坦的真实想法。临走时，邮政局长把萝坦叫到身边，想要把所有的薪金送给她。萝坦失声痛哭，她跪下抱住邮政局长的双脚说："兄长先生，我向你敬礼，祝你幸福！你什么东西也不要给我！我不需要任何人为我担忧。"① 说完就跑走了。邮政局长叹了一声，上了船，但是这个普通农村姑娘那可怜的小脸所呈现出的无法形容的痛苦令他的心感到一阵阵剧烈的疼痛。他曾有过返回去将那个被世界抛弃的孤女带走的强烈想法，可是为时已晚。"随着河水的流淌，这位旅客的心灵，浮现出这样一个真理——在生活的洪流中，人间有过多少悲欢离合！有过多少生死轮回！回去有什么结果呢？人世间谁关心谁呢？"② 而孤女萝坦却无法理解这样的真理，她还流着泪，怀着一线希望，围着邮政局长的屋子不停地徘徊。

邮政局长的做法无可指摘，他尽己所能去帮助那个无依无靠的农村姑娘，但是他的帮助非但没能令女孩幸福，反而增加了她的痛苦，这是这个青年当时想象不到的。作为一个刚刚走上工作岗位的青年，他自己的前途也无法保障，他提交的申请没有得到回复，只好辞职返回加尔各答，他的未来也是个未知数。在这种情况下，他只留下自己必要的生活费，此外的微薄工资都给萝坦，这已难能可贵，这是他能为这个孤女所做的所有努力。他身上闪现出了对弱势群体的人道主义精神，也有着普通人的脆弱与无力。在泰戈尔的人物画廊里，邮政局长是一个非常特别的存在。他不像《戈拉》里的戈拉、比诺耶、哈兰等青年那般斗志昂扬、能言善辩、充满热情与朝气，相反，他是那么沉静，对周遭的一切那么淡然，却并不冷漠。他试图帮助农村那个无依无靠的姑娘，尽管能力有限。他是那么普通，给人的印象却如此深刻。

（二）系列女性形象的塑造

久居农村，泰戈尔有了观察农村生活的机会。他经常坐在"帕德

① 董友忱主编《泰戈尔作品全集》第8卷（下），董友忱等译，人民出版社，2015，第711页。

② 董友忱主编《泰戈尔作品全集》第8卷（下），董友忱等译，人民出版社，2015，第712页。

玛”号上观察农民的劳作和生活：农夫在地里耕田，渔夫在河里撒网，村妇在河边洗衣，孩子在野外戏耍……这种细致入微的观察丰富了他的思想，为他的想象力插上了强劲的翅膀，这让他塑造了许多生动鲜活的人物形象，特别是那些命运各异的女性形象。

一天，泰戈尔看到河岸上有一群女人好像在为什么人送行。人群中一个十一二岁、怀里抱着婴儿的女孩吸引了他的注意。这个女孩丰满健壮，给人感觉足有十四五岁。她皮肤黧黑，却长相俊俏，男孩子似的短发增添了几分英气。女孩好奇地望着泰戈尔，毫不羞涩，眼神中透着单纯、直率和智慧之光。男性的冷漠和女性的妩媚奇妙地在这个女孩身上结合，令泰戈尔久久难忘。后来，泰戈尔创作的一些纯真、倔强的少女形象多与河边那个短发少女有着某种联系。

如短篇小说《结局》中的女主人公姆琳迈伊被男人们称为村里的“野人”，她倔强的野性令已婚妇女深感忧虑。她喜欢跟男孩子一起玩儿，对同龄的女孩子却不屑一顾。“姆琳迈伊的脸不像个女孩，更像个男孩。剪短的鬈曲的头发只拖到肩上，两只大大的黑眼睛没有一点儿恐惧或羞怯的神色。”[①] 刚毕业的大学生阿普尔巴看中了这匹“野马”，把她娶回家，却发现她很难被“驯服”。姆琳迈伊不想结婚，她趁着夜色从婆家逃走，乘船去找她的父亲，不料在睡梦中被送回了婆家。隔天，她的丈夫半夜叫醒她，带着她一起逃离婆家去找她的父亲。这一行为将这对年轻夫妇的心紧紧连在一起，丈夫的宽容和理解使姆琳迈伊这匹“野马”有了归家的渴望。

姆琳迈伊这个活泼开朗、野性未泯、天地不怕的女性形象的刻画给整部小说增添了欢乐畅快的气氛。在婆家为大的环境中，姆琳迈伊表现出印度女性少有的不屑一顾。在丈夫是神的观念统治下，姆琳迈伊对自己的丈夫没有丝毫的敬畏，在丈夫去加尔各答读书前请求她给一个爱情之吻时，她的吻因为她数次忍不住哈哈大笑而以失败告终。这个天性乐观、无所顾忌的女子深深地吸引着阿普尔巴，他希望给妻子充分的时间和空间，也给她足够的宽容与爱，尽管这使他忍受着痛苦与煎熬。临行

---

① 刘安武、倪培耕、白开元主编《泰戈尔全集》（第9卷），董友忱等译，河北教育出版社，2000，第284页。

时，他告诉姆琳迈伊，如果她不写信，他就不回家。起初，姆琳迈伊不觉得怎么样，可是她回到娘家后发现一切都变了，她已经不再是从前那个小孩子了，这个家也不像以前那样欢乐了，她想念婆家，想念丈夫，于是又返回了婆家，与婆婆重归于好。这是一个做事果断的姑娘，她凡事顺从自己的心意，从不犹豫。她思念丈夫就给他写信，丈夫不回来她就和婆婆一起去找他，在姆琳迈伊那里，没有怀疑，没有忧伤，只有行动，因而减少了许多不必要的误会与麻烦，使整个故事清新流畅。这样一个形象在泰戈尔的作品中十分罕见，诗人在这一形象上倾注了他对印度女性的全部希望。印度女性数千年的压抑在姆琳迈伊身上没有一点痕迹，这是泰戈尔对印度妇女解放后生命状态的强烈期盼。

另一个以上述女子为原型的形象是《戈拉》里的洛莉达，她是梵社成员波雷什的女儿。她顽皮任性、坦荡诚实，在与男友的交往中表现出当时印度女性少有的主动。她冲破梵社和正统印度教之间难以逾越的樊篱，顶着社会的责难与非议和印度教教徒比诺耶走到一起。她对社会强加给女性的职责产生怀疑，想要办一所女子学校。她对姐姐苏乔丽达说："只因我们生来是女孩子，我们就只好把自己的心永远囚禁在家里吗？就不能参与社会上的事情吗？"[①] 这在当时是一种难能可贵的拷问，是印度女性觉醒的标志。当梵社负责人哈兰从中作梗，使她失掉所有学生时，洛莉达决定反击，她认为，"要是容忍别人作恶，似乎就是鼓励别人作恶。我们不应容忍作恶，而是要采取行动来应对"[②]。最后，当哈兰煽动梵社成员对她进行人身攻击时，她与哈兰针锋相对。"我认为自由就是摆脱卑鄙的攻击，不受谎言的奴役。我既没有做错什么事，又没有违反什么教规，梵社为什么要来干涉我？为什么要来阻挠我呢？"[③] 这一问接着一问，以及后边洛莉达的反击如同决堤的洪水一样喷涌而出，这是数千年来被压抑的印度妇女的集体反抗，泰戈尔借洛莉达之口替她

---

① 董友忱主编《泰戈尔作品全集》第3卷（下），董友忱等译，人民出版社，2015，第793页。

② 董友忱主编《泰戈尔作品全集》第3卷（下），董友忱等译，人民出版社，2015，第796页。

③ 董友忱主编《泰戈尔作品全集》第3卷（下），董友忱等译，人民出版社，2015，第813页。

们表露心声。

姆琳迈伊的简单明快、洛莉达的睿智果敢都是泰戈尔所赞颂和向往的印度女性的特质。泰戈尔对于印度女性几千年来所遭受的歧视、虐待、不公深表同情，想为她们找到一条出路。寄希望于印度女性本身的独立、自尊、反抗与意识的觉醒是一条重要的，也是根本的途径。上述几位女性身上的共同点就是她们的勇敢、对尊严的维护、对不公的倔强反抗，诗人对她们的由衷欣赏和赞美，正是对印度女性出路的回答。

三　表现乡村问题的主题意蕴

自从来到乡村，泰戈尔的心就时刻记挂着灾难深重的农民，他的很多作品都寄寓着自己对农民苦难的深切同情和帮助他们摆脱贫困的深刻思索，诗歌、散文、小说、戏剧等无不如此。乡村问题成了泰戈尔文学作品所要反映的最重要的主题之一。

（一）反映农村女性的悲惨命运

在印度历史上，由于种姓制度和根深蒂固的父系家长制观念，女性一直是遭受歧视的群体，而受教育程度的低下和贫困则使女性的地位更加卑微。和城市女性相比，印度农村女性的命运愈加悲惨。泰戈尔对印度农村女性的情况了如指掌，因此，在他的小说中，我们总能看到那些备受欺凌的农村女性。

印度社会盛行的妆奁制度给无数待嫁的少女及其父母带来了巨大的压力，生活在农村的家庭尤其深受其害。短篇小说《借债》就生动地表现了这一主题。尼鲁波玛的父亲为了给她找一个好归宿，不得不答应男方索要的一万卢比和大量嫁妆。但是父亲即便债台高筑也没有凑够钱，因此尼鲁波玛嫁过去后备受虐待。父亲心疼女儿，他卖掉了房子，又借了债，前去偿还所欠的嫁妆费，但受到了女儿的阻止。父亲认为不把彩礼钱付清是他和女儿的耻辱，但是尼鲁波玛却说：“要是给钱，那才是耻辱呢！难道你女儿什么尊严也没有吗？我怎么啦，只是一个钱袋？只要有钱，我才有身价吗？不要给，爸爸，不要给！你要是给他们钱，就是贬低我的人格。”[1] 这样一来，尼鲁波玛的处境更加艰难。她病倒了，婆婆不给她请医生，也不准她回娘家，直到她死去。然而，丧事却办得异常隆重，具有讽刺意味的是，人们常常用尼鲁波玛气势不凡的葬礼来安慰她的父母。不久后，婆家又娶了一个新娘，并且得到两万卢比的陪嫁。

在短篇小说《莫哈玛娅》中，出身名门的美丽少女莫哈玛娅与低种姓青年拉吉波相爱，哥哥发现后，认为妹妹的行为大逆不道、有辱家门，为了维护家族的名誉，强行把她嫁给一个垂死的老婆罗门。婚后第二天，老婆罗门就死了。哥哥逼她殉葬，她的手脚被捆绑起来和丈夫的尸体一起焚烧。幸好一场突如其来的大雨浇灭了火焰，莫哈玛娅死里逃生，但她的容貌被烧毁。强烈的情感驱使她罩上面纱来到了拉吉波身边，拉吉波兴奋地想要和她一起生活。她让拉吉波发誓永远不解开她的面纱，不看她的脸，拉吉波答应了她的条件。有情人终成眷属。可是，拉吉波无法忍受隔着面纱和爱人相处。一天夜里，拉吉波偷看了正在酣睡的莫哈玛娅的脸。莫哈玛娅被惊醒了，她立即罩上面纱，一句话也没有说就走了出去，始终没有回头。

（二）反映地主豪绅等强权者对佃农的剥削和压迫

在印度农村，地主豪绅等强权者对佃农的剥削与压迫是导致农民贫困的主要原因之一。泰戈尔在乡村开办银行、建立合作社制度等，都是为了帮助农民摆脱这些盘剥，可见他对这一问题的认识是深刻的。诗人在自己的文学作品中对这一问题进行了全面的揭露与批判。

诗歌《两亩地》是重要的代表作品。诗中的“我”只有可怜的两亩地，却被地主老爷相中，“我”百般央求，“请饶了穷人的根基，/ 祖祖辈辈的眼里，它珍贵胜过黄金，/ 我不是败家子，/ 再穷不能卖母亲”[2]。土地是农民的命根子，是他们的母亲，面对仅有的一点家产，“我”无论如何也不能失去它。然而，拥有一望无际的土地的地主，仅仅是为了

① 董友忱主编《泰戈尔作品全集》第 8 卷（下），董友忱等译，人民出版社，2015，第 704 页。

② 董友忱主编《泰戈尔作品全集》第 4 卷（上），董友忱等译，人民出版社，2015，第 104 页。

让自己的花园“横直距离一样远”[①]，竟然劫掠了“我”的两亩地，还给“我”伪造了许多债务。“我”只好典卖家产，偿还了所有的债务，出家修行。“我”背井离乡、四处飘零，然而却总是忘不了那两亩土地。16年后，“我”还是回到了恒河之滨那日思夜想的故乡。而“我”的两亩地已经不再是往日的样子，成为地主花园的一部分。

> 心如刀绞，步履蹒跚，我凄然环顾。
> 墙旁边兀自矗立着那棵芒果树！
> 噙泪在树底坐下，悲怆渐渐平息，
> 孩提时的情景一幕幕浮现在脑际；
> 六月的风暴之夜，整夜辗转反侧，
> 天色微明，起床去拣拾刮落的芒果；
> 惬意安静的中午，逃学四处闲游——
> 唉，那美好的生活何时再能享受。
> 突然起风，头上的树枝不住地摇晃，
> 两个熟透的芒果啪地落在我的身旁。
> 我揣摩，也许是母亲认出了游子，
> 匍匐在地，叩首再三，我感谢恩赐。[②]

就在此时，地主家的花匠对“我”大加呵斥，“我”告诉他事情的原委，他却掐着“我”的脖子将“我”带到正在钓鱼的老爷面前，老爷让他的一群家丁把“我”往死里打，还讥笑“我”假充圣贤，是个小偷。

诗人以第一人称的叙述方式，用平实的语言讲述了“我”的凄惨遭遇，读来令人唏嘘。“我”的卑微、渺小、无助、任人宰割和地主老爷的傲慢、贪婪、专横、心狠手辣形成鲜明的对照。在对照中，印度农民和地主之间的尖锐矛盾、印度农民自身的弱点和客观上地位的低下尽现笔端。

---

① 董友忱主编《泰戈尔作品全集》第4卷（上），董友忱等译，人民出版社，2015，第104页。

② 董友忱主编《泰戈尔作品全集》第4卷（上），董友忱等译，人民出版社，2015，第106页。

短篇小说《原来如此》讲述了地主残酷剥削农民的故事。地主比平表面温文尔雅，实际上对佃户非常严苛。他把父亲原来给佃户的承诺——不收或少收租统统收回，许多佃户敢怒不敢言，只好屈服，只有阿奇姆不让步。二人打起了官司，“比平和阿奇姆之间的这场官司，从刑事法庭打到民事法庭，从地方法院打到高等法院，一直拖了一年半。阿奇姆终于被这场官司弄得精疲力竭，债台高筑，不过总算取得了部分胜利”[①]。但是阿奇姆又被债主们逼得倾家荡产，他只好拿着一把刀和一个铜盘到集市上，打算把它们当了买些急用的必需品。就在这里，他遇到了出来散步的比平，阿奇姆举刀想要和比平拼命，但寡不敌众，结果被送到警察局。比平本来要让阿奇姆付出沉重的代价，但是他隐居的父亲却告诉他，阿奇姆是他同父异母的亲弟弟。和阿奇姆一样得到老地主照顾的，还有一名律师罗摩塔兰。他是受了老地主的资助才上学读书成为律师的。最后，泰戈尔借他之口，表达了对道貌岸然的圣人的嘲讽，“他想，假若好好调查一下，所有的圣人都会原形毕露。世界上的人，不管他们如何卖劲地数念珠，都像我一样，全都是骗子。世上圣人和凡人的惟一区别，就在于圣人会装模作样，凡人则开诚布公”[②]。老地主的宽容多半是有原因的，而新地主的苛责却是实实在在的。

在印度农村，地主对农民的压迫、高种姓者对低种姓者的剥削是最平常不过的事。泰戈尔借助他的笔对这种现象进行了淋漓尽致的揭露、批判与嘲讽，表达了他改变现状的强烈愿望。

泰戈尔的文学作品对孟加拉乡村问题的反映和揭露是广泛而深刻的，除以上种种之外，还有地主之间的矛盾、当权者的渎职、执法不公、双重标准等等。“泰戈尔在他的许多短篇小说中描绘了孟加拉广大农村地区的误判、拖延和执法不公，这些都是由贿赂、渎职和对法律的双重解释等高度腐败的连锁反应造成的。”[③] 不仅是短篇小说，长篇小说

① 刘安武、倪培耕、白开元主编《泰戈尔全集》（第 9 卷），董友忱等译，河北教育出版社，2000，第 300 页。

② 刘安武、倪培耕、白开元主编《泰戈尔全集》（第 9 卷），董友忱等译，河北教育出版社，2000，第 304 页。

③ Suraiya Khanum, *Gender and the Colonial Short Story: Rudyard Kipling and Rabindranath Tagore*（The University of Arizona），1998，p.228.

中也有类似的主题。如长篇小说《纠缠》反映了乡村两大地主家族的一场械斗，以及由此产生的各种纠纷。古沙尔家族与地主贾杜吉家族因为祭祀活动而发生矛盾，进而升级为械斗和打官司，直到古沙尔家族濒临破产。贾杜吉家族利用社会陋习散布谣言，说古沙尔家的人是堕落的婆罗门、恶贯满盈。在金钱和陋习的支持下，已经无力回击的古沙尔家族只好放弃祖宅，迁往他处居住。再如长篇小说《戈拉》里的蓝靛种植园主和警察共同欺压穆斯林农民，导致他们失去土地，集体坐牢，等等。

四 结语

泰戈尔在他关于文学的论述中说："我们在哲学和科学中认识世界，在诗歌中认识自己。"① 我们不妨将其中的"诗歌"扩展为"文学"，透过上述文学作品，我们仿佛看到一个农民作家，他酷爱乡村的自然风物，关心农民的生活，对困扰农民的各种问题进行深刻的揭露与批判。

泰戈尔通过大量的文学作品叙写印度农村美丽的自然景色、善良淳朴而急需帮助的农民，以此反映农村问题，透露着他对理想乡村生活的向往与追求。这就使得泰戈尔的文学作品参与到现代印度的发展进程中，"不仅是'现代'印度文学的一个基本标志，也是'现代'印度思想和文明的一个基本标志"②。

作者系内蒙古师范大学文学院讲师

① 董友忱主编《泰戈尔作品全集》第4卷（下），董友忱等译，人民出版社，2015，第980页。

② Anjan Chakrabarti, Anup Kumar Dhar, "Development, Capitalism, and Socialism: A Marxian Encounter with Rabindranath Tagore's Ideas on the Cooperative Principle," *Rethinking Marxism*, Vol.20, No.3(2008), p.487.

富足与奉献之间的王道*

——读泰戈尔戏剧《春天》

吴　鹏

内容提要　泰戈尔1912年创作的戏剧《春天》，通过剧中国王与诗人的对话及诗人排演的诗剧，构建了世俗与神圣对立融通的二元世界，并借此表达了泰戈尔的政治思想。泰戈尔主张通过政府的奉献来达成社会的富足，并将这种奉献精神变为原理，实现社会自身的运转不息，从而以统治者的不在场实现国家精神上的真正在场。泰戈尔排斥对人的经济抽象和符号抽象，主张通过完整的精神体察，实现人的治理而非财政数据的治理。泰戈尔心目中的理想王道，就是一个超越性智慧指引下的人本社会，以及对社会实行引导而非宰制的智性政府。

关键词　《春天》　泰戈尔　政治思想　奉献

印度大哲罗宾德罗纳特·泰戈尔一生著述颇丰，众体皆工，其中戏剧的创作占有非常重要的地位。他在75岁高龄时仍然亲自上场表演自己创作的戏剧，戏剧与其他文体相互辉映，构成了他的文学世界中的重要一隅。戏剧作为最富于立体性和公共性的文体，可以借以一窥泰戈尔

*　本文系国家社会科学基金重大项目“丝路文化视域下的东方文学与东方文学学科体系建构”（19ZDA290）的阶段性成果。

思想体系的各个侧面，尤其是应对时代挑战的社会政治理念。

剧本《春天》在泰戈尔的戏剧创作中并不醒目，无论是从题材、篇幅还是从技法上，都难以引起人们的注意，但是如果结合这部戏剧创作的背景，我们不难发现其所包含的现实问题意识。这个剧本创作于1912年初（法尔衮月10日），几年之前的1905—1908年，泰戈尔参加了反对英国总督寇松实行孟加拉分治的民族大起义，但后来因与其他运动领袖意见不合而退出了运动。虽然没有再亲自参与社会政治运动，但泰戈尔仍在认真地思考印度政治问题。泰戈尔反对暴力革命和恐怖活动，主张改良主义式的教育兴国和产业强国，最终实现脱离英国而独立富强。① 由此可见，泰戈尔在面对春天的万物生长气象时，想到印度民族的未来，很有可能由此而构想出一种如同春天滋养万物一般的仁政，并以戏剧故事的形式表现出来，就成了这部谐谑而深刻的作品。泰戈尔的戏剧由于其隐晦的象征和诗化的台词，总是具有丰富的阐释可能性，从宗教哲学角度阐释者有之，从社会精神角度阐释者有之。正是出于上述历史坐标定位，我们可以尝试从社会政治思想的角度探求戏剧的主题。

《春天》这个戏剧篇幅不长，人物也并不复杂，主要由国王和诗人的对话来串起全剧。国王为了逃离御前会议尤其是关于国家财政方面的争吵，而被一位诗人邀请观看他创作的戏剧。戏剧中众多草木和自然事物用自己的歌唱迎接和赞颂季节之王春天的到来和离去，在观看的过程中，国王逐渐明白了，给予和奉献才能实现真正的富足，随之而来的大臣们也在戏剧的热烈氛围中载歌载舞，不再执着于财务上的索求。

这个剧本讲的是一个宫廷外不远处的小故事，但又借故事的展开描述了一个诗人排演戏剧的过程。这种“戏中戏”的独特结构，使得整个剧本产生了玄奇色彩。剧本呈现出两个故事世界的平行演进，一个世界是诗人戏里构建出的诗性的精神世界，一个是国王面临的朝政所展现出的世俗世界。在表现风格上，两个部分也截然有别，国王与诗人的对话充满调侃的味道，国王放下了君王的威严，向诗人抱怨财务大臣的过分严肃，其中多少包含了对王权的讽刺；另一个世界里，各种花卉，甚

① 参见唐仁虎等《泰戈尔文学作品研究》，昆仑出版社，2003，第381~382页。

至油灯火苗、南风、林间小径乃至歌曲都被拟人化，用唯美的诗歌来表达他们对季节之王——春天的憧憬和热忱。在世俗的世界里，臣民与国王之间是紧张的对抗关系；在神性的世界里，大自然的一草一木都在期待着季节之王的降临，君、臣、民之间是和谐的共生关系。人间之王与自然之王处于两种截然不同的统治模式之下，后者是泰戈尔心目中理想的政治模式。艺术风格上，两个部分也判然有别。前者是活跃的叙事单元，后者是清灵的抒情单元，两者交错并置，产生出一种喜剧与正剧、谐谑与庄严交错的奇异张力。

艺术表现上的二元结构有着浓厚的象征意义，它们推动着戏剧政治主题的浮现。世俗与神圣两个世界的交锋与交融，隐喻着泰戈尔心目中理想的政治模式。国王向诗人抱怨国家财政问题，尤其是国库空虚的问题，表明这个国家的经济发展遇到了严重的危机。实际上，联想到泰戈尔所处的时代环境，我们可以很容易地将这个背景视为对近代印度的隐喻。近代印度在英国的殖民统治下，民众贫穷愚昧，社会凋敝停滞，如何从这种境况中解救国家，成为印度知识分子思考的首要课题。泰戈尔给出的答案，是一个对统治者的教化方案。他希望通过艺术的教化，让统治者明白施与才能让自身变得富足的道理。“谁会奉献一切，他就会得到一切。”[①] 财务危机并不是因为财富总量的减少，而是因为统治者的横征暴敛导致的财富分配不均，如果统治者能学习季节之王——春天的行为逻辑，看到奉献与富足之间的天然联系，自然可以有效地开源节流，渡过经济与政治的一系列危机。

从这部戏剧中，我们可以析出泰戈尔政治思想的两个面向，一是奉献与富足的循环结构，二是直观与超功利的人本政治。

首先谈奉献与富足。

根据剧中歌词的内容，我们可以将剧本分为四个部分。第一部分，国王向诗人介绍了自己前来的缘由，诗人向国王介绍了戏剧的主要内容。第二部分，众多花草通过歌唱来迎接季节之王——春天的到来。第三部分，主要是季节之王通过歌唱来介绍自己。第四部分，花草们用歌

① 董友忱主编《泰戈尔作品全集》第 8 卷（上），董友忱等译，人民出版社，2015，第 477 页。

声送走季节之王。通过季节之王——春天的来与去，构建了一个崇高、神秘的自然之王形象。诗人将春天离去的原因解释为毁灭是创造的前提，就像湿婆通过自己的狂舞来毁灭世界，只有旧的世界毁灭后，才能为新的世界的生成提供前提。同时，季节之王的形象是一面新一面旧，一面是“干枯的树叶和凋落的鲜花”，另一面是“清晨的菊花和黄昏的肉豆蔻花”。他既非新也非旧，而是“穿着路人的衣服走在新旧之间那条永恒的道路上”①。也就是说，季节之王的存在，本身就是一种在新与旧之间不断转化的运动性状态。而这种转化，是要通过奉献来达成富足，而后又将这种富足视为一种新的奉献的起点，也就是诗人所说的，“只有装满了的给予才是真正的给予”，“只有通过奉献才能使世界变得富足”。② 也就是说，奉献使得季节之王与自然合为一个整体，于是，在这个整体中的奉献就会导致整个世界的充盈，从而将这种奉献的精神与世界共享。“通过真正的奉献，外部的财富才会消失，而内心的财富却会增长。”③ 奉献在充盈对象的同时也给主体带来富足，主体的富足又催生新的奉献，这个循环结构构成了一种伟大的生命力，正如春天的奉献滋生草木的繁盛，春天的离去又让草木凋落，但草木凋落是为了奉献给广大的土地，以为下一轮春天的到来提供养料，这样一来，这种奉献精神与富足的境遇一起在主体与客体之间实现了共享。我们可以从这里推知“季节之王”的意义，它隐约指向泰戈尔在他的诗和小说中常常提到的“神”，也就是印度教《奥义书》传统中的“梵”——世界和宇宙的本体。这是泰戈尔哲学的核心概念，只是在这个剧本中，泰戈尔并没有像在《吉檀迦利》中那样用“人神相爱”的故事来谈论“梵我合一”，而是谈“神”与“世界”之间的关系，在这种关系里，双方难以产生主客体之别，世界用自己的永恒循环印证了神的存在。在剧本中代表作为现象的“世界”的角色，是那个从未出场却又在剧

① 董友忱主编《泰戈尔作品全集》第8卷（上），董友忱等译，人民出版社，2015，第485页。

② 董友忱主编《泰戈尔作品全集》第8卷（上），董友忱等译，人民出版社，2015，第477页。

③ 董友忱主编《泰戈尔作品全集》第8卷（上），董友忱等译，人民出版社，2015，第477页。

情中统率所有自然意象的“女逃亡者”，她无处不在，是“那些离家出走者们的头领”[①]，即众多自然事物的总代表，可以看作与季节之王——“世界本体”相对的世界表象。季节之王与女逃亡者之间的追求乃至婚姻关系似乎也隐喻着世界精神与世界表象之间的统合，爱情仍然被作为重要的中介符号来使用。

《春天》的整个故事呈现出春天的到来与离去的循环结构，而其中期待春天的到来占了很大一部分，这也符合泰戈尔习惯的叙事方式，通过这种悬念式的铺叙，反而让观众在自己的想象中塑造了一个更为崇高的季节之王的形象。春天的离去不仅没有让草木感到悲观绝望，反而使得那种狂欢气氛达到极致。这是一个耐人寻味的情节设置。春天的在场是次要的，春天的不在场反而是主要的。在写作篇幅上也可以看出，草木期待春天的歌词占了近一半篇幅，而春天的到来占的篇幅很小，而后是稍长的送别春天部分。自然事物通过想象春天，得以确定自己在自然中的属性和位置；又通过春天的离去，通过失去春天的眷顾这个过程，让自己了悟“从富足到一无所有，从一无所有再到富足，他就在这中间来回穿梭”[②]，也就是说，只要内心拥有了真正的富足，就不会再害怕失去。这个理念是泰戈尔哲学的核心内容，也是泰戈尔想借助剧本所要传达的观点。放在个人身上，是要把握奉献与收获之间的关系；如果将其作为一种政治观念来表达，则是要充实一个民族、一个国家的内在精神，只有这样才能超越历史的周期循环，塑造一个稳定的社会共同体。泰戈尔对这种奉献中隐含的权力关系极为警惕，因为通过奉献来攫取权力会让奉献与富足的循环被打断，权力中心的奉献者最终难免成为攫取者。泰戈尔借“季节之王”的形象强调了“逃跑”的重要性。季节之王原本被拥戴为世界之主，但他却选择通过奉献让国库充满后逃离了王位。也正是这个原因，季节之王被称为“永恒的逃跑者”[③]。这种权力

① 董友忱主编《泰戈尔作品全集》第8卷（上），董友忱等译，人民出版社，2015，第485页。

② 董友忱主编《泰戈尔作品全集》第8卷（上），董友忱等译，人民出版社，2015，第488页。

③ 董友忱主编《泰戈尔作品全集》第8卷（上），董友忱等译，人民出版社，2015，第476页。

流动性传递的理念，是泰戈尔民主思想的直接表达。这种理念让人不得不联想到《老子》中所说的“生而不有，为而不恃，长而不宰，是谓玄德”（《老子》第十章）。再结合诗人在开头向国王提出的“国王如果能不时地离开一下，臣民们就能获得治理国家的机会”[①]，可以看出，泰戈尔心目中的善政，并不是通过暴力来聚敛和弹压，也不是用战争来反复争夺正统，而是通过权力的让渡，来完成整个国民精神的充实，从而建立一个真正意义上的现代国民国家。

其次谈直观与超功利。

泰戈尔的魅力在于，当他谈论政治的时候，他是以哲学和诗的形式来谈论的。因为就像戏剧强调的，国王和诗人都很厌恶抽象的“训诫”“训导”，他们宁可从戏剧的自然意象中去领会，而那种领会才是真正的领会，这代表着泰戈尔对语言抽象的拒斥和对自然直观的推崇。对于泰戈尔来说，国家与个人是一对可以互相指涉的双向喻体，所以关于国家治理的种种理念，都可以用植物、无生命的物体之间的互相告白来呈现。诗人用这些热烈的自然歌舞，让国王逐步放下了对于各种价值的执念。

国王在诗人的引导下，开始了自己的思想转变过程，这个过程可以分为三个阶段。在思想的碰撞中，政治图景逐渐从现有的混乱走向理念中的乐土。故事开始时，国王只想用戏剧的狂欢使得财务大臣忘掉国库空虚的现状。在倾听了林地和芒果林关于奉献的歌曲后，他开始领悟到，“如果硬是要勒紧裤带让果实结出的话，往往倒结不出果实来。如果出于内心的愉悦能说出‘我不要果实’的话，那么，果实反倒能够结出”[②]。即，只有放弃功利的欲念，让自然的生命成长模式主导自己的行为和治理，才有可能让国家和社会走向富足。国王开始从外在的价值尺度转向对心灵直感的追求。这也是为什么诗人想通过戏剧来让大臣们忘记国库，他要从国库代表的那种数字关系中拯救真正的国家治理，将国家治理变为一种人的治理，而不是经济数据的治理。因为经济数据同样

① 董友忱主编《泰戈尔作品全集》第 8 卷（上），董友忱等译，人民出版社，2015，第 475 页。

② 董友忱主编《泰戈尔作品全集》第 8 卷（上），董友忱等译，人民出版社，2015，第 479 页。

是对人的一种暴力抽象，其危害性更在语言抽象之上。最后，国王明白了，“天上的月亮触动了世界的心灵。但是，如果不能将它带到地球上挤压它并触动它，就不会有答案”① 。善政的终极意图，是在尘世实现神性，将梵与神的智慧变成现实的人的关系。从古印度的吠檀多哲学中引出的梵的智慧，最终要在国家这个容器中演化出尘世的富足和繁荣。泰戈尔崇信梵的智慧，但他并不想将其变为个人冥想的自我对话，而是想将其变为众人的财富，要实现这个愿景，只能用爱的智慧来指导国家的治理，将人间变成仰望春天的园地，这是泰戈尔式的入世精神。

全剧的主题最终落在财务大臣的起舞上，“诗人”对这个富于喜剧意义的情节解释道，“他的口袋空空如也，所以才吸引他来跳舞。如果负担沉重，他就不可能自豪地挪动”② 。由此，富足的含义才完整地体现出来，它指的不仅是财富的丰盈，更是精神上生命力的充实。对于个人来说，这意味着人生的价值要在奉献中实现；对于国家来说，要在权力的开放和财富的奉献中来实现，只有这样，才有可能焕发国家民族的生命力，让它变成一个随季节（即历史周期）不断自我生成的“活物”，而不是一部只能通过“财政收支”来衡量的利益机器。实现了这个目标，经济问题也能得到自然的解决，就像剧中诗人所说：“当国王的钱用尽时，臣民们就会自己想办法筹钱，国王就能得救了。”③ 当把政治意识、创业热情和公共关怀奉献给社会时，社会就会发动自身的生命力，通过农业生产和商业贸易，达到物质和精神的富足，政府的财政问题也就能得到根本的解决了。当普通个体在自发的社会财富（物质与精神两个层面的财富）追求中自证了主体性，统治者的政治威权即所谓“国王的自豪”就不再重要。“所以季节之王才会在今天脱掉了国王之服，以苦行者的身份出来了。”④ 正是因为社会自由催生的活态秩序取代了政府

① 董友忱主编《泰戈尔作品全集》第 8 卷（上），董友忱等译，人民出版社，2015，第 484 页。

② 董友忱主编《泰戈尔作品全集》第 8 卷（上），董友忱等译，人民出版社，2015，第 491~492 页。

③ 董友忱主编《泰戈尔作品全集》第 8 卷（上），董友忱等译，人民出版社，2015，第 475 页。

④ 董友忱主编《泰戈尔作品全集》第 8 卷（上），董友忱等译，人民出版社，2015，第 492 页。

数字化的指令计划，经济管理才变成次生装置，政府的职能变为一种更为超然的社会“推手”而非“万民之主”，国家的中心议题变成了一种社会群体自足的“修行”，即符合规律的经济运动。正如诗人所说，“此刻，在这个世界上，修行的日子来临了，财务大臣已经无事可做了”[①]。这种强调社会自发性的自由主义治理方式，与中国古代道家的无为而治思想、西方现代的市场经济体制有着某种相通之处，泰戈尔是否受到了这些政治思想的影响也值得考证。

通过国王代表的世俗世界与诗人代表的自然世界的对抗与融通，泰戈尔想为20世纪初处于贫困和革命风潮中的印度提供一种理想的政治范式，他的政治观念源于他的智性哲学，形成了奉献与富足之间的超越二元对立的整体结构，同时在对民本思想和非数字管理的执行中得以转化为具体的施政方略。泰戈尔通过《春天》这部戏剧所要表达的，就是这样一种神性哲学的视野下生成的善政理想，也是剧中的国王在观看戏剧的过程中所领悟的那个神秘的王道。

作者系中国社会科学院大学博士研究生

① 董友忱主编《泰戈尔作品全集》第8卷（上），董友忱等译，人民出版社，2015，第492页。

非西方的现代化*

——泰戈尔剧本《春天》的一种解读

李金剑

内容提要 本文试图通过文本细读的方式，分析泰戈尔剧本《春天》中人与神、物质与精神、生存与毁灭三对关系。戏剧中对神性的思维的表现是对机械的理性主义的思维的反拨；西方的物质主义的种种弊端可以通过东方重视精神的传统得到补救；为本民族争取无限的生存空间，并不惜牺牲别国的利益，是西方现代化过程中民族主义发展的后果。在东方（印度）的哲学里，生存与毁灭是一体两面的，可以互相转化的，这为反思西方的现代化提供了新的角度。本文试图揭示泰戈尔如何用戏剧形式，以诗化的语言，并结合印度文化的传统描绘了一种非西方的现代化的可能。

关键词 泰戈尔 《春天》 非西方的现代化

一 引言

20世纪上半叶，西方的政治、经济和文化经历了重大变化。随着

* 本文初稿宣读于北京大学"泰戈尔诞辰160年学术研讨会"，感谢魏丽明教授的组织和邀请以及其他与会老师及同人提出的宝贵建议。

科学的发展，工业文明的进步，资本主义不断积聚财富，让人们满怀信心，认为人类可以征服自然，建立至善至美的文明。然而，经济危机爆发，两次世界大战的战火蔓延到全世界，西方理性主义的思想传统危机深重。作为来自东方且同时谙熟东西方文明的思想家和诗人，泰戈尔以自己的创作为媒介，对西方的工业文明及其定义的现代化进行了反思。笔者将试图揭示在《春天》这部剧中，泰戈尔如何以诗化的语言，结合印度的文化传统，用东方的哲学思想为西方工业资本主义文明的危机开出一剂药方，并向读者展现非西方的现代化的可能。

剧本《春天》以国王和诗人的对话开始。因为国库空虚，国王害怕大臣们为自己的部门讨钱，于是从御前会议中逃离出来。诗人请国王暂时离开一下，并邀请他一起去观看由季节之王（春天）领衔的表演，国王开始很犹豫，不想加入诗人的队伍，在诗人的劝说下，他终于同意看表演。表演者是各种各样的花和树，每一种花和树会唱一首诗，春天结束的时候，南风吹来，百花凋零，一切都在最终的毁灭之舞蹈中狂欢。接下来，我们从人与神、物质与精神、生存与毁灭这几对关系中看泰戈尔的戏剧《春天》。

二　人与神

这部剧中的角色可以分为两类，一类是人，一类是神（自然之神）。人与神的关系是泰戈尔哲学思想的重要部分，他主张人需要神，神也需要人，两者相互依存、相互补充。[①] 在剧中，人与神是相互对立又相互联系的，他们代表着不同的思维。人是世俗的、理性的、功利的，神是非世俗的、感性的、诗性的。国王和他的大臣是人。众所周知，泰戈尔是一个泛神论者，这在他的众多诗歌和散文作品中都有体现。有学者总结，“泛神论思想认为，‘神’是非人格的本源，这个‘神’不在自然界之外，而是和自然界融合为一的，‘神’即自然，万物皆可为‘神’”[②]。这部剧体现了很典型的泰戈尔泛神论思想。剧中的诗人（诗人说，“就

① 季羡林：《泰戈尔的生平、思想和创作》，《社会科学战线》1981年第2期，第322页。

② 车永强：《试论郭沫若与泰戈尔抒情诗的泛神论思想》，《华南师范大学学报》（社会科学版）1999年第2期，第69页。

像我一样，世界本将他扶上了世界之主的宝座”。作为“世界之主”的诗人当然是神。诗人也是引导国王走出世俗世界、走向神的世界的角色），“季节之王”，“永恒的逃跑者”，“女逃亡者”，“智慧女神”，“季节之王的使者们”，“季节之王的仆人们”，“湿婆”，“苦行者”（湿婆曾经作为苦行者在喜马拉雅山修行），还有各种花草树木都是神。

诗人发出邀请时，国王是犹豫的，他作为世俗世界的统治者，肩负着治理国家的责任，不能随意出走。诗人的歌声似乎暗示了逃跑之后意味着某种苦修——“背井离乡”，“四处流浪”。国王也不愿意苦修，他说：“我走不了那么远。大臣们和我一起都离开了御前会议，因此，难道我就要加入到诗人的队伍中？”苦修是古代印度的智者们觉悟和成道的必经之路，佛教中有著名的释迦牟尼在菩提树下苦修成佛的故事，印度教中也有湿婆大神在林中苦修的故事。其实这里诗人说的“逃跑”不是肉体的逃跑，而是精神的逃跑，国王要做的是看“女逃亡者”的戏（“女逃亡者”即春天）。在诗人以“国王之友”的名义劝说下，国王最终进入了神的世界，被充满神性的花草树木所环绕。

国王是世俗世界的统治者，考虑的是世俗世界的问题（国库空虚，大臣们要为自己的部门讨钱）。关于国库的问题（物质是否充盈）始终萦绕在国王的心中，国王对于物质的匮乏是很害怕的，对于诗人所说的“永恒的逃跑者”，国王第一时间想到的是“他也许是看到国库的情况后才想逃跑的”。对于“季节之王”要放弃一切的打算，国王表现出惊愕：“难道他要把自己弄得一无所有吗？真糟糕！”国王身边也都是关注着世俗问题的人——“大臣们”“财务大臣”“教授团体”。诗人是神性的代表，他想要演戏，让人们忘记国库的事情。物质（国库）对应着以科学和理性为基础的物质文明，精神（诗歌）对应着以神性和信仰为基础的精神文明。

这部剧中“教授团体”和“财务大臣”这两个角色非常有意思。他们象征着西方的理性主义和物质主义，是国王进入神的世界最大的羁绊。以文艺复兴和启蒙运动为肇始、以理性主义和工业革命为源头的物质主义成为西方现代化的两大源头。文艺复兴和启蒙运动高举人文主义的旗帜，作为“宇宙的精华！万物的灵长！”[①] 的人代替了神。尼采更

---

① 《莎士比亚全集》（五），朱生豪等译，人民文学出版社，1994，第327页。

是提出了“上帝已死”，用超人哲学把人的尊严和价值提到了最高。工业革命以后，生产力的爆炸式发展给西方人带来巨大的自信，神性的思维被理性的思维取代。《春天》这部剧中的神也可以看作自然本身。有学者总结道，在泰戈尔看来，西方文明特别是古希腊文明是一种城邦文明，城墙把城内的文明和城外的自然分隔开了，人与自然是征服与被征服的关系。印度文明与西方文明的两大不同点如下。（1）印度人与大自然保持着和谐统一的关系。印度人不像希腊人那样与大自然有一种分离感或障碍感。相反，他们生存于大自然，依靠大自然，与大自然保持最紧密的、最和谐的关系。一旦离开大自然，他们就无法生存下去。（2）印度人把自然界的万事万物都看作有生命、有感情、有精神的，人与自然界的事物在精神上是相通的，人与自然可以交流和沟通。[①] 泰戈尔看到了西方现代化以来，崇尚绝对理性、对科学和工业的迷信、把人与自然分隔开来带来的危害，他以诗性的语言提醒人们做不同的思考。在这部剧中，泰戈尔用各种自然之神的歌舞治愈了国王的焦虑。剧中的诗人一再提醒国王，外部的财富消失是没有关系的，只要真心奉献，财富还会有。这也引出了对物质与精神的关系的讨论。

三　物质与精神

这部剧中，“财政大臣”这一角色没有台词，但是他在国王和诗人的对话中出现了7次之多。从始至终，国王始终不能忘记“财政大臣”，他掌管金钱，象征着物质文明（资本主义文明）。20世纪正是西方物质文明大行其道、大有取代其他文明的势头的世纪。西方科技革命和商业文明带来了巨量的财富，但是这种财富并不一定意味着充盈。从西方内部来说，科技的进步加上资本主义工业追逐利益、创造财富的需要，大量的平民、工人沦为机器的附庸。从世界的角度来说，西方以外的世界也被卷入资本主义的生产循环中，作为大英帝国的殖民地的印度也不例外。对于东西方的发展和现代化，泰戈尔把它们放在物质文明和精神文明的维度来思考，面对西方“你们没有取得什么进步；你们根本没有动

① 朱明忠：《泰戈尔的哲学思想》，《南亚研究》2001年第2期，第47~48页。

弹”的质疑，泰戈尔的回答是，进步不一定是如同一列火车开到终点时位置的移动，进步也可以如同一棵树的成长，这是“生命内在的成长”。对于东方的这种文明进步，泰戈尔说：“我们已经存活几个世纪了；我们仍然活着…… 这种现实是内心生活的产物，它是有生命的……当一个人的心灵在浩繁的事实面前渴求真理，在彼此矛盾的诉求中期盼和谐的时候，你就需要它了。它的价值并不体现于物质财富的增长，而是体现在精神上的满足。”[①]

泰戈尔对人的精神的健康十分重视，他敏锐地意识到，以机器生产为手段、以追求财富为目的的现代文明会使人的生命情感枯萎，处于精神荒漠之中。正如泰戈尔所说，西方的商业和政治的国家机器制造出的人，拥有“令人赞叹的、棱角分明的大工业制成品的味道”，但是，“很难相信这件产品拥有什么灵魂”。[②] 剧中的国王从极度关注物质，到最后在自然之神的感召下，认识到精神的重要作用，和“季节之王”跳起最后的死亡之舞，等待新生。

国王的焦虑来自于物质的匮乏。对于如何才能富足的问题，众神在吟唱中给了国王答案。 在众花神开始唱歌之前，诗人先点出了主题：“通过真正的奉献，外部的财富才会消失，而内心的财富却会增长。”献出的是物质，获得的是精神财富。春天来的时候，所有的植物都准备好了奉献：

林地：
……你作为路人来到了这里。
我将一切赐给客人，
我要将他们全部奉献给你，
……
我将一切献给你。

芒果树：
……在终极奉献中我毫不吝啬。

① 泰戈尔：《民族主义》，刘涵译，中译出版社，2019，第 16 页。
② 泰戈尔：《民族主义》，刘涵译，中译出版社，2019，第 38 页。

我不期望会结出硕果。

听完他们的吟唱，国王感悟道：

如果硬是要勒紧裤带让果实结出的话，往往倒结不出果实来。如果出于内心的愉悦能说出“我不要果实”的话，那么，果实反倒能够结出。由于芒果林怀有让花苞坠落的愿望，所以结出了果实。

资本主义全球化轰轰烈烈展开的20世纪是讲求消费、讲求获取物质资源的，英国占领印度和其他殖民地背后的动力就是获取消费市场和原料产地。泰戈尔对于西方资本主义商业社会对获取物质资源的狂热是持批评态度的，对于英帝国在印度建立起来的商业组织及其负面作用，泰戈尔批评道：

……但是庞大的、占有的贪欲却总要超越时空的限制。它的唯一目标就是生产和消费。它对于美丽的自然和活着的人类均没有怜悯。它会冷酷地、毫不犹豫地将他们的美丽和生命榨取出来，然后将其铸成钱币……

……在这个科学的年代，金钱由于其变态膨胀的体积而为自身赢得了王位。而且，当金钱聚集了大量的财富而羞辱人类更为崇高的本性，并且在其周边驱除掉美丽和高尚的情感的时候，我们便屈服了。因为我们已经卑鄙地接受了它双手奉上的贿赂，而且，我们的想象力已经在它硕大无比的肉身面前卑躬屈膝。①

泰戈尔对西方发出警告：

西方一定不要将物质主义作为最终追求的目标，而是要意识

① 泰戈尔：《民族主义》，刘涵译，中译出版社，2019，第84页。

到，她所提供的服务是要将精神从物质的暴政下解放出来。[①]

对东方的精神文明，泰戈尔有很高的评价，评价东亚的文明时，他说：

> 东亚一直在沿着自己的道路前行。她形成了自己的文明——这是一种社会的而非政治的文明；它不是一种掠夺性的、拥有机械效能的文明，而是一种精神的文明。

在这部剧中，“林地”和“芒果树”的奉献精神和优美的吟唱感染了国王，他理解了物质与精神、奉献与获得的关系。“林地”和“芒果树”奉献的是物质，获得的是精神的富足和物质的充盈。一个绝对崇尚物质的文明形态，最终结果是贪欲不断扩大，直至侵占其他文明的空间；崇尚精神的文明，懂得奉献与获得的关系，才能够长久延续。

四　生存与毁灭

在剧本中，当南风吹起的时候，毁灭即将来临。南亚次大陆的季风一般出现在6月至9月之间，风从南边的印度洋而来，湿热的季风带来雨水，春天结束，夏天到来。南风吹过之后，剧本中出现了夏天常见的意象（标有下划线的词）：

> 我的歌曲就是水草，
> 在洪流中迷路漂流，
> 热风旋转
> 风暴弥漫天空

当南风吹来，各种鲜花盛开过，夏天也即将结束。鲜花凋零，树叶也变干了，毁灭的时刻来临，花草树木都唱起了告别的歌（注意标有下划线的词）：

---

① 泰戈尔：《民族主义》，刘涵译，中译出版社，2019，第73页。

玛陀碧花：
当你要走时，离开时，
所有装饰都变得无影无踪了。
歌声消失，色彩被抹掉，
我们只能相视落泪噢。

西番莲蔓藤：
不，不要走，不要走。
喂，行路人，停下来，停下来。
行路人，把它叫住，叫住。

太阳树：
今天用你最后一朵鲜花装饰起来吧。
树叶纷纷地凋落。

山楂树：
快来将快乐之巢捣毁吧。
维系团聚花环的纽带今天将会断裂，
法尔衮月的梦想今天将会破灭，
就让你的生与死也一起舞吧。

中国玫瑰花：
虽然感到告别的痛苦，
在忍受离别痛苦的伤心日子，
这就是我的苦修的目的。

众花树：
来参加毁灭之歌的伟大节日吧。

这部剧中，生存和毁灭两者之间不是割裂的或者非此即彼的，生存之中包含着毁灭，毁灭之后还会获得新生。草木凋零的时候，当国王发出“季节之王在哪里”的疑问的时候，诗人回答道：

> 我们的季节之王身上的衣服一面是新的，一面是旧的。当他反过来穿时，我们就能看到干枯的树叶和凋落的鲜花。但如果穿另一面时，就能看到清晨的菊花和黄昏的肉豆蔻花，还能看到法尔衮月的芒果树的花蕾和恰特拉月的羌芭花。他一个人在新旧之间不停地玩着捉迷藏的游戏。

季节之王在春天的时候代表着生，是“清晨的菊花”和“黄昏的肉豆蔻花”；春天结束以后，他代表着毁灭，是“干枯的树叶”和“凋落的鲜花”。春天是富足的，春天过后是一无所有的，但是，“从富足到一无所有，从一无所有再到富足，他就在这中间来回穿梭。被桎梏束缚，摆脱桎梏，这是一个游戏，那也是一个游戏”。生存和毁灭就像一件衣服，可以正着穿，也可以反过来穿。

《春天》这出戏剧的最高潮的部分，就是最后湿婆（苦行者）的毁灭之舞蹈。

> 在裂痕和破碎的剧烈舞动中，
> 所有的韵律都会停顿、变形，
> 在为解放而疯狂的厌世者们的心中，
> 将会燃起苦修爱情的祭祀火种。
> 啊，行路者，啊，亲爱的，
> 一切希望的罗网被烧尽之时，
> 从前的希冀仍然在全世界称雄，
> 沉寂的话语用无声的曲调述说衷情。
> 大家都来吧，来参加毁灭之歌的盛大节日吧！

泰戈尔深受印度传统文化的影响，特别是印度教的影响。这里生存和毁灭的关系来自于印度教的大神湿婆，最后的“毁灭之歌”就是湿婆的表演。“湿婆”这个名字是在印度教时代出现的，他的原型一般被认为是吠陀时代的风暴之神鲁陀罗。湿婆，又译作“希瓦”，是仁慈的意思，象征着“昌盛”和“吉祥”，同时又象征着“毁灭”。湿婆既是毁灭之神，又是再生之神。湿婆有多种形象，其中一个是“舞王湿婆”形象，该形象中湿婆做舞蹈状，跳的往往是毁灭之舞，即毁灭当下旧时代、创造未来新时代之舞，这既表示湿婆是世界的主宰，也表明湿婆是艺术的创造者、语言的发明者、愚痴的镇压者。① 有的学者认为，湿婆之舞是印度文化的象征，“在一定的意义上说，就像十字架是基督教的象征，新月是伊斯兰教的象征，太极图是中国文化的象征一样”②。在湿婆跳舞之前，诗人说：“修行的日子来临了，财务大臣已经无事可做了。”这句话暗示了毁灭之后会是新生，物质缺乏的问题会得到解决。这和湿婆毁灭与创造的性格相符合。泰戈尔以湿婆之舞这一印度文化的经典意象来作为戏剧的结束，是大有深意的。人与神、物质与精神的对立和统一最终都会在湿婆的毁灭之舞中消散。这种生存与毁灭轮回的世界观和西方进化论影响下的“物竞天择，适者生存”的世界观是不同的。西方文明是强调争取生存空间的，西方的现代化开始之后，为了争取自己的生存空间，不惜牺牲其他文明的生存空间。对于崇尚优胜劣汰的西方现代文明，泰戈尔曾批评道：

> “适者生存”，就赫然地挂在她当代历史的大门上。这个座右铭的意思就是，“照顾好你自己，永远不要管会给别人带来什么损失”——这是瞎子的座右铭，因为他们看不到东西，所以只相信自己的触觉。但是明眼人一看便知，人与人之间紧密相连，你攻击了别人也必会遭到别人的反戈一击。③

湿婆之舞体现出的创造与毁灭循环往复的印度传统世界观和西方理性主义、资本主义商业文明影响下的物质财富线性增长的世界观是不同的。线性发展的世界观会激发各大文明的竞争，至于循环往复的世界观，各个

① 姜景奎：《印度神话之历史性解读：湿婆篇》，《南亚东南亚研究》2020年第3期，第105页。

② 张法：《对印度文化的核心象征湿婆之舞的读解》，《湘潭大学学报》（哲学社会科学版）2010年第5期，第115页。

③ 泰戈尔：《民族主义》，刘涵译，中译出版社，2019，第25页。

文明都是平等的参与者，不存在一个文明中的人类为了生存而掠夺另一个文明中的人类，没有贪婪掠夺物质财富的需求，只有发展精神世界的追求。

五　结论及思考

泰戈尔写作这部戏剧的时候，是一百多年以前，彼时英美等西方国家已经完成第一次工业革命，正在进行第二次工业革命。西方在资本主义全球化的推动下，把全世界卷入了其自身的现代化轨道。同时受到印度传统文化和西方文化影响的泰戈尔敏锐地观察到了西方现代化的弊端，他指出，西方的现代化不是真正的现代化，只不过是西方化。[①] 什么才是真正的现代化？非西方的现代化是什么样子的？在《春天》这部剧中，通过讲述人与神的关系、物质与精神的关系和生存与毁灭的关系，结合印度传统文化，泰戈尔为我们展现了东方文明可能给出的一种答案。

一百年前，中国和印度两大农业文明社会刚刚见到工业文明的曙光，各种各样的现代工业文明带来的问题还没有出现。面对西方工业文明的冲击，面对生存还是毁灭的考验，“师夷长技”“物竞天择，适者生存”的逻辑有天然的正义性。百年之后，中国和印度在不同程度上进入现代社会。两个国家都已经解决了生存的危机（国库已经不再空虚，甚至可以说已经小小充盈），我们越来越多地享受了现代文明的成果，“教授团体”们（科学家、企业家等现代物质文明发展的贡献者、物质生产的参与者）也不必时刻担心。那么我们是否已经真正地富足了？我们的精神世界富足了吗？

百年前的诗人泰戈尔是一个旅行者，或者说也常常是一个如同剧中的国王一样的“逃跑者”，他出身贵族，又曾经周游世界，他成长于注重神性、注重自然的印度传统文化中，又在英国留学，见识到了现代工业文明的力量。他醉心于乡村生活，观察故土和自然，从中获得创作的灵感。他在创作中也继承和发扬了本国的文化传统。

泰戈尔这部戏剧中人与神、物质与精神、生存与毁灭的思辨哲学对

① 泰戈尔：《民族主义》，刘涵译，中译出版社，2019，第23~24页。

于百年以前的中国读者来说也许并没有太多的共鸣。但在今天，西方现代化道路的危机已经越来越明显，东方必须探索自己的现代化道路。正如有学者所说，“如何在占有并且扬弃现代文明的一切成果的基础上，创造性地接续本民族精神文化传统的发展轨迹，开创具有自身特色的现代化发展道路，是所有非西方国家不得不要面对的问题”[①]。泰戈尔的智慧和他的创作或许可以给我们提供某些启发。

作者系伦敦大学亚非学院博士候选人

① 祝薪闲、高健:《泰戈尔的文明观——对非西方国家现代化道路的思考》,《学术交流》2017年第11期，第70页。

超越“中心主义”*

——泰戈尔对“生态批评”的拓展与重构

万　芳

内容提要　“生态批评”作为人文领域的显学，其影响范围从其发源地欧美扩展到了世界其他地区。作为根植于西方哲学思想与社会现实的理论，其在解读非西方的文化文本时，需要本土思想与经验的补充。更为重要的是，该批评话语主客体二分的思想基础让其难以实现去中心化的理论愿景。泰戈尔的戏剧《春天》使用了大量自然意象，体现了印度传统文化对人与自然的思考，以及泰戈尔本人的自然观。这些思想资源既与“生态批评”这一理论话语形成了对话，又为其解决理论困境提供了有益补充。

关键词　生态批评　泰戈尔　《春天》　自然

20世纪70年代以来，现代社会中的环境问题进入人文学者们的视野中，“生态批评”逐渐成为文学、戏剧、电影、绘画等领域的显学，在继承早期生态批评范式的基础上，发展出了独立的批评话语。这一关注人类与自然关系，以期实现人与自然和谐相处的文艺批评在涌现出大批理论成果的同时，却也面临着人与自然二分、难以真正实现去中心化理

* 本文由在北京大学“泰戈尔诞辰160年学术研讨会”上发表的底稿修改而来。感谢魏丽明教授的邀请以及其他与会老师及同人对本文提出的宝贵建议。

论目标的困境。如何走出生态批评理论话语的困境，实现去中心化这一理论愿景？在这个全球化的时代，人文学者们常常使用西方理论来解读世界其他地区的文化文本，在这一过程中，如何衡量西方理论与本土文本之间的对话关系？非西方的文本如何参与到理论的建构中，为现有理论困境提出新的解决思路？深受印度传统哲学思想影响的泰戈尔，在自己的创作中展现了物我合一的自然观，不仅为走出西方生态批评的理论困境提供了有益补充，也提供了对上述问题的一种解答。本文将通过细读泰戈尔的戏剧《春天》，分析其中的自然意象以及所表达的人类与自然浑融一体的自然观，来讨论其与西方生态批评形成的对话关系以及对该批评范式的拓展。

一　西方生态批评与其理论诘难

1974 年，美国学者约瑟夫·米克（Joseph Meeker）出版了被誉为生态批评开山之作的《生存的喜剧：文学的生态学研究》（*The Comedy of Survival: Studies in Literary Ecology*）。在这本书中，他提出了“文学生态学”（Literary Ecology）这一概念，主张对出现在文学作品中的生物主题进行研究，探讨文学所揭示的人类与自然中其他物种的关系。[①] 自此，生态（ecology）的概念进入人文批评，生态批评在人文领域蓬勃发展，其影响范围也逐渐从理论诞生之初的欧美扩展到世界其他地区：“环境文学和生态批评逐渐成为一种全球性的文学现象。‘生态文’（ecolit）和‘生态批’（ecocirt）这两个新词根在期刊、学术出版物、学术会议、学术项目以及无数的专题研究、论文里大量出现，有如洪水泛滥。”[②]

但是，繁荣之下也有困境。生态批评诞生于欧美，其理论根基根植于西方的哲学基础以及社会现实。这样一个理论范式能否解读世界其他地区的文学文化作品？世界其他地区的文学文化作品又对这样一个理论范式产生什么样的影响？以及更加根本的：诞生于强调主客体二分的西方语境，生态批评能否实现其去中心化的理论愿景？

早期环保主义者虽然意识到了保护环境的重要性，试图重新确立

① 朱新福：《美国文学中的生态思想研究》，苏州大学出版社，2006，第 3 页。

② 王诺：《生态批评：发展与渊源》，《文艺研究》2002 年第 3 期，第 50 页。

人类社会与自然之间的关系，但其理论中人与自然之间的关系依然是紧张的，仍然是“人类中心主义和二元对立观，即将自然视为环境，且把它放在与人相对的另一个元上”[①]。为了更彻底地反思与批判之前思潮中的“人类中心主义（Anthropocentrism）”[②]，西方生态批评领域的理论家们提出了“生态整体主义（Ecological Holism）”的概念，将地球上的动物、植物、山川、河流等等都纳入地球共同体的范畴，将自然视为一个完整的系统，而人类则是该系统中的一部分：“人只是自然系统的众多创造物之一，尽管也许是最高级的创造物。自然系统本身就是有价值的，因为它有能力展露（推动）一部完整而辉煌的自然史。”[③] 相比于早期生态批评理论中人类社会与自然之间的紧张关系，“生态整体主义”提出了新的理论愿景：建立一个去中心化的系统。这一概念与风起云涌的后现代主义浪潮相互辉映，迅速成为人文领域生态批评的理论基石。[④]

虽然“生态整体主义”提出了去中心化的理论愿景，但在具体的理论建构过程中，仍然没有摆脱自笛卡儿以降主客体二分的理论基础。例如生态批评家彻丽尔·格罗特菲尔蒂（Cheryll Glotfelty）对生态批评的论述：“生态批评既涉足文学又关注自然世界，这一理论持续协调着人类和非人类（自然）的关系。”[⑤] 在这一论述中，自然依然被定义为“非人类”，被视为“人类”这个集合的他者。另外一位具有广泛影响力的生态批评理论家劳伦斯·布尔（Lawrence Buell）也在讨论生态批评时使用了“非人类”这一概念来定义除人类之外的宇宙万物：“重新栖居意味着某一个地区的人类和非人类长期持续的互相交流，在这个过程中，个

---

① 鲁枢元主编《自然与人文——生态批评学术资源库》，学林出版社，2006，第851页。

② 我国学者王诺对“人类中心主义”做了精练的概括：“人类中心主义，是指在人与自然的关系上，以人为核心，其出发点和归属始终都围绕着人类利益展开的一种理论观点。人类中心主义作为一种揭示人与自然关系的理论，指导人类在认识和改造世界的过程中发挥主观能动性，为工业文明的崛起提供了某种精神动力，在人类进步和社会发展方面都产生了极其重要的作用。但是由于其自身存在的种种弊端，最终造成了人与自然的严重对抗，成为生态危机的最根本的思想动力。”（王诺：《欧美生态批评——生态文学研究概论》，学林出版社，2008，第98页。）

③ 霍尔姆斯·罗尔斯顿：《环境伦理学——大自然的价值以及人对大自然的义务》，杨通进译，中国社会科学出版社，2000，第269页。

④ 王诺：《生态批评：界定与任务》，《文学评论》2009年第1期，第66页。

⑤ Cheryll Glotfelty and Harold Fromm, eds., *The Ecocriticism Reader: Landmarks in Literary Ecology*（Athens: The University of Georgia Press, 1996）, p. xix.

体的身份由此塑造。”[①] 当理论家们依然将自然中的万事万物视为他者时，生态整体主义所追求的去中心化面临着理论困境：如何在实现去“人类中心主义”的同时又不走向“生态或者生物中心主义”的另一极端？如何解决生态批评理论中主客体二分的思想基础与去中心化这一理论目标之间的矛盾？已经有学者关注到生态批评的理论困境，并对生态批评可能走向“生态中心主义”，将人类从价值体系中边缘化，甚至陷入反人类的虚无主义境地进行了理论思辨。[②] 本文则尝试从具体文本入手，探讨生态批评这一源起于西方的文艺理论在应用到非西方的文本时如何形成对话关系，具体文本的细节，以及作家本人的思想如何为这一理论的发展提供更加丰富的资源。

二 泰戈尔《春天》中的自然意象

当西方生态批评学者试图在“整体主义”的框架下重塑“人类”与“非人类”之间的关系时，泰戈尔的笔下，人类与自然、主体与客体、宇宙精神与自我生命彼此同一，充满了和谐之美，打破了“人类”与所谓“非人类”之间的二元对立。在戏剧《春天》中，泰戈尔运用了大量自然意象，例如众花树、山楂树、芒果林、河流等等，这些意象在泰戈尔的创作中反复出现，深深植根于印度独特的自然地理环境和传统文化。泰戈尔在运用这些意象时，以“我”人物，让笔下自然中的万事万物充满了动态之美。例如西番莲蔓藤的一段独白：

> 不，不要走，不要走。
> 我们将相会渴求，
> 遵守诺言吧，诺言要遵守。

---

① Lawrence Buell, *Writing for An Endangered World: Literature, Culture, and Environment in the U. S. and Beyond* (Cambridge: Belknap Press of Harvard University Press, 2001), p.84.

② 对生态批评可能的“生态中心主义”的批评，参见王诺在《欧美生态批评——生态文学研究概论》第三章所做的总结以及对“中心”这一概念的再思考。对反人类虚无主义的批评，详见叶华、朱新福《超越“价值无根性”：生态马克思主义对“生态批评”的现实意义》，《当代外国文学》2019年第2期。

直到今天，波库尔花还是失去了自我，哎，
鲜花还没有完全绽放够，
装饰还没有完成好，
喂，行路人，停下来，停下来。
朦胧在月华的眼中残留，
月光中混杂着芳香和歌声悠悠。
哎，看一看吧，
究竟为了什么把心伤透，
那枝菊花生气地离去。
行路人，把它叫住，叫住。[①]

在这段独白里，出现了“没有完全绽放够”“装饰还没有完成好”“离去”“看一看”等动作，还有“波库尔花还是失去了自我”“把心伤透”等心理活动。又例如中国玫瑰花的独白：

虽然感到告别的痛苦，
但是我将不再惊恐。
我要献出自己的玉液
让她尽情享用。
在泪水中她将展露新的容颜。
我要编织禅思的宝石花环，
将它作为项链挂在胸前。
你离开眼帘进入我的心田，
你的箴言将与我的歌声会面。
在忍受离别痛苦的伤心日子，
借助于痛苦之光我会认出你，
这就是我的苦修的目的。[②]

① 董友忱主编《泰戈尔作品全集》第 8 卷（上），董友忱等译，人民出版社，2015，第 490 页。

② 董友忱主编《泰戈尔作品全集》第 8 卷（上），董友忱等译，人民出版社，2015，第 491 页。

在这段独白里，出现了“献出自己的玉液”“尽情享用”“编织禅思的宝石花环”“你离开眼帘”“将它作为项链挂在胸前”等动作，“痛苦”“惊恐”等心理描写。在这些自然意象的运用中，动作描写是最多的。描写人物时，动作最能够体现一个人的个性与气质，将动作描写赋予自然意象时，也能够让自然生命拥有鲜活的生命力，表现出一种动态的生命美。除了动作描写，泰戈尔还用了大量心理描写来呈现自然意象。这些心理描写赋予了不同自然意象鲜明的个性，使自然万物表现出与人一样丰富的情感。这种以“我”入物呈现自然意象的方式，使自然万物“人物化、形象化”，个体生命与宇宙万物彼此同一，“人与自然浑然一体”[①]，同喜，同悲，同笑，同哭。正如泰戈尔所言，“动物与植物与我血脉相连，彼此是亲戚”[②]。

除了以“我”入物，《春天》中的意象还体现出了对和合之美的追求。印度哲学思想中的“双昧”美学思想认为，所有矛盾和对立的现象都只是事物的表面，一切存在本质上都是和谐统一的，“善与恶冲突的结果，是双方的毁灭，而最终的胜利则是世界重新恢复和谐和平静”[③]。“双昧”美学主张用超越的目光去看待宇宙万物，不局限于事物表面的区分与对立，而是看到一切不同与矛盾之下的同一性。[④]《春天》中的意象呈现深受“双昧”美学的影响，处处充满着超越矛盾、追寻本质同一的和谐之美。例如诗人对季节之王的介绍：

诗人 季节之王将要登场，为了做好准备他已经往天上发出了召唤。

国王 他说什么？

诗人 他说，要放弃一切。

国王 难道他要把自己弄得一无所有吗？真糟糕！

诗人 不是，他要将自己充实起来。否则的话，给予就是骗局。

---

① 《泰戈尔论文学》，倪培耕等译，上海译文出版社，1988，第361页。

② Ramkumar Mukhopadhyay, Swati Ganguly, and Sanjukta Dasgupta eds., *Towards Tagore* （Visva-Bharati Publishing Department, 2014）, p. 626.

③ 邱紫华：《东方美学史》（下），商务印书馆，2003，第779页。

④ 邱紫华：《东方美学史》（下），商务印书馆，2003，第717页。

国王 那意味着什么？

诗人 只有装满了的给予才是真正的给予。在春天的节日里，只有通过奉献才能使世界变得富足。

国王 而我恰恰是在那个地方看到了世界之主与世界的分歧。我常常在作出奉献的时候陷入危险，财务大臣的脸总是非常严肃的。

诗人 通过真正的奉献，外部的财富才会消失，而内心的财富却会增长。①

在这段对话中，诗人表示将要登场的季节之王打算放弃一切。从表面上看，放弃一切意味着一无所有，但季节之王的放弃带来的并不是失去，反而是获得。想要变得富足并不是通过贪婪无度的索取，恰恰相反，诗人表示，真正的富足由奉献而得到。这段对话既表现了泰戈尔对索取无度的现代文明的反思，也充满着辩证的精神。无即是有，奉献即是得到。表面上的矛盾对立却在本质上获得了和谐统一。这种“双昧”美学思想还体现在对新与旧的描述上：

国王 喂，诗人，你的这场戏是怎么演的。新郎方面的迎亲队伍人可不少哇，可新郎在哪儿？你的季节之王在哪里呢？

诗人 那不是吗，刚才你不是都看见了吗？

国王 难道就是那个穿着破衣服到处抛洒干树叶的那个人？在他身上我可没有看见什么崭新的形象。他可是一个活生生的旧货呀。

诗人 看来，你没把他认出来，你受骗了。我们的季节之王身上的衣服一面是新的，一面是旧的。当他反过来穿时，我们就能看到干枯的树叶和凋落的鲜花。但如果穿另一面时，就能看到清晨的菊花和黄昏的肉豆蔻花，还能看到法尔衮月的芒果树的花蕾和恰特拉月的羌芭花。他一个人在新旧之间不停地玩着捉迷藏的游戏。

国王 那就让崭新的形象现身吧。还耽搁什么呢？

诗人 那不是来了吗。他穿着路人的衣服走在新旧之间那条永

① 董友忱主编《泰戈尔作品全集》第8卷（上），董友忱等译，人民出版社，2015，第477页。

恒的道路上。[①]

这段对话充分体现了新与旧这对矛盾在季节之王身上的和谐统一。剧中国王的观点代表了一种停留于事物表面的认识，对于国王而言，新与旧的区分是绝对的，季节之王的形象要么是崭新的，要么就是一个纯粹的旧货。当国王对季节之王的形象提出质疑，认为身穿旧衣的他没有展现出任何的崭新形象时，诗人则超越了新与旧的绝对二分，指出季节之王身上同时存在着新与旧，他既不能用“活生生的旧货”来描述，也并不是纯粹的“崭新的形象”，而是在新旧之间不断转换，永远行走于新旧之间。在印度哲学里，自然万物都由大梵所创造，外在虽然有新与旧的差别，但本质上并无差异。对新旧、美丑、丰饶与匮乏的认识不应该停留在表面，将它们人为地进行划分，而是应该超越表面上的二分，达到内在的和谐同一。

这种对和谐统一的和合之美的追求，在《春天》里，还体现在“唱歌”这个行为中。音乐在泰戈尔的作品中占有非常重要的位置，在其代表作《吉檀迦利》中，“音乐”一词频频出现，这奏响的和谐之音使“凝涩与矛盾融合”，让人的内心“充满和谐的欢愉”。[②]《春天》中的“唱歌”，是自然万物和谐同一的象征。象征着宇宙万物、和谐自然的音乐串联起剧中的所有意象。剧中两次提及唱歌，都是用来消解“训导”这一行为。第一次是诗人向国王讲述奉献使人富足时：

国王　这又是说的什么。听起来，它怎么像是训导啊，诗人。
诗人　那就别再耽搁了，开始唱歌吧。[③]

第二次是国王讲述自己明白了不要果实反而能得到果实的道理时：

诗人　陛下，这个听起来似乎有点儿像训诫。

---

① 董友忱主编《泰戈尔作品全集》第8卷（上），董友忱等译，人民出版社，2015，第485页。

② Rabindranath Tagore, *Gitanjali*（Dover Publications, 2011）, pp. 5-6.

③ 董友忱主编《泰戈尔作品全集》第8卷（上），董友忱等译，人民出版社，2015，第477页。

国王 你说对了。那就唱起来吧。[①]

“训导”这一行为需要有训导方以及被训导方才能够发生，训导的主体以及训导的客体有着清晰的划分。而“唱歌”则是一个独立的行为，即便没有聆听者也可以进行。这个行为消解了“训导”所带来的主客体的二分，在唱歌时，在音乐中，自然万物乃至宇宙中的所有存在都是浑然一体的。

三 《春天》中的自然观与西方生态批评

在《春天》中，泰戈尔通过大量自然意象的使用，勾勒出了一幅物我浑然一体的和谐画卷。其从对自然的认识以及对自我的认识两个方面与西方生态批评理论形成了对话，并且提供了有益的补充。在《论沙恭达罗》一文中，泰戈尔将《沙恭达罗》与《暴风雨》进行了比较，敏锐指出印度的传统自然观与西方自然观之间的不同。诞生于森林文明的印度社会，自古以来就与自然有着非常亲密的关系。《沙恭达罗》第四幕里人与树林之间伤感动人的别离，在世界文学中再难寻觅影踪，体现了印度文化中人与自然“彼此息息相关，互为依存”的亲密关系。[②] 而《暴风雨》中的人与自然则是征服与被征服的关系，人为造成了人类社会与其所寄居的大自然之间的分离。[③] 在泰戈尔看来，起源于古希腊的西方文明是一种城邦文明，城墙将城内的人类社会与城外的自然世界分隔开来，人与自然始终处于紧张的关系之中。而印度文明则与自然有着更为亲密的关系。（1）印度文明诞生于森林之中、河流之畔，印度人栖居于大自然、依靠大自然，与大自然保持最紧密的、最和谐的关系。一旦离开大自然，他们就无法生存下去。（2）印度人深受泛神论的影响，将宇宙中的万事万物都视为有精神、有感情、有生命的，人与自然万物在情

① 董友忱主编《泰戈尔作品全集》第8卷（上），董友忱等译，人民出版社，2015，第479页。

② 《泰戈尔论文学》，倪培耕等译，上海译文出版社，1988，第154~155页。

③ 泰戈尔：《人生的亲证》，宫静译，商务印书馆，2009，第2页。

感与精神上互联互通，人与自然可以交流和沟通。[①]

生态批评虽然摒弃了人类与自然之间征服与被征服的价值体系，但依然在话语中反复强调人类与非人类的区分。自然万物是人类的他者，是人类这个集合之外的存在，对其定义、认识与评价都基于人类这个集合价值与特征的锚定。而在《春天》中，自然万物也是鲜活、生动、富于感情的。这些自然意象不再是等待被认识、被感知、被欣赏的被动客体，而是成为感知、认识以及表达的主体。以“我”人物不是从“我”的角度去定义自然万物，而是意识到“我”与自然万物本质同一，浑然一体。正如泰戈尔在《人生的亲证》中所说，“人与大自然的和谐是伟大的事实。因为周围的环境类似，使人们以为能够借用自然的力量获取自己想要的结果，达到自己的目的，其实那只是因为他的力量和宇宙的力量相和谐，自然的意图长期以来和人力的用意是从来不冲突的”[②]。

更为重要的是，《春天》充满了超越矛盾、追寻本质同一的和谐之美。在《春天》中，丰饶与匮乏、新与旧、美与丑都不是对立的，它们的区别只在表面，但在本质上并无差异。在印度哲学中，一切生命都是由大梵创造的，大梵与宇宙万物是一与多、无限与有限的关系。具体到大梵与人类自我的关系，自我依凭大梵而存在，大梵则内在于自我，通过自我得到表现。[③] 因此，人类与自然世界虽然在表现形式上有所区别，但作为大梵所造之物，在本质上都是同一的。本质上的同一性不光消除了人类与非人类的区分，也消除了主体与客体之间的二分。泰戈尔认为，自我既与个体生命相关，又超越于个体生命，指向更加广阔的宇宙万物、创造者——大梵。[④] 这种超越性不再需要通过确立他者来定义自我，如果说自我具有主体性，是行动、价值、观念的中心的话，那么其所指向的宇宙万物也具有了同样的主体性。

西方的生态批评提出“整体主义”的概念，以期通过消解“人类中

① 朱明忠：《泰戈尔的哲学思想》，《南亚研究》2001年第2期，第47~48页。

② 泰戈尔：《人生的亲证》，宫静译，商务印书馆，2009，第4页。

③ 黄宝生：《梵学论集》，中国社会科学出版社，2013，第301~303页。

④ Ramkumar Mukhopadhyay, Swati Ganguly, and Sanjukta Dasgupta eds., *Towards Tagore*（Visva-Bharati Publishing Department, 2014）, p. 630.

心主义”实现去中心化，然而其所根植的主客体二分的思想基础让这一理论目标遭遇了困境。当主体与客体之间泾渭分明时，具有主体性的存在难免会成为行动、话语、价值的中心，客体成为主体行动的接收方、价值的被判断方以及话语的被定义方。这一区分让生态批评总是在“人类中心主义”和“自然中心主义”之间反复徘徊，难以找到去中心化的理论路径。在泰戈尔的作品中，自我、动植物、山川河流等等均与造物主大梵同构，一切表面上对立的存在本质上都是同一的，主体与客体这一对相互作用的存在也是如此。在消除一切矛盾的歌唱中，自我与万物，人类社会与自然世界，都实现了和谐统一。正如《春天》的结尾处那样，众人一起跳起了毁灭之舞，加入迎接新时代的盛大节日的狂欢。

作者系伦敦大学亚非学院博士研究生候选人

图书在版编目(CIP)数据

东方文学研究集刊. 第10集 / 林丰民主编；史阳执行主编. -- 北京：社会科学文献出版社，2022.8
ISBN 978-7-5228-0358-6

Ⅰ. ①东… Ⅱ. ①林… ②史… Ⅲ. ①文学研究 - 东方国家 - 丛刊 Ⅳ. ①I106-55

中国版本图书馆CIP数据核字（2022）第112307号

东方文学研究集刊（第10集）

主　　编 / 林丰民
执行主编 / 史　阳

出 版 人 / 王利民
责任编辑 / 高明秀
文稿编辑 / 李月明
责任印制 / 王京美

出　　版 / 社会科学文献出版社 · 国别区域分社（010）59367078
地址：北京市北三环中路甲29号院华龙大厦　邮编：100029
网址：www.ssap.com.cn
发　　行 / 社会科学文献出版社（010）59367028
印　　装 / 三河市尚艺印装有限公司

规　　格 / 开　本：787mm×1092mm　1/16
印　张：17.75　字　数：278千字
版　　次 / 2022年8月第1版　2022年8月第1次印刷
书　　号 / ISBN 978-7-5228-0358-6
定　　价 / 98.00元

读者服务电话：4008918866